मैंने नाता तोड़ा

(उपन्यास)

मैंने नाता तोड़ा

सुषम बेदी

भारतीय ज्ञानपीठ

वाणी प्रकाशन : भारतीय ज्ञानपीठ की पुस्तकों
के एकमात्र प्रकाशक एवं वितरक

पहला संस्करण : 2009
दूसरा संस्करण : 2011
तीसरा संस्करण : 2022
चौथा संस्करण : 2024

लोकोदय ग्रन्थमाला : ग्रन्थांक 1017

प्रकाशक
वाणी प्रकाशन ग्रुप
4695, 21-ए, दरियागंज, नयी दिल्ली-110 002
फ़ोन : 011-23273167, 23275710
ईमेल : sales@vaniprakashan.in

ISBN : 978-81-263-1856-8

मैंने नाता तोड़ा
(उपन्यास)
सुषम बेदी

MAINE NATA TODA
(Novel)
by Susham Bedi

मुद्रक : आर. टेक ऑफ़सेट प्रिंटर्स, दिल्ली-110 032

आवरण चित्र : राधेश्याम अग्रवाल

Price : INR. 550

मैंने नाता तोड़ा

एक

चौदहवें साल ने अचानक मुझको बड़ा कर दिया था। इस तरह बड़ा कि ज़िन्दगी का रुख़ ही पलट गया। जिस दिशा में जीवन सामान्य गति से आगे बढ़ रहा था, वह दिशा ही सामने से किसी छलावे की तरह खिसक गयी। सामने थी एक अँधेरी खोह। मैं बेबस सी उस खोह की ओर बढ़ती जा रही थी।

इस तरह से हुई थी शुरुआत इस कहानी की—

एक इतवार मैं रेडियो स्टेशन से लौटी तो भोजन के दौरान पिताजी बोले—

"तुझे मालूम है न कि मेरा तबादला हो गया है?"

"सच! कब...कहाँ?"

"पानागढ़"

"वो कहाँ पर है?"

"पश्चिमी बंगाल में।"

"वो कैसी जगह है?"

"नान फैमिली स्टेशन है।"

"तो मेरा स्कूल?"

"स्कूल वहाँ कुछ ख़ास नहीं...प्राईमरी वगैरह ही होंगे। तेरी नवीं तो जाने से पहले ख़त्म हो ही जायेगी। दसवीं प्राइवेटली पढ़कर बोर्ड का इम्तहान दे देना।"

मुझको विश्वास नहीं हो रहा था कि पिताजी मेरी पढ़ाई को लेकर इस तरह की बात कह सकते हैं। आख़िर उनका ही सपना था कि सारी बेटियाँ पढ़ लिख जायें। अब ऐसी क्या मजबूरी थी।

अजय को एक दूसरे शहर में बोर्डिंग में भेजा जा चुका था। वह मेधावी था। स्कूल में अव्वल आता था। इसका पूरा अन्दाज़ पिताजी को था। उसमें कैरियर बनाने की महत्वाकांक्षाएँ भी पिताजी ने ही भरी थीं। उसे डाक्टर बनना था या सेना में भर्ती होना था? इसकी चर्चा आये दिन घर में होती थी। रितु तो नालायक थी न। उसके स्कूल की परवाह क्योंकर की जाती। पर रितु को कुछ तो करना

था।

मेरे दिमाग़ में तूफ़ानी का चेहरा घूम रहा था। उसे छोड़कर कहीं जाने का सोच भी नहीं सकती थी। पढ़ाई मेरे बचाव का इकलौता ज़रिया थी। मैंने और भी ज़ोर देकर कहा—

''क्याऽऽऽऽऽऽ? मैं प्राईवेटली पढ़ूँगी...सारा पढ़ा-पढ़ाया यूँ ही चौपट...मुझे तो ढँग के स्कूल में ही पढ़ना है। चाहे जो भी हो।'' आख़िरी वाक्य कहते-कहते मेरी आवाज में दृढ़ता आ गयी थी। पिताजी बेचारगी से बोले—''वह तो मैं भी चाहता हूँ...पर करें क्या! तेरे स्कूल में बोर्डिंग है नहीं, वर्ना छोड़ जाते।''

''पर मेरी तो सारी पढ़ाई ख़राब हो जायेगी।''

''तू समझती क्यों नहीं। तुझसे ज़्यादा मुझे तेरी पढ़ाई ख़राब होने का अफ़सोस है...लेकिन और कोई चारा भी तो नहीं।''

''अजय को बोर्डिंग में भेज रहे हैं तो...'' मैंने हिम्मत करके सामना किया था।

पिताजी की आवाज़ उमें कुछ हिकारत सी महसूस हुई मुझको—''तुझे वहाँ दाखिला नहीं मिलेगा। फर्स्ट क्लास होनी चाहिए उस स्कूल के लिए।''

खामोश हो गई थी तब मैं।

तब अचानक मुझे ओमी अंकल का ध्यान आया था। अंकल आख़िर पिताजी की बुआ के लड़के थे। पिताजी के फर्स्ट कज़न। उनके साथ इतना तो आना-जाना था। उनकी बेटी सरिता भी मेरी उम्र की थी। फिर उनके यहाँ रहने में क्या हर्ज़ था। ओमी अंकल मुझे बहुत प्यार करते थे।
अकसर छुट्टियों में मैं उनके घर रहने चली आती थी।

''मुझे ओमी अंकल के यहाँ छोड़ दीजिये न!''
पल भर को पिताजी चुप ही रहे थे। शायद यह बात उनकी सोच के परे थी।

''बेटियों को इस तरह पराये घर नहीं छोड़ते।''

''अंकल तो मुझे अपनी बेटी की तरह प्यार करते हैं। उनके यहाँ मैं रह भी चुकी हूँ। वह मेरे रहने से ख़ुश ही होंगे।''

''मुझे यह ठीक नहीं लगता बेटियाँ अपने ही घर में पलनी चाहिए।''

पिताजी ने छोटा सा साफ़-सीधा जवाब दे दिया था। उनकी आवाज़ की तर्ज़ ने मुझको उनका अन्तिम फैसला सुना दिया था। यूँ भी पिताजी के सामने ज़्यादा बोलने की हिम्मत कभी पड़ती ही नहीं थी। और इस मामले में फैसला सिर्फ़ पिताजी का ही हो सकता था।

मुझे यह भी अन्दाज़ था कि पिताजी ओमी अंकल को ज़्यादा पसन्द नहीं करते थे। अंकल का बड़ा सा स्टोर था और वे अपने आप को बिजनेसमैन कहते

थे। पर पिताजी उनको दुकानदार कहते और उनका अपनी बेटियों से ज़्यादा प्यार बढ़ाना उनको पसन्द नहीं था। अंकल घर में आते ही कहते—"भई हमारी नन्हीं गुड़िया कहाँ है?" तो रितु उनके आगे हाज़िर हो जाती। अंकल जफ्फी मार कर मुझे गालों पर चूमते और पिताजी अजीब सी नज़र से उन्हें देखते। (बाद में जाकर समझ आया था कि शायद पिताजी की आँखें तौल रही होतीं कि उसका हमें चूमना पितृवत् स्नेह से उपजा है या किसी घटियापन से।) फिर अंकल अपनी बेटियों को भी अक्सर हमारे यहाँ लाने लगे तो पिताजी ने अंकल को घर के आदमी की तरह समझना शुरू किया। मुझे अंकल अच्छे लगते थे। अकसर वे हमारे लिए चाकलेट-टाफियाँ लेकर आते। बस जब पिताजी उनको घूर रहे होते तो मैं डर जाती। कभी लगता कि अंकल मेरे ज़्यादा करीब थे। मुझे पिताजी से ज़्यादा प्यार करते थे। घर में मैं ही अंकल की प्यारी थी। पिताजी को बुरा क्यों लगता है? कहीं उनको ऐसा तो नहीं लगता कि वे खुद तो अंकल के कज़न हैं पर अंकल रितु को ज़्यादा प्यार करते हैं। अजय और दीदी तो कभी उनके सामने आते ही न थे। न ही अंकल उनके बारे में पूछताछ करते। सिर्फ़ रितु ही उनके आस-पास घूमती। फिर अंकल के अपने बच्चे भी तो रितु की उम्र के ही थे।

मैं अचानक रोने लगी। बस रोना ही आता जाय...आता जाय। रोना थमने को ही नहीं आ रहा था। लग रहा था जैसे ज़िन्दगी हमेशा के लिए ही ख़त्म हो गयी। तूफ़ानी का मोहक साथ, वे स्कूल ख़त्म करके बढ़िया कॉलेज में पढ़ने के सपने..कॉलेज के खुले माहौल में विचरने के रोमानी ख़्याल...सब कुछ पल भर में ही मलियामेट हो गया था।

अगले दिन ओमी अंकल घर पर आये थे। पिताजी ने बातों-बातों में अपने तबादले और मेरी नाख़ुशी का ज़िक्र किया तो अंकल झट से बोले—"लीजिए भाई साहब, आपको फ़िक्र किस बात की है? रितु मेरी भी तो बेटी है। हमारे यहाँ रहकर ख़त्म कर लेगी पढ़ाई।"

पिताजी ने पहले तो साफ़ मना कर दिया था—"मैं आप पर इतना बोझ क्यों कर डालूँ?"

"बोझ किस बात का? जहाँ सरिता है वहीं रितु भी रहेगी। मुझे तो ख़ुशी होगी कि रितु बेटी हमारे साथ भी कुछ रह लेगी। वर्ना वीकैंड पर तो उसे रेडियो स्टेशन जाना होता है...आप लोगों से वैसा मिलना जुलना हो ही नहीं पाता जैसे कि परिवारों में होना चाहिए। फिर आप उसकी पढ़ाई के साथ इस तरह कैसे कर सकते हैं? इतनी मेहनती बच्ची है वह।"

पिताजी पर तो भी असर नहीं हुआ था। लड़की को किसी और के यहाँ पलने देना उनको मुआफ़िक़ आता ही नहीं था। बोले—''सोचता हूँ बच्चा लायक हो तो कहीं भी पढ़े अच्छा ही निकलेगा। और नालायक हो तो वैसे ही फ़र्क़ नहीं पड़ता। क्या पता पढ़े न पढ़े।'' सो दोनों ओर से मेरी हार थी।

स्कूल की सहेलियाँ और तूफ़ानी मेरी ज़िन्दगी थे। मैं उनसे अलग होने का सोच भी नहीं सकती थी। लगता जैसे सब कुछ यहीं ख़त्म हो जायेगा। पर पिताजी से सिर्फ़ पढ़ाई का ही तर्क दिया जा सकता था। फिर अंकल ने एक विकल्प सुझा ही दिया था। मुझे लगा कि माँ-बाप की बन्दिश, रोकाटोकी न रहने से मैं तूफ़ानी और सहेलियों के साथ और भी ज़्यादा वक़्त गुजार सकती हूँ। खूब घूमूँगी, मज़े करूँगी उनके साथ। सचमुच बेहद लगाव था मुझे सहेलियों से, तूफ़ानी से। मंजू ख़ास तौर से मेरी बहुत पक्की सहेली थी। हमारी बातें कहीं ख़त्म ही न होतीं। तब फोन उस तरह मुहय्या नहीं था। हम दोनों अगले दिन का इन्तज़ार करते कि कब स्कूल में मिलें और फिर से बातों का सिलसिला शुरू हो। मुझे तो अब याद भी नहीं आता कि कौन सी बातें थीं जो कभी ख़त्म होने का नाम भी नहीं लेती थी। हाँ उससे मैं तूफ़ानी की बातें भी खूब किया करती थी लेकिन पवन के अलावा भी तो और बहुत सी बातें थीं। क्या रही होंगी। हम दोनों अपनी दीदियों की भी खूब बातें करते। उसकी भी दो बड़ी बहनें थीं जिनसे वह बहुत जुड़ी थी। उसकी तो दोनों दीदियों की शादी हो चुकी थी। वह अपने भाँजे और भाँजी के बारे में बताती रहती कि वे कितने प्यारे और सुन्दर हैं। इस बीच दीदी को भी बेटा हुआ था जो मुझे बेहद प्यारा था। मेरे मन में भी उसका प्यारा सा चेहरा, उसकी किलकारियाँ भरी रहती थीं। मैं भी उसके साथ बाँटती छौने के प्रति अपने मन के भावों को।

हमारे पास तो पैसे बहुत कम होते थे पर पाकेटमनी से बचा-बचा कर हम कभी-कभी क्वालिटी जातीं और वहाँ टूटी-फूटी आइसक्रीम खातीं या बम्बासा में आईसक्रीम कोन खातीं जो सिर्फ़ पचास पैसे में मिल जाता था उन दिनों। रेडियो स्टेशन पर आशा से भी बहुत दोस्ती थी। वह और मैं इतवारों को रेडियो स्टेशन पर भी अकसर मिल जाते। उसकी आवाज़ बहुत मीठी थी। बहुत छोटी बच्ची की भूमिका में उसकी आवाज बहुत सही बैठती थी और उसको वैसी ही भूमिकायें मिला करतीं। वह उम्र में मेरी जितनी होने पर भी बहुत छोटी दिखती थी। उससे मैं कभी अपने शारीरिक रूप से बड़े होने की बात नहीं कर पायी। लेकिन फिर भी हमारी बातचीत के विषय कभी ख़त्म नहीं होते थे। कितना कुछ और था। मेरी सहेलियाँ मेरी ज़िन्दगी थीं। उनसे बिछड़ कर कहीं और जाना देश निकाले

से कम नहीं था। स्कूल का सुख ही सहेलियाँ दोस्त थे। रेडियो स्टेशन उस सुख में और चाँद लगाता था।

मैंने भूख-हड़ताल की। मौनव्रत धारण किया। किसी भी पैंतरे का असर न हुआ तो हिम्मत जुटाकर पिताजी से सीधा सामना करने की ठानी।

''मुझे प्राईवेटली तो पढ़ना ही नहीं। इससे अच्छा है मैं पढ़ने का ख़्याल ही छोड़ दूँ।''

पिताजी को पूरी हमदर्दी से बात सुनती देख मैं कहती चली गयी थी—''आपको फ़िक्र किस बात की है? आप चाहे मुझे कितना भी बेवक़ूफ़ या बच्चा समझें, मै समझदार लड़की हूँ। चौदह बरस की हो गयी हूँ। अपना भला-बुरा समझती हूँ। कोई ग़लत काम नहीं करूँगी। अपना हर तरह से ध्यान रखूँगी। आपको किसी तरह की शिकायत का मौका नहीं मिलेगा। क्या आपको मुझ पर इतना भरोसा नहीं...मुझे सिर्फ़ अपनी पढ़ाई को डिस्टर्ब नहीं करना...यह मेरी ज़िन्दगी का मसला है। आप... प्लीज़...प्लीज़...''

पिताजी ने आख़िरकार मेरी जिद के आगे हथियार डाल दिये थे। ओमी अंकल के घर रहने का ख़्याल मुझको उत्साहमय कर देता था। कितना तो चाव करते थे अंकल मेरा। आंटी और बच्चों के साथ भी दोस्ती थी। अंकल का बड़ा सा सुन्दर घर था। नयी-नयी एम्बेसेडर गाड़ी थी। पिताजी तो सरकारी नौकर थे। अंकल का बहुत बड़ा बिजनेस था...स्टोर थे। अंकल के हजरतगंज वाले जनरल स्टोर में जब कभी जाती, अंकल मुझे ढेर सारी टाफियाँ और गोलियाँ पकड़ा देते।

मैं बार-बार पिताजी को याद दिलाती रहती—''आपको मेरी बिल्कुल फ़िक्र नहीं करनी चाहिए। अंकल आपके भी तो भाई हैं। मेरा इतना तो ख़्याल रखते हैं वे! कितनी ख़ातिर करते हैं। आप देखते तो हैं...उनके यहाँ मुझे छोड़ने में फ़िक्र होनी ही नहीं चाहिए।''

माँ ने जब सामान बाँधना शुरू किया तो मुझको घबराहट हुई थी। बचपन में बुआ के यहाँ रही थी पर उसके बाद माँ-बाप से अलग कभी रही नहीं थी। इस वक़्त मेरे लिए सबसे अहम और हिम्मत देने वाली थीं मेरी स्कूल की सहेलियाँ ख़ासकर मंजू और मेरा तूफ़ानी। मैं खुद को तस्ल्ली देने लगी—किसी पानागढ़ जैसे जंगल में नहीं जाना। फिर इतवारों की सुबह...रेडियो-स्टेशन...तूफ़ानी...सब कुछ बरक़रार रहेगा। सोमवार से ही तो दसवीं की क्लासें शुरू हो रही थीं। फिर बोर्ड के इम्तहान। खूब मेहनत से अच्छे नम्बर लाऊँगी। पिताजी हैरान रह जायेंगे। और मैं कल्पना करने लगी कि पिताजी मेरी पीठ ठोंक कर कह रहे हैं—''वाह वाह! हमें तो पता ही नहीं था कि रितु भी इतनी लायक निकलेगी। पहला दरजा!''

अंकल तो मुझे कमअक़्ल नहीं मानते। वे तो मुझे और अजय को बराबर का ही लायक समझते हैं। अजय के चाहे बेहतर नम्बर भी आये हों। अंकल इसे तूल नहीं देते। उनको बल्कि रितु का ही ख़्याल ज़्यादा रहता है। कहीं साथ जाओ तो रितु से ही पूछते है कि क्या चाहिए? अंकल का चेहरा तो रितु को देखते ही खिल जाता है। उनकी आँखें बस रितु को ही देखती हैं। यह कहते भी तो सुन चुकी हूँ उनको—सारी बहनों में सबसे सुन्दर रितु है। इतनी मुलायम त्वचा है उसकी जैसे मक्खन की ढेली हो। ऐसा गोरा रंग हमारे परिवार में आ कैसे गया?

अंकल का घर स्कूल से बहुत दूर था। लेकिन स्टोर स्कूल के पास ही था। मैं सुबह अंकल के साथ ही आ जाती। अंकल के दोनों बेटों का स्कूल मेरे स्कूल के करीब था। वे भी गाड़ी में साथ आते। उनका स्कूल मेरे स्कूल से एक घंटा पहले शुरू हो जाता था। सरिता का स्कूल घर के पास ही था इसलिए वह कभी साथ न होती थी। अंकल सुबह जल्दी ही आ जाते। मैं और अंकल के दोनों बेटे स्टोर के पिछले हिस्से में बने गोदाम में चले जाते और वहीं पढ़ते-खेलते स्कूल खुलने का इन्तज़ार करते। गोदाम में किस्म-किस्म की गोलियों-टाफियों के बड़े-बड़े कनस्तर थे। तीनों मुट्ठियाँ भर-भर टाफियाँ निकालते और बस्ते में डालकर आराम से खाते रहते। टाफियों के छिलके उतार-उतार कर वहीं किसी बोरी में अटा देते। लड़के जब स्कूल के लिए निकल जाते तो मैं अकसर काउंटर पर आ जाती। वहाँ गाहकों और अंकल के दरम्यान बातचीत सुनती। चुपचाप देखती कि लोग क्या ख़रीदते हैं। दुकान में दुनिया भर का सामान पड़ा रहता था। टूथपेस्ट, साबुन, टिनफ्रूट, बिस्कुट, नमकीन, अंडे, क्रैफ्ट चीज़, कोकाकोला, पैप्सी, खारा सोडा, औरेंज स्क्वैश, रूह अफ़ज़ा और गोलियों-टाफियों के मर्तबान। अंकल सेल्जमैन आने के बाद ख़ुद किसी न किसी काम के सिलसिले में बाहर चले जाते। अगर मेरे स्कूल शुरू होने में वक़्त रहता तो मुझे साथ ही ले जाते। गाड़ी में अंकल के साथ वाली सीट पर बैठते ही मैं अपने आप को बहुत ख़ास महसूस करती और मचलने लगती—"अंकल हमें भी गाड़ी चलाना सिखाइये न!"

मुझको सचमुच बहुत शौक था गाड़ी चलाने का। यूँ अभी गाड़ी चलाने की उम्र नहीं हुई थी। इसीलिए अंकल भी मेरी बात को किसी बच्चे की बेसिरपैर की ख़्वाहिश या जिद की तरह आयी-गयी कर देते।

माँ पिताजी के पानागढ़ चले जाने के बाद जब इतवार की सुबह मैंने रेडियो-स्टेशन जाने की बात की तो अंकल ख़ासे परेशान हो उठे थे।

''इतनी दूर अकेले कैसे जाओगी?''

''बस से''

''नहीं। अकेले नहीं जाना। सरिता को साथ ले जाओ।''

सरिता को रेडियो-प्रोग्रामों का कोई शौक नहीं था। फिर भी दो इतवार वह मेरे साथ गयी। तीसरे इतवार अंकल बोले—''हमको तुम्हारा यह रेडियो-वेडियो जाना पसन्द नहीं। भले घरों की लड़कियाँ यह सब काम नहीं करतीं।''

मैं अंकल के रुख से हक्की-बक्की रह गयी थी।

''लेकिन अंकल...''

''मैं तुम्हारा गार्जियन हूँ। यू आर माई रिस्पान्सिबिलिटी। पता नहीं कैसे-कैसे लोग वहाँ आते हैं। परायी अमानत की फ़िक्र भी ज़्यादा होती है। अब से तुम वहाँ नहीं जाओगी।''

मुझ को अंकल की बात सुनकर सकता सा हुआ। अंकल तो अब तक रितु के बहुत अच्छी लड़की होने की तारीफ़ किया करते थे। उन्होंने मेरी हर बात की हमेशा तारीफ़ की थी। मेरे रेडियो स्टेशन जाने की भी अब तक एक गुण की तरह ही चर्चा सुनी थी। यह अचानक क्या हो गया है अंकल को? क्या सच में उनको मेरे बाहर रहने से इतनी तकलीफ़ होती है? तब तो सचमुच मुझे अंकल को चिन्ता नहीं देनी चाहिए। रेडियो का काम छोड़ देना चाहिए। वर्ना इस तरह क्यों कह रहे हैं? अंकल की बात टालना मेरे लिए मुमकिन नहीं था। क्या करूँ मैं? तूफ़ानी का कारनामी नाटक तो ख़त्म हो चुका था। पर मेरी अब रेडियो-स्टेशन में काफ़ी जान-पहचान हो गयी थी। कई नयी सहेलियाँ बन गयी थीं। एकाध दूसरे नाटकों में हिस्सा ले रही थीं। तूफ़ानी भी नियमित रूप से हर इतवार वहाँ आया करता था। इसका मतलब तूफ़ानी से मिल ही न पाऊँगी...? कैसे जिऊँगी?

मैंने अपनी पूरी ताक़त इकट्ठा करक्जे जोर लगाया—''पिताजी तो नहीं कहते थे कि रेडियो जाना बुरा है।''

अंकल ने बहुत कड़ी आवाज में कहा—''मैंने कहा न अब तुम मेरी जिम्मेवारी हो। अपने माँ-बाप के पास रहोगी तो जो चाहे कर लेना। यहाँ ज़रा सा भी कुछ हुआ तो सब कहेंगे कि बेटी का ख़्याल नहीं रखा।''

मैं रो भी नहीं पायी। मन हुआ पिताजी से सब कह डालूँ। फिर डरी कि पिताजी तो पानागढ़ ही आने को कहेंगे। मन मसोस कर चुप रह गयी।

अब इतवारों की सुबहें मुझे बेचैन और उदास कर जातीं। मेरा ध्यान मेरी सहेलियों पर, तूफ़ानी पर लगा रहता। सोचती होंगी कि अचानक मैंने आना क्यों बन्द कर दिया। बाकी सब भी तो हैरान होते होंगे। तूफ़ानी ने एक और फिल्म

साथ देखने की भी बात की थी। मैं बहुत उखड़ी-उखड़ी सी रहने लगी। बाल धोती तो लटों में घूँघर नहीं डालती। उन्हें यूँ ही सूख जाने देती। अंकल ने एक रोज़ मेरे उदास चेहरे को रुख़ कर मुझे पुचकार दिया था—"बेटी हम जो कहते हैं सो तेरे भले के लिए ही। यह सब ठीक नहीं है...रेडियो जाना...लड़कों से मिलना।"

धक से रह गयी थी मैं। कहीं सरिता ने अंकल को तूफ़ानी के बारे में बता तो नहीं दिया? यूँ ऐसा कुछ बतलाने को तो था भी नहीं। तूफ़ानी मुझे अच्छा लगता है...यही तो। उस फिल्म के अलावा मैं तो तूफ़ानी से रेडियो के बाहर कभी मिली ही नहीं। फिल्म भी तो पूरे समूह के साथ देखी थी। रेडियो स्टेशन पर तो औपचारिक सी बात ही होती थी। दोनों को जैसे अपने आप से ही शर्म आती थी। बस मन ही मन हम दोनों जानते थे कि हमारा ध्यान एक दूसरे में ही अटका रहता था. दूसरे के होने का पूरा-पूरा अहसास। और उस साहस का, उस आसपास की उपस्थिति का एक अनाम सा सुख! यह बात मैं आज कह पा रही हूँ क्योंकि कुछ वैसा ही छपा है मेरी स्मृति में। तब शायद जो महसूस करती होऊँ। उसके लिए शब्द तो न होते मेरे पास!

अब मेरा क्लासों में भी मन न लगता। उदास, अनमनी सी मैं अपने में ही सिमटी रहती। आधी छुट्टी के वक़्त किसी कोने में जाकर बैठी रहती और डायरी में कुछ लिखने लगती। भीतर से हर वक़्त कुछ फूटता ही रहता। बार-बार तूफ़ानी का और दूसरे रेडियो के दोस्तों का ख़्याल आता। मेरे रेडियो के मित्र स्कूल की लड़कियों से अलग थे। उनमें से कोई एक दूसरे को नहीं जानता था। संदेशों का अदलबदल भी मुमकिन नहीं था। मंजू भी हैरान होकर पूछती-तू इतनी उखड़ी-उखड़ी क्यों रहती है। तूफ़ानी की बातें तो उससे कर लेती थी। पर वह भी समझ नहीं पायी थी कि मेरा मन कितना उजाड़ हो रहा था। तो भी कोई सहारा था तो मंजू ही। लेकिन जिस तरह मैं उससे बात करती उसमें तूफ़ानी किस तरह मुझे चाहता है, या कहता है, यही सब बताया करती। कभी न तो उससे ना खुद से ही कह पायी थी कि मैं खुद उसके प्रति आकर्षित थी। मुझमें वैसा साहस ही नहीं था कि यह कह सकूँ या स्वीकार सकूँ कि फलाँ लड़का मुझे पसन्द है। शायद वह उम्र ही ऐसी थी कि अपना पता ही नहीं रहता था। ज़्यादा से ज़्यादा मंजू भी तो कोंचती थी। पर अपने-आप से आज तक नहीं जान पायी कि क्या सचमुच तूफ़ानी से मुझे प्यार था। जो भावना भी मेरे मन में थी वह उम्र का कौतूहल ही था या उससे ज़्यादा? आज भी जान कहाँ पायी हूँ।

एक दिन अंकल की गाड़ी खराब हो गयी थी और पूरा हफ़्ता ख़राब रही। मुझे बस से स्कूल जाना पड़ा था। बस में तूफ़ानी की चचेरी बहन मिली थी। उससे मैं रेडियो में मिल चुकी थी। हमने एक दूसरे से हालचाल बाँटा। मैंने उसे बतलाया कि इस हफ्ते मुझे बस से ही स्कूल जाना होगा। अगले दिन उस ने मुझको बस में एक नीले रंग का कागज थमा दिया था। मैंने उसे अपनी डायरी में रख लिया। वह पवन का खत था। पवन ने यही पूछा था कि अब मैं रेडियो क्यों नहीं आती! उसमें उस फिल्मवाले दिन की स्मृति भी दर्ज़ थी...उस हाथ के स्पर्श का जिक्र! और मुझे 'मिस' करने की बात कही थी। मैं भीतर तक काँप गयी थी। क्या यह उसके प्रेम का इज़हार था! दिमाग़ में सारा दिन उस ख़त का मज़मून, फिल्मवाले दिन के अनोखे अनुभव मँडराते रहे थे...!

अगले दिन बस में वह लड़की फिर मिली और कहा कि पवन अपने ख़त का जवाब माँग रहा था। मुझे कुछ सूझा ही नहीं। शर्म से पानी-पानी हो गयी थी। तो पवन अपनी कज़न से मेरे बारे में बात किया करता होगा। पर मेरे पास तब कोई जवाब नहीं था।

गाड़ी ठीक होकर आ गयी थी। फिर दुबारा बस से नहीं जा सकी। न ही उस ख़त का जवाब दे पायी। बस सोचती रहती कि क्या जवाब होगा। रोज़ उस जवाब की तर्ज़ बदल जाती और जवाब लिखा ही न जाता। ख़त यूँ ही डायरी के पन्नों में इन्तज़ार करता पड़ा रहा।

फिर पता नहीं कब, कैसे वह डायरी मेरी किताबों वाली मेज़ से गायब हो गयी। फिर बाल धोकर छत पर धूप में सुखाने चली गयी तो अचानक अंकल वह डायरी हाथ में लिए वहाँ पहुँच गये थे। गुस्से में अंकल का चेहरा अंडे की तरह उबले जा रहा था। लगता था कि बस अभी-अभी कोई दरार फूटनेवाली थी। दाँत पीसकर बोले थे—"अभी से आ गयी है तुझे इश्क-विश्क की बातें! तभी तेरा रेडियो जाना बन्द किया था मैंने।"

मैं सिर झुकाये सन्न खड़ी रही। धूप में खड़ी-खड़ी इस तरह काँप गयी जैसे बर्फीले ठंडे पानी के घड़ों से नहला दी गयी होऊँ।

डायरी फर्श पर पटक कर धम-धम करते सीढ़ियों से नीचे उतर गये थे अंकल।

कितनी देर तक बदन यूँ ही थरथराता रहा था। क्या होगा अब? अंकल क्या सोचते होंगे मेरे बारे में? अंकल शायद मुझे कोई बहुत गिरी हुई लड़की मान रहे होंगे। पवन का ख़त भी तो था इस डायरी में।

डरते-डरते मैंने डायरी को ऐसे उठाया जैसे बहुत पुराना बिछड़ा साथी हो, पर ऐसा साथी जिससे मिलने की मनाही हो। शायद इसलिए कि साथी ने कोई

बहुत ग़लत, बहुत घिनौना काम कर दिया हो। साथ ही एक अपरिमित सुखभरी तसल्ली उस मुलाक़ात की। मैंने फ़र्श से लगी धूल झाड़ी और डायरी को अपनी छाती से चिपका लिया था। पवन का ख़त मौजूद था। पर उसकी तह वैसी नहीं थी। खोलकर दुबारा लगने से क्रीज़ की जगह बदल गयी थी। अंकल ने पढ़ा था। मैंने ख़त खोलकर फिर से पढ़ा, उसके मज़मून पर इस तरह ग़ौर किया कि मानों मैं अंकल हूँ या पिताजी! पिताजी के नजरिये से पढ़ते हुए मेरी उत्कंठा कुछ कम हुई।

पिताजी ने तो रेडियो जाने से या पवन से मिलने से कभी नहीं रोका। वे तो भरोसा करते हैं। अंकल के यहाँ उल्टे बच्चों को फिल्म देखने को भी मनाही है। इनके बच्चों ने जागृति, हम पंछी एक डाल के और टैन कमॉडमेंट्स को छोड़ आज तक कोई और फिल्म ही नहीं देखी। मैं तो अब राजकपूर या दिलीपकुमार की कोई फिल्म छोड़ती ही नहीं थी। बड़ी जो हो गयी थी। पिताजी भी सबको साथ ले जाते थे। उनके कानपुर छोड़ने से पहले मधुमती हम सबने साथ देखी थी। उसके गाने—'आजा रे परदेसी, मैं तो कबसे खड़ी इस पार' मेरे कानों में गूंजता रहता था। कभी मैं गूँज उठी शहनाई का वह गाना—"तेरे सुर और मेरे गीत, दोनों मिलकर बनेगी प्रीत।" गुनगुनाने लगती और हर गीत का प्रियतम या परदेसी पवन होता था। मेरी हर भावना या उदासी उसी के साथ जुड़ जाती थी। अंकल ने हम दोनों को जबरदस्ती बिछड़ा दिया था। फिर अपने को समझाया भी था कि मुझको इस मनाही से कुछ फ़र्क़ नहीं पड़ना चाहिए। इस साल तो यूँ भी पूरा जोर लगाकर बोर्ड के इम्तहान के लिए तैयारी करना है। फिल्म-विल्म देखने की भी फ़ुरसत ही कहाँ है?

डायरी या ख़त का इसके बाद मेरे और अंकल के बीच कभी कोई ज़िक्र नहीं हुआ। मैं अंकल से बात करने से कतराती ही रही। जहाँ तक होता कोशिश यही रहती कि उनके सामने ही न पड़ूँ। अंकल की नज़रों में भी मुझे कुछ बदलाव नज़र आता। अपने अपराध भाव से घिरी मैं जान भी न पाती थी कि उन नज़रों में क्या है! शायद एक खूँखार भूख। वात्सल्य वह नहीं था। शायद अंकल भी हैरान-परेशान होंगे मेरे रवैये पर। लेकिन उनकी आँखों में परेशानी तो नहीं थी? शायद एक वहशी कौतूहल ही ज़्यादा था मेरे प्रति? अपरिचित सी ही थी मैं आँखों के ऐसे भावों से। मेरी प्रतिक्रिया थी बस एक डर!

घर में मैं डरी-डरी सी और दबी-घुटी सी रहती। कही निस्तार नहीं था।

एक दिन बेटों को स्कूल छोड़ने के बाद अंकल मुझसे बोले—"चल तुझे

ड्राइविंग सिखाऊँ । आज मैं एकदम ख़ाली हूँ। रमेश दुकान पर है ही।

मैं ख़ुशी और उत्साह से दस इंच और लम्बी हो गयी। तो अंकल अब मुझसे नाराज़ नहीं है।

उन्होंने खुद से मुझको गाड़ी सिखाने की बात की है।

मैने कुछ-कुछ स्टीयरिंग सँभालना तो उसी दिन सीख लिया। अंकल लगभग रोज सुबह बेटी को छोड़कर मेरे स्कूल खुलने के बीच के घंटे में मुझे ड्राइविंग सिखाने के लिए साथ ले जाने लगे। इस दौरान वे कार से होने वाले कुछ दूसरे छोटे-मोटे काम भी निबटा डालते।

एक दिन जब मै आगे अंकल के साथ वाली पैसेंजर सीट पर बैठी स्टीयरिंग सँभाले थी कि ड्राईवर वाली सीट पर बैठे अंकल ने अपनी बाँह से मेरे जिस्म को घेर लिया। उनका हाथ जैसे कि मेरी ड्राइविंग में मदद करने के बहाने स्टीयरिंग पर धरे मेरे हाथ पर पड़ जाता और वहाँ से लौटते हुए मेरी छातियाँ छूता जाता। मुझको समझ नहीं पड़ रहा था कि अंकल का हाथ ग़लती से पड़ जाता है या कि वे जानबूझ कर ऐसा कर रहे है। पहला धक्का तो इस बात का लग रहा था कि इतना कसने के बावजूद अंकल को मेरी छातियों की मौजूदगी का अन्दाज़ हो चुका है। जहाँ तक मेरा अन्दाज़ था सरिता अभी ब्रेज़ियर नहीं पहनती थी। क्योंकि मैंने कभी भी धुले कपड़ों में या आलमारी में उसकी ब्रा नहीं देखी थी। हम दोनों की कपड़ों की आलमारी एक ही थी। इसीसे मैं अन्दाज़ा लगाती कि सरिता के मुकाबले बहुत बड़ी दीखती हूँगी और अपने ब्रा पहनने को सबसे छिपाकर रखती थी। यहाँ तक कि कभी धुलने के कपड़ों में मैंने ब्रेजियर नहीं डाली कि आंटी को पता न लग जाय। इतवार को जब सिर नहाती तभी ब्रेज़ियर धोकर बाथरूम की खिड़की पर लटका देती कि जब तक नहाऊँ, ब्रेज़ियर हवा में सूख जाय। खिड़की से बाहर केवल एक मकान की दीवार पड़ती थी। उधर कभी किसी के आने का ख़तरा नहीं था। इसीलिए वहाँ बेधड़क सुखा सकती थी। सुखाने के चक्कर में मैं घंटा-घंटा बाथरूम में नहाने का नाटक करती रहती जबकि नहाने का गरम पानी भी ख़त्म हो जाता और सब बाहर से दरवाजा खटखटाने लगते कि भला इतनी देर क्यों लग रही है। कितनी बार मुझे गीली ब्रा ही पहननी पड़ती क्योंकि उसे और कहीं भी रखने का ख़तरा नहीं ले सकती थी। अंकल को शायद पता लग गया है कि मैं बड़ी हो गयी हूँ, शायद यह भी कि मैंने ब्रा पहन रखी है।

इस बार दुबारा जब अंकल का हाथ वहाँ पड़ा तो शक हुआ कि अंकल जानबूझ कर ऐसा कर रहे है।

कुछ पल को सन्न हो गयी मैं अंकल...मेरे अपने अंकल...कैसे कर सकते है ऐसा! मुँह से आवाज़ नहीं निकल पायी। मैंने हिम्मत करके शरीर को झटका सा दिया। कि हाथ वापिस अपनी जगह पहुँच जाये। झटके के बाद भी हाथ वहीं रहा तो दर्द से सिसकी। अबकी अंकल ने हाथ हटा लिया।

पर थोड़ी देर बाद हाथ फिर छातियों के आसपास डोलने लगा। अब तक मैंने हिम्मत जुटा कर खुद को तैयार कर लिया था। बहुत सधे से धीमे स्वर में बोली—"प्लीज अंकल" और अपनी कोहनियों के जोर से उनकी बाँह को पीछे धकेला। अंकल ने इस तरह हाथ पीछे हटाया जैसे कि उनको अन्दाज़ ही न हो कि हाथ कहीं ग़लत जगह पड़ा था।

मुझे बुरी तरह घबराहट हो रही थी। यह क्या हो गया अंकल को? अंकल तो ऐसे नहीं थे। कहीं शराब तो नहीं पी ली! या कोई भूत आ गया था उन पर? ऊपर से ऐसे दिखा रहे थे जैसे कुछ ख़ास हुआ ही न हो! उनकी आँखें जैसे सीधे सड़क पर ही लगी थी। स्कूल का वक़्त हो गया तो राहत मिली। मेरा भीतर बुरी तरह हिल गया था। स्कूल में भी सहमी-सहमी रही। मंजू ने मुझसे कहा भी—"आज तेरी चहचहाहट कहाँ गयी? मिस किदवई भी तुझे घूर रही थी कि चपड़-चपड़ क्यों नहीं कर रही।"

मंजू से मैं अंकल के ख़िलाफ़ कुछ नहीं कह पायी। पहले तो हमेशा उससे अंकल की उदारता की तारीफ़ों के पुल बाँध देती थी अब उसी मुँह से अंकल की हेठी कैसे करती? ऐसा लगता जैसे उससे कुछ कह कर मैं उसी की नज़रों में गिर जाती। जैसे यह सब बहुत निजी घर की बात थी। बाहर वालों से ऐसी प्राइवेट बातें नहीं की जाती। वर्ना वही मुझे खराब लड़की न सोचने लगे। कुछ ऐसा लगा था कि अंकल के ख़िलाफ़ बात करके मैं अपने आप को उस घर से बाहर निकाल रही थी। खुद को बेघर कर रही थी जो मुमकिन नहीं था मेरे लिए। मंजू सुन लेती मेरी बात पर कुछ कर तो सकती नहीं थी। शहर भर में अपने तो मेरे अंकल थे!

मुझ को लगा जैसे अंकल के दो हिस्से हो गये थे। एक जो अंकल बना रहना चाहता था, दूसरा जो एक अनजान पुरुष बन कर मेरे शरीर पर आघात कर रहा था। उन दोनों पुरुषों से एक साथ निबाहने के लिए मुझ को लगातार अपनी रणनीति

बदलनी पड़ रही थी। अंकल के प्रति प्यार, इज्जत और उस दूसरे पुरुष के प्रति घृणा, वितृष्णा और प्रताड़ना। डर यह था कि सही व्यक्ति से ग़लत व्यवहार न कर बैठूँ या उस घृणा योग्य के प्रति अपना स्नेह और सहनशीलता भी न प्रगट करूँ! दोनों के बीच यह तालमेल बिठाना बहुत दूभर लग रहा था। बार-बार यही लगता कि मैं कहीं कोई ग़लती न कर बैठूँ!

अगली सुबह कार चलाना सीखने की बात उठी तो मैं चौकन्नी हो उठी। बिना अंकल की ओर मुख़ातिब हुए बोली—"मुझे स्कूल जल्दी पहुँचना है"

मुझको पता नहीं लगा कि यह कौन से वाले अंकल बोले, पर मैंने सुना—"आज तो तुम्हें क्लच कंट्रोल सिखाना है... स्टीयरिंग तो तुम खूब बढ़िया सँभाल लेती हो। ड्राइवर की सीट पर तुम्हीं बैठोगी।"

अंकल ने मुझे अगली कक्षा में पहुँचा दिया था। आवाज़ के सहजपन से लगा यह मेरे अपने अंकल है। आज नयी शिक्षा देने जा रहे है।

अंकल फर्राटे से गाड़ी को नदी की ओर ले चले। वहाँ सड़कों की वजह से ड्राइविंग सीखना-सिखाना आसान था। मेरे मन में खटका फिर भी बना रहा था। अपने आप को जवाबों के लिए भी तैयार करती रही थी।

उस दिन अंकल ने कहीं ग़लत जगह हाथ नहीं लगाया और ड्राइविंग प्रैक्टिस के बाद सीधे स्कूल छोड़ दिया।

मैं ख़ासी मुक्तमन रही दिन भर। मन में पछतावा सा होता रहा कि कितना ग़लत समझ बैठी अंकल को। यूँ ही हाथ लग गया होगा। अंकल तो अच्छे इन्सान है। प्यार करते हैं। रितु को कस कर गले लगाने में भी उनका प्यार ही होता है। मेरे अपने पिताजी ऐसा नहीं करते पर पिताजी तो पुराने ख़्यालों के हैं। वे किसी को भी बाँहों में भरकर प्यार नहीं करते। माँ भी तो नहीं करती। उन लोगों को प्यार करना आता ही नहीं।

—

अगले दिन अंकल के बेटों को छोड़ने के बाद मैं जब ड्राइवर की सीट पर बैठी तो मुझमें अचानक काफ़ी आत्मविश्वास आ गया था। मैंने दोनों हाथों से स्टीयरिंग और पैरों से क्लच और ब्रेक ख़ुद सँभाला हुआ था और अंकल मुझ पर आँख रखे बस साथ वाली सीट पर बैठे मेरी ड्राइविंग की दाद दे रहे थे।

अचानक जैसे किसी आसमान में उड़ती चील ने झपटा मारा हो, अंकल ने अपने दोनों हाथों के पंजों से मेरी दोनों नन्ही-नन्ही छातियों को कसकर जकड़ लिया। मेरा स्टीयरिंग का संतुलन डगमगा गया। गाड़ी टेढ़ी-मेढ़ी चलने लगी और पलों में ही सड़क से नीचे उतरने लगी। अंकल चिल्ला पड़े—"यह क्या

कर रही हो!'' छातियों को जकड़े हाथ झपक देकर स्टीयरिंग सँभालने लगे और एक पैर से अंकल ने ब्रेक दबोच दिये। गाड़ी चरमराहट की तीखी आवाज़ के साथ रुक गयी। मुझको ऐसा लग रहा था जैसे उस चीख़ ने शरीर के साथ-साथ दिल-दिमाग़ को भी नोंच खाया हो। भीतर-बाहर से घायल यूँ ही सुन्न रही। होश आया तो रोना फूट पड़ा। दोनों हाथों से माथे और आँखों को ढँक कर सिसकने लगी। अंकल मेरे गाल बालों और कन्धे को पुचकारते हुए कहते जा रहे थे—''इट इज़ ओके माई डार्लिंग! बेटे इट इज़ ओके।''

कभी और रो रही होती तो अंकल का पुचकारना तसल्ली देता। अभी भी एक मन होता था ऐसे ही पुचकारते रहें अंकल, पर दूसरे ही पल मैंने उनका हाथ झटक दिया था—''प्लीज़! आई डोंट लाइक दिस। फिर ऐसा करेंगे तो पिताजी से बोल दूँगी।'' पहली बार मैं अंकल से गुस्सा प्रगट करने की हिम्मत जुटा पायी थी।

''क्या हुआ, क्या हुआ! तुमने तो आज ऐक्सीडेंट कर देना था। मैंने तो तुम्हें बचाने की कोशिश की। इस तरह टेढ़ी-मेढ़ी चला रही थी गाड़ी। इतनी जोर से क्लच मत दबाया करो... तुम तो मेरी गाड़ी ही तोड़ दोगी।''

जिस आत्मविश्वास से बेधड़क होकर अंकल बोले जा रहे थे मुझको लगा जैसे अंकल का उस तरह अचानक मेरी छातियाँ जकड़ लेना शायद मेरा भ्रम ही था। अंकल ने शायद कुछ ऐसा-वैसा ग़लत काम नहीं किया। कहीं, ऐसा तो नहीं कि अंकल को अंदाज़ ही न हो कि उन्होंने क्या कर डाला है। कि मुझे क्या चुभ रहा है। अंकल के चेहरे पर पश्चाताप या शर्म का ऐसा कोई नामोनिशान नहीं था जो मुझे अहसास दे जाता कि अंकल को पछतावा तो दूर की बात, अपने किये का अन्दाज़ है। पिताजी क्या तभी अंकल पर भी भरोसा नहीं करते थे ... कहते थे किसी के यहाँ भी रितु को नहीं छोड़ना... पिताजी को क्या अन्दाज़ था कि ऐसा कुछ हो सकता है... होता ही है।

लेकिन अंकल ने ऐसा किया क्यों? वे तो मुझे अपनी बेटी की तरह ही प्यार देते रहे हैं। कहीं ऐसा तो नहीं कि तूफ़ानी का ख़त पढ़कर अंकल ने मान लिया हो कि रितु कोई ऐसी-वैसी लड़की है?... क्या सच में अंकल उसे कोई गिरी हुई लड़की मानते है...वह रेडियो जाती है तो ...क्या उसे आज़माने की कोशिश कर रहे हैं अंकल? कि वह सच में गिरी हुई है तो ...लेकिन अंकल तो उसके अंकल है...ऐसा कैसे सोच सके वह...पिता समान हैं...उसके लोकल गार्जियन...वह तो अंकल को इतना मानती है...आखिर उसकी कौन सी ऐसी हरकत से अंकल को लगा कि वह ऐसे कामों के लिए...छिः छिः...क्या मेरी उभरती

छातियों और हावभाव ने ही अंकल के मन में ऐसी भावना जगा दी? तो सचमुच मेरा ही क़ुसूर है...? क्या करूँ मैं! मुझे लगा किसी मटियाले गढ़े में डूब रही हूँ मैं और जिसे किनारा समझ कर पकड़ने की कोशिश करती हूँ वह सिर्फ़ कच्ची मिट्टी है जो खुद भुरभुराकर बह रही है। फिर भी उसी भुरभुरी मिट्टी को पकड़ने को हाथ फिर से बढ़ जाता है...विश्वास टूटने पर भी विश्वास करने की मजबूरी...।

अंकल से मुझे डर लगने लगा था। अंकल के हर हावभाव, आवाज़ के हर पेच में यही पढ़ने की कोशिश करती कि यह कौन से वाले अंकल बोले रहे हैं। कभी लगता कि यह तो वही वाले अंकल है पर कभी वे कोई अजनबी हो जाते। मैं अंकल के बेटों के साथ ही गाड़ी से उतर कर स्कूल घंटा पहले पहुँच जाती। वापसी पर भी उनके साथ-साथ रहती। कई बार लगा कि अंकल भी मुझे इग्नोर कर रहे हैं। जैसे कि अगर मैं अंकल के मन की नहीं करूँगी तो अंकल मुझसे नाराज़ ही रहेंगे। पर रहें तो रहें। अंकल को ऐसी मनमानी नहीं करने दूँगी।

एक रात जब मैं अपने कमरे में सोयी हुई थी और साथ वाले पलंग पर सरिता सोयी थी। अचानक मुझे लगा कि जैसे मेरे पेट के नीचे वाले हिस्से से कुछ उँगलियाँ खेल रही है। मुझे लगा कि सपने में ही शायद ऐसा हो रहा है। मैं आँखें बन्द किये ही उन अजीब से स्पर्श को समझने की कोशिश करती रही। रात के अँधेरे में यह भी पता नहीं लगा रहा था कि सचमुच कुछ महसूस कर रही हूँ या कि महसूसने की कल्पना भर कर रही हूँ। जब तक मैंने आँख खोलने की हिम्मत की तो आसपास कोई नहीं था। किसी के जल्दी से चलते हुए पदचाप सुनाई दिये। मै हैरान सी लेटी रही। सुबह मुझे रात वाली अनुभूति का ख़्याल आया तो सोचती रह गयी कि वह कोई था या कि सपना देख रही थी। पर वे पदचाप तो सचमुच के थे...क्या सपने में ही सुने होंगे पदचाप भी...स्कूल जाते हुए मैंने अंकल के चेहरे पर भी उन पदचापों के निशान खोजने की कोशिश की पर किसी फ़ैसले पर नहीं पहुँच पायी।

शनिवार को स्कूल की छुट्टी रहती। अंकल उस दिन रात दस ग्यारह बजे लौटते थे। साथ में बच्चों के लिए ढेर सारे मेवे...अखरोट, चिलगोजे, बादाम और मूँगफलियाँ वगैरह ले आते। यही एक दिन था जब अंकल परिवार के साथ आराम से खाना खाते और शाम बिताते। बाकी शामें तो सुबह जल्दी उठकर जाने की हड़बड़ी होती थी। सब एक घेरे में बैठ शनिवार की रात को गप्प मारा करते और सूखे मेवे छील-छील कर साथ-साथ खाते जाते।

उस शनिवार को मैं इस पारिवारिक रिचुअल में हिस्सा नहीं ले पा रही

थी। अंकल की लायी इन चीज़ों को छूने में हिचक हो रही थी। जैसे अंकल पर से अचानक मेरे सारे हक़ ख़तम हो गये थे। उस घर में और किसी के तो मैं इतना नज़दीक नहीं थी। सरिता के भी नहीं। पहला रिश्ता अंकल से ही था। उन्हीं के कहने पर पिताजी ने उनकी देखरेख में मुझे छोड़ा था। अंकल के नाते से ही उनके घरवाले मेरे अपने हुए थे। अंकल से स्नेह सम्बन्ध नहीं रहा तो उन सब से मुझे क्या! लगा कि अब मुझे उस घर में भी रहना नहीं चाहिए। पर बीचोंबीच स्कूल छोड़कर जाऊँगी किधर। क्या पिताजी से यह कह पाऊँगी कि अब अंकल के यहाँ नहीं रह सकती...। पिताजी पूछेंगे तो क्या बताऊँगी?

फिर महसूस हुआ कि अंकल चाहे मुँह चबाते जा रहे थे और सबसे बतिया रहे थे पर उनकी आँखें मुझी को ही घूर रही थीं। पल भर को जी हुआ कि वहाँ से उठ कर चली जाऊँ। उठने को हुई ही थी कि अंकल आंटी की ओर मुख़ातिब हो बोले—"क्या बात है? यह रितु इतनी चुपचाप क्यों है? किसी से झगड़ा हुआ है क्या?" मेरा मन हुआ कि जोर से ताना मारती हुई अंकल से कहूँ-कुछ ऐसा कि जिससे सब को पता लग जाये कि अंकल ने क्या किया है मेरे साथ। कि अंकल जो ऊपर से दीखते है, वैसे नहीं हैं। वह एक चोट खाया हुआ भाव था। अब बड़ी होकर उस बात को सोचती हूँ तो लगता है कि शायद उनसे कहना सही होता कि एक तो चोरी, ऊपर से सीनाज़ोरी, पर चुप आँखें नीची टिकाये बैठी रही थी।

आंटी बोली—"हाँ पता नहीं आजकल कुछ चुपचाप सी ही रहती है।"

सरिता बोल उठी—"शायद अपने घर को मिस कर रही है।"

परायेपन का तीखा अहसास मुझको तीर की तरह चुभा। मैं सचमुच परायी हूँ, कोई और हूँ। वर्ना अंकल क्या सरिता के साथ कभी ऐसा करते। मैं बेटी नहीं, कोई और लड़की हूँ, किसी और की। अंकल भी जो दीखते है, वैसे नहीं, कोई और हैं। अचानक मुझे बुरी तरह माँ-पिताजी, अपने घर के माहौल की याद आने लगी। आँखें आँसुओं में डूब गयीं। आंटी ने मुझे सहला कर सहारा दिया।

अगले दिन इतवार था। अंकल बोले—"तुझे तो ज़्यादा ही घर की याद आ रही है। चल सरिता और तुझे आइसक्रीम खिलाकर लाते है।"

उस दिन मुझको यह ख़ास खातिर बहुत अच्छी लगी थी। मन होता था कि अंकल और मेरे बीच यह जो दूरी सी आ गयी है वह ख़त्म हो जाये। बस पहले वाले अंकल वापस आ जायें। और उस वक़्त यह महसूस हुआ भी था कि शायद पहले वाले अंकल वाप्सि आ गये हैं।

मुझे और सरिता को अंकल एक अँग्रेज़ी फिल्म दिखाने भी ले गये । मुझे वेस्टर्न किस्म की वह फिल्म ख़ासी बोरिंग लगी थी पर अंकल पर मन में बहुत स्नेह उमड़ता रहा। अंकल के बारे में अच्छा ही सोचना चाहती थी। फिल्म में पवन का ख़्याल आते ही जैसे अंकल के प्रति अपनी पूरी वफ़ादारी दिखलाने के लिए मैंने वह ख़्याल झटक दिया था। फिर भी मैं बड़ी सतर्कता से यह भी देखती रही थी कि अंकल सरिता को कब, कहाँ, और कैसे छूते हैं। ज़्यादा से ज़्यादा अंकल का हाथ सरिता के कन्धे पर ही एकाध बार पड़ा था। पर रितु को तो हाथ ही नहीं लगाया अंकल ने। फिर भी उससे मीठी-मीठी बातें करते रहे थे। मुझको लगा कि मैं फिर से अंकल के जीवन की सही धुरी में जगह पा रही थी। लगा कि यह बात ही मुझे इन दिनों बहुत दुःख दे रही थी कि मुझे पर क्या बीत रही है। अकेले में उनसे पूछना चाह रही थी कि वे मुझसे इस तरह परायों की तरह व्यवहार क्यों करते हैं?

अजीब बात थी कि जब मन संदेह से डसा होता तब भी होता कि अंकल पुचकार कर मेरी दुविधा मिटा दें!

उस दिन के बाद से लगा अंकल से मेरा रिश्ता फिर से सामान्य हो रहा था। जैसे फिर से उन पर भरोसा हो गया हो। मैं अंकल से यह भी कह गयी कि मुझे पैरों से सर्दी लगती है इसलिए नया जूता खरीदना होगा और अंकल ने वचन दिया कि आने वाले इतवार वे मुझे अपने एक दोस्त की दुकान पर अमीनाबाद ले जायेंगे जो बहुत अच्छे जूते बनाता है। मैं तब बहुत खुश हुई थी। मुझे मेरे अंकल वापिस मिल गये थे। रात की बात शायद सपना ही थी या भ्रम।

उस इतवार मैं बहुत चहक रही थी। बाल धोकर मैंने फिर से लटों में घूँघर डाले थे। गाड़ी में बैठी तो अंकल बोले पहले उनको एक काम से स्टोर जाना है उसके बाद अमीनाबाद चलेंगे।

मैं बड़े सहज ढंग से बोले—"पर इतवार को तो आपका स्टोर बन्द रहता है"

अंकल ने भी उतनी ही सहजता से कहा—"कुछ अकाउंट्स का काम करना है। वह सिर्फ़ इतवार को ही हो सकता है।"

उस दिन और कोई साथ नहीं था। पर मुझको अंकल का "एक्सक्लूसिव अटेंशन" पाकर बड़ा सुख मिल रहा था। जैसे रितु अंकल की चहेती इकलौती बेटी हो! सरिता से भी ज़्यादा प्यारी! हज़रतगंज में अपने स्टोर के आगे अंकल ने कार रोकी तो कुछ दूर खड़े लड़कों के झुंड ने दूर से ही कुछ फ़बतियाँ कसीं। मैं डर गयी। सोचा कि मेरा शरीर सचमुच इतना बड़ा दीखने लगा था कि लड़के

कोई युवती समझ बैठते थे। थी तो मुश्किल से पन्द्रह की ही पर मैं अब पाँच फुट चार इंच लम्बी हो चुकी थी।

मैं सुरक्षा पाने के लिए अंकल के और भी निकट हो गयी। मुझे लड़कों के झुंड से हमेशा डर लगा करता था। स्कूल के बाहर अकसर साईकिल सवार लड़के लड़कियों को छेड़ कर तेज़ साईकिल चला हवा हो जाते। एक बार पिछली क्लास में जब मैं खुद साईकिल चलाकर जा रही थी तो एक साईकिल सवार लड़का मेरी छातियाँ मसलता तुरन्त आगे निकल गया था। गिरने-गिरने को हो गयी थी। किसी तरह हैंडल सँभालकर साईकिल से उतरी तो बेकाबू गुस्से ने रोना ला दिया था। जब भी इस तरह लड़कों का झुंड देखती तो इन जवान लड़कों से नफ़रत और घबराहट होती जैसे कि वे हर वक़्त हमला करने पर उतारू हों।

अंकल ने उन लड़कों की परवाह न करके स्टोर के शटर खोले और हम दोनों अन्दर दाखिल हुए तो अंकल ने शटर बन्द कर दिये।

मुझे घबराया देख अंकल ने जोर से अपनी छाती से चिमटा लिया था। धीरे से मेरी ओठों का कोना चूम लिया। फिर हल्के से अपनी छाती से मेरे उरोजों को दबाते हुए बोले—''तू बैठ। मैं जल्दी से अपना काम ख़त्म करता हूँ।''

मैं पीछे गोदाम की तरफ चली गयी जहाँ टाफियों-गोलियों के कनस्तरों के बीच बेटों के साथ अंकल का इन्तज़ार किया करती थी।

अभी तसल्ली से बैठे पाँच-दस मिनट ही हुए होंगे कि अंकल सामने आकर बोले—''कुछ लोगी?''

अंकल की आँखों में पता नहीं क्या दिखा, मैं और डर गयी।

''नहीं... कुछ नहीं चाहिए।''

अंकल और करीब आकर बोले—''कोक पियोगी। पेप्सी भी है? कौन सा पसन्द है तुमको ?''

अंकल का साँस बहुत तेज़-तेज़ चल रहा था। आँखें लाल हो रही थी। मेरे मुँह से कोई स्वर नहीं निकला। जैसे किसी रिफ्लेक्स एक्शन से मैं कुछ पीछे को हटी। गोदाम के उस केबिननुमा दफ़्तर में कहीं बहुत दूर जाने की जगह नहीं थी।

अंकल ने झपट कर मुझे बाँह में भर लिया और दबासट ओठों पर चुम्बन ज़ड़ने लगे। अपने को छुड़ाने की कोशिश में कुरसी उलट गयी। कुर्सी के पैरों की नोकों से बचाने के लिए अंकल ने मुझे और कस कर अपनी गिरफ़्त में ले लिया। मेरे जिस्म का सारा जोर निचुड़ गया था। एक विकराल बाज़ ने झपट्टा देकर जैसे नन्ही सी चिड़िया को पंजे में दबोच लिया हो। मैं अपने होश हवास खो रही थी। पेट के नीचे वाले हिस्से में अंकल का सख्त दबाव महसूस हुआ।

अंकल ने मेरी सलवार के अन्दर हाथ डाल दिया था और वहाँ उसे महसूस करने लगे। बोले—''गीली तो है तू।''

मुझे नहीं समझ आया था कि क्या हो रहा था मुझे। दूसरे पल ही मैंने अपने दोनों हाथों से अंकल को जोर से झटका। अंकल की बाँहों ने फिर से दबोच लिया मुझे। फिर एक हाथ से पैंट का ज़िप खोल कर वे मुझे कोई लपलपाता जन्तु दिखा रहे थे। मैंने घबराकर आँखें बन्द कर ली। अंकल ने लगभग गिड़गिड़ाते हुए कहा—''इसे छू के देख। ज़रा सा छू के तो देख। बहुत मज़ा आयेगा।'' और मेरा हाथ खींच कर अपने गर्म-चिपचिपे अंग पर धर दिया। मुझे घिन सी हुई और हाथ हटाने की कोशिश की पर अंकल का हाथ मेरे हाथ पर दबाव डाल रहा था। फिर अपना पूरा जिस्म मेरे जिस्म पर रगड़ते हुए इल्तज़ा की—''मेरी बात...बस इतनी सी बात तो मान के देख। सच कहता हूँ बहुत मज़ा दिलाऊँगा।'' और अंकल ने वहीं मेज पर मुझे अधलेटा कर अपने हाथों से मेरा मुँह दाब दिया था। जैसे शरीर के हर छिद्र से कोई मेरा साँस बन्द करने पर तुला हो। मुझे लगा कि मेरी साँस एकदम रुक गयी है। घबराकर मैंने जिस्म की पूरी ताकत से धक्का लगाया। पर तब भी हटा नहीं पायी वह बोझ अपने पर से। मैं एकदम थककर निढाल सी होने लगी थी। एक अनाम से डर ने अचानक मुझको सजग-सा कर दिया। फिर से पूरी ताकत लगाकर इस बार अंकल को पीछे धकेल दिया था।

''प्लीज़ अंकल...प्लीज़...डोंट डू दिस टू मी...प्लीज़'' शायद मैं चीखी थी। अचानक बाहर दुकान के शटर पर जैसे जोर-जोर से धौल पड़ने लगे थे। लगा शायद वे लड़के खटखटा रहे थे। ''दरवाजा खोलो'' की कुछ सम्मिलित आवाजें।

अंकल का चेहरा एकदम फक्क पड़ गया था। उन्होंने खुद को सँभाला और दुकान के अग्रभाग की ओर चले जहाँ कि दरवाजा बज रहा था।

दरवाज़ा कुछ मिनटों तक बजता रहा। अंकल यूँ ही साँस रोके खड़े रहे।

मैंने सलवार बाँधी, दुपट्टा सँभाला और सीधे दरवाजे की ओर बढ़ी। अंकल ने पहले इशारे फिर मेरे मुँह पर हाथ रख मुझे बोलने से मना कर दिया।

आवाज़ें बन्द हो गयीं। वे लड़के कुछ फ़बतियाँ कस के वहाँ से गायब हो गये तो अंकल ने मेरे मुँह पर से हाथ हटाया।

मैं सीधे बाथरूम की ओर भागी। मेरी टाँगों के बीच एकदम चिपचिपा हो रहा था। यहाँ तक कि चलना मुश्किल था। सलवार ख़ून और बलगम जैसे द्रव्य से सनी हुई थी। मुझे समझ नहीं आ रहा था करूँ तो क्या कितनी देर तक बाथरूम में यूँ ही बैठी रही। फिर टाँगे धोती रही। हाथ पोंछने वाले तौलिए से ही सलवार

को जितना साफ़ कर सकती थी किया। भीतर-बाहर जिस्म और मन, हर कहीं बेहद गिचपिच महसूस होती रही, घिन होती रही। यहाँ तक कि अपने आप से भी घिना रही थी मैं जैसे मैं अचानक कोई गिलगिली-चिपचिपी सी चीज़ में तब्दील हो गयी थी। अंकल खुद मेरे लिए कोई घिनौना, लिजलिजा पदार्थ बन गये थे। मेरे भीतर सिर्फ़ घृणा उठ रही थी उनके लिए और अपने लिए भी।

मिनटों में हमारा रिश्ता कुछ का कुछ हो गया था। जिन अंकल के भरोसे मैंने पूरी तरह खुद को छोड़ा हुआ था, अब अचानक मेरे और अंकल के बीच कोई दीवार आकर खड़ी हो गयी थी। अंकल उसे कभी पार नहीं कर पायेंगे। अब मुझे मालूम है वे कहाँ तक जा सकते हैं? कौन सी सीमायें तोड़ सकते है! कौन सी मर्यादा भंग कर सकते हैं! यही असल रूप है अंकल का। कितना घिनौना! कितना बड़ा धोखा। बस यहीं ख़त्म यह रिश्ता!

मैं न चिल्लायी, न रोयीं बस सुन्न थी। मेरी सोचने की ताक़त ख़त्म हो चुकी थी। बस कहा—"मुझको पानागढ़ जाना है। यहाँ नहीं रहूँगी।"

अंकल बौखलाये से बोले—"क्या बक रही हो? अपना दसवीं को बोर्ड...सब यूँ ही...।"

स्कूल जो मेरे लिए सबसे अहम था...जहाँ अपने भाविष्य को गढ़ा करती थी...सहेलियों से भरी क्लास में...विज्ञान के मास्टरजी, अँग्रेज़ी की बहनजी...रेडियो-स्टेशन के लॉन में मेरा इन्तज़ार करता तूफ़ानी...सब चेहरे एक दूसरे में गड्डगड्ड हो रहे थे...क्लास में सवाल पूछने को उठे हाथ...हँसी...अठखेलियाँ सब मुझ से जैसे बहुत दूर छूटा जा रहा था। सब कुछ जैसे कोई बहुत पुरानी बात हो। मेरे भीतर बस एक ही बात छायी थी। मुझे चला जाना है। निकलना है यहाँ से। यहाँ बच नहीं पाऊँगी मैं!

जो हाथ आगे बढ़ा था वही मेरा गला दबा रहा था। पता नहीं कहाँ से आवाज़ निकली—"इम्तहान प्राईवेटर्ली दिया जा सकता है।" मैंने शब्दों को बहुत जमा जमा कर कहा। पहली बार लगा कि जिसे अन्धकारमय भविष्य मानती थी, अब अन्धकार की गहराई और सघनता का कोई अन्त ही नहीं था।

दो

एक तरफ़ मैं खुद को बार-बार यह समझाने की कोशिश करती थी कि कुछ नहीं हुआ। मैं अपने शरीर को खुद से छिटक कर अलग कर देती। जैसे कि जो कुछ हुआ इस शरीर के साथ हुआ। मेरे साथ नहीं। यह सब पीछे डाल कर मैं अपनी नयी ज़िन्दगी शुरू करूँगी शरीर ही तो है। शरीर की बात नहीं सोचूँगी। उसे कोई तूल नहीं दूँगी। भूल जाऊँगी सब कुछ। वह मैं तो वही हूँ न वही रितु। मैं तो वह शरीर नहीं।

रात बहुत मुश्किल से कटती।

वहीं जैसे कोई डरावने साये से मेरे ऊपर मँडराते रहते। अकसर रात को सपने में अजीब सी आकृतियाँ देखती...लगता जैसे कोई मेरा दम घोंट रहा है...मैं हड़बड़ा कर उठ बैठती, शरीर पसीने में सराबोर होता।

बार-बार खुद से कहती कि अपने अँधेरे को रौशनी से भरना या अँधेरे में ढके रखना सब मेरे ही हाथ में था। छूट जाये स्कूल तो छूट जाये। स्कूल सहायक हो सकता था पर सब कुछ स्कूल ही नहीं था। सब कुछ तो था मेरा अपना फ़ैसला, अपना इरादा, अपने पर विश्वास। इसलिए यहाँ से तो जाना ही था।

मन होता मंजू से पूछूँ कि क्या तेरे घर रह सकती हूँ। पर उसे कैसे बताती कि क्या हुआ है मेरे साथ?

रहने को तो वही घर था अंकल का। बस कोशिश रहती कि कोई न कोई मेरे आसपास हो कि अकेले अंकल का सामना न करना पड़े। अंकल के साये से भी दहशत होती। उनके उस घर में होने का अहसास ही मेरी संवेदनाओं को जड़ कर देता।

बार-बार पश्चाताप सा होता रहता—''अगर पिताजी का कहना मान लिया होता तो यह दिन कभी न आता। अंकल पर मैंने इतना विश्वास किया ही क्यों?

क्या पागल हो गयी थी। जो उनके साथ अकेली चली गयी। पर यह पहली बार तो नहीं थी। जाती ही रहती थी उनके पास। तो क्या ग़लत हुआ था इस बार?

अंकल की हिम्मत कि मुझे मज़ा देने की बात करते हैं। यह मज़ा था? मज़ा ले रही थी मैं? क्या खुद जिम्मेदार हूँ मैं? पहली बार जब अंकल ने हाथ लगाया था तो क्या मुझे समझ नहीं लेना चाहिए था। दुबारा क्यों चली गयी अकेली साथ? क्यों नहीं समझ पायी कि कुछ दिन हाथ न लगाना मेरा विश्वास फिर से जीतने की युक्ति थी। मैं सोचती रही कि अंकल सचमुच मेरा ख़्याल करते हैं, प्यार करते हैं मुझे बेटी की तरह। मुझे नुकसान नहीं पहुँचा सकते। जूतों की भी ऐसी क्या ज़रूरत आ पड़ी थी। उनके बिना भी गुज़ारा तो हो रहा था। ओह! क्यों हुआ यह मेरे साथ? क्यों??

अंकल में अचानक यह परिवर्तन क्यों आ गया? क्यों किया ऐसा मेरे साथ? मेरे भीतर का सारा आदर, सारा स्नेह नफ़रत के जल के तीखे बहाव से बुहारा जा रहा है?

कितना भयानक, कितना ज़हरीला हो गया है यह रिश्ता !

जिससे कहूँगी वह भी तो मुझी को दोष देगा।

मन हुआ अजय को लिख दूँ ख़त और सारी बात बता दूँ। वह कुछ तो करेगा ही। अगले दिन जब बहुत भरी बैठी थी, स्कूल की आधी छुट्टी में ही एक सूने
कोने में जाकर बैठ गयी। कापी के ही एक पन्ने को फाड़ खत लिखना शुरू किया—प्रिय अजय तुमको कुछ बतलाना है। एक बहुत बड़ी दुर्घटना हो गयी है मेरे साथ। हाँ दुर्घटना ही कहूँगी। सब कुछ इतना अचानक, यूँ ही...बस पता ही नहीं लगा। जब हो गया तभी पता लगा कि कुछ बहुत ग़लत, बहुत खराब हुआ है। कैसे बताऊँ तुमको अजय? कैसे बतलाऊँ! तुम पता नहीं क्या सोचोगे मेरे बारे में...पर मैं सचमुच कसूरवार नहीं हूँ। मुझे कुछ नहीं पता था। अंकल इस तरह कर सकते हैं, यह कभी सोच ही नहीं सकती थी...तुमसे बात करना बहुत ज़रूरी है। बहुत जरूरी है अजय। मुझे कुछ समझ नहीं आ रहा कि मैं क्या करूँ। क्या तुम मुझसे मिलने आ सकते हो? सिर्फ़ दो तीन दिन के लिए। बस उतना ही काफ़ी होगा...पर तुम्हारा आना ज़रूरी है। मुझे समझ नहीं आ रहा कि मैं क्या करूँ, कैसे सम्हालूँ मुझे बहुत डर लग रहा है अजय। बहुत

डर । तुम आ जाओ प्लीज़ जल्दी से...

अभी मैं लिख रही थी कि सामने से मंजू मेरी तरफ बढ़ती आती दिखायी दी। वहीं से चिल्ला रही थी—"आधी छुट्टी ख़त्म होने को आयी और तूग़ गायब ही हो गयी...

मै डर के मारे पसीना-पसीना हो गयी। सेकेंडों में ख़त की चिंदियाँ-चिंदियाँ करके बस्ते में डाल दी और ख़ुद को सहज करने को प्रयास करने लगी।

वह ख़त दुबारा नहीं लिखा जा सका। पता नहीं क्यों पर कुछ ऐसा लगने लगा कि अजय को बताने से क्या होगा। जो हुआ वह तो पलटेगा नहीं। मैं ही कहीं उसकी नज़रों में गिर न जाऊँ। वह पता नहीं क्या सोचने लगे कि रितु कैसी लड़की है!

एक बार अजय मेरे बारे में कुछ ऐसा वैसा सोचने लग गया तो फिर कहाँ जाऊँगी मैं ...! उसने तो कहा भी था कि अंकल उसे अच्छे नहीं लगते। पर तब मैं सोचती थी कि अंकल उसे प्यार नहीं करते थे जैसे कि मुझे, तो उसे बुरा लगता होगा। पर अब वह शायद यही कहेगा कि मैंने तो पहले ही तुझे कहा था। तूने पिताजी से भी जिद की उनके यहाँ रहने की। अपने किये का ही भोग रही है! नहीं प्लीज, ऐसे मत कहना अजय। ओह अजय भी इतना क्रूर हो सकता है मेरे प्रति!

या शायद मैं ही अपने डर और चिन्ताओं को उस पर आरोपित कर रही थी!

दो दिन बाद पिता जी पहुँच गये थे। वे अंकल से बात करने अलग कमरे में चले गये थे। घर में बच्चे जो फैले थे। पिताजी ने हम सबके सामने कुछ नहीं कहा था। बस अंकल और वे ऊपर छत पर चले गये थे। तार अंकल ने ही भेजा था उन्हें। जब मेरे पिताजी के साथ वापिस जाने की बात उठी तो सारे बच्चे बहुत हैरान थे। उनसे आंटी ने कहा कि रितु की माँ की तबियत बेहद ख़राब है इसी से वह पढ़ाई बीच में छोड़कर जा रही है।

बड़ी जल्दी में ही पकड़ी थी रेलगाड़ी। अभी मुश्किल से बैठे ही थे कि पिताजी ने जेब से खुसर-पुसर करके कुछ निकाला। पवन का ख़त पिताजी के हाथ में देख सकते में आ गयी थी मैं। बहुत सख़्त आवाज़ में पिताजी ने कहा—"तो इसीलिए रुकी थी यहाँ पढ़ाई के बहाने इश्क लड़ाया जा रहा था।"

मैं बुत बनी देखती रही ज़मीन को। पिताजी मुझी को कुसूरवार मानते हैं। तो अंकल ने खुद को जवाबदेही से बचाने के लिए यह कहानी गढ़ी थी। और

मैं? क्या बता सकती हूँ पिताजी को कि क्या सच में हुआ? पिताजी शायद मुझी को मार डालेंगे!

क्या पिताजी असलियत को कभी जान पायेंगे? मुझको लगा जैसे कि पिताजी के सामने मुझे एकदम नंगा करके खड़ा कर दिया गया है और मेरे जिस्म के हर हिस्से से छातियाँ ही छातियाँ उग आयी थीं। अपने दो हाथों से कहाँ-कहाँ छिपाऊँ। उस वक़्त रेलगाड़ी अगर टकरा जाती और उस दुर्घटना में मेरी मौत हो जाती तो मुझे निस्तार मिलता। पर रेलगाड़ी तो नियत गति से बढ़ रही थी। किन्ही धचकों का भी सहारा नहीं मिला था मुझे।

बहुत हिम्मत करके कुछ कहने को सिर उठाया तो अचानक लगा कि मेरे माथे पर दो घिनौनी छातियाँ उभरी हुई थीं और पिताजी वितृष्णा से उन की ओर देख रहे थे।

ट्रेन के डिब्बे में खिड़की के बाहर सूने अँधेरे में ताक रही थी जब पिताजी ने कहा—"एक बात पूछूँ?"

"हूँ"

"हुआ क्या था? ओमी कह रहा था कि पढ़ाई के बजाय तू ग़लत रास्ते पर चल रही थी..." क्या सचमुच पिताजी को बतला पायेगी किसने कहाँ-कहाँ ज़ख़्म किये हैं उसके या अब सारे सवाल-जवाब बेमतलब थे।

"पवन...अंकल..." मैं सिर हिलाते हुए उनको समझाने की कोशिश कर रही थी। पर शब्द नहीं थे मुँह में।

पिताजी ने मेरी मौन भाषा में ही पता नहीं कुछ पढ़ लिया था या नहीं, कह नही सकती।

बोले थे—"ग़लती मेरी ही थी। जवान होती लड़की को किसी दूसरे के घर छोड़ना ही नहीं चाहिए।"

फिर लम्बी साँस भर बोले—"तेरी ज़िद के आगे भी तो हार जाना पड़ता है।" पिताजी की आवाज़ में गहरी उदासी और पछतावा था।

पिताजी की नज़रों में मैं ही कहीं गुमराह हो गयी थी।

पर मैं निःशब्द ही थी। जबान कुछ कहने को होने से पहले ही सुन्न हो जाती।

मैं दोनों ओर से ही दोषी थी। पिताजी ने तो कितना रोका था अंकल के यहाँ रुकने को। पर पिताजी कोशिश करते तो शायद मुझे भी किसी बोर्डिंग में दाख़िला मिल जाता? क्या दोष पिताजी पर मढ़ना चाहती थी या अपने को

निर्दोष साबित करने की कोई आड़ खोजती थी जो मिल के नहीं दे रही थी!

माँ-दीदी के अलग सवाल होंगे। घर में सब पूछेंगे...क्या हुआ था? पढ़ाई बीच में छोड़ क्यों वापिस आ गयी?

शायद पिताजी यह कह सकते है कि बीमार हो गयी थी।

माँ को तो पता लगेगा ही। जाने किस-किस को बताये या चाहे छुपा ही जायें। क्या पिताजी यही कहेंगे माँ से कि ग़लत रास्ते पर चली गयी थी। क्यों करें? अंकल रोक नहीं पा रहे थे ग़लत दिशा में जाने से तो वापिस माँ बाप के पास भेज दिया।

माँ क्या जान जायेंगी असल बात।

ओह कितना बड़ा फ़रेब!

मैं ख़ुद तो कभी किसी से कुछ नहीं कह पाऊँगीं सब मुझे को तो बुरा कहेंगे।

गन्दी हो गयी रितु। बट्टा लग गया उस पर। शायद अब कोई शादी भी नहीं

करेगा उससे। गप्पो सुनाती थी यही सब। एक झिल्ली होती है, वह फट जाती है पहली बार में, चादर पर ख़ून लग जाता है। पति देखता है चादर पर लगा ख़ून, समझ जाता है कि पत्नी कुमारी है। उसका खून नहीं होगा। सबको पता चल जायेगा कि भंग हो चुका है इसका कौमार्य। फिर छोड़ देगा पति। या पीट-पाट के घर से निकाल देगा।

क्या गप्पो से ऐसी वैसी बातें किया करती थी, उसी की सज़ा मिली है?

क्या सिर्फ़ बातें करना इतना बुरा होता है? तब तो गप्पो के साथ भी कुछ हुआ होगा? कैसी पागलपन की बातें सोच रही हूँ।

कैसी ज़िन्दगी हो जायेगी मेरी। हमेशा सर पर यही डर सवार। क्या शादी नहीं होगी मेरी? सारी उम्र अकेले? नहीं ऐसा कैसे हो सकता है। माँ पिताजी शादी तो करेंगे। समस्या उसके बाद आयेगी। लांछन लगेगा। बेइज़्ज़ती की जायेगी। शायद मर जाना पड़े। बदनामी तो अभी भी होगी। पता नहीं किस-किस को क्या ख़्याल आयेगा मेरे इस तरह शहर छोड़ देने पर। अंकल का परिवार? पता नहीं वे लोग किस से क्या-क्या कहें? और वे लड़के जो दरवाजा खटखटा रहे थे। उन्होंने भी तो मुझे देखा था। पता नहीं क्या-क्या उड़ायें मेरे बारे में। पता नहीं कैसी गिरी हुई लड़की कहें मुझे।

लेकिन मैं तो अंकल के साथ थी। कोई पूछे तो यही कहूँगी—"अपने अंकल

के साथ कहीं भी जा सकती हूँ। उनके स्टोर में तो रोज़ ही आना होता है मेरा। अंकल के घर ही तो रहती हूँ। लेकिन मेरे मन को मेरे जिस्म को तो पता है न कि क्या हैं ये अंकल। चेहरे पर दर्ज़ नहीं होते किसी के काले भाव, काली नीयत। इतना विश्वासघात।

कभी छुटेगा यह दाग़। कभी धुल पायेगा यह मैल! अब तो कभी नहीं मिटा पाऊँगी यह पत्थर की लकीर! और यह कष्ट, यह घाव? भर पायेगा कभी!

ओह! मुझे तो मर जाना चाहिए। एक बार मर गयी तो इन तीखे घावों, इन चिन्ताओं से तो छुट्टी हो जायेगी। फिर जो हो सो हो!

क्या समाप्त हो गया मेरे लिए भविष्य?

क्या मुझे भी आत्महत्या कर लेना चाहिए? जैसे फिल्मों में होता है, अख़बारों में निकलता है? जब सामने अँधेरा ही अँधेरा हो तो और कर भी क्या सकता है इन्सान। मैली हो गयी चुनरी। अब मिट्टी ही शरण बन सकती है? और कहाँ है निस्तार! मिट्टी में ही नहीं दीखती मैल। बाकी हर जगह ढिंढोरा पीट-पीट कर अपनी घोषणा करती है। कहीं छुपा नहीं सकती । सिर्फ़ मौत! सिर्फ़ मौत! क्या मरना होगा मुझे? माँ का चेहरा देखने से पहले ही ख़त्म हो जाऊँ तो कुछ भी सहना नहीं होगा। और अजय...वह क्या कहेगा? किसकी बात सही लगेगी उसको? कौन क्या बतायेगा उसे? उसकी रितु यूँ ही बिन बताये दुनिया से गायब हो गयी। अजय झेल नहीं पायेगा मेरा यूँ ही इस दुनिया से चले जाना। नहीं अजय से मिले बिना जा नहीं सकती!

और पवन? उससे पूछ लूँ? लेकिन उसे कैसे बतला पाऊँगी? पता नहीं क्या-कुछ सोचे मेरे बारे में। घटिया, बदनाम लड़की! अच्छा है उसे भी कुछ नहीं पता लगे। मरने की ख़बर उसे मिलेगी तो अपने-आप ही कुछ सोच लेगा। शायद तरस खा लेगा। तूफ़ानी कहती थी मैं उसे। कितना हैरान होगा कि उसने आत्महत्या क्यों कर ली। नहीं...तूफ़ानी को भी कभी नहीं बतलाऊँगी। तूफ़ानी मिलेगा ही कब? अब तो पिताजी के साथ जा रही हूँ। यहाँ लौटना तो होगा नहीं। कहीं और हो जायेगा पिताजी का तबादला। सब पीछे रह जायेगा। सब कुछ भूल जाऊँगी। ऐसे कि जैसे कभी कुछ हुआ ही नहीं था। अंकल सामने नहीं रहेंगे तो सोच लेना आसान होगा कि यह सब घटा ही नहीं।

मेरे सिवा और कोई जानता ही नहीं। भुला दूँगी सब कुछ!

नहीं। मैं मर नहीं सकती। जीऊँगी। जैसे भी हो, जीना है मुझे।

नहीं मेरी ज़िन्दगी का अन्त नहीं होगा इतनी जल्दी। अभी से मर जाऊँगी तो...रेलगाड़ी किसी पुल पर चढ़ गयी थी। पुल पार करती गाड़ी का भयंकर शोर मुझे हमेशा डरा देता था...एक बार फिर मुझे लगा कि उस भयंकर शोर से घबराकर

मैं अँधेरे में पुल के नीचे दबी नदी में छलाँग भी लगा सकती थी। पिताजी सामने हैं मेरे। नहीं, मैं ऐसा कभी नहीं करूँगी।

फिर एक अंकल इतने अहम नहीं कि उनके विश्वासघात से मैं अपनी जान दे डालूँ! तभी पिताजी के हाथ का नर्म स्पर्श मैंने अपने कन्धे पर महसूस किया।...मैं चौंकी। एक दहशत की लहर सी मेरे भीतर को चीर गयी। यह क्या होने जा रहा है। क्या फिर से...क्या पिताजी भी...क्या गुमराह, बदचलन कह कर कोई भी...मैंने भीतर के डर को कस कर आक्रामक भाव से सिर घुमाया। पिताजी के उदास चेहरे पर हल्की सी तसल्ली की चमक झलक रही थी। मैंने महसूसा...यह स्पर्श अलग था...बहुत कोमल, बहुत आश्वासन भरा था वह स्पर्श। मुझे भावी की तसल्ली देनेवाला। मुझे अपनी जान ले लेने से रोकनेवाला। पिताजी बुदबुदा रहे थे—"कोई बात नहीं। सब ठीक हो जायेगा। प्राइवेटली इम्तहान दे देना।...बहुत ज़रूरी है कि पढ़ाई में मन लगाओ और इम्तहान की तैयारी करो। साल ज़ाया नहीं करना।"

मैंने तब महसूस किया था पिताजी को बहुत गहरी चोट लगी है जैसे उनसे अपने-आप से कुछ ग़लत हो गया हो। वे मुझ पर नहीं अपने आप पर रंज कर रहे थे। जैसे मुझे नहीं अपने आप को तसल्ली दे रहे थे।

भोर का उजास आसमान के कोनों से झाँकने लगा था। मैंने ग़ौर किया पिताजी का चेहरा अब भी ज़र्द था। मुझे तसल्ली देकर वे फिर अपनी सोच की अँधेरी दुनिया में खो गये थे।

तीन

मेरे जीवन में एक और बड़ा बदलाव हुआ था और वह था मेरे जुड़वाँ भाई अजय का घर से चला जाना। वह मेरा दोस्त, सखा, अन्तरंग, सभी कुछ था। हर दिन का साथ था। फिर उम्र आते ही रास्ते अलग अलग।

सचमुच अजय के बिना कितनी अकेली हो गयी थी मैं। लेकिन यह तो नहीं सोचा था कि इस तरह का कुछ भी हो सकता है। अजय पर उन दिनों बहुत ग़ुस्सा आता रहता था। कितना बदल गया था वह? जैसे वह अजय रहा ही नहीं। उसका, समाज, उसके दोस्त, उसकी बातें, सब कुछ तेज़ी से बदलता रहा था।

उसकी कुछ जनसंघियों से दोस्ती थी। ये सब एक पानवाले की दुकान पर इकट्ठे होते थे। इनमें से कुछ घरों में काम करने वाले नौकर, चौकीदार, रसोइये क़िस्म के लोग ज़्यादा थे। एकाध पड़ोस के दूसरे लड़के भी थे। मैंने एकाध बार मार्केट से आते हुए अजय को वहाँ खड़े देखा भी था। मैं उधर से आँख हटा लेती थी क्योंकि मुझे मालूम था कि अजय को पसन्द नहीं है मेरा लड़कों की ओर देखना। फिर वे लोग मुझे घूरते तो शायद उसकी उनसे लड़ाई हो जाती जो वह चाहता नहीं होगा। आखिर वह उसी का झुंड था। वह वहाँ मुझे साथ जाने से मना करता। कहता वह लड़कियों के जाने की जगह नहीं। सिर्फ़ लड़के जाते हैं वहाँ! तब हम दोनों तेरह के हो चुके थे। मैं बड़ी लगने लग गयी थी। थोड़ी-थोड़ी छातियाँ भी उभरने लगी थीं। अब हम दोनों के दोस्तों-सहेलियों के झुंड अलग-अलग हो गये थे। मैं रेडियो जाने लग गयी थी। मेरा उसमें बहुत मन लगता था। वहीं पर बहुत से बच्चों से मेरी दोस्ती हो गयी थी।

हाँ तो जैसा कि मैंने शुरू में कहा, सिर्फ़ चौदहवें साल ने ही मुझको अचानक बड़ा कर दिया था।

अपने बड़े होने से शायद मैं अनजान रह जाती। पर कानपुर का वह पूरा मुहल्ला जैसे मुझ पर आँख टिकाये था। तब मैं कैसे अपनी तरफ घूरनेवालों को

नज़रअन्दाज़ करती।

फिर भी मैं अपने ढंग से रहने की कोशिश करती। अपनी अदा से, अपने अन्दाज़ से। अपने बचपन को याद कर-कर के। उन घूरती निगाहों से जैसे-तैसे बच-बचाव करके!

लेकिन आईने के आगे खुद को निहारना बहुत भला लगता। जब घर के दूसरे लोग कामों में लिपटे रहते तो मैं माँ के बेडरूम में आदमकश शीशे के आगे खड़ी हो जाती। कभी दायें से अपना प्रोफाइल देखती कभी बायें से। एक मिनट को कमर पर हाथ धरकर खड़ी होती तो दूसरे पल मधुबाला, निम्मी या नरगिस जैसी फ़िल्मी तारिका के स्टाइल का दुपट्टा बाँध लेती। कभी माथे पर, कभी कमर पर, कभी कन्धे से गिरा कर आड़ा करके किनारे पर गाँठ लगा देना। अचानक जिस्म के उभारों पर निगाह पड़ती तो शर्म के मारे दुपट्टे से पूरा का पूरा आगा ढँक लेती।

इतवार की सुबह मुझे स्थानीय रेडियो स्टेशन जाना होता। वहाँ से प्रसारित होनेवाले बच्चों के प्रोग्राम में हिस्सा लेने। एक दिन मेरी सहेली प्रभा वहाँ जा रही थी तो मैं भी साथ हो ली। वहाँ आडिशन हुआ और मैं सेलेक्ट हो गयी। बस फिर हर हफ़्ते इतवार को बच्चों के कार्यक्रम में हिस्सा लेने जाना होता।

मैं सुबह-सुबह नहाकर बाल सुखाते हुए उन्हें दो हिस्सों में बाँट देती और चोटी बनाने के बजाय दोनों लटों को उँगलियों से मरोड़कर छल्ले बना डालती। तिरछी माँग निकाल कर लटों को ऊपर से ढीला छोड़कर रिबन बाँध देती। रिबन के फुँदने के नीचे लटके टेलीफोन की घुमावदार तार से घुँघरदार छल्लों को सामने को करके आईने में खुद को निहारती। फिर उन लटों को जोर से पीछे को झटकती तो नन्हीं-नन्हीं छातियों के उभार फिर से उस आईने के भीतर से ताकने लगते। मैं दोनों कन्धों को आगे करके उन उभारों को वहाँ से हटाने की कोशिश करती। पर वे जैसे और बड़े होकर भरपूर आकार ले लेते। अपने उस काल्पनिक रूप को देख मैं सहम जाती। मैं भी दीदी की तरह...और जीजा जी...और उन स्पर्शों-आकारों को अनुमानती मेरे रोंगटे खड़े हो जाते।

पिछले महीने दीदी ससुराल से फेरा डालने आयी थीं तो मुझे दो अँगियाँ ख़रीदकर दे गयी थीं। साथ कहा—"अभी से शुरू कर दे पहनना...वरना शेप खराब हो जाती है...चौदह की तो होने ही वाली है तू।"

दीदी का इस तरह उनकी ओर इशारा करना मुझ को इस क़दर परेशान कर गया कि उस उगाव का अहसास हर पल बना रहता। मैं अँगिया को खूब कस कर बाँध लेती कि बाहर से सब सपाट दिखे। किसी को भी उनके होने का अन्दाज़ न हो। अभी इतनी जल्दी बड़ी नहीं दिखना चाहती। अलमस्त बचपन से विदा

लेने को तैयार नहीं थी अभी मैं।

अभी तो रेडियो स्टेशन पर भी बच्चों के प्रोग्राम में ही नियमित तौर पर हर इतवार की सुबह हिस्सा लिया करती थी। वही दुनिया थी मेरी। आज कल हमारा एक सीरियल चल रहा था "तूफ़ानी के कारनामें"। इसमें मैं मुख्य नारी पात्र...राजकुमारी...की भूमिका कर रही थी। तूफ़ानी था पवन। पवन मुझसे एक साल अगली क्लास में था, ठीक अजय की तरह यानि कि दसवीं में। अजय के जैसा ही गम्भीर चेहरा-मोहरा वैसा ही क़द-काठी। पूरे रेडियो स्टेशन में पवन को बहुत प्रतिभावान कलाकार माना जाता था। स्कूल की पढ़ाई में भी वह सबसे आगे था। उसके साथ काम करते हुए मुझ को लगता कि प्रसारण कला में मैं भी एक ऊँचे स्तर पर आ चुकी हूँ। अपने स्कूल में मैं सामान्य थी। पर राजकुमारी की भूमिका करते हुए मुझे ऐसा महसूस होता कि तूफ़ानी और मैं सचमुच के हीरो-हीरोइन थे। तूफ़ानी के साथ पार्ट करते हुए मैं उसकी ओर देखने का भी साहस नहीं कर पाती थी। ऐसा लगता कि जैसे कोई तेज़ हवा का झोंका मुझको पंखुरी-पंखुरी बिखरा देगा। अलबत्ता आँखें झुकाये ही डायलाग खूब बढ़िया बोल लेती थी। डायरेक्टर जब मेरे कहने के अन्दाज़ की सराहना करता तो मैं कनखियों से देख लेती कि पवन भी सुन रहा है कि नहीं। ऐसे ख़ामोश हो जाती कि तारीफ़ का हर वाक्य पवन के कान में निर्विघ्न पड़ता रहे। हर तरह से पवन को इम्प्रैस करने की कोशिश।

बस एक बार खुलकर बात हुई थी जबकि इतवार छब्बीस जनवरी वाले दिन पड़ा था। बात-बात में पवन बोला कि पिछले साल छब्बीस जनवरी शुक्रवार को थी। मुझ से बोले बिना रहा नहीं गया कि पवन का ख़्याल ग़लत था। मुझे अच्छी तरह याद था कि छब्बीस शनिवार को पड़ी थी। शर्त बद गयी इस पर दोनों में पाँच-पाँच रुपये की। मैं ही जीती थी। पर जब तूफ़ानी मुझे रुपये देने लगा तो शर्मा गयी। मैं रुपये लेने से मना करती और तूफ़ानी मुझे देने की और जिद करता। दोनों के बीच एक खेल सा चल पड़ा था। आये इतवार यही तकरार होने लगता...तूफ़ानी रुपये निकाला देता और मैं गर्दन मटका-मटका कर, हाथ नचा-नचाकर इन्कार कर देती। रुपये कभी एक के बस्ते में पहुँचे होते तो कभी दूसरे के ज्योमेट्री बाक्स में। मैं तूफ़ानी को निशाना बनाकर नोट उसकी ओर फेंकती। तूफ़ानी मेरे हाथ की किताब छीन कर उसमें नोट धर कर वापस पकड़ा देता। इस सिलसिले में दोनों में बात खूब होने लगी थी। एक दिन तूफ़ानी मुझसे बोला कि तुम शर्तवाले रुपये नहीं लेना चाहती तो दोनों उसकी पिक्चर एक साथ देख सकते है। मुझको घबराहट हुई। अकेले उसके साथ कैसे जाऊँगी? पर उसकी नौबत ही नहीं पड़ी। प्रोग्राम रेडियो आने वाले आठ-दस लड़के-लड़कियों के

साथ बना था। पिताजी ने भी बेझिझक कहा था कि सब साथ हैं तो ज़रूर जाओ।

जिस इतवार वे लोग फिल्म देखने गये थे, मेरे भीतर ऐसी स्फूर्ति भरी थी जेसे हजार विटामिन सी की गोलियाँ मेरे भीतर इंजेक्ट कर दी गयी हों। पूरी सुबह चहकती फुदकती रही थी।

जैसा मैं मन ही मन मना रही थी, वैसा हुआ भी। तूफ़ानी मेरी बगल में ही बैठा था। हाल की बत्तियाँ बुझ गयीं तो उसने हल्के से अपना हाथ कुर्सी के हत्थे पर धरे मेरे हाथ पर धर दिया था। मैं भीतर तक काँप गयी थी। अचानक मुझे लगा मेरी छातियाँ बहुत कड़ी होकर उभर आयीं थीं। ऐसी नुकीली कि तने-तने दुखने लगी थीं। बहुत बार तीखी इच्छा हई कि पवन मेरी छातियों को छू दे। बस छू दे। मैं उस छूने को महसूसना चाहती थी। उस सुख को भोगना चाहती थी। बस एक बार छू देगा पवन तो जैसे निस्तार मिल जायेगा मुझे पता नहीं कौन से स्वर्ग में पहुँच जाऊँगी मैं।

पवन सिर्फ़ मेरे हाथ से ही खेल रहा था। पर मेरा सारा जिस्म ऐसे झनझनाता रहा जैसे सैकड़ों सितार एक साथ बज रहे हों। मैं उन सारे सुरों को अपनी हर रग से सुनती स्तब्ध थी। कहीं कोई हरकत नहीं। सिर्फ़ स्वर और उनका गुंजन।

फिर दायीं ओर बैठी मीता ने कुछ कहा और मैं कुछ सचेतन होकर बैठ गयी। हाथ हटाकर गोदी में रख दिया। कहीं मीता ने कुछ भाँप तो नहीं लिया! पिताजी का वाक्य धुँधला सा याद आया सब साथ हैं तो जाओ...क्या सोचेंगे वे...रितु इस तरह...एक लड़के के साथ...! मुझे लगा जैसे कि पिताजी के साथ मैं कोई विश्वासघात कर रही होऊँ! उन्होंने तो यह भी कहा था कि अजय को पूछ ले जाकर पर अजय का अपने दोस्तों के साथ अलग प्रोग्राम था। पिताजी कहीं यह तो नहीं सोचेंगे कि इसीलिए अजय को साथ नहीं लायी। अजय कहीं आ जाता तो...। न...न...न। पता नहीं क्या-क्या सोचता...! क्या पता उसे तूफ़ानी और मेरा कुछ अन्दाज़ हो जाता!

मैंने निगाहें फिल्म के परदे पर जमा दी थीं। पर जो कुछ भीतर महसूस कर रही थी उसका उन बच्चों की रोमांचक कार्टून फिल्मों से कोई सीधा वास्ता न था। मुझे वह फिल्म आज बड़ी बचकानी लग रही थी, उबाऊ भी। अब ऐसी फिल्में नहीं देखा करूँगी।

पर हाल का अँधेरा मुझे ज़िन्दगी में पहली बार इतना मोहक, इतना रोमानी और दयालु लग रहा था। मेरा हाथ वापस हत्थे पर पहुँच गया। ख़्याल आया कि तूफ़ानी और राजकुमारी भी एक तरह के कार्टून कैरेक्टर ही थे। पर वे तो जाने-पहचाने, अपने-अपने से थे। हाड़-मांस के। राजकुमारी के संवाद बोलते हुए मैं एकदम भाव-तन्मय हो उठती थी। अभी भी राजकुमारी अपने तूफ़ानी के साथ थी। पर यह हाथ मेरा था, और वह पवन का जो उससे खेल रहा था।

मैं बार-बार भूल जाती कि वह कौन है—रितु या राजकुमारी और साथ बैठा पवन है या तूफ़ानी!

इन्हीं दिनों ओमी अंकल और उनके परिवार से भी हमारा मेलजोल बढ़ रहा था। अकसर या तो अंकल का परिवार हमारे यहाँ खाना खाने आया होता तो कभी हम उनके यहाँ जाते। यह भी होता कि अंकल जब तब टपक पड़ते थे। कभी सिर्फ़ दीदी और मैं घर में होते तो कभी कोई नहीं होता तो चिट्ठी छोड़ कर लौट जाते। वे पिताजी की बुआ के लड़के थे। पिताजी के फुफेरे भाई। पिताजी और माँ के साथ बैठते तो पुरानी बातें छेड़ देते पंजाब की जब रावलपिंडी में उनके घर पास-पास हुआ करते थे। अब न तो पिताजी की माँ यानि कि हमारी दादी ज़िन्दा थीं न ही अंकल की माँ। अंकल की सौतेली माँ ज़रूर उनके साथ रहती थीं पर पिताजी से तो उनका रिश्ता न था। अंकल पिताजी से 10-15 साल छोटे थे। खूब लम्बे-तगड़े, भारी-भरकम डीलडौल के थे अंकल। पर खूब हँसमुख और गप्पी। खूब कहानियाँ सुनाते हमें। कैसे बँटवारे के वक़्त रावलपिंडी से हिन्दुस्तान की सरहद में आये, कानपुर कैसे आये, कब आये, कैसे सरकार ने उनको दुकान एलाट की, उन्होंने अपना बिजनेस शुरू किया, कैसे इतने छोटे से उनका बिजनेस बड़ा हो गया। अब उनके तीन बच्चे थे। दोनों सौतेले भाई भी साथ रहते थे। पिताजी उनकी हिम्मत की तारीफ़ करते कहते-तुमने तो कहीं अच्छा बिजनेस जमा लिया है। कोठी डाल ली है। बुआजी जिन्दा होतीं तो बेटे की तरक्की देख कितनी ख़ुश होतीं।

अंकल भी पिताजी की तारीफ़ में कह देते—आप भी भारी सरकारी अफसर हैं। मामाजी ने जवानी में ही सारा बोझ आप पर डाल दिया था। चलो अब तो सब अपने-अपने घर में सेटल्ड हैं।

हम बच्चों से अंकल ऐसे बातें करते जैसे हम उनके हमउम्र हों। उनके दोस्त हों। मेरी अंकल से खूब पटने लगी थी। वे आते तो मैं बहुत खुश होती। भाग-भाग के उनके लिए चाय सजाने में माँ की मदद करने लग जाती। वे अकसर हमारे लिए टाफी, चाकलेट, बिस्कुट या मिठाई लाते। पिताजी उनको मना करते तो कहते क्यों मेरे भी तो बच्चे हैं यह। मैं इनका चाचा नहीं? इन दिनों अजय घर पर कम ही रहता। दोस्तों के साथ बाहर ही निकला होता सारा सारा दिन स्कूल के बाद। मुश्किल से खाना खाने घर आता, फिर दुबारा भाग जाता। लड़का था तो उसका बाहर रहना सहज सी ही बात थी। घर रह कर कोई काम धन्धे तो सँवारने नहीं थे। अपना पाठ वह सुबह जल्दी उठ के पढ़ ही लेता था। स्कूल

से कोई शिकायत भी नहीं आयी कि कोई कुछ कहता। माँ से उसे डाँट नहीं पड़ती थी। हर कोई शाबाशी ही देता। हरेक के मुँह से अजय की तारीफ़ ही फूटती। मुझे ईर्ष्या तो होती पर तारीफ़ें लूटने के लिए जो कुछ अजय करता था वह मैं करने को कतई तैयार नहीं थी।

अजय में बचपन से ही अनुशासन बहुत था। सुबह जल्दी उठना या हर काम समय पर पूरा कर लेना, जिसने जो कहा वह कर लेना। किसी को भी नाराज़ करके वह राज़ी नहीं था। सभी की अपेक्षाओं से जूझता और उनको सर-माथे पर उठा सम्मान करते हुए उनकी पूर्ति करता।

उसके स्कूल में हिन्दी के प्राध्यापक एक श्री गणपतराय थे जिनसे वह बहुत प्रभावित था। उनकी बहुत बात भी किया करता। वे अनुशासन पर बहुत ज़ोर देते थे और कहते कि आज़ादी के बाद से देश में ख़राबी यही आयी है कि लोग त्याग और अनुशासन को भूलते जा रहे हैं। देशसेवा के बजाय आत्मसेवा का जमाना आ गया है। नेताओं को कुर्सी की भूख है, जनता की भूख से सरोकार नहीं। अजय उन्हीं के शब्द दुहराया करता और कहता कि मैं बड़ा हो के यही करूँगा कि सबको अनुशासन में लाया जाये, देश के लोग कर्मठ बनें ताकि हमारी तरक्की हो। फिर उसने मुझे एक कहानी बतलायी थी जो आज तक मुझे याद है। किसी यूरोपीय देश के राष्ट्रपति एक बार जा रहे थे कि उन्होंने गाड़ी रुकवायी। उतरकर काग़ज़ का सड़क पर गिरा एक टुकड़ा उठाया और उसे कूड़ेदान में डाला। अजय कहने लगा—हमारे यहाँ कभी कोई ऐसा करेगा? यहाँ तो हर कोई सड़क पर कूड़ा फेंकता रहता है। सोचते हैं कि कोई और आकर उठायेगा। भला क्यों? आप अपनी जिम्मेदारी खुद क्यों नहीं उठाते? कितनी गन्दगी है देश में। कोई काम का जिम्मा अपने ऊपर लेता ही नहीं। ऐसी कहानियाँ मास्टर गणपतराय सुनाया करते थे उसको।

धीरे-धीरे अजय में किशोरपन के कुछ बदलाव आ रहे थे जो हम सबसे अनदेखे से रह गये थे। मैं अगर कुछ महसूस करती थी तो यही कि वह मुझसे दूर होता जा रहा है। अब वह सारी बातें मुझे नहीं बतलाता था। एक दिन मैंने उसे कहा भी था—तू कल दोपहर का खाना खाने क्यों नहीं आया? मैं तेरा इन्तज़ार करती रही।

वह एकदम सतर्क सा हो गया—ग्राउंड में हाकी का मैच था सो वही देखने चला गया। देर हो गयी तो वहीं छोले-भटूरे खा लिए थे।

पैसे कहाँ से आये तेरे पास इतने?

क्यों पाकेटमनी थी न।
वो तो सारी ख़तम हो गयी होगी।
नहीं, कुछ बचे थे।

पिताजी चाहते थे कि अजय दसवीं पास करके ही नेशनल डिफेंस अकादमी में चला जाये और वहाँ से अफ़सर बन कर निकले। एक दो बार पिताजी ने भी उसे पान की दुकान पर गप्पें मारते देख लिया था। घर पर यही बात बार-बार उठायी जाती कि अजय बुरी संगत में पड़ गया है। पान की दुकान पर देवानन्द, दिलीप कुमार, राजकपूर, नरगिस, मीनाकुमारी, मधुबाला और वैसे ही दूसरे हिन्दी फिल्मों के एक्टरों-एक्ट्रसों के पोस्टर चिपके होते। अजय को फिल्मी गानों का भी शौक था। घर में जब होता-ऊँचा-ऊँचा हिन्दी गानों का प्रोग्राम चलाकर ही रखता। पिताजी गुस्सा होते तो कुछ धीमा कर डालता। फिर उनके इधर-उधर होते ही फिर से घर में गूँज्ने लगते देवानन्द की ताज़ी फिल्म के गाने—"आँखों में क्या जी, रुपहला बादल। बादल में क्या जी, किसी का आँचल। आँचल में क्या जी, अजब सी हलचल।" या फिर पेइंग गेस्ट के गाने—"माना जनाब ने पुकारा नहीं, क्या मेरा साथ भी गँवारा नहीं? मुफ़्त में बन के, चल दिये तन के। वल्लाह जवाब तुम्हारा नहीं।"

एक दिन हमारे मौसेरे भाई सुरेश ने उसे पान की दुकान पर कुछ लड़कों के साथ सिगरेट पीते भी देख लिया था। बस फिर तो पिताजी आगबबूला हो गये और उसकी खूब पिटायी हुई।

अनुशासन के लिए पक्का अजय सिगरेट कैसे पीने लगा? क्या यह किशोरावस्था की जिज्ञासाओं वाली स्थिति ही थी? यह संघ के लिए चोरी वाले किस्से के बाद की बात है। अगले साल ही उसे बोर्डिंग स्कूल में भेज दिया गया। उसके बाद सीधे नेशनल डिफेंस अकादेमी में।

उन्हीं दिनों एक बार घर में शोर मचा कि माँ के ट्रंक से पैसे गायब हो रहे है। माँ गिन-गिन के पैसे बचाती थी बुरे वक़्तों के लिए। उनके सैकड़ों के नोट ग़ायब हुए तो घर के नौकरों की शामत आयी। पर कोई सुबूत नहीं मिला कि उनमें से किसी ने चोरी की है। उल्टे अजय ही उनकी खूब ख़ातिरदारी किया करता था। किसी न किसी को पान-चाय के पैसे देता रहता। किसी को इस बात का शक हुआ भी हो तो अजय के ख़िलाफ़ कोई बोला नहीं। वे सब उसे स्नेह और इज़्ज़त ही देते थे। छोटा साहब कहकर बुलाते थे।

एक बार कमरा बन्द कर के जब अजय माँ का ट्रंक खोल कर कुछ छानबीन कर रहा था तो माँ अचानक कमरे में घुसी। सौ-सौ के चार नोट अजय के हाथ

में ही थे। अब तो माँ ने इतनी जोर से उसे डाँट लगानी शुरू की कि हम सब जो दूसरे कमरों में अपने-अपने में लगे हुए थे माँ के बेडरूम में पहुँच गये। अजय सिर झुकाये माँ की प्रताड़ना अंगीकार कर रहा था। माँ के बार-बार क्यों चुराये कहने पर उसने कहा था कि किसी का उधार चुकाना है। लेकिन चार सौ रुपये? और फिर पहले भी तो कितने सौ गायब हुए है? यह कैसा उधार था? ऐसा क्या ख़र्चा कर लिया लड़के ने। वह मुश्किल से 13-14 साल का रहा होगा। न तो कोई ऐब था लड़के में। कभी शराब-सिगरेट की भी बू नहीं आयी? तो कहाँ कर रहा है यह ख़र्चा?

मैंने भी बता दिया कि कहाँ देखा था मैंने उसे। पिताजी बोले—"तू नहीं बताता तो हम पुलिस को ख़बर कर देंगे।" अजय ने एक बड़ी सी उम्र के लड़के का नाम लिया कि उससे उधार लिया था उसने। क्यों लिया का जवाब था कि खाने-पीने में ख़र्च हो गये! कैसे ख़र्च हो गये?

पिताजी ने अपने एक पुलिस अफ़सर दोस्त से बात की थी। वहीं पान की दुकान पर खोजबीन की गयी। पता लगा कि अजय किसी पार्टी के दफ्तर जाया करता था, पार्टी की मदद करने के लिए पैसे चुराता था। वह पान की दुकान भी ऐसे ही लोगों का अड्डा था। पिताजी ऐसे गुस्से से बेहाल हुए कि लातों से घूँसे मारे उसके पेट में। माफ़ी मँगवायी कि फिर कभी ऐसी संगत में नहीं पड़ेगा।

कभी पैसे नहीं चुरायेगा। जो चाहिए हो माँग कर लेगा।

अजय का यह संसार मुझसे कितना अलग हो गया था। किशोर वय ने हम दोनों को अलग कर दिया था। जबकि अपनी सहेलियों से मैं हमेशा अपने भाई की बात करती रहती-बड़ा हैंडसम है, बड़ा इंटैलिजैंट! क़द भी खूब निकल आया था उसका।

यह सब किसकी भाषा बोल रहा था अजय यह तो किसी और के रटे रटाये वाक्य लग रहे थे। मुझे उसकी बातें समझ ही नहीं आतीं थीं। मैं भौचक सी उसे देखती। क्या अजय भीतर कहीं अपनी चोरी को सही मानता था!

तभी पिताजी ने फैसला किया था कि उसे नेशनल डिफेंस अकेडमी में दाख़िला दिलावाने पर ज़ोर देना है। उसकी पढ़ाई का रुख इसी तैयारी के लिए होगा। उसके भीतर की आक्रामक वृत्तियों का यही सही निदान होगा।

अजय को भी शायद लगा हो कि उसकी देशभक्ति की भावना का सही निकास सेना के माध्यम से हो सकता था।

थोड़ी-बहुत चूँ-चा तो की थी अजय ने। माँ ने भी साथ दिया कि बेटे को सेना में भरती नहीं करना है। पर पिताजी बोले कि तभी वह सही किस्म का आदमी बन कर निकलेगा। वर्ना बुरी संगत में पड़ के घसियारा बनेगा। माँ

को यह बात समझ में आ गयी। किसी तरह आँसू पोंछ वे भी उसे प्रोत्साहित करने लगी थीं।

ओह! अजय की देशभक्ति मेरे लिए हमेशा तकलीफदेह रही है।

अजय और मेरा रिश्ता कई-कई तहों में लिपटा है। हर तह उकेरी नहीं जायेगी। उकेरने की ज़रूरत ही नहीं। बड़े होने के हर पड़ाव पर अजय और मेरा घना सम्बन्ध था। जब हम पैदा ही साथ हुए थे तो यह कोई बड़ी बात भी नहीं थी—हमें साथ-साथ ही बड़े होना था। लेकिन हम एक ही सेक्स के नहीं थे और यहाँ भी हमने एक-दूसरे के साथ ही अपने फ़र्क़ का पहला अनुभव किया था। माँ हम दोनों को साथ नहलाती थी। मैंने उसके अंगों को छूकर अपना और उसका अलग-अलग साँचे में ढला होना महसूस किया था। माँ ने टोका था। उनके सामने हरकत दुहराई नहीं जा सकती थी। पर खेलते-खेलते पलंग के नीचे छुप जाना हमें बहुत भला लगता था। वह जैसे हमारा अपना एक द्वीप बन जाता था जहाँ पहुँच कर हम दुनिया जहान को भूल जाते थे। खुलकर छूते थे, महसूस करते थे एक दूसरे को। अजीब बात? यह है कि उस नन्ही सी उम्र में भी हमको जल्दी ही अहसास हो गया था कि यह कुछ ठीक नहीं था, हम छिपकर ही कर सकते थे, खुलकर नहीं। सो माँ जिन बातों को करने से मना करती थी, यह उन्हीं में से एक चीज़ थी। इसलिए ग़लत होने का अहसास जल्द ही हो गया था। बड़े होते गये तो यह सब छूट ही गया। हम अलग-अलग नहाते थे। लेकिन मुझे याद है कि जब दस-ग्यारह साल की थी तो उसे नग्न देखने का कौतूहल मुझमें तब भी बहुत था। अजय में भी होगा। क्योंकि एक बार जब मैं नहा रही थी तो वह चाबी के छेद से मुझे ताकने की कोशिश कर रहा था जबकि पिताजी ने उसे देख लिया और खूब डाँट लगायी कि बहन को इस तरह नहीं देखते! फिर मैंने भी अपने को इस तरह के वाहियात कौतूहलों से बरी किया था। शायद पाप लगता है, यह सब करने से। यही कहा था दीदी ने। फिर कोई कहानी भी सुनायी थी पर अब याद नहीं कि किसने अपनी माँ को नंगा देखा और अन्धा हो गया।

यह सब कतई नहीं करना। पाप होता है।

अजय बड़ा होता गया और हम दूर होते गये!

जिस साल वह बोर्डिंग गया, मैं नवीं में थी, दसवीं में जाने वाली। घर बहुत सूना लगता था। बड़ी दीदी की शादी हो चुकी थी। मैं इन्तज़ार करती रहती

कि कब अजय छुट्टी में घर आयेगा। तब हम सब साथ सिनेमा देखने जाते। बचपन से हम हर नयी फिल्म देख डालते। अजय और मुझको हर गाने की पंक्तियाँ याद रहती थीं और हम दोनों मिल कर खूब गाने सुनते और दुहराते। पिताजी को इस बात का बहुत फ़ख्र था कि अकेडमी से निकलते ही अजय सैकंड लैप्टिनेट बन जायेगा। उनको अपने ज़माने में अफसर बनने में कितने बरस लगे थे। पर अब ज़माना बदल गया था। देश आज़ाद था। अब सिर्फ़ गोरे ही अफसर नहीं होते। उनका अपना बेटा इतनी छोटी सी उम्र में अफसर बनेगा।

मुझे मालूम नहीं कि अजय का भी यही सपना था—सेना में अफ़सर बनने का! पर इतना याद है कि उसे कोई स्थायी नौकरी पा जाने की फ़िक्र ज़रूर थी। यह सब भी पिताजी की ही सोच थी जो उस पर लाद दी गयी थी। कुछ माहौल भी ऐसा था कि कालेजों से छात्र पढ़कर निकलते थे तो उनको नौकरियों के लिए बहुत धक्के खाने पड़ते थे। सेना एक ऐसा महकमा था जहाँ फिलहाल नौकरियाँ थी और सम्मान भी था। अजय ने इसीलिए पिताजी के सुझाव पर चुना था। सच यह भी था कि अजय में मातृभूमि के प्रति प्रेम जैसी भावनायें भी खूब भरी थीं और वह इस रास्ते से उनकी अभिव्यक्ति-पूर्ति भी कर रहा था।

सन् बासठ के चीन के हमले के बाद से सेना में भर्ती होना एक उम्दा किस्म का काम हो गया था जिसमें नौकरी की सुरक्षा तो थी ही? इज़्ज़त भी थी। अजय की ट्रेनिंग तब ख़त्म होने वाली थी। वह ख़ुश और संतुष्ट दीखता था अपनी नौकरी को लेकर। मुझे कहा भी था उसने—"मैं सोचता हूँ कि मुझे बहुत अच्छा मौका मिल गया है देश सेवा का। अब कमाई की फ़िक्र भी नहीं करनी होगी और देश सेवा का सुख भी।" पर मैं मन ही मन घबरा जाती थी कि अगर सचमुच लड़ाई छिड़ गयी तो?

वह बड़ा उत्साहित हो उठता था लड़ाई के नाम से। सन् पैंसठ की पाकिस्तान के साथ हुई लड़ाई के वक़्त उसकी ट्रेनिंग चल रही थी पर सन् इकहत्तर वाली लड़ाई में वह सीमान्त पर था।

अकसर मुझे अपने लड़ाई के अभ्यासों की कहानियाँ भी सुनाया करता था। खन्दकों में रहना, ख़तरे से खेलना, यह सब उसे भाता था। मैं उससे पूछती—"ऐसी सूनी जगहों में...तू अपने दोस्तों को मिस नहीं करता?"

"करता हूँ पर वहाँ खूब नयी दोस्तियाँ बन रही हैं। आर्मीवाले ज़्यादातर आपस में बड़े मिलनसार होते हैं। सारे घरों से दूर जो होते हैं। एक दूसरे की बड़ी कद्र करते हैं।"

जिन दिनों बड़ी दीदी वाले शहर में उसकी पोस्टिंग थी, मैं भी कुछ दिनों के लिए वहीं चली गयी थी। तब वह रोज ही मिलने आ जाता या हमें अपने

मेस में ले जाता। वहाँ ख़ास पकवान बनवाता और हम लोगों को खूब मजा आता। उसके बहुत सारे दोस्त थे वहाँ जो उसके मिलनसार स्वभाव की बहुत तारीफ करते। उसके खुले दिल और खुले हाथ की चर्चा करते। मुझे याद है उसके एक दोस्त का वाक्य—"बड़ा बादशाह आदमी है अजय। बहुत बड़ा दिल है इसका।"

मैं यह बातें सुनती और सोचती जैसे कि किसी और ज़रिये से जान रही हूँ अजय को। एक यह भी अजय है। एक वह भी जो बहुत दूर हो गया है। कितना कुछ मेरे भीतर था जो चाह कर भी अजय के साथ बाँट नहीं पाती थी।

सिर्फ़ मेरा बड़ा हो जाना या एक हादसे के बीच से गुज़रते हुए बड़ा होना—क्या यही वजह थी कि अजय और मेरे रिश्ते के बीच एक दीवार खड़ी हो गयी थी।

फिर भी अजय ही था जिससे मिलना, जिसका नैकट्य मुझे बार-बार चाहिए होता था। उसकी हर छुट्टी का मुझे इन्तज़ार रहता था। और जब मुझे मौका लगता मैं भी उसके शहर पहुँच जाती। पर फिर भी वह भीतर की दीवार कभी टूटी नहीं। मेरी जुबान पर कभी वह बात खुलकर आ ही नहीं पायी। उसकी कभी कुछ साफ़-साफ़ पूछने की हिम्मत नहीं हुई।

उस दीवार को महसूस तो वह भी करता होगा! उसने दीवार को तोड़ने की कोशिश भी की थी। मेरी ही जुबान पर ताला लगा रहता था।

यादें!! यादें! यादें! यादों का कोई वक़्त तय नहीं होता। जब तब आ धमकती है। अब तो बस वही आती है।

एक बार लेह (लद्दाख) तबादला हुआ था उसका। वहाँ की बर्फीली खूबसूरती की तारीफ़ करते ही न थकता था—"ऐसी सुन्दर जगह इस दुनिया में कहीं और हो ही नहीं सकती।"

मैं बोलती—"सिर्फ़ आर्मी के ट्रक ही तो होते है वहाँ? क्या ख़ूबसूरती है?"

"क्या? वहाँ के पहाड़ी लोग? तू आ मेरे पास तो ले चलूँगा तुझे। खूब घुमाऊँगा। काश्मीर भी दिखलाऊँगा। सारा क्षेत्र घुमाऊँगा।"

मैं अकसर उसके साथ घूमने के रोमानी सपने देखती, उन जगहों की कल्पना करती। पर कभी जाने का प्रोग्राम बन ही न पाता। मेरी ज़िन्दगी में भी समानांतर कुछ न कुछ होता रहा था—

कालेज ,अनिरुद्ध और प्रवास ! एक के बाद एक—कुछ-न-कुछ लगा ही रहता।

सिर्फ़ एक बार जा पायी थी जब वह उदयपुर में था। लद्दाख जाने का प्रोग्राम खारिज करना पड़ा था क्योंकि चट्टानें गिरने की वजह से सारे रास्ते बन्द थे। पर वैष्णो देवी ले गया था मुझे। तब कहा था उसने—''कहते हैं देवी जिस को बुलाती है उसे आना ही पड़ता है। वर्ना शायद इस बार भी तू आ न पाती।''

''मैं तो तुझी को मिलने आयी हूँ देवी को नहीं।''

''पर तुझे देवी के दर्शन तो कराने ही हैं''

''तुझे बहुत विश्वास है देवी पर?''

''है! तभी तो तू आ गयी'' उसने हँस कर कहा था।

फिर बोला—''बात यह है कि अमरीका में तो तूने बहुत कुछ देख लिया होगा पर अपने मुल्क में तो कुछ देखा नहीं। मैं चाहता हूँ यहाँ का सौंदर्य भी देख...तब यह तेरी अमरीकाबाज़ी सही जगह पर आयेगी। मैंने तो सेना में भर्ती होने के बाद ही इस धरती की असीम विभूति को जाना है वर्ना वहाँ कानपुर या दिल्ली में रहकर कहाँ पता चलना है कि प्रकृति की कैसी दौलत मिली है हमें।

असम, बंगाल, केरल, तमिलनाडु, हर जगह नया रूप देखने को मिलता है इस धरती का...फिर यहाँ की मूर्तिकला, वास्तुकला...उसका कहीं कोई मुकाबला ही नहीं। तेरे अमरीका में क्या है, अभी दो सौ साल तो मुश्किल से हुए है देश बने। वहाँ कोई कल्चर तो है नहीं।''

मुझे थोड़ी चिढ़ आ गयी थी उसकी बात से—''अमरीका का तुझे कुछ पता

तो है नहीं सो यूँ ही सुनी सुनायी बातों पर अटकल लगाना ...मैंने तो दोनों देश देखे हैं इसलिए कह सकती हूँ कि भारत और अमरीका का कोई मुकाबला ही नहीं। एक धरती पर है तो दूसरा आसमान पर। आइ फील रियली लकी, चोजन वन में मैं वहाँ रहती हूँ। वहाँ आदमी की कद्र है। एक-एक इन्सान की क़ीमत है। यहाँ तो लोग जैसे कीड़े-मकोड़ों की तरह हैं। किसी को परवाह नहीं, कोई मरे या जिये। ग़रीबी, भुखमरी जैसी चीज़ें तुम वहाँ सोच भी नहीं सकते। वहाँ के ग़रीब से ग़रीब इन्सान को भी रोटी-कपड़ा तो मिल जाता है यहाँ न ढंग की नौकरी मिलती है। और रोजमर्रा की चीज़ें जुटाने के लिए भी बुरा हाल हो जाता है। तू तो आर्मी में है सो तेरे पास नौकर-अर्दली है पर दूसरों का हाल देखा है...कभी गेंहू के राशन की लाइन में लगो तो कभी चीनी के। कभी पेट्रोल नहीं मिलता तो कभी सीमेंट नहीं। छोटी -छोटी ज़रूरियात के लिए भी लड़ाई करते रहो जो कि आम इन्सान को मुहैया होनी ही चाहिए। आई विल नैवर कम बैक

टू इंडिया। दिस कंट्री सक्स!''

मैं भी जोश में ज़रूरत से ज़्यादा ही कह गयी थी। शायद उसे कहीं चोट भी लगी। ख़ासकर मेरे इस वाक्य पर कि मैं कभी नहीं रहने आऊँगी यहाँ। उसे लगा कि भारत को रिजेक्ट करके मैं कहीं उसको रिजेक्ट कर रही हूँ।

चोट खायी आवाज़ में ही बोला था—''वो तो तेरी मर्ज़ी है...तुझे वहीं रहना पसन्द है तो। तरक्की के हिसाब से तेरा देश हमसे ज़रूर बहुत आगे है पर यहाँ भी किसी चीज़ की कमी नहीं। सब कुछ मिलता है। जो नहीं मिलता उसकी हमारे लिए ज़रूरत ही क्रियेट नहीं हुई। तुम लोगों ने अपने लिए वे ज़रूरतें क्रियेट कर ली हैं वर्ना जिसे पता ही नहीं कि बीस तरह के साबुन होते हैं उसके लिए लाइफ़बाय की टिकिया जिस्म को पूरी सफ़ाई तो कर देती है। मैं तो चाहता हूँ कि तू यहाँ भी देख। सचमुच जब तक मैंने खुद नहीं देखा था। मुझे मालूम नहीं था कि कितना महान देश है। यहाँ—तू मेरे पास राजस्थान में आती तो कैसे-कैसे महल दिखलाता तुझे, बंगलौर में आती तो दक्षिण भारत के सारे मन्दिर घुमवाता, अजंता एलोरा की गुफाएँ दिखाने ले जाता। तू तो इतनी थोड़ी देर के लिए आती है और वह भी बरसों बाद और बस हाथ लगाकर चली जाती है।''

''मैं तो बस तुम लोगों से मिलने के लिए आयी हूँ वर्ना भारत देखने का न तो मेरे पास समय है न दिलचस्पी। दुनिया की बहुतेरी जगह देख डाली हैं हमने। छुट्टियों में हम यूरोप या लैटिन अमरीका का कोई नया देश देखते है। पेरिस, लंदन और रोम दुनिया के सबसे ज़्यादा खूबसूरत शहर हैं। जहाँ की संस्कृति भी इतनी संपन्न है और इतना कुछ देखने-जानने को है कि मन कभी भरे ही न! ये शहर तो सारी दुनिया के केन्द्र है। एक बार आदमी इनको देख ले तो फिर और कुछ देखने को रहता ही नहीं। तरक्की किये देशों में छुट्टी का मज़ा भी आता है। हर तरह की सुविधा। यहाँ क्या है। बाहर निकलो तो ढंग के टायलट तक तो मिलते नहीं।''

''तू हमेशा भारत को कन्डेम क्यों करती रहती है?'' अजय को गुस्सा आ गया था। मैं जानती हूँ कि मैं वही सब बातें कह रही थी जो आम तौर पर भारत लौटने वाले हिन्दुस्तानी कहते हैं पर शायद मेरे पास ज़ाहिरी तौर पर और कोई तर्क भी नहीं था उस तक यह बात पहुँचाने का कि भारत की महानता का बखान सिर्फ़ भारतीय ही करते हैं जबकि अमरीका यूरोप की महानता का बखान सारी दुनिया करती है। कि वह माने या न माने पर सारी दुनिया इन्हीं का ही राग अलापती है वह चाहे जितना भी 'मेरा भारत महान' का राग छेड़ता रहे! वैष्णो देवी वह खुद मेरे साथ आ नहीं पाया था। कुछ काम आ पड़ा और मुझे उसने अपने कुछ

घुड़सवार सिपाहियों के साथ भेज दिया था। एक पूरी रक्षा टोली मेरे आगे पीछे चलती रही थी। दो घोड़े आगे, दो पीछे।

वह भी अजीब तरह का अनुभव था। अजय की खातिरदारी का कोई अन्त न था। मेरे मुँह से बाद में कुछ निकलता और चीज़ पहले हाजिर हो जाती। इन्हीं दिनों अजय ले गया था मुझे एक बड़ी रोमांचपूर्ण यात्रा पर। गुलमर्ग से ऊपर अलपथरी की यात्रा। पहाड़ों के बीच छोटी सी झील 14000 फीट की ऊँचाई पर। वह मेरे साथ था। घोड़े हमारे साथ थे पर इतने लंबे सफर में मेरी तो घोड़े पर बैठे बैठे जाँघें दुख गयी थीं लेकिन पैदल चढ़ाई और भी मुश्किल थी। और हमें झील तक जाना ही था। अजय मुझे यह अनुभव कराने पे तुला हुआ था। शायद उसके मन में यह चुनौती हमेशा बनी रहती होगी कि वह मुझे ख़ुश देखना चाहता था। मुझ पर से उदासी के साये हटा डालना चाहता था। दुनिया भर की सारी ख़ुशियाँ मेरी झोली में भर देना चाहता था। पता नहीं उदासी की वे झीनी परतें उसे छँटती दिखायी दी या नहीं। कोशिश तो वह करता ही रहा।

रास्ते में कभी बारिश भिगो देती हमें तो कभी फिर से करारी धूप निकल आती। अजय मेरे साथ था और आसमान मेरे बहुत करीब। अपने आस-पास फैले सौन्दर्य को देख मैंने महसूस किया था कि सब कुछ मेरे पास था, सब कुछ पा लिया था और मैं उस पल मर भी जाती तो कुछ गम न होता। तभी मेरे घोड़े का पैर फिसला और मैं गिरने को हुई पर अजय झट से छलाँग लगाकर मेरे पास पहुँच गया था और मेरे आधे झुके शरीर को थाम कर वापस घोड़े पर टिका दिया था। उसकी निगाहें मुझी पर टिकी थीं। फिर उसने कहा कि मैं उसके घोड़े पर बैठ जाऊँ क्योंकि मेरा घोड़ा थक सा गया था।

—घबरा तो नहीं गयी।

—अजीब बात है न मैंने यूँ ही सोचा कि मर भी सकती हूँ इस पल और सुख से ही जाऊँगी।

—वह नहीं होने दूँगा। हाँ मेरे बाद...

—पर यह मरना ख़ुशी का मरना होता

—मेरे लिए नहीं।

अलपथरी का जल इस तरह शान्त था जैसे कोई साधु तपस्या में निमग्न हो। बादल जैसे हमारे ही कंधों पर विश्राम कर रहे थे। आस-पास बादल, लेकिन झील का जल एकदम साफ़-सुथरा, आकाश का आइना जैसा। एक भी जन आस-पास नहीं। सिर्फ़ अजय और मैं। उस निर्जन सुनसान जगह पर कितनी सुरक्षित थी मैं।

फिर बातों का रुख़ बदल गया था और मैं अजय से कह रही थी—तुम्हारे लिए लड़की मैं चुनूँगी। अच्छी सी। मुझसे पूछे बिना मत करना शादी।

घर पर बात उठायी तो बहुत सारे नाम सुझाये गये। माँ तो बेहद ख़ुश थीं कि चलो जल्दी काम हो जायेगा अजय का भी। फिर मैंने कितनी लड़कियाँ देखीं और अजय के लिए मुझे कोई ढंग की नहीं लगी।

चार

अजय और मेरे स्कूल पहली क्लास से ही अलग-अलग थे। वह कान्वेन्ट जाता और मैं पाठशाला। मेरा भी मन करता था कि कान्वेन्ट में पढ़ूँ। अजय की तरह अँग़रेजी सीख जाऊँ। लेकिन माँ का जवाब होता था कि इतने पैसे नहीं। फिर लड़कियों को कौन सी कमाई करनी है? शादी ही तो करनी होती है सो आर्य पाठशाला के स्कूल ठीक है। दीदियाँ भी वहीं पढ़ीं। मैं भी। पर स्कूल के बाद दोपहर में हम दोनों साथ ही होते और हर तरह की खुराफ़ात करते।

देखा जाये तो चाहे अजय ने मुझे कितना ही प्यार दिया हो, उसकी मेरी ज़िन्दगी कहीं भी मिलती नहीं थी। हम सूरज-चाँद की तरह थे। उसकी रौशनी मुझ पर पड़ जाती तो मैं भी चमक उठती। वर्ना जहाँ मेरा वास था वहाँ अँधेरा ही अँधेरा था।

सिर्फ़ लिंगभेद होने से ही उसकी मेरी परवरिश में बहुत अन्तर आ गया था।

क्या जुड़वा बच्ची होना ही मेरा श्राप था? या कि उस होने को महसूस करना?

महसूस न करो तो कुछ होता ही नहीं। तभी तो बार-बार यही कोशिश करती रही कि अपनी संवेदना को एकदम बर्फ की पेटी में धरकर जमा दूँ। पता नहीं बरसों-बरसों तक तो यही करती रही! फिर भी चोट लगती है। मार पड़ती है और जान तिलमिला जाती है।

मार पड़ती थी। सबसे ज़्यादा मुझी को मार पड़ती थी। मैं बोलती जो बहुत थी। सबके आगे जवाब देना।

इतवार की सुबह आँगन में धोबी घाट लग जाता था। बड़े से डालडा के खाली टिन में साबुन डालकर कपड़े उबाले जाते थे। एक-एक करके कपड़ों को निकाल कर सोटे से कूटना होता था। माँ मुझको भी दोनों बड़ी बहनों के साथ बिठा डालती थीं और फिर देती जाती उबले हुए गरम-गरम कपड़ों के लोथ।

मार सोटे से। निकाल मैल। थोड़ा और फैला कपड़े को। हाँ मार अब। हाँ बड़ा जोर है तेरे में। और जोर से मार!

मुझे मज़ा आता मैले, गिचपिचे से कपड़ों के लोथ को अपनी नन्हे हाथों से छूने में। मैं खेल में लग जाती। दोनों हाथों कपड़ों को दबाती, निचोड़ती, साबुन की पिचकारी सी बना डालती। कभी मैल के गुनगुने छींटे मुँह पर जाकर पड़ते। कभी आँख में पड़ जाता छींटा तो चिल्ला पड़ती। डाँट पड़ती कि खिलवाड़ में लगी रहती है और मैं रौब से कपडा पटक देती—''मुझे नहीं धोने।''

''जल्दी से ठंडे पानी का छींटा मार।'' और दीदी नलके से ठंडा पानी अँजुरी में भरकर मेरी आँख पर छिड़कतीं।

मन तो अजय में लगा होता कि मैं भी उसके साथ खेलने जाऊँ। पर माँ अजय को मैले कपड़ों के ढेर के पास फटकने नहीं देती थीं कि वह लड़का था और उसे इस तरह के कामों में लगा दिया तो वह बड़ा आदमी कैसे बनेगा? उधर माँ को मुझे घर के काम सिखलाने की पड़ी थी।

मैं चिल्लाती—''अजय से मरवाओ सोटे। उसमें मुझसे ज़्यादा जोर है।''

''ज़्यादा बक बक मत किया कर। लड़कों से बाहर के काम करवाये जाते हैं। घर के नहीं।''

''मैं कर देती हूँ बाहर के काम? बोलो!'' और तड़ाक से थप्पड़! हर वक़्त मुँहज़ोरी करती है।

''ख़बरदार जो आगे जवाब दिया।''

''दूँगी जवाब! क्या कर लोगे?''

''न पढ़ाई की अक्कल है न क़िसी और बात की। कम से कम घर के काम तो सीख जा।''

और थप्पड़।

एक बार तो माँ मेरी जवाबतलबी से इतना भड़क गयीं कि जिस सोटे से वह कपड़ा पीट रही थी उसी से उठाकर पीटना शुरू कर दिया मुझको! बहन ने बचाया था—''क्या कर रहे हो? उसकी रीढ़ टूट जायेगी।''

मैं भी तो कमज़ोर पड़ जाती थी बहुत सी बातों में।

स्कूल के क़िस्से भी तो ऐसे ही थे। पाँच साल की उम्र से ही स्कूल का मुकाबला।

हमेशा मुकाबला होता अजय से। वह भी इसी उम्र का है पर क्लास में है एक साल आगे। फिर भी नम्बर मेरे से ज़्यादा अच्छे लाता है।

पिताजी के सामने मुझे और अजय को लाकर खड़ा कर दिया जाता। अजय पटर-पटर सारी गिनती पूरे सौ तक गिन डालता। मैं बारह के बाद ही अटकने

लगती। अजय घड़ी पर झट से सही वक़्त बता देता। मेरा बताया वक़्त कभी सही न होता। अभी मुझे छोटी-सी बड़ी सुई का फ़र्क़ ही पता न लगता था। बाबू जी कहते—"इसका दिमाग़ बँट गया है। आधा इसके पास चला गया और आधा अजय के पास।"

माँ जोड़ देती—"या शायद एक चौथाई इसके पास और पौन हिस्सा अजय के पास। अजय तो स्कूल में खूब बढ़िया कर रहा है।"

माँ अजय की बुराई सुनने को तैयार न होतीं। पर कोई भी मेरे बचाव के लिए न होता। अगर कोई कभी होता भी तो अजय ही। उसे भी अच्छा नहीं लगता जब उससे मेरी तुलना करके मुझे हीन बतलाया जाता। अजय से मुझे शिकायत नहीं थी कि मैं उससे कमतर क्यों हुई। कभी कभार शायद ईर्ष्या हो जाती। पर मैं तो हमेशा उसी को जोहती, उसी का आसरा करती, उसी पर विश्वास रहता मेरा। कोई कुछ भी कहे पर अजय तो मेरा है। वह मेरा बुरा कभी सोच ही नहीं सकता। उसके आस-पास रहने से मैं हमेशा खुद को बहुत महफ़ूज़ महसूस करती। खेलों में जब कभी कोई लड़का मुझे धक्का मारता या तंग करता, अजय उठा के उनकी पिटाई कर देता था। वैसे चाहे वह खुद लड़ाकू स्वाभाव का नहीं था पर मुझे पिटते देख वह अपना आपा खो डालता। एक बार तो पड़ोसियों का लड़का पिंटू हमारे यहाँ खेल रहा था, उसने मुझे धक्का दे दिया। अजय ने तो खूब घूसे मार के उसकी पिटाई की। पिंटू रोता हुआ अपने घर चला गया। थोड़ी देर में अपनी माँ के साथ लौटा तो माँ से अजय की शिकायत होने लगी। अजय बेधड़क हो बोला—वह रितु को धक्का दे रहा था। तो क्यों न मारता। जब भी वह रितु को तंग करेगा मैं ज़रूर मारूँगा।

माँ को उसकी बात में सच दिखा। वे कुछ नहीं बोलीं, न ही पिंटू की माँ।

बाहर के जितने भी रिश्तेदार घर पर आते उन सबकी प्यारी हो जाती थी मैं। मैं लड़की थी, खूब गोरी-गोरी। सबका ध्यान मेरी ओर पहले जाता। फिर मीटी-मीठी बातों से सबको लुभा लेती। अजय मेहमानों के आगे चुप रहता। वे कुछ पूछते तो बस छोटा सा जवाब या शर्मीली चुप्पी। मैं थी कि पटर-पटर अपनी बात तो बोलती ही, अजय के हिस्से के जवाब भी मेरे ही मुँह से निकलते। मैं ही सबमें घोषणा करती फिरती कि अजय तो बड़ा लायक है अँग्रेज़ी स्कूल में पढ़ता है, रोज सुबह स्कूल की बस में जाता है। यहाँ तक कि दीदी, माँ सबकी ख़बर मुझको लग जाती। सबके सब फिर मेरा ख़ूब लाड़चाव करने लगते।

बाबू जी की एक बड़ी बहन थी। उनसे दस-बारह साल बड़ी होंगी। बाल पक्के-पक्के थे। पर चेहरा बहुत मुलायम, बहुत स्नेहमय। सब उनको बड़ी बुआ कह कर बुलाते थे।

बड़ी बुआ बहुत प्यार देती मुझे। सिर्फ़ चार-पाँच साल की ही थी मैं जब बसन्त पर बुआ आयी और मुझे पीले रंग का रेशमी गरारा-कमीज़ बनवा कर दिया। साथ थी झीनी सी जार्जेट की एक पीली चुन्नी। जिसे लहरा-लहरा के मैं खूब झूमतीं गाना गाती —''हवा में उड़ता जाये मेरा लाल दुपट्टा मलमल का हो जी हो जी!'' बुआ ने मुझे एक बसन्त का गाना भी सिखा दिया जिसे मैं गरारा पहन कर घूम-घूम कर गाती—''मधु रितु आयी फागुन की, ले के नयी बहार।'' बुआ शायद तीन-चार घंटे की दूरी पर ही एक छोटे शहर में रहती थी। वे रेलगाड़ी से आया करती थी। मैं भी बाबू जी के साथ एक बार उनको स्टेशन पर लेने गयी थी और तब हम लोग ताँगे से घर लौटे थे। उस बार वे रबड़ी की मिठाई और सूखे मेवे लेकर आयी थी। हम बच्चों के लिए मिट्टी के खिलौने भी लायी थी। छुट्टी-त्योहार पर उनका आना-जाना लगा रहता। जब-जब बुआ आती मुझे बहुत अच्छा लगता।

बुआ माँ को नाम से पुकार कर कहती—''लीला ये तेरी लड़की सबसे मीठी है। देख तो कैसे कटोरों जैसे गाल है। रंग ऐसा कि अँग्रेज़ लगती है बिल्कुल। सारी बेटियों से सुन्दर यही है। इसको तो तू मुझे दे दे। मैं पालूँगी इसे।''

बहुत ही अच्छी लगती थी बुआ मुझे। साटन के रेशमी सलवार-कमीज पहनी बुआ के गुदगुदे पेट पर सिर रखकर बड़ा सुकून मिलता था। जब वे दुलारती मुझे तो मन होता उन्हीं से चिपकी रहूँ। प्यार लेती रहूँ अजीब सा लगाव हो गया था बुआ के साथ जाने को।

बुआ ने माँ को कहा—''जुड़वा को पालने में मुश्किल भी होती है। इसे मैं पाल दूँगी। आराम रहेगा तुझे।''

और माँ मान गयी थी कि कुछ दिनों के लिए ले जाये। साथ ही यह भी कहा था—''कि पूरी तरह नहीं दूँगी।''

बुआ ने इसरार करते हुए कहा—''आपको क्या फ़र्क़ पड़ेगा? घर तो भरा है। जो नहीं प्यारा वह दे दे।''

तब माँ बोली थी (और यह सारी बात मुझे दीदी ने बाद में बतलायी थी)—''ज़्यादा बच्चे होने से यह तो नहीं होता कि एक ज़्यादा या कम प्यारा है। मुझे तो सभी प्यारे है। गुड़ को जिधर से भी चखो मीठा-ही-मीठा होगा।''

यह बात मुझे पहले समझ में आ गयी होती तो माँ पर कभी उतना ग़ुस्सा न करती जैसा हमेशा करती रही हूँ। पता नहीं क्यों माँ मुझे घर के काम सिखाने

पर आमादा थीं। मैं माँ को कभी इसके लिए माफ़ नहीं कर पायी, उनकी नज़र में मैं किसी और काम के लायक ही नहीं थी। क्या इसे माँ के समय का दोष कहूँ?

बुआ के अपने दोनों बच्चे कालेज में बोर्डिंग में पढ़ते थे। घर पर कोई नहीं होता था। बुआ का सारा वक़्त मुझको मुहैया था। बुआ के पास शायद कुछ महीने ही रही हूँगी। बुआ ने मुझे खूब सुन्दर-सुन्दर लहँगे और फ्राक बनवा दिये थे। मेरे लिए कपड़े की गुड़िया भी बना कर दी। जिनसे मैं ख़ूब खेलती थी। बुआ ख़ूब ख़ातिर करती। बढ़िया-बढ़िया खाने तो माँ ज़्यादा बेटे को देती—सब कुछ बुआ के यहाँ मिलता था मुझे। बुआ की दोनों बेटियाँ जब घर पर रहती तो ख़ूब मज़ा आता। वे मुझे झूला झुलवाती, सिनेमा ले जाती और अपने साथ बैडमिंटन खिलवातीं।

पर जब दीदियाँ नहीं रहती तो उन के बिना घर सूना हो जाता। फूफा दफ़्तर चले जाते। बुआ काम में लग जाती और मुझ को अपना भरापूरा घर याद आने लगता। अजय तो बहुत ही याद आता। बड़ी दीदी याद आती। छोटी दीदी से तो डर लगता था। वे पढ़ाती और पाठ ठीक से याद न हो तो थप्पड़ भी पड़ जाता था। फिर पिताजी से भी मेरी शिकायत लगती कि स्कूल का काम ठीक से नहीं करती। पर बड़ी दीदी तो कितना प्यार करती थी। अपनी सहेली के घर ले जातीं और मेरे गाल कचोट-कचोट कर लाल कर देतीं। उनका लगातार मुझी से खेलना, मुझी से बात करना, मुझी को बार-बार चूमना ख़ूब भाता था मुझे। कभी वे मुझे रिझाने के लिए रितु नाम लिए गाने भी गाया करती। मैं भी उनको अपना सीखा गाना सुनाती—"मधुरितु आयी फागुन की ले के नयी बहार।" वे ख़ुश हो-हो के और गाने सुनाती—"रुत सुहानी आयी रे" या "पिया मिलन की रितु आयी रे।" मैं बिना मतबल समझे भी ख़ुश होती रहती। फिर अपनी सहेलियों की भी याद आती जिनके साथ रोज़-रोज़ का खेलना था। कभी गीटे तो कभी पिट्ठू। और कुछ नहीं तो यूँ ही बरसात में भीगना या पींग चढ़ाना या भूत-प्रेतों की सुनी-सुनायी कहानियाँ दुहराना। बुआ के घर के आस पास कोई बच्चे ही नहीं थे जिनके साथ खेलती। उनके साथ वाले घर में भी दो बड़े-बड़े लड़के रहते थे। जो मुझसे बात भी न करते न ही वो आंटी घर पर रहती। घर के नौकर के अलावा बुआ अकेली ही होती थीं घर पर। वह नहाने भी जातीं तो घर सूना हो जाता मेरे लिए और मुझे डर सा लगने लगता। एक दिन बुआ पूजा करने बैठीं तो पता नहीं सहसा मन बेहद उचाट हुआ। लगा कि सारा दिन कैसे कटेगा, क्या करूँगी? मुझे इतनी जोर से अजय की याद आने लगी कि आँख से टपटप आँसू बहने लगे। बुआ पूजा से उठी और रोने की वजह पूछने लगीं

तो मुश्किल से मैंने कहा—"मैं घर वापस जाऊँ?"

बुआ कुछ उदास सी थीं, बोली—"यहाँ मन नहीं लगता तेरा।"

"यहाँ कोई खेलने को नहीं। माँ के पास वापस भेज दो।"

"तू भी क्या करे। यहाँ आसपास कोई बच्चे ही नहीं। पर मैं तो तुझे बहुत याद करूँगी। मेरा तो खूब मन लगा है तुझसे। बहुत प्यारी लड़की है तू।" चूम लिया था बुआ ने मुझे गालों पर।

बुआ ने मुझे यह ज़रूर महसूस करा दिया था कि रितु भी किसी को प्यारी हो सकती है। चाहे स्कूल में उसके नम्बर कम आयें। बुआजी नम्बरों का कभी ज़िक्र ही नहीं करती थीं। न कभी मुझसे पहाड़े सुनाने को कहती। यही कहती—"तू सबसे प्यारी बच्ची है। सबसे मीठी। सबसे सुन्दर। तेरे लिए लड़का मैं ढूँढ़ कर लाऊँगी।"

शायद छह महीने भर बाद मैं घर लौट आयी थी। मेरे नये-नये सुन्दर कपड़े देख कर सब पूछते तो लगता जैसे मैं ख़ास हो गयी थी अब। हीरोइन बन गयी थी घर की। बड़ी बहनों ने मुझे खूब चुमकारा। माँ ने जोर से बाँहों में भर लिया था और गोदी में बिठा कर चुम्मी दी थी। मैं निहाल हो गयी थी। वर्ना माँ की गोदी जैसे अजय के लिए ही आरक्षित थी। यूँ माँ बहुत कम फ़ुरसत पाती थीं। बच्चों को गोदी में बिठाने या चुमकारने की। कभी चारपायी पर बैठी सब्जी काँट रही हो या तो काम की हड़बड़ी होती या थकान से चूर होती कि कम से कम मुझे तो यही याद है कि उनको मुझे चूमने-गले लगाने की या तो फुरसत नहीं होती थी या इस बात का ध्यान भी नहीं आता था कि किसी की ऐसी ज़रूरत हो सकती है। माँ बच्चों की बहुतायत से आजिज़ आयी ही दीखती थीं। यह बातें मैं अब कह सकती हूँ जबकि तब तो मुझे यही लगता था कि माँ मुझे प्यार ही नहीं करती।

अजय तो यूँ भी हमेशा मेरी बात बहुत मानता था। मुझे सबसे ज़्यादा चाहता था। अजय ने कहा था—"अब फिर से नहीं जायेगी न बुआ के पास। तू जायेगी तो मैं भी साथ जाऊँगी।"

मैंने यूँ ही रौब डालने के लिए कहा था—"तू लड़ेगा तो चली जाऊँगी।"

अजय ने वचन दिया था—"कभी नहीं लडूँगा।"

वह सच में कभी लड़ा नहीं मुझसे। हमेशा मेरी कही बात मान लेता था। पर अजय की लड़ने की आदत थी ही नहीं। बड़े मीठे और कोमल स्वभाव का लड़का था। जितना मैं चटर-पटर करती उतना ही वह खामोश रहता। जैसे यहाँ भी कुछ बँट गया था। सारी बोलती मेरे पास, चुप्पी उसके पास। मुझको सब लड़ाकू और ज़िद्दी कहते थे, पर अजय के चेहरे पर हमेशा स्वागत करने वाली

मुस्कान ठहरी रहती थी। अजय हमेशा मेरी तरफ होता। तब बड़ी बहन बोल भी देती—"जा तू तो उसका जुड़वा है इसलिए उसकी साईड लेगा ही।"

इस तरह अजय को भी मेरे साथ खारिज कर दिया जाता।

पिताजी ने दोनों बच्चों के लिए मास्टर रखवा दिया था। अजय तो मास्टर आने के वक़्त पर अकसर घर पर ही न होता। मुझे ही मास्टर जी पढ़ाते। अजय को पहाड़े पहले से ही रटे हुए थे। मास्टरजी का कहा हर काम उसे पहले से ही आता होता। बस झटपट कापी दिखाता, पाठ सुनाता और खेलने भाग जाता। बस एक मैं ही हर शाम मास्टर जी के उबाऊ प्रवचन सुनती और इन्तज़ार करती कि कब घंटा ख़त्म हो और मेरी भी छुट्टी हो। मास्टर जी भी यही कहते—"अजय को तो सारा पहाड़ा याद है। तुमको क्यों नहीं याद?"

मुझको और भी रटा काम भूल जाता और मास्टरजी अपनी ड्यूटी पूरी करने के नाते कुछ न कुछ बड़बड़ करते रहते। हम दोनों ही वक़्त की खानापूर्ति करते रहते।

एक दिन पिताजी ने मास्टर हटा दिया और छोटी दीदी से बोले—"तुम अब नवीं में पहुँच गयी हो। आज से तुम छोटे भाई बहनों को पढा़या करो।"

छोटी दीदी से तो सबको डर लगता था। अजय भी पढ़ाई के घंटे पहुँचा होता। दीदी रोज़ स्कूल का काम करवातीं और पहाड़े रटवाती। स्लेट पर अँग्रेज़ी के शब्द लिखवातीं। स्पेलिंग देखती। अजय के हिज्जे ठीक होते और मेरी कोई न कोई ग़लती रह ही जाती। दीदी कोसती—"तू बेअक्ली की बेअक्ली ही रहेगी। अजय के सारे स्पेलिंग ठीक होते है। तेरे क्यों नहीं होते? तेरे दिमाग में क्या भूसा भरा है?"

मैं कभी पैंसिल तो कभी सलेटी से खिलवाड़ करती। कभी ज़रा सी बात पर अजय को पीट देती। उस पर मुझे बहुत गुस्सा आता था। जब वह फटाफट रटे हुए पहाड़े सुनाता और सबकी ओर विजेता की तरह देखता तो मन होता कि घूसा मार कर उसका मुँह सुजा दूँ। कभी-कभी मुझे लगता कि वह सिर्फ़ मुझे दीदियों और पिताजी के सामने छोटा दिखाने के लिए ही इतनी मेहनत से सब याद करता था। मुझे क्यों नहीं इस तरह रटता था? मैं कोशिश करती तो भी हो न पाता। चूँकि दीदी का अजय के प्रति रवैया कहीं ज़्यादा स्नेहपूर्ण होता, मैं छोटी दीदी की इस तरह अवमानना करती जैसे दीदी की मुझसे दुश्मनी हो। दीदी कुछ कहती तो अनसुना कर देती। अकसर दीदी मुझको चाँटा जड़ देती तो तैं रोती हुई कमरे से बाहर ही चली जाती। एक बार दीदी ने पिताजी को बोल दिया था—"मैं इस डड को नहीं पढ़ा सकती। इसको अक्कल तो है नहीं। इतना सिर खपाती हूँ फिर भी कुछ पल्ले नहीं पड़ता इसके। और जिसे कहो पढ़ा लूँगी,

रितु को नहीं।''

पिताजी सुनकर बड़े निराश हुए थे। बोले—''पढ़ेगी नहीं तो करेगी क्या। आजकल तो जमाना बदल गया है। लड़की पढ़ी लिखी नहीं हो तो शादी के लिए भी अच्छे घर नहीं मिलेंगे।'' फिर दीदी की ओर उन्मुख हो बोले—''तू किसी तरह इसका इंटरेस्ट जगा न पढ़ाई में। वर्ना इसकी ज़िन्दगी तबाह हो जायेगी।''

बचपन में ही जब दीदी अँग्रेज़ी की परीक्षा लेती—स्पेलिंग टेस्ट या डिक्टेशन वग़ैरह तो अजय हमेशा ज़्यादा नम्बर ले जाता स्कूल में भी अँग्रेज़ी में उसे अच्छे नम्बर मिलते। पर मैं किसी तरह से बोलने की नकल भले कर लेती और अपना सारा ध्यान इसी पर देती कि किसी तरह अँग्रेज़ी बोलकर सबको प्रभावित कर सकूँ। बाद में कानपुर रेडियो में भी बोलनेवालों को एक्जेक्ट कापी करती और फटर-फटर बोलना शुरू कर देती। इसमें कई बार मनमर्जी से नये शब्द गढ़ लेती या हिन्दी शब्दों का अँग्रेज़ीकरण कर डालती या अँग्रेज़ी शब्दों का ग़लत-सलत व्याकरणिक रूप इस्तेमाल कर डालती। बल्कि एक बार तो अंकल के सामने भी ऐसी घटना हई थी जिसका बहुत मज़ाक़ बनाया था दीदी ने। मुझको जुकाम-खाँसी हो रही थी। डिस्पैंसरी से दवा लेकर आयी तो घर लौटने के पहले दीदी और मैं अंकल के स्टोर में गयी थीं। मैंने अंकल को बतलाना शुरू किया—''डाक्टर सेड फोर खुरैक्स एवरी फोर आवर्स ''

दीदी अंकल के सामने तो चुप रही पर घर पहुँचते ही पिताजी को सम्बोधित करके एकदम फव्वारे की तरह छूट पड़ी। ''इसको पता ही नहीं कि डोज़ कहते है खुराक को। खुरैक्स, खुरैक्स बोलती है। अँग्रेज़ी ज़रूर बोलनी है चाहे आये न आये।''

चाहे कितना मज़ाक़ बना हो। मैंने अँग्रेज़ी बोलना छोड़ा नहीं था पर मेरी गलतियाँ बार-बार पकड़ीं जातीं। इसी से घर पर, ख़ास कर छोटी दीदी या पिताजी की उपस्थिति में मैं हिन्दी ही बोलती पर बाहर ख़ासकर अनजाने लोगों के साथ खूब अँग्रेज़ी में बतियाती।

बी. ए. के बाद जब मैंने सेक्रेटेरियल कोर्स ज्वायन किया था अँग्रेज़ी की माँग यूँ भी बढ़ गयी थी, मेरी नौकरी पर भी बात अँग्रेज़ी में होती। इसी से अब अँग्रेज़ी का अभ्यास काफ़ी हो गया था। यूँ दीदी अभी भी मुझसे कहती कि मेरे बोलने में ग्रामर की ग़लतियाँ लगातार होती हैं पर मुझको लगता कि छोटी दीदी तो धीरे-धीरे, अटक-अटक के अँग्रेज़ी बोलती है कि बोलने में कोई अशुद्धि न रह जाये। मैं तो उस तरह कभी नहीं बोलूँगी। मैं तो बेखटक बोलूँगी। ग़लती होती है तो हो पर बात तो समझ आ ही जाती है सुननेवाले को।

लेकिन पिताजी की नज़रों में मैं विशेष नहीं थी। पिताजी अजय को ज़्यादा ध्यान और स्नेह देते थे। उस पर गर्व करते। घर पर आने वाले हर रिश्तेदार से अजय की चर्चा कर कहते—"यह तो बड़ा लायक है। इसे डाक्टर बनायेंगे।" पिताजी के चेहरे पर गर्व की झलक मुझको पिताजी से ही कहीं दूर छिटक देती। मुझे क्रोध उन्हीं पर ज़्यादा होता जैसे पढ़ाई की बात को उतना तूल देकर पिताजी मेरे मन से बिल्कुल अनजान हो रहे हैं। रितु क्या है ये पिताजी जानना ही नहीं चाहते। उधर अजय की तारीफ़ें मुझे जी भरकर जलाभुना देतीं। मैं अजय से मुकाबला नहीं कर सकती थी। यह बात नहीं कि कोशिश नहीं की। जब-जब की, अजय ने और भी बेहतर करके दिखा दिया और मेरी बेइज्जती फिर भी हुई। अगर अजय से मुकाबला न होता तो शायद ठीक भी होता। पर घर भर में उस का सिक्का तो जम ही गया था।

पिताजी पर मुझे ढेर सारा ग़ुस्सा तब आया था जब उन्होंने यह नियम बना दिया था कि जो बच्चा पहले दरजे में पास होगा उसे हर महीने एक फ़िल्म दिखायी जायेगी। मैं अपना जेब खर्च बचाकर दीदी से मिन्नत करना चाहती थी कि मुझे भी फ़िल्म ले जाया जाये, अपने पैसे से देखूँगी। पर छोटी दीदी ने मना कर दिया। उल्टे वे तो मुझे सबक सिखाने में लगी रहती, 'कहती तू मेहनत करके अच्छे नम्बर लेकर दिखा तो तुझे भी फिल्म मिल जायेगी।'

मैं अपना सा मुँह लेकर रह गयी थी। पहले दरजे में पास होना न तो मेरे बस का था न ही उसके लिए मेहनत करने की मेरी हिम्मत थी। मेरे में इतना आत्मविश्वास नहीं था कि ऐसा कभी सम्भव है मेरे लिए। जबकि भीतर ही भीतर कभी सोचती कि बिना किसी को बताये चुपके से इतनी मेहनत कर डालूँ कि सब हैरान रह जायें पर ऐसा कभी मौका नहीं मिला। अपने खेलने के समय को किसी दूसरे काम में लगाने का मौका ही नहीं निकाल पाती थी।

पर हैरान मैं तब हुई जब अजय ने मेरे बग़ैर फिल्म जाने से इन्कार कर दिया। उससे मुझ पर किया गया यह अत्याचार बर्दाश्त नहीं हुआ। सबके सामने बोल दिया—रितु को नहीं ले जायेंगे तो मुझे भी नहीं जाना।

सो पिताजी का वह अन्यायपूर्ण फैसला घर पर लागू ही नहीं हो सका। न ही पिताजी को याद आया इस बात की खोज ख़बर लेने की कि क्या परिणति हुई थी उनके फ़ैसले की।

पाँच

फिर पिताजी का तबादला हो गया था। पिताजी के तबादले होते ही रहते। कभी कहीं, तो कभी कहीं। हर बार नये स्कूल में दाखिला लेने का झंझट। जब कि अजय का दाख़िला बढ़िया स्कूलों में हो जाता और मुझको दाख़िला दिलवाने के लिए पिताजी को खूब धक्के खाने पड़ते।

सबसे बड़ी मुश्किल तो कानपुर में हुई थी। पिताजी का मन मुझे भी लरेटो कान्वेंट में ही भेजने का था। मुझको बहुत कोशिशों के बाद भी वहाँ दाखिला नहीं मिला। पिताजी ने फिर मुझ को मोंटेसरी में भर्ती कर दिया। पिताजी चाहते थे दोनों पास-पास के ही स्कूल में जाएँ ताकि आने-जाने का साथ रहे। पर वैसा हुआ नहीं। अजय को लड़कों वाले कान्वेंट में डाल दिया गया था। मेरा स्कूल कोऐड था यानि कि लड़के-लड़कियाँ साथ-साथ पढ़ते थे। इससे पहले मेरे स्कूल सिर्फ़ लड़कियों के होते थे। पर मज़ेदार बात यह थी कि मेरी क्लास टीचर जब हमको लड़कों से दूर शर्माते देखतीं तो कहती—"यह क्या होता है तुम लोगों को? लड़के तुम्हें खा तो नहीं जाएँगे। आपस में हिलमिल कर खेला करो।"

दो तीन लड़कों को तो छेड़खानी करने की शह ही मिल गयी थी। कभी ज्योमेट्री बाक्स में टाफियाँ डाल देना। कभी डेस्क पर फूल रख देना। फिर मुस्कराकर दोस्ती करने की कोशिश। हम लड़कियाँ इन चालों को खूब समझने लग गयी थीं और एक दूसरे को ऐसे किस्से सुना-सुना कर खूब हँसती। हमारी टीचर ने लड़के-लड़कियों के बीच के रिश्ते का और भी सामान्यीकरण करने के लिए हमारी बैठने की सीटों का भी अदल-बदल कर दिया। अब दो लड़कों के बीच एक लड़की बैठती थी या दो लड़कियों के बीच एक लड़का। चूँकि क्लास में लड़कियाँ कम थीं। इसलिए ज़्यादातर दो लड़कों के बीच एक लड़की ही बैठती थी। मेरे एक ओर लम्बा सा, देखने सुनने में भला और पढ़ाई में भी ख़ासा अच्छा अंबरीश भटनागर बैठता था। हम दोनों की अच्छी पटने लग गयी थी। मैं ज़्यादातर उसी से बात करती। पर फिर बांयी ओर वाला लड़का विजय बैरी मुझे अंबरीश

से अलग करने के लिए ज़रूर कोई लम्बी बात छेड़ देता जिससे मैं अंबरीश की ओर रुख़ न कर पाती और जब तक टीचर क्लास में न आतीं, विजय अपनी बात ख़त्म न करता। फिर तो यह होता कि कभी अंबरीश तो कभी विजय से इतनी बातें होती ही रहतीं कि अकसर हमारे शिक्षक हमें ज़्यादा बात करने से न केवल रोकते बल्कि एक दो बार तो क्लास से बाहर जाने की सज़ा भी भुगतनी पड़ी। इम्तहान के नम्बर और भी ख़राब हो गये। हम लोग क्लास में बातूनी तिपाई के नाम से जाने जाने लगे। मैं उनसे ज़्यादातर अजय की बातें किया करती थी। या फिर अपनी दीदियों की। कभी उनको रेडियो के किस्से भी सुना डालती। अम्बरीश मेरी ज्योमेट्री के डायग्राम बनाने में बहुत मदद करता। ड्राईंग में मैं अच्छी नहीं थी। अंबरीश उसमें भी मेरी मदद करता। पता नहीं कब कैसे उसे मेरे साथ ज़्यादा देखकर दूसरे लड़कों ने छेड़ाछाड़ी शुरू कर दी थी कि इन दोनों का तो प्यार है। और बोर्ड पर लिखा दीखता आर. एल. ए. यानि कि रितु लव्स अंबरीश, या उल्टा कि अंबरीश लव्स रितु। यह आठवीं जमात की बात थी जब कि मैं बारह-तेरह साल की ही थी। इस तरह जोड़े सिर्फ़ मेरे नाम के साथ ही नहीं, आशा और वीना, लगभग क्लास की हर लड़की नाम पर बना दिये गये थे। मैंने फ़िल्मों के अलावा और कहीं भी प्यार का नाम देखा सुना नहीं था। दीदी के शादी में भी प्यार-व्यार की बात नहीं उठी थी। मैं सोचती क्या सचमुच प्यार है मुझे अंबरीश से? वह मुझे अच्छा लगता था और मैं घंटों उससे बातें करती थी पर क्या यही प्यार था। नहीं मैं इस तरह अंबरीश के साथ अपना नाम जोड़ने से ख़ुश नहीं थी। वह अजय जैसा ज़हीन नहीं था। शायद जिस लड़के से मैं प्यार करूँगी वह अंबरीश से ज़्यादा ब्राइट, हैंडसम और हर तरह से अच्छा होगा। एक दिन मैं आधी छुट्टी के बाद क्लास में आयी तो बोर्ड पर वही हिज्जे देखे। मुझे लड़कों की हरकत पर बेहद गुस्सा आ गया। जब क्लास में टीचर आयीं तो मैंने आगे जाकर उनको बतलाया कि इन अक्षरों का क्या मतलब है और लड़के हम लड़कियों को तंग कर रहे हैं।

टीचर ने कोई आपा नहीं खोया था। बड़ी शान्ति से क्लास में घोषणा की कि आगे से इस तरह की कोई शिकायत आयी तो ऐसे बच्चों को फ़ल कर देंगी।

कमाल है कि उनकी बात का ख़ासा असर हुआ और उस दिन के बाद से ऐसी बेहूदा हरकतें बन्द हो गयीं। अंबरीश और विजय भी कुछ सँभल कर बात करने लगे। पर यह उस स्कूल में मेरा आख़िरी साल ही था।

छह

कानपुर में हमारे दाख़िले का सिलसिला ख़त्म ही हुआ था और मैंने सातवीं क्लास की पढ़ाई शुरू कर दी थी कि जल्द ही एक दिन सुनने में आया कि बड़ी दीदी की शादी होनेवाली है। यूँ मुझे याद था कि एक बार बड़ी उम्र के सज्जन हमारे यहाँ आये थे। जिनकी विशेष आवभगत की गयी थी और दीदी को तैयार करके उनके सामने पेश किया गया था। हम सब कमरे में मौजूद थे और हम सबका औपचारिक परिचय उनसे कराया गया था। पर तब इसका कोई मतलब समझने की कोशिश हमने नहीं की थी। सोचा होंगे कोई! उनके जाने के बाद कान में अकसर किसी इंजीनियर लड़के की बात पड़ जाती। दीदी का मत भी पूछा जाता। मेरे कान कौतूहल में सींगों की तरह खड़े तो हो जाते थे। पर पूछने पर—'तुम्हारे मतलब की बात नहीं' सुनकर कौतूहल दबा ही लेना होता था।

पर दीदी की शादी की तारीख़ पक्की हुई और घर में तैयारियों की बातें होने लगीं तब छोटी दीदी ने बताया कि बड़ी दीदी की शादी होने वाली है।

हमको कोई अन्दाज़ नहीं था कि शादी का मतलब क्या होगा। सिवाय इसके कि गाजे-बाजे के साथ दुलहन ससुराल जाती है। क्योंकि हमने काफी बारातें, शादियाँ और विदाइयाँ परिवार में देख रखी थीं। पड़ोस में भी शादी होती तो हमें किसी आमन्त्रण की ज़रूरत नहीं पड़ती थी। खेलते-खेलते हम बच्चे बारात में शामिल हो जाते और लड़कीवालों की अगुवानी भी स्वीकार कर लेते। यह और बात है कि हमारे साधारण कपड़ों से जल्द ही उन्हें अन्दाज़ा हो जाता कि ये बिन बुलाये मेहमान ही हैं। रहते भी हम किनारे-किनारे ही थे। लेकिन कोई कुछ कहता नहीं था और हम अपने कौतूहल के मारे तब तक सब कुछ घूरते रहते जब तक कि कोई यह न याद दिला देता कि घर वापिस जाने की घड़ी बीत चुकी है। अगले दिन डोली के वक़्त फिर हम पहुँच जाते।

छोटे मामाजी की शादी में हम लोग जबलपुर गये थे तो शादी के हफ़्ता पहले से रोज़ शाम को गली की औरतें और रिश्तेदार इकट्ठे हो जाते और ढोलक

के साथ खूब टप्पे और पंजाबी लोकगीत गाये जाते। सास-ननद की गालियाँ, देवर के ताने। बहुत मज़ेदार लगते थे ये गाने। मैंने भी सीख लिए थे कई। ढोलक तो हमको बजानी नहीं आती थी पर चम्मच के साथ ताल ज़रूर देते जाते थे। शादी की पहली रात यानी सुहागरात को क्या होता है यह भी तभी हमने अपने हिसाब से जाना था। मुझे याद है पड़ोस के ही किसी का कमरा तैयार किया गया था मामाजी-मामीजी के लिए। काले अंगूर एक प्लेट में सजे रखे थे। एक फूलदान में गेंदे और गुलाब सजे थे। काले अंगूर बहुत महँगे बहुत होते थे। शायद काबुल से आते थे। बहुत कम ही दिखते थे। सो मैंने उनको तब अपनी नौ साल की उम्र की समझ में रोमांस, शादी या आदमी औरत के पहले मिलन के साथ जोड़ा था।

गर्मियाँ थी उन दिनों। खिड़की खुली रखनी पड़ती थी। परदा ज़रूर था। मुझको और गप्पो को भेजा गया था सुहागरात वाले कमरे में पानी का भरा जग और गिलास रखने के लिए। गप्पो ने परदा थोड़ा सा सरका दिया था और बोली— ''रात को यहाँ से देखेंगे, क्या करते हैं मामा-मामीजी।'' पर जब मामा-मामीजी कमरे में आये होंगे, सो चुके थे हम लोग। सुबह ही मुलाक़ात हुई उनसे जब वे आराम से बिस्तर पर बैठ सुबह की चाय पी रहे थे।

अब अपने घर में शादी थी। मेरी दीदी की शादी। दीदी शर्म से सिर झुकाये रहतीं। कुछ बोलती न थीं। मैं पास जाती तो मुझे प्यार करतीं। उनका रवैया सबके प्रति बड़ा मीठा था। पर अब कुछ अतिरिक्त मीठा था जैसे वे हमारे घर में कुछ दिनों की मेहमान हों।

माँ ज़्यादा वक़्त सामान घर के बड़े से ट्रंक को टटोलती रहतीं। पिताजी के साथ रोज़ ही कुछ न कुछ ख़रीदारी करने जातीं और फिर उस ट्रंक में सब कुछ सहेज कर रख देतीं फिर दीदी को साथ ले साड़ियों की शापिंग पर जाती। मैं ब्लाउज़ की नाप दिलाने दीदी के साथ गयी थी। दीदी ने उस दिन और भी बहुत सी चीज़ें ख़रीदी थीं। लिपस्टिक, जूड़े के पिन, पाउडर, क्रीम, लाली, बिंदियाँ, बिछुए। मेरे लिए भी कांच की चूड़ियाँ, बुन्दे, रिबन और क्लिप खरीदे थे। मेरे लिए भी नये कपड़े बने थे। दीदी ने अपने साथ मेरा भी नाप दिलवा दिया था और सूट का कपड़ा खरीदकर दर्ज़ी को बनने दे दिया था। दर्ज़ी भी कमाल का था। शायद बड़े दर्ज़ी का बेटा था। जब माप ले रहा था तो मेरे दोनों कन्धों को नापती उसकी काँपती उंगलियाँ मुझे अपने कन्धों पर महसूस हुई। मैं सोचने लगी कि वह इतना नर्वस क्यों है? दीदी से कहा तो वह हँस पड़ी—बेचारा किसी

सुन्दर लड़की का कन्धा पहली बार छू रहा होगा। तब बताती तो एक झापड़ रसीद कर देती। कहीं और हाथ-त्राथ तो नहीं लगाया न।

नहीं। ऐसा कुछ नहीं किया उसने।

बड़ा प्यारा बना था मेरा सूट। लाल-नीलीधारी वाली सिल्क का सलवार-कुर्ता और मैंचिंग नीले रंग का प्योर जार्जेट का दुपट्टा।

मैं सोचती थी कि दीदी कितनी सुन्दर लगेगी। दीदी यूँ तो कभी लिपस्टिक, बिन्दी कुछ नहीं लगाती थीं। जब कभी लगाती तो चेहरा एकदम बहुत ही आकर्षक, निखरा हुआ और ख़ूबसूरत लगने लगता। मैं हैरान होती कि एक लिपस्टिक लगाने से इतना फ़र्क़ कैसे पड़ जाता है!

माँ कहती थी कि दीदी को 21 जोड़े कपड़ों के दिये जायेंगे। ख़रीदारी के बाद जब साड़ियाँ घर पर लायी जातीं तो मैं बहुत शौक से उन्हें देखती थी। कभी मन में यह भी आता था कि मैं भी जल्दी से बड़ी होकर शादी करूँ कि इतने ढेर सारे कपड़े मिल जायें! उन दिनों साड़ी की पोशाक बड़ी रहस्यमय और आकर्षक लगा करती थी। मैं इसलिए भी बड़ी होना चाहती थी कि साड़ी पहन सकूँ। कितनी अजीब बात है कि जब मैं सचमुच बड़ी हुई यानि कॉलेज में या कॉलेज के बाद तो मुझे साड़ी पहनने का शौक कतई नहीं था। उलटे साड़ी पहनना मुसीबत लगती। जब ऐम्बेसी में काम करती थी तो कुरता-चूड़ीदार या पैंट्स पहनती थी। शादी के बाद साड़ियाँ पहननी होती हैं यह जानकर अमरीका में साड़ियों का भरा ट्रंक ले गयी थी पर वह वैसा का वैसा ही पड़ा रहा। बस शादी वाले दिन साड़ी पहनी थी उसके बाद तो ज़्यादातर मौकों पर अमरीकी पहनावे ही भले लगते मुझे।

शाम को चाय के साथ, रात को खाने के बाद या जब कभी भी माँ-पिताजी साथ होते, दीदी के दहेज की बात होती, लड़के के रिश्तेदारों में किसको क्या दिया जायेगा, इसका फैसला होता। ओमी अंकल भी पिताजी का हाथ बँटाने अकसर आ जाते। कार्ड छपवाने का काम अंकल को ही सौंप दिया गया था। उन्होंने ही पिता जी को बतलाया कि शामियाने, क्राकरी और कुर्सियों वगैरह का आर्डर कहाँ करना चाहिए। कौन से हलवाई को बुलवाना चाहिए। अंकल चूँकि अरसे से कानपुर में रह रहे थे और ख़ुद भी बिजनेस में थे, उनको इन चीज़ों का बहुत पता था।

पिताजी उनकी सलाह बहुत मानते। बारात की अगवानी कैसे होगी, खाने

का मेन्यू क्या होगा यही बातें होती रहती। ओमी अंकल शादी के लिए बहुत उत्साहित थे। वे पिताजी से कहते—"कितनी अच्छी बात है कि शादी हमारे शहर में हो रही है। इसी बहाने सब रिश्तेदारों से मुलाकात हो जायेगी। वर्ना कानपुर में कोई ख़ास मिलने तो आता नहीं। यह कोई दिल्ली तो है नहीं कि लोग आते-जाते रहें।"

अंकल हम बच्चों को खूब कस कर जफ्फी मार कर प्यार करते। सबसे कहते फिरते—"कितनी बढ़िया बात है कि मेरे फुफरे भाई की बदली कानपुर में हो गयी है। वर्ना यहाँ अपने रिश्तेदारों से मिलने को तरस जाते हैं।"

पिताजी ने शादी से तीन दिन पहले ही हलवाई बैठा दिये थे जिन्होंने पहले मिठाई बनानी शुरू की। लड्डू, कलाकंद, बालूशाही, बर्फी, गुलाबजामुन और शक्करपारे। साथ ही नमकीन मठरी, तोषे। जिस दिन बारात सुबह पहुँची उनको हलवे-पूरी के साथ नाश्ता कराया गया, दोपहर में मलाई कोफ्ते, दाल मक्खनी साग-पनीर और दही-बड़े के साथ लंच कराया गया। उसी शाम को कोठी पर पिताजी और अजय दूसरे रिश्तेदार आदमियों के साथ शगुन चढ़ाने गये थे।

अगली सुबह नाश्ते-लंच का क्रम फिर से चला। शाम को बारात थी सो ज़्यादा ज़ोर बारात के खाने पर ही लगा था। अंडे टोस्ट या पराठे वाला नाश्ता और कढ़ी-चावल का लंच था। शाम को तो बारात थी।

मुझे हलवाइयों के पास खड़े हो खाना बनता देखने में बड़ा मजा आ रहा था। ज़िन्दगी में पहली बार उतने बड़े कड़ाहे और पतीले देखे थे मैंने। एक-एक कड़ाहे में मैं अपनी दो-दो सहेलियों के साथ मजे से बैठ सकती थी। उनकी अंगीठियाँ भी इतनी बड़ी थीं जैसे लोहड़ी जल रही हो!

घर रिश्तेदारों से भर गया था। पिताजी ने एक कोठी भी किराये पर ले ली थी। कुछ मेहमान वहाँ ठहरा दिये थे। बारात के लिए बढ़िया सी कोठी और पक्की की थी। मौसी घर पर ही साथ रही थीं अपने तीनों बच्चों के साथ।

मौसी की बेटी गप्पो से मेरी ख़ास दोस्ती थी। दोनों हमउम्र जो थीं। गर्मी की छुट्टियों में या तो मौसी हमारे यहाँ आ जातीं या हम उनके पास चले जाते। उसका आना उत्सव की तरह होता था मेरे लिए। दोनों घंटों दुनिया-जहान को भूल कर बस बातों में ही लगी रहतीं। गप्पो के साथ पता नहीं किस मायावी जगत में प्रवेश कर जाती मैं जहाँ औरतों मरदों के गुप्त भेदों की अटकलपच्चू रहती। गप्पो खुद को बड़ा जानकर मानती थी इस गुप्त दुनिया का। मैं बुद्धू, अनजान, सचमुच उसे गुरु मान बैठती। तभी-तभी बड़ी हुई थी मैं भी। महीने भर पहले ही अपने शरीर से रिसती रक्त की बूदों के भयावने अनुभव से गुजर चुकी थी और मैंने एक नयी तरह का डर और कौतूहल महसूस करते हुए बड़ों

की दुनिया में प्रवेश किया था। जिस दिन ऐसा हुआ मैं देर तक बाथरूम में बैठी रही थी। यही सोचती रही कि मुझे क्या हो रहा है? क्या कोई बीमारी मुझे भी लग गयी है। बीमारी है तो क्या उम्र भर की या कोई इलाज है इसका? क्या किसी से ज़िक्र करूँ या छिपाने वाली बात है! तभी बाहर छोटी दीदी को दरवाजा खटखटाते सुना था और दीदी ने माँ से यह कहा था कि—"लगता है इसका शुरू हो गया है। इसकी स्कर्ट पर दाग़ देख कर मुझे शुबहा हुआ था।" बाहर आकर मैंने दीदी से आँख नहीं मिलायी थी। दीदी ने मुझे रोका और सहानुभूति सी जताते कहा था—"घबराना नहीं यह सभी लड़कियों को होता है। बस आज से तू लड़की नहीं रही। औरत हो गयी। अब तू भी हमारी ही तरह है।"

अच्छा नहीं लगा था अपना औरत होना। दीदी की तरह होना। माँ की तरह होना। लगा था जैसे उड़ते-उड़ते पंछी को पकड़कर पिंजरे में बन्द कर दिया गया हो।

दीदी से कुछ पूछने में मुझे हिचक होती थी। गप्पो के साथ कोई भी बकवास की जा सकती थी। वह तो खुद मुझको बतलाती रही कि कैसे उसके मुहल्ले की कौन सी लड़की किस लड़के के साथ घूमती है। एक होटल में अकेले उससे मिलती है। गप्पो ने उनके संदेश पहुँचाए हुए हैं। गप्पो के एक मास्टर जी ने भी उससे खिलवाड़ किया था। गप्पो 14-15 बरस की होगी पर बातें ऐसे सुनाती थी जैसे दुनिया भर का ज्ञान उसके पास हो। गप्पो उम्र में उससे तीन चार साल बड़ी सहेली कमली कुछ साल अपने पिताजी की पोस्टिंग की वजह से यूरोप में रह कर आयी थी। वह बताती थी कि वहाँ तो स्कूल में ही लड़के-लड़कियाँ सेक्स करते हैं। उस लड़की ने भी किया है। इसीसे यहाँ आने के बाद भी वह मुहल्ले के लड़कों से अलग से मिलती है। एक बार तो बड़ी मज़ेदार बात हुई। उसने रीगल सिनेमा के पीछे रमेश को मिलने का टाइम दे रखा था। पता नहीं भूल कैसे गयी। राज से अगले दिन मिली तो उठाकर उसे भी वही टाईम दे दिया। बस दोनों पहुँच गये। इसने दूर से दोनों को देख लिया तो भाग खड़ी हुई। बाद में दोनों ने शक किया तो मुकर गयी। पर वे माने तो नहीं। बहुत झगड़ा करते रहे। पर कमली ने कौन किसी से शादी करनी है। राज तो यूँ भी शादीशुदा है।

गप्पो दो क्लासें फेल हो चुकी थी। मैं यूँ स्कूल में कभी फेल नहीं हुई थी। पिताजी के तबादलों की वजह से साल खोये थे। वही क्लास दुबारा शुरू करनी पड़ी थी दो बार । इसलिए सब मुझे गप्पो के बराबर का नालायक बताते थे। पर उसकी माँ उसे कुछ बुरा-भला नहीं कहती थी। गप्पो मौसी की इकलौती बेटी थी। मेरी और गप्पो की गुपचुप बातें ख़त्म ही न होतीं। लड़कों की, सहेलियों

की। गप्पकला में माहिर थी वह चाहे फिर दीदी की शादी के सन्दर्भ में या मामा जी की। क्या होता है शादी में। गप्पो मेरा कौतूहल खूब जगा देती। मैं सोचती कि गप्पो को ज़िन्दगी की बातों का कितना ज्ञान था। उसकी बातें बेसिरपैर की या झूठी भी होतीं पर मुझे ख़ूब रसीली लगतीं।

बारात तीन दिन हमारे यहाँ ही रही। सारा दिन मेला सा लगा रहता। मैं और गप्पो बार-बार होने वाले जीजाजी के कमरे के आसपास फेरे लगाते। जीजाजी भी हमसे गप्पें मारते और हमको बहुत मज़ा आता। फिर हम दोनों घर आकर शेखी झाड़तीं कि हम तो जीजा से मिल कर आये है। दीदी शर्मा जातीं और माँ तो घबरा जातीं कि हमने कुछ उल्टा-सीधा तो नहीं कह दिया उनसे। पूछा जाता क्या बात हुई। पर हमारे पास सिवाय कुछ हँसी या मज़ाक़ के और कुछ न होता। माँ को तसल्ली हो जाती।

पर यह मेला अचानक ख़त्म हो जाता है इसको भी मैंने पहली बार दीदी की शादी में ही जाना था। माँ-छोटी दीदी और पिताजी को रोते देख मैं भी रो पड़ी थी। लेकिन असली सूनापन मैंने तब जाना जब दीदी को स्टेशन गाड़ी पर चढ़ाकर आये। घर सूना हो गया था कि सब के घर में होते हुए भी सिर्फ़ दीदी का ही ख़्याल बना रहता। जैसे और कोई मेरे लिए कुछ था ही नहीं। एक दीदी थी। दीदी नहीं तो जैसे कोई था ही नहीं। दीदी ही मुझे थाली में खाना परस के देती थीं। माँ या छोटी दीदी के परसे खाने को मुँह में डालने को जी न होता था। पता नहीं क्या हो गया था मुझे। मैं स्कूल में सहेलियों से दीदी की ही बातें करती रहती। फिर छोटी दीदी ने अचानक एक दिन पुकार कर कहा था—"बस्ता ले कर आ मैं तेरा होमवर्क करवाऊँगी।" मेरी डर की दूरी कम हुई थी। दीदी ने बहुत अच्छा निबन्ध लिखवाया था। फिर अगले दिन बोली—"मैं अपनी सहेलियों के साथ अनाड़ी फिल्म देखने जा रही हूँ। तू चलेगी।"

और तब मैं पहली बार छोटी दीदी के कुछ करीब आयी थी।

दीदी के जाने के बाद मैं नम्बर तीन की बजाय दो हो गयी थी। मैं अपने-आप को ख़ूब बड़ा समझने लगी।

सात

यूँ तो अपने ही घर आयी थी पिताजी के साथ। पर जब रेलगाड़ी स्टेशन पर पहुँची और उस छोटे से नाम मात्र के शहर का दूर तक फैला बियाबान देखा तो लगा कि बड़ी अजनबी सी जगह पर आ गयी हूँ। चारों ओर बिखरा सूनापन मेरे भीतर गड्ढे-सा खुदता गया। मैं और नीचे ही धसकती जा रही थी।

मेरा स्कूल, मेरी सहेलियाँ, मेरी पढ़ाई, सब कितनी दूर छूट गया था। कैसे जिऊँगी इतने सूनेपन में?

कितना बदल गया था सब कुछ। मैं अब वह रितु नहीं थी। यह रितु के शरीर का खोल भर था। वह रितु कहीं चली गयी जो यहाँ रहा करती थी! सचमुच लौट नहीं पायेगी वह रितु?

मेरे भीतर को एक तीखा सा औज़ार छीले जा रहा था। सचमुच जो बियाबान बाहर था, वही मेरे भीतर भी। पर वह मुझे कोई तसल्ली नहीं दे रहा था। बस किसी गहरे अतल में डुबोता चला जा रहा था। दफ़्तर की जीप हमें लेने पहुँची हुई थी।

माँ, छोटी दीदी—कैसे सामना करूँगी सबका। सबकी आँखों में एक ही बात होगी—ग़लत रास्ते पर चली गयी रितु! परिवार का नाम डुबोकर आयी है रितु। रितु का घाव किसी को नहीं दिखेगा।

दूर तक घने जंगल ही जंगल थे। छावनी जो थी। कहीं कोई बस्ती दिखती तो या तो वे गाँव की झोंपड़ियाँ होतीं या सैनिकों के तम्बू, बैरकें । सेना के ट्रक सड़क से गुज़र जाते वर्ना तो सड़क पर कोई ख़ास गाड़ियाँ नहीं थी। मैं खामोश खिड़की के बाहर देखती रही। पिताजी ड्राइवर और उसके साथ बैठे अपने क्लर्क

से कुछ कह देते वर्ना चुप्पी थी हर तरफ। जीप से उसी खामोशी में लिपटे-लिपटे उतर आये थे हम। पिताजी ने ड्राइवर और क्लर्क को कुछ हिदायतें दीं। ड्राइवर सामान उतार रहा था तो मैं वहीं खड़ी रही जैसे उस वक़्त का सबसे ज़रूरी काम यही था। माँ की नज़र से कुछ देर और बची रहूँगी!

माँ ख़ुद सहमी सहमी सी थीं। सवाल उनके चेहरे पर थे पर कुछ पूछने का साहस नहीं। मेरा चेहरा घूरती रहीं।

कहा, ''बड़ा उतर गया है तेरा चेहरा। खाती पीती नहीं थी बिल्कुल?'' फिर पिताजी की ओर मुख़ातिब हो बोलीं—''थके होगे। चाय बनवा दूँ?

पिताजी ने कहा, मैं तो नहाऊँगा। फिर एक साथ ही नाश्ता और चाय।'' मैंने कहा—''रात भर सोयी नहीं। कुछ देर लेटूँगी।''

दीदी के कमरे में मेरा भी बिस्तर लगा था। दीदी सोयी अभी। मैं चुपचाप पड़ गयी।

जगने पर दीदी ने मुझे झिंझोड़ा था

''...अरे तू आ गयी। मुझे पता ही न चला। कब पहुँचे तुम लोग?'' मैं ने दिखाया जसे बहुत नींद में हूँ।

''...प्लीज़ सोने दो दीदी। बहुत नींद आ रही है। रेलगाड़ी में सोयी नहीं थी।''

दिन भर बिस्तर पर ही पड़ी रही। उठने का मन ही नहीं हुआ।

दीदी जगाती रही। मैं सुस्ताती रही। नहीं यह सुस्ताना तो नहीं था। अजीब सी शिथिलता थी। घनघोर शिथिलता। अंग अंग पर जैसे लकवा मार कर बेदम कर देने वाली शिथिलता।

मेरे भीतर कुछ मर रहा था। मेरी इच्छाएँ मेरे अपने होने के प्रति उत्साह, जीने की आकांक्षा मर रही थी। मरने जैसा महसूस हो रहा था पर उँगली धर कर कह नहीं सकती थी। बस जैसे किसी अतल में डूब रही होऊँ। हाँ ऐसा कुआँ जिसका कोई तल नहीं, अन्धा अँधेरा। बस।

माँ ने फिर जोर देकर कहा कि नहा धोकर खाना खा लो। मैं यन्त्र की तरह उठी और सूटकेस खोल कपड़े लगाने लगी। यात्रा या पता नहीं मन की थकान गयी

नहीं थीं पर माँ को नाराज़ नहीं कर सकती थी। वे यूँ भी कहे जा रही थीं कि सुबह से कुछ खाया नहीं। आगे ही इतनी कमज़ोर लग रही हूँ। उनको चुप कराने के लिए इतना तो ज़रूरी था ही कि हिलती डुलती नज़र आऊँ। दीदी को अच्छा लग रहा था कि मैं आयी हूँ। बहुत उत्साह में भरकर मेरा घर में स्वागत कर रही थी। जैसे कि वह भी कोई ज़रूरी औपचारिकता हो! बोली—''बहुत अच्छा हुआ। अब यहाँ मज़ा आयेगा वर्ना मैं तो बोर हो गयी इस जगह से। ना कोई बन्दा न बन्दे की ज़ात। ले दे के दो चार दफ़्तर और वह बोर सा क्लब। दिन भर मक्खी मारते रहो!''

कुछ ऐसी ही तस्वीर तो थी इस जगह की मेरे मन में। तभी तो मैं यहाँ आना ही नहीं चाहती थी। मुझे मालूम था कि स्कूल कालेज नहीं है।

शायद दीदी मुझे तसल्ली दे रही थीं कि और कोई कुछ भी कहे। मेरे दिल में तो तेरा स्वागत ही है।

दीदी ही बताती रहीं वहाँ के बारे में। मैं सुनती और हाँ —हूँ करती रही। अँधेरे से पहले शाम को सड़क पर सैर कर लो। दीदी कहने लगीं कि शाम को साँप आते है सड़कों पर। इसलिए अँधेरे में कोई पैदल नहीं चलता।

मुझे लगा कि जैसे सबसे बड़े साँप ने मुझे पहले ही डस लिया था। अब कैसा साँप? कैसा डर? शाम को सूनापन और बढ़ गया था।

पिताजी देर तक काम से आते थे। माँ ने दीदी और मुझे खिला दिया और ख़ुद उनका इन्तज़ार करने लगी।

यूँ तो अपने घर पहुँचकर एक तसल्ली सी थी। कम से कम अंकल के मुँह तो नहीं लगना होगा। पर इस घर के प्राणियों से भी निपटना तो था। दीदी का सवाल मेरी आँखों के आगे डटा हुआ था—''हुआ क्या था।''

और मैं नींद और थकान का बहाना बना आँखें बन्द कर बिस्तर पर पड़ गयी थी।

शायद मेरे चेहरे पर जो कुछ भी अंकित था, उसे देख सवाल पूछने वाले भी घबरा जाते होंगे। पता नहीं किसने क्या समझा।

दीदी कोई न कोई बात सुनाती रहती। मैं बड़ी धैर्यशील श्रोता बन गयी थी। चाहे सुनती या न। कोई दिनचर्या नहीं थी मेरी। न उठने का वक़्त न सोने का। कभी दीदी के साथ तो कभी अकेले ही सैर करने जाती। चलती रहती, चलती रहती जैसे किसी शून्य में चल रही हूँ। कहीं जाना। तो होता नहीं था। कहीं पहुँचना नहीं। सब चलना निरुद्देश्य!

चलने में एक राहत थी। वर्ना राहत तो कहीं थी नहीं। चल-चल कर जैसे

मैं अपने भीतर को, अपने चेतन को भी थका डालना चाहती थी कि वह एकदम निश्चेष्ट पड़ जाय।

बस अँधेरे से पहले घर लौटना है, यह सब माँ, दीदी या पिताजी याद दिलाते रहते।

बरसात में चलना यूँ ही रुक जाता। कभी चलना होता, कभी नहीं। बरामदे में ही चक्कर काटती रहती। वहीं से बरसात को घूरती रहती।

बरसात होती तो ऐसी तूफ़ानी कि लगे सारे पेड़ अपनी जड़ों से उखड़ जायेंगे। कई डालियाँ टूट गिरती। बहुत डरावनी थी बरसातें। पर बरसात की भयावहता मुझे डराती नहीं। भयंकरता मुझे अपने में रमा लेती थी। बल्कि मन होता कि वह मुझे भी लपेट ले अपने आप में। मुझे भी आश्रय दे दे।

सब कहते कि बरसात के बाद और भी साँप निकलते हैं क्योंकि उनके बिलों में पानी भर जाता है। माँ बाहर निकलते से ही रोक देती। मुझे घर में भी डर लगता रहता क्योंकि माली ने बतलाया था कि घर के अन्दर से भी साँप निकल चुका है। गुसलख़ाने के दरवाजे से अन्दर आ जाते हैं साँप। वहाँ ऊँची सीढ़ी नहीं है ताकि पानी बह जाय। साँप के लिए सतल सतहें पार करना सहज होता है। शाम होते ही गुसलख़ाने के दरवाजे बन्द हो जाते पर दिन भर जब धूप होती, तब माँ उनको खुला छोड़ देतीं। एक छोटी सी उबड़-खाबड़ पत्थरों की कतार दरवाज़े के साथ-साथ बनी नाली के आगे बना दी गयी थी कि साँप पार न कर सके। यूँ साँप के नाली से आने की सम्भावना भी बनी रहती थी पर उस सँकरी नाली में कोई बड़ा साँप तो समा नहीं सकता था। छोटे साँप को मारने में हमारा माली होशियार था। कहता कि डरने की बात नहीं।

नाली के पार बग़ीचा था जहाँ वह दिन भर सब्जियाँ उगाने, गोड़ी करने, जंगली घास निकालने का काम करता रहता था। माँ भी कभी अपने हाथों से ही भिंडियाँ तोड़ती या बैंगन निकालतीं रसोई में इस्तेमाल के लिए।

उनको बगीचे में देख मैं अजीब सी दुश्चिन्ताओं से घिर जाती। बहुत बार ख़ुद बग़ीचे में उगती सब्ज़ियाँ देख रही होती तो अचानक अपने साथ साँप की दुर्घटना की कल्पना कर डालती। फिर अचानक अहसास होता कि सबसे बड़ी दुर्घटना तो हो चुकी है। साँप काट भी खाये तो क्या! शायद उस में कोई बचाव

ही हो मेरे लिए!

वर्ना अब क्या था मेरे पास? चलना, देर तक चलना, घर लौटकर खाना खाना और फिर बिस्तर।

सब सो जाते और मेरी रात कटनी दूभर हो जाती।

रात भर मुझे नींद नहीं आती थी। सारा कांड फिर से मेरी आँखों के आगे घटित होने लगता। मैं जैसे अपने ही शरीर से बाहर होकर वह सब कुछ देखने लगती एक द्रष्टा की तरह—अंकल का दफ्तर, गोदाम, अंकल का उस शरीर को जकड़ लेना, मुँह को दबासट चुम्बनों के वार से दबोचना और खामोश कर देना, रिसता हुआ द्रव्य। मेरा बाथरूम भागना। बैठे रहना बाथरूम में। धोते रहना। घृणित द्रव्य का स्पर्श। अपने आप से घृणा। अपने शरीर से घृणा। बस मेरे चारों ओर, मेरे रोम से घृणा की चिंगारियाँ फूटने लगती। मैं खुद ही जलने लगती उन चिंगारियाँ के ताप से। साँस रुकने लगती। मेरा दम घुटने लगता।

मैं अपने आप से अलग हो जाती। जैसे वह मैं नहीं थी। कोई दूसरा शरीर था। या शरीर का बस खोल मात्र।

कभी शरीर और मैं एक हो जाते। बड़ा दूभर, बहुत जानलेवा होता वह क्षण। मैं ही हूँ जिसके साथ यह सब हुआ है। मैं ही हूँ वह घृणित शरीर। घृणा की पात्र तो मैं हूँ। मेरी पूरी हस्ती है। मुझे कुछ करना चाहिए था। क्यों नहीं शोर मचाया मैंने। क्यों मुझे अन्दाज़ नहीं हुआ अंकल की नीयत का? क्यों इतनी बुद्धू थी मैं!

फिर एक गहरा पछतावा सा होता—क्योंकर होने दिया यह सब? क्यों हुआ यह मेरे साथ? सबका जीवन सामान्य था। मेरे ही साथ ऐसा क्योंकर होना था। मन जोर-जोर से रोने को होता। जी करता चिल्ला-चिल्ला कर रोऊँ। मन की व्यथा उघाड़ उघाड़ कर कह डालूँ। गला फाड़ कर चीखूँ! फफक-फफक कर रो दूँ। बस किसी तरह मुक्त हो जाऊँ इस घोर कष्ट से। फिर से पा लूँ अपने आप को?। फिर से खोज लूँ अपना आप। वही रितु, जो मैं थी।

कैसे मिटेगी यह गहरी पीड़ा!

मैं क्यों वह नहीं, जो थी!

आठ

वक़्त को गुज़रना था। गुज़रता रहा। चाहे नदी सा सरपट या झील सा ठहरा हुआ। कभी कछुए की गति से तो कभी खरगोश की। अन्याय, पीड़ा, जीत या हार से बेखबर।

एक दिन पिताजी ने कहा–चलो पढ़ लिख लो। इम्तहान तो देने ही होंगे। शुरू कर दो पढ़ाई। पिताजी हर बच्चे को एक ही मूलमन्त्र देते थे कि पढ़ लिख कर अपने पैरों पर खड़े हो जाओ। लड़कियों की चाहे शादियाँ ही होनी थीं तब भी इस मूलमन्त्र में कोई फ़र्क़ नहीं आया था। शादी से पहले जितना पढ़ सकते हो पढ़ लो। क्या पता कब पढ़ाई काम में आ जाये। आसपास या रिश्तेदारों में ऐसी घटनाएँ घटती ही रहती थीं कि लड़की विधवा हो गयी पर चूँकि पढ़ी-लिखी थी सो नौकरी करके अपनी ज़िन्दगी सँवार ली। पिताजी को बेटियों की फ़िक्र तो रहती ही होगी। अपने मामले में पिताजी का रुख़ अजीब सा होता महसूस हो रहा था मुझे। या तो मन में वे मान बैठे थे कि पढ़ाई के नाम पर मैंने उनको धोखा दिया था और सिर्फ़ पवन के साथ के लिए ही मैं कानपुर में उनके ज़ोर देने के बावजूद रुक गयी थी। जिसका हैरतनाक नतीजा न केवल मुझे बल्कि उनको और माँ को भोगना पड़ रहा था। लगता था जैसे पिताजी का रहा सहा भरोसा भी ख़त्म हो गया था मुझ पर; कि मैं किसी काम की नहीं रही; कि धब्बा लग गया है मुझ पर जो कभी मिटाया नहीं जा सकता; कि उनके विश्वास लायक नहीं रही; कि वक़्त पर सही फैसला लेना नहीं आता मुझे; कि मैं फिर से ख़तरे में पड़ सकती थी; कि मैं इस क़ाबिल नहीं कि अपनी देखभाल ख़ुद कर सकूँ; कि पता नहीं क्या होगा मेरा!

पानागढ़ में कोई ढंग का स्कूल था ही नहीं। सो पढ़ाई जारी रखने का सवाल

ही नहीं था। प्राइवेट इम्तहान के लिए मर्जी भर का ही पढ़ना होता था। सो जब मूड हुआ तो पढ़ लिया वर्ना कई-कई दिन यूँ ही निकल गये!

माँ तो मुझे देखती और उनको रोना आ जाता। आख़िर हुआ क्या था जो बोला कि आके ले जाओ अपनी बेटी!

बार-बार बस एक ही बात कहती—''देख तो क्या हो गया तेरे साथ। उस राक्षस का तो मुँह नोच लेना चाहिए। पुलिस में पकड़वाना चाहिए फ़ालतू में बदनाम कर रहा है मेरी बेटी को। अपने रिश्तेदार ही इतने नीच कमीने निकले तो और आदमी किसका भरोसा करें!'' बहुत टूटा होगा माँ का दिल। उनकी आँखों में आँसू देखती तो मुझे अपनी हालत और भी दयनीय लगने लगती। दरअसल मेरी दयनीयता उनकी आँखों में जैसे छप गयी थी। उनकी आँखों के भाव से मुझे लगता कि मैं एक बहुत बदक़िस्मत इन्सान हूँ जिसका कभी उद्धार नहीं हो सकता। अब कहीं कोई भविष्य नहीं मेरे लिए। और माँ मुझे अपनी यह दुर्गति कभी भुलाने न देतीं। चाहे मुँह से कुछ कहे या न।

माँ ने मुझे घर के कामों में लगाना शुरू कर दिया था। कभी रसोई का काम तो कभी सिलाई-कढ़ाई के लिए कुछ पकड़ा देती। मुझे इन कामों का क़तई शौक नहीं था। अभी छोटी दीदी अनब्याही थीं और अकसर मैं सुनती कि—''दोनों के लिए लड़का साथ ही देखा जाये। एक साथ ही दोनों से फ़ारिग हों। रितु ने अब आगे तो पढ़ना नहीं। जितनी जल्दी दोनों की शादी हो अच्छा है। कल को बात फैल गयी तो...।''

मन में यह आस तो बनी हुई थी कि किसी तरह प्राइवेटली दसवीं का इम्तहान देना ही है। पिताजी भी यह उम्मीद तो कर ही रहे होंगे कि इम्तहान की तैयारी कर रही हूँगी पर किसी से पढ़ाई का ज़िक्र करने की हिम्मत ही नहीं जुटा पाती थी। चुपचाप थोड़ा बहुत पढ़ लेती थी। बहुत बार सोचा अजय को ख़त लिखूँ पर हो नहीं पाया। शायद वह मेरी तकलीफ़ समझे और अपने आप ही कुछ पूछ डाले। पर वैसा हुआ नहीं। अजय को शायद आज तक ठीक से नहीं पता कि मेरे साथ क्या हुआ था। जिस तरह की बात थी, पिताजी ने उसे हर किसी से छुपाया था। अपने बच्चों से भी। कि कहीं खुल न जाय।

छोटी दीदी ने पता नहीं किस तरह से समझा मेरी स्थिति को। एक दिन कहने लगीं—''पता नहीं अब तेरा क्या होगा!'' मुझे समझातीं कि ग़लती से भी कभी किसी को यह बात न बताऊँ! अपने पति को तो क़तई नहीं। फिर उन्होंने

मुझे अपनी एक सहेली की बात भी बताई थी कि उसका पति तो बहुत अच्छा था, उसे बहुत प्यार करता था सो बातों-बातों में उसने बता दिया कि शादी से पहले किसी से सम्बन्ध हुआ था तो बस वही हश्र हुआ जो लाज़मी था यानि कि पति ने उसे छोड़ ही दिया।

पता चाहे सबको हो पर छोटी दीदी के अलावा घर में से किसी ने मुझसे कभी इस बारे में सीधा ज़िक्र तो किया नहीं। हाँ कभी-कभी ऐसा लगता उनके व्यवहार में जैसे कि उनको पता हो। पर न तो मैं कभी खुद हिम्मत कर सकती थी यह बात छेड़ने की न ही किसी और ने हठ किया। पिताजी पूरी तरह से छिपाना चाहते क्योंकि बदनामी तो उनकी अपनी थी न! आज इतने साल अमरीका रहने के बाद मुझमें हिम्मत आयी है कि किसी को अपनी कच्ची उम्र के बलात्कार की कहानी सुना सकूँ वर्ना अब तक अपने आप से भी छुपाती रही हूँ। ऐसे भुलाने की कोशिश करती जैसे कभी कुछ हुआ ही नहीं।

वहाँ यह सब छुप भी सकता था। उस नयी जगह पर मेरे बारे में कोई कुछ नहीं जानता था सिवाय इसके कि मैं इंजीनियर साहब की बेटी हूँ। साहब की बेटी होने की वजह से सब मुझे दुआ-सलाम ही करते। मैं अचानक क्यों आ गयी, इसका कौतूहल तो ज़रूर उठता होगा पर खुलकर कोई सवाल पूछने की हिम्मत नहीं थी किसी की। यूँ भी अपने माँ-बाप के घर पर आकर रहने में कोई सवाल लायक बात तो थी भी नहीं।

उस छोटी जगह में जब मैं बाहर निकलती तो सभी की मुझ पर निगाह जाती। मेरी उम्र की कोई दूसरी लड़की भी आसपास नहीं थी। पिताजी के दफ़्तर के कुछ मिलने-जुलने वाले थे। एक मिस्टर शर्मा की पत्नी कुछ जवान थी। घूमने निकलते तो वे अपने पास बुला लेतीं। मैं कुछ आनाकानी भी करती तो दीदी कह देती कि चल थोड़ी देर बैठ जाते हैं। घर जाने की जल्दी भी क्या है। दीदी की उनसे दोस्ती हो गयी थी। अकसर दिन में मुझे लेकर उसके यहाँ पहुँच जाती। मिसेज शर्मा हमारी ख़ूब खातिर करतीं। उन्हीं से पता लगा था कि सब रितु के बारे में कहते हैं कि—'मि. गुप्ता की ये बेटी बेहद सुन्दर है।'

मिसेज शर्मा के यहाँ कलकत्ता से एक महिला आयीं थी। बहुत गोरी सुन्दर सी एक महिला। उनको तो रितु इतनी प्यारी लगी कि कहने लगीं—'तुम्हें तो बहू बनाऊँगी।'

एक दिन माँ ने मुझसे कहा था—''मिसेज शर्मा कह रही हैं कि उनकी कोई सहेली कलकत्ता से आयी है। वह अपने बेटे की शादी तुझसे करना चाहती हैं।''

खीझी थी बहुत माँ की इस बात से।

मैंने तुनक कर कह दिया था—"कहती रहें, मुझे अभी शादी थोड़ी करनी है।"

"तो उसमें क्या है। उम्र तो तेरी भी हो गयी है शादी की"

"क्या? अभी तो मैं मुश्किल से सोलह साल की हूँ"

"ऐसी कोई बात नहीं। सोलह से बीस साल तक अच्छी उम्र होती है। जब भी अच्छा वर मिल जाये शादी कर देनी चाहिए। ये लोग तो तेरे में दिलचस्पी ले रहे हैं। अपने आप तुझे माँग रहे हैं तो बुरा क्या है।"

"और मेरी पढ़ाई?"

"पढ़ाई शादी के बाद कर सकती है। ऐसी कौन सी पढ़ाई कर दिखाई है तूने। जो काम होता है होने दे। अड़ंगे मत डाल। ये लोग तुझे पढ़ा ही देंगे। उसके लिए मिला हुआ वर तो नहीं छोड़ा जा सकता।"

"अभी छोटी दीदी की शादी तो हुई नहीं। मेरी कैसी हो सकती है।"

"वे लोग तो तुझे माँग रहे हैं। जब उसके लिए मिलेगा तभी उसकी भी कर देंगे। उसके चक्कर में तुझे रोक तो फिर जाने तेरे लिए कोई मिले या न मिले।"

मुझको लगने लगा था जैसे मैं कोई खोटा सिक्का होऊँ जिसे जो भी ले जाये, जो भी दाम लगा ले, वही ठीक। फ़ायदा ही है उसके जाने में। क्योंकि सचमुच का कन्याधन तो वह है नहीं। खोट का माल जिस दाम भी बिक जाये वही लाभ मानो।

पिताजी भी माँ की हाँ में हाँ मिलाने लग गये थे। उन्होंने मेरी शादी पर कोई आपत्ति नहीं की। जैसे कि इस मामले में उनकी सोच ही कुन्द हो गयी हो!

मैं भी पता नहीं किस आत्मघात की मन:स्थिति में बलि का बकरा बनने को तैयार हो गयी। यही होना है तो हो! यह भी आज़मा कर देख लूँगी। शायद यहाँ चल जाये खोटा सिक्का।

फिर एक दिन छोटी दीदी ने मुझे खूब सजाया धजाया था। कहती रही थीं—"तू तो बहुत लकी है। ऐसे कोई ही किसी को लड़का मिलता है। फिर अच्छा है जितनी जल्दी शादी हो जाये इससे पहले कि बात फैले।"

बात फैलने के डर की बात बार-बार दुहरायी जाती थी। पता नहीं ओमी किससे क्या कह रहा हो? है तो आख़िर रिश्तेदार ही।

मुझे लगता जैसे मैं एक कोई बहुत बड़ा सा कूड़े का ढेर बन गयी हूँ जिसे जहाँ-तहाँ छिपाने को तैयार बैठे हैं सब पर वह भी ऐसा कम्बख़्त कूड़ा है कि छिपाए नहीं छिप रहा। इतना बड़ा घर है, पीछे इतना मैदान, फिर आगे इतनी बड़ी दुनिया है पर इस कूड़े के लिए सर छिपाने की जगह कहीं नहीं।

सबके सामने यही एक बड़ी समस्या खड़ी है, खड़ी है एक दम सिर ताने! बैठने का नाम नहीं लेती।

मुझसे ज़्यादा छोटी दीदी के मन में डर था कि कहीं कुछ हो न जाये। ऐन मौके पर बात खुल न जाये। रितु कहीं कँवारी ही न रह जाये! पर देखा जाये तो वे पढ़ाई ख़त्म करके भी कँवारी बैठी हुई थीं। अभी तक छोटी दीदी के लिए पिताजी को कोई लड़का नहीं मिला था। दीदी तो पढ़ने में होशियार भी थीं। दीदी इसी से मेरे बारे में कुछ ज़्यादा ही एक्साइटेड थी, 'उसकी माँ तो बड़ी सुन्दर है। लड़का माँ जैसा हो तो फिर तेरी पाँचों उँगलियाँ घी में। बड़े अमीर लोग हैं। मिसेज शर्मा बता रही थीं। उनका कैनिंग का बिजनेस है। बस मजे से पाइनएपल कैन खोल खोल कर खाया करना।'

दीदी को केनवाले अनन्नास का खूब शौक था। अनन्नास की पेस्ट्री बनानी भी उन्होंने अपनी एक ईसाई सहेली से सीखी थी जिसे केक पेस्ट्री बनाना खूब बढ़िया आता था। दीदी ने कुकिंग क्लासेस भी लीं थीं। फूड प्रिजरवेशन का कोर्स करके वह अचार चटनियाँ भी खूब बनाती थी। मुझको न यह सब आता न ही सीखने का शौक था। माँ कहती रहती—"तू भी कुछ खाना पकाना सीख ले। शादी के बाद वर्ना करेगी क्या?" मैं सोचती जब वक़्त आयेगा तो सीख लूँगी। खाना बनाने में कौन से पहाड़े पढ़ने हैं। माँ भी तो बनाती हैं। बहुतेरा देखा है कैसे बनता है खाना। न हुआ तो पकवानों की रैसेपी बुक्स बहुत मिलती है। पढ़कर बना लूँगी। फैमिना में भी हर हफ़्ते तो नयी पकवान-विधियाँ होती हैं, धर्मयुग में भी। ऐसा कौन मुश्किल काम है। फिर दाल-सब्जी तो अभी भी बनाती ही हूँ। नौकर नहीं मिला तो इतना तो कर ही दूँगी।

छोटी दीदी की उत्साह भरी बातें सुनकर भी मेरे मन में उत्साह उठता न था। मुस्करा नहीं पा रही थी। बेहद नर्वस थी अन्दर ही अन्दर। छोटी दीदी यही समझाती रही थी कि बढ़िया यही है कि शादी कर ले। सुखी रहेगी। मुझे भी लगता कि छोटी दीदी को सब मालूम है, तभी सोच समझ कर मेरे लिए यही रास्ता सुझा रही हैं।

बड़ी दीदी ने सीधे कभी कोई बात उठायी नहीं थी। पर उनको कुछ अन्दाज़ तो था ही तभी कोई बात मुझसे पूछी नहीं। शायद पिताजी ने ही मना किया हो

या हो सकता है पिताजी ने माँ को यह बात बच्चों से भी गोपन रखने को कही हो। सबको मेरे बीच सेशन में लौट आने पर हैरानी तो थी ही। पर पिताजी ने उसके पढ़ाई में नालायक होने का ही कारण बतलाया था। एक बार अजय ने जब ख़त में पूछा कि वापस क्यों आ गयी तो माँ ने इतना ही लिखवाया था—"अपनी बेटी अपने ही घर में पलनी चाहिए। कोई हर्ज नहीं। जब पिताजी का अच्छे शहर में तबादला हो जायेगा तो फिर से शुरू कर देगी। अभी प्राईवेटली बोर्ड का इम्तहान तो दे ही रही है।"

एक बार अजय जब छुट्टी पर आया तो लड़ाई ख़त्म हो चुकी थी और पाकिस्तान के साथ सन्धि की बातचीत के लिए रूस गये हुए प्रधानमन्त्री शास्त्री की मौत की ख़बर तभी मिली थी। घर में सभी इस ख़बर से उदास थे।

मेरी बात उठी तो पिताजी ने जो अजय से कहा, वह साथ वाले कमरे में होते हुए भी मेरे कानों में पड़ गया था—"शी इज नाट टु बी ट्रस्टड। अभी इसको इतनी अकल नहीं कि अपनी रखवाली कर सके।"

मुझे उनकी बात सुनकर धक्का लगा था।

पर कहा तो ठीक था पिताजी ने! मैं अपनी रखवाली कहाँ कर सकती थी।

बाद में अकेले में अजय ने मुझसे पूछा कि हुआ क्या था। मैं अजय के इतने क़रीब थी कि उसे हर बात बता दिया करती थी। पर यह बात मेरे मुँह पर आती ही न थी। अचानक जैसे मेरे मुँह पर सैकड़ों ताले लगा दिये गये हों। इससे पहले कि कोई शब्द मुँह से फूटता, आँखें ही झर-झर हो उठतीं।

मेरी दुखान्तकी बस अब सिर्फ़ मेरी ही रह गयी थी। और किसी को भी उसमें शरीक करना नामुमकिन हो गया था। अजय को भी नहीं। जो मेरे सबसे क़रीब हुआ करता था। पर वह था भी तो मेहमान ही अब हमारे घर में। आना और चले जाना। सभी को उसका इन्तज़ार रहता था। इकलौता बेटा। माँ, पिताजी, छोटी दादी, सभी तो उसे घेरे रहते!

मुझे मेरे इस गोपनीय हादसे ने भीतर ही भीतर सबसे अलग छिटक सा दिया था। जैसे कि किसी को भी मुझसे सहानुभूति क्यों कर होने लगी, बुरा तो शायद मुझे ही कहा जायेगा तो मैं भला किसी से अपना यह कष्ट क्योंकर बाटूँ? इतना तो समझती थी कि हानि तो मेरी ही हुई है। मैली तो मैं ही हुई हूँ। तो दुनिया भर में अपने धूल होने का ढिंढोरा क्योंकर पीटूँ!

अजय! अब क्या फायदा था पूछने का! जो होना था हो चुका।

अजय भी कहाँ कर सका मेरी रखवाली? न यह सब होने के एकदम बाद ही वह मेरे आसपास था।

पिताजी ने जो कुछ मुझे समझा, जो फैसला सुनाया, अब तो वही मेरा भावी था। उसी के साथ जीना था।

"मुझे नहीं बतलाओगी?" अजय का सवाल था।

"मन नहीं लगा था पढ़ाई में। माँ-बाबूजी के पास आ गयी। वही रहती तो फेल हो जाती। अब प्राइवेटली पढ़ कर सब पास कर लूँगी। प्राइवेट इम्तहान तो ऐसे ही होते है न। हो जायेंगे मुझसे।"

वह मेरा चेहरा पढ़ने की कोशिश करता रहा। क्या कुछ पढ़ सका? कह नहीं सकती। पर कुछ अस्पष्ट से अहसास उसे ज़रूर हुए होंगे।

एक दिन बोला—"जानती हो मुझे बहुत दिनों से ऐसा लगता रहा कि तुम्हारे साथ कुछ बुरा हुआ है। मन में धुकधुकी सी लगी रहती। एक बार तो बहुत बुरा सपना देखा तुम्हारे बारे में। बाढ़ सी आ गयी है और तुम उसमें डूब रही हो। मैं देखता हूँ तुम्हें डूबते हुए और तुम तक पहुँचने की कोशिश करता हूँ पर तुम बहुत दूर हो मुझसे और मैं डर रहा हूँ कि तुम तक पहुँच पाऊँगा या नहीं। तभी आँख खुली तो मैं काँप रहा था डर से कि कहीं तुमको कुछ हो तो नहीं गया। मैंने अंकल के यहाँ फोन करने की कोशिश भी की थी पर लाइन ही नहीं मिली। हम ट्रेनिंग के लिए सीमा के पास गये हुए थे। पिताजी को तार तो भेजा था कि सबकी राजी खुशी लिखें। लड़ाई की वजह से छुट्टी ही नहीं मिल रही थी वर्ना मुझे लगता रहा कि किसी तरह तुम्हारे पास पहुँचना ज़रूरी है। फिर पिताजी के खत से पता लगा कि तुम पानागढ़ आ गयी हो बिना इम्तहान दिये। मुझे विश्वास सा ही हो गया कि कुछ बुरा घटा है तुम्हारे साथ। पर क्या और क्यों यह समझ ही नहीं पा रहा था। इस क्यों का जवाब मिल ही नहीं रहा था। तभी जितनी जल्दी हो सका पहुँच गया तुम्हारे पास। फिर से शायद देर हो चुकी है। अब देखता हूँ कि तुम...तुम वह रितु नहीं रही..."

"लो मुझे क्या हुआ है? क्या बदला है भला मुझमें?" मैंने भरसक प्रतिरोध किया था।

"न...न। न तुम वैसे खुल कर हँसती हो, न खुल कर बात करती हो। मैं दूर ज़रूर रहता हूँ पर पराया तो नहीं हो गया।"

उसकी बात छू गयी थी मुझे। पर मैं अपने से ही मजबूर थी। क्या कभी अपने भाई को बता सकती थी कि मेरी किस ग़लती ने मुझे किस नरक में जाकर धकेल दिया। सुनकर क्या वह भी घृणा नहीं करने लगेगा मुझसे?

अब कम से कम मेरा रिश्ता तो बना हुआ है न! उसे कितना—क्या मालूम है, यह न तो मैं जानती हूँ, न ही जानने की हिम्मत है। अभी तो शायद उसे कुछ स्पष्ट ही नहीं, कम से कम मुझे ऐसा ही लगा था। फिर मैं पहल करके

क्यों सारी दास्तान सुनाऊँ! मेरी ज़ुबान पर यह बात आ ही न पाती थी। जैसे बात न करके, भुलाने की कोशिश करके मैं उसके होने को नकारती रहती थी। किसी का उस ओर ग़ौर करना और मुझे कुछ कहने को मजबूर करना भी मेरे लिए एक असहाय बोझ था। किसी गहरे घाव को कुरेदने की कोशिश नासूर भी तो बना सकती थी। नहीं, मुझे डर लगता था उधर झाँकने से भी। कहीं फिर से मुझ पर किसी अजगर की तरह हावी न हो जाये! खोह में ही रहे सारे डरावने जानवर।

वह अपनी छुट्टी राखी के आस-पास ही लेता था। इस बार भी राखी बाँधते हुए मैं राखी का गीत गा रही थी—

''राखी बँधवा ले मेरे वीर सावन आया
लै लै मिठियाँ मिठाईयाँ, मैं मुलौं लैं के आईंयाँ,
वे वीरा मैं कुंज न मंगदी मिल लइये इक वारी''

तो अचानक गाते-गाते आखिरी पंक्ति पर मेरा रोना फूट आया। आँखों से झरझर आँसू झरने लगे थे। लगा अपने भाई से मैं सचमुच यही कह रही थी कि मुझे तुमसे कुछ नहीं चाहिए बस अपनी आँख से मत गिराना। तुम मुझे खोटा मत समझना। यूँ ही गले मिलना जैसे हमेशा मिलते रहे हो।

अजय द्रवित था-''व्हाट इज द मैटर? तुम तो कभी इस तरह रोती नहीं थी? क्या तकलीफ़ है? बताओ न! प्लीज डोंट हाइड इट फ्राम मी। क्या किसी ने कुछ बुरा-भला कह दिया तुमसे? क्या मेरी कोई बात बुरी लगी है?''

मैं जानती थी मेरी पीड़ा उसे छू गयी है। वह हर तरह से उसे दूर करना चाहता है। हर तरह से मेरी मदद करने को तैयार होगा।

पर मेरी असमर्थता कैसे जानेगा वह?

पल भर को मैं तैयार हो गयी थी सारा बोझ उस पर उँड़ेल देने को। शायद मुक्ति तभी मिल जाती। पर भीतर से जैसे कोई आगाह कर गया मुझे। ख़बरदार! यह बात बतानेवाली नहीं।

चुप रहो! कौन जाने क्या असर हो! क्या मतलब निकाला जाये!

उसने मुझे बाँहों में भरकर खूब सहलाया। मेरा रोना फिर भी रुका नहीं था।

''तुम्हारा यहाँ मन नहीं लगता न?...कालेज में दाख़िला क्यों नहीं लेतीं।''

''बाबू जी ने कहा है अगले साल दिल्ली तबादला हो जायेगा तो तभी शुरू करूँगी कालेज। प्रैप भी तो ख़त्म करनी होगी। तभी दाख़िला मिलेगा। तू फ़िक्र मत कर। मन ठीक है। छोटी दीदी भी तो है यहाँ।''

नौ

छोटी दीदी का सोचने का ढंग मुझसे बहुत अलग रहा होगा!

एक बार छोटी दीदी ने जब दुहराया कि—"तू सचमुच बहुत लकी है जो इस तरह बिठाये लड़का मिल रहा है वर्ना..."

तब मुझ को अचानक अहसास हो आया था दीदी की अपनी स्थिति का। वे किसी दूल्हे के ही इन्तज़ार में रहती दिखतीं जो किसी तरह उनको जल्द से जल्द इस कैदख़ाने से निकाल कर ले जाये। सचमुच वह घर कैदख़ाना ही तो था। न कहीं आना न जाना। सारे दिन या घर के काम कर लो या फिर एकाध पड़ोसी से बातचीत। उसके अलावा वहाँ कोई ज़िन्दगी थी ही नहीं। न कोई ढंग का स्कूल था न कालेज। दीदी ने तो बी. ए. पास कर लिया था। अब शादी नहीं तो किसी का इन्तज़ार करतीं। मुझे अजीब लगता कि कहाँ तो पिताजी पढ़ाई पर इतना ज़ोर देते रहे। मुझसे नाख़ुश भी इस बात पर रहते थे कि ठीक से पढ़ाई नहीं करती। अब सब कुछ करने के बावजूद शादी ही कर देनी थी तो पढ़ाई पर जोर किस बात का। इसलिए कि वर अच्छे मिल जाये। तब ठीक है मैं भी पिताजी को बिना पढ़े अच्छा वर लेके दिखा दूँगी। यह रिश्ता मेरी पढ़ाई पर रीझ कर तो आया नहीं। मैं भी दिखा दूँगी कि मुझे अच्छा लड़का मिल सकता है—अपने आप। बिना पिताजी के खोजे। बिना पढ़ाई का रौब डाले।

जिस तरह लड़की की माँ ने मिसेज शर्मा के यहाँ पुचकारा था मुझको लगा वैसा प्यार भी मुझे पिताजी नहीं दे सकते जो मुझे ससुराल से मिलेगा।

ठीक है। तो यही सही।

उस शाम के लिए मैं ख़ूब देर तक नहा अपना पूरा बदन निखारती रही थी। ऐसे लगता था जैसे किसी युद्ध अभियान पर जा रही हूँ जहाँ से जीत कर ही लौटना है। फिर उस जीत की खुशी चाहे मुझे हो या न हो। पर जीतना ज़रूर है। पता नहीं अपनी योग्यता आजमाना चाह रही थी। जब अपने पास कुछ बचा न हो तो अपना इम्तहान लेकर खुद को झूठी तसल्ली तो दी जा सकती है न।

चलो वह न सही तो यह तो पास कर लिया!

चेहरे पर मलाई-बेसन का उबटन लगाया था और मलमल कर धोया था चेहरा कि गोरे रंग पर लाली आ जाये। टाफ्टे का मोरपंखी झिलमिला धारीदार नील-गुलाबी रंग का सलवार-कमीज पहना था। यही मेरा सबसे बढ़िया सूट था जो दो साल पहले बड़ी दीदी ने अपना बेटा पैदा होने पर बनवा कर दिया था। यूँ वह छोटा हो गया था और अब मुझे फँसता न था पर छोटी दीदी ने उसे थोड़ा खुला और लम्बा कर दिया था। दुपट्टे पर लगे किनारे मेरे चेहरे के सुनहरेपन के साथ मेल खाते थे। दीदी ने हल्की-हल्की गुलाबी लिपस्टिक भी ओठों पर लगा दी थी। दीदी कहने लगी कि तू तो सचमुच कोई हूरपरी सी दिख रही है।

माँ और दीदी ने मिल कर ढेर सारी चीज़ें चाय के साथ तैयार कर दी थी— कटहल, सेव, शक्करपारे। दीदी ने केक भी बनाया था और चटनी, टमाटर और अंडे के हरे, लाल और पीले, तिरंगी लकीरों वाले सैंडविच। अपने कुकिंग कोर्स में दीदी ने ऐसे सैंडविच बनाने सीखे थे और घर पर सबको बहुत पसन्द थे। माँ ने पकोड़े तल दिये थे। बाजार से समोसे, गुलाबजामुन और बर्फी मँगवा ली गयी थी। चाय देने के वक़्त घर का नौकर बहादुरसिंह रसोई सँभाले था।

जब वे लोग आये तो मैं अपने कमरे में आकर चुपचाप इन्तज़ार करने लगी थी। दीदी ने बताया कि जब बुलाया जायेगा तभी मैं आऊँ।

मेरा दिल इस कदर जोर से धड़क रहा था कि मैं दोनों हाथों को छाती पर टिका जैसे धड़कन को सँभालने की कोशिश कर रही थी। इतनी घबराहट क्यों ? बोर्ड के इम्तहान में भी इतनी घबराहट नहीं हुई थी मुझे। कान पूरी तरह से बैठक की ओर उठे हुए थे। लड़के की आवाज़ हल्की सी एक बार शायद सुनाई दी पर उससे उसकी शख़्सियत का कोई अदाज़ा नहीं हुआ। ज़्यादा आवाज़े लड़के की माँ और पिताजी की ही आ रही थीं।

थोड़ी देर बाद दीदी लगभग हाँफती हुई मेरे पास आयी थीं। बहुत क़रीब आकर कहने लगीं—''लड़के की माँ तो इतनी सुन्दर है पर लड़का तो यूँ ही है। लगता है उसका बाप बड़ा काला होगा।''

मेरे लिए काला होना न होना बेमतलब था। मेरी न तो शादी में दिलचस्पी थी न लड़के में। बस अपनी बदनसीब हालत की वजह से घरवालों का साथ भर देना था। पर मेरी आँखों के आगे अंकल का चेहरा घूम गया। उल्टे तवे जैसा साँवला। एक दहशत सी महसूस हुई। फिर भी साँस रोक कर दीदी का फैसला सुनती रही थी। मेरी आँखों में जमे प्रश्न को दीदी ने अनदेखा नहीं किया। बोली— ''एकदम काला कलूटा-बैंगन लूटा। मुझे तो समझ नहीं आता ऐसी गोरी माँ के

ऐसा कालाकलूटा पैदा कैसे हुआ वैरी डिसअप्यांटिंग।''

मुझको फिर भी बैठक में लाया गया। मैं सिर झुकाये ही अभिवादन कर चुपचाप दीदी की बगल में बैठ गयी। पिताजी लड़के से उसकी पढ़ाई-लिखाई के बारे में सवाल पूछे जा रहे थे। लड़के का जवाब देने का तरीका बहुत विनयशील नहीं था। एक अक्खड़पन, अपने-आप को कुछ ख़ास समझनेवाला रूखापन था उसकी आवाज़ में। उसको पिताजी के यह सवाल पूछने अच्छे नहीं लग रहे थे। शायद इसलिए भी कि उन सवालों के जवाब भी सही नहीं थे उसके पास जो पिताजी को ख़ुश कर पाते। लड़के की माँ ने ही सँभाल लिया था जवाब—''जी पढ़ाई-लिखाई तो उनके लिए है जिनको नौकरी ढूँढ़नी है। हमारे बेटे ने तो बाप का इतना भारी बिजनेस सँभालना है। इसलिए बारह क्लासें ही बहुत है। और क्या चाहिए।''

मैंने कनखियों से लड़के पर नज़र डाल ली थी। दीदी की बात सही थी। रंग की बात भूल जाओ तो भी उस लड़के की सूरत क़तई पसन्द नहीं आयी थी। यूँ भी बिजनेसमैन से शादी करने में मेरी कतई रुचि नहीं थी। पल भर को मैं पति के रूप में उसकी कल्पना कर गयी। मन कैसा कच्चा-कच्चा सा हो उठा। घिन से उबकाई जैसी महसूस हुई। यह आदमी भी मुझसे वैसे ही करेगा जैसे अंकल ने किया। सारे बिजनेसमैन एक से ही...। पल्ले बँध ही गया तो निभाना तो होगा ही। कैसे निभाऊँगी। उसके नज़दीक आने के ख़्याल से ही मुझे मितलाहट होने लगी। लगा जैसे मेरा दम सा घुट रहा हो। मेरी छाती पर चढ़कर बैठ वह आदमी किसी राक्षसी आकार में तब्दील हो गया। उठने की ताकत ही न बटोर पायी। बड़ी मुश्किल से ख़ुद को काबू किया और सोफे का हत्था थामे बैठी रही।

माँ या दीदी के इशारे के बिना कमरे से उठ कर जा नहीं सकती थी। अटपटा महसूस करने के बावजूद कुछ देर उस कमरे में बैठा रहना पड़ा था।

पर मुझे लगा कि मुझे हर स्थिति के लिए खुद को तैयार कर लेना चाहिए। अगर पिताजी को पसन्द होगा तो यही मेरी नियति होगी और मैंने ख़ुद से इस बारे में कोई तकरार नहीं किया था। बल्कि यही ज़रूरी लगा कि उसे ठीक से देख लिया जाये ताकि न भी अच्छा लगे तो भी अच्छा लगने का कारण सोचा जा सके। चाहे उसकी अमीरी पर ही मरा जाये। कामना की कि वह सचमुच इतना अमीर हो कि मैं अमीर घरों की बहुओं की तरह कपड़े-गहनों और कारों में घूमने में ही सारी ज़िन्दगी निकाल दूँ। न वह कभी मेरे नज़दीक आये और न ही मुझे उसके पास जाने की नौबत आए। एक बार शादी हो ही गयी तो सँभाल लूँगी जैसे-तैसे।

रात को सोते हुए उसका पूरा शरीर जैसे मेरे करीब आने लगता और मुझे लगता जैसे मेरे ऊपर चढ़कर मेरा गला घोंट रहा हो। मैं उठ कर छोटी दीदी के पास आ जाती और उनसे सट कर सो जाती।

लड़के के चले जाने के बाद कई दिनों तक घर में बहस चलती रही। माँ ने कहा—"काला है तो क्या। लम्बा-पतला तो है। नैन नक्श माँ जैसे ही हैं। है भी अमीर घराने का। बाप का बिजनेस इसी को मिलना है। अकेला लड़का है। रितु इकलौती बहू बन कर मौज़ करेगी।"

माँ के मन में पिताजी का बड़ा परिवार था जिसकी देख रेख में उन्होंने जवानी जला दी थी। बेटी के लिए इकलौती बहू होने का सुख उनको बहुत बड़ी बात लग रही थी। पिताजी के छोटे भाई-बहनों की बरसों देखभाल करने के बाद अब माँ को छुटकारा मिला था जबकि अब अपने बच्चों को सँवारने का ज़िम्मा भी कुछ कम सरदर्द नहीं था। उनको यह सोचकर हल्का लगता कि लगे हाथों लड़की के हाथ पीले हो जायेंगे।

पिताजी का तो तर्क ही दूसरा था—"लड़का तो इंटरमीडियेट में भी लगता है फेल हुआ है। तभी आगे। नहीं पढ़ा। वर्ना अमीर बाप इकलौते लड़के को पढ़ाता क्यों न? मुझे तो यह घर ठीक नहीं लग रहा। न तो रितु कालेज पढ़ी है, न लड़का। क्या जाने फिर इनके बच्चे भी नालायक निकलेंगे। नहीं ऐसे अनपढ़ के साथ लड़की नहीं ब्याहनी।"

मुझको नहीं पता चल पा रहा था कि क्या ठीक है क्या ग़लत। एक तरह से तो मुसीबत से छुटकारा ही मिल गया था। पर मुझे यह भी समझ नहीं आ रहा था कि कौन सी मुसीबत ज़्यादा बड़ी हो सकती है। अपने अनागत को लेकर इतनी उद्विग्नता पैदा हो जाती थी कि उसके बारे में कुछ न सोचना और किवाड़ एकदम बन्द कर देना ही मेरी मुक्ति थी। इसीलिए इस वक़्त कहीं ऐसी सी मनः स्थिति बनने लग गयी थी कि जो होता है, हो। जैसे कि या तो एक ओर खाईं थी तो दूसरी ओर कुआँ। गिरना तो था ही तब कौन जाने खाईं कुएँ से बेहतर हो या कुआँ खाई से। एक खाईं से तो मुश्किल से निकली थी। अब पिताजी खुद ही मुझे दूसरी खाईं में धकेल रहे थे। यहाँ से बच भी गयी तो कौन जाने किधर गिरना हो!

मेरा दिमाग़ इन दिनों सुन्न सा हो गया था जो छोटी दीदी कहती वही ठीक लगता या फिर कुछ भी न महसूस होता। पर इतना पता था कि घर पर अगर किसी एक पर भरोसा कर सकती थी तो वह दीदी ही थी। यूँ चाहे दीदी के ख़्याल भी दकियानूस थे। दीदी को सबसे ज़्यादा जो बात परेशान करती थी

वह यही कि किस तरह उसके लिए कोई रिश्ता आये जिससे वह माँ-पिताजी की आँखों में सम्मानित हो जाये। घर में उनकी कदर बढ़े। वर्ना घर भर की प्राथमिकता की सूची तैयार की जाये तो सबसे अवमानित शायद मेरी थी और उसके बाद छोटी दीदी। जबकि दीदी कहती कि सबसे निचले दरज़े पर वे खुद है क्योंकि रितु उनसे छोटी है।

मिसेज शर्मा के सुझाये वर को जब खारिज कर दिया गया तो माँ को अचानक नयी फ़िक्र शुरू हो गयी। बार-बार पिताजी को सुनाती—''ये नान-फेमिली स्टेशन पर लाकर मारा है तो लड़कियों के लिए वर कहाँ से मिलेगे। यहाँ तो सारा झाड़-झंखाड़ पड़ा है। यहाँ से थोड़े निकलेंगे लड़के। अब अपना तबादला किसी शहर में कराओ।''

माँ को दिल्ली बहुत पसन्द था। मासी, मामा और कितने ही चचेरे मौसेरे भाई-बहन वहीं बसते या आते जाते रहते थे। माँ ने ज़िद कर रखी थी कि रिटायर होने के बाद भी घर दिल्ली में ही बनवाना है। पिताजी को दिल्ली फालतू में रोला-रप्पा लगता था पर माँ जब भी कोई बात उठती, दिल्ली जाने का स्यापा लेकर बैठ जातीं। फिर पिताजी भी कन्विंस हो गये कि चलो या तो वर मिल जायेंगे वर्ना लड़कियों को आगे पढ़ने के लिए कालेज में दाखिल कर देंगे। पर यह काम इतना आसान तो नहीं था कि मनमर्ज़ी का तबादला हो जाये। साल डेढ़ तो इन्तज़ार करना ही था।

हमारे यहाँ से थोड़ी दूर पर एक ओर मेजर की कोठी थी। एक दिन सैर करते-करते उसकी पत्नी मिल गयी तो हम दोनों बहनों की उससे बातें होने लगीं। फिर घर का आना-जाना भी। यूँ बातें तो दीदी ही ज़्यादा करती पर मैं दीदी के साथ-साथ लगी होती। एक दिन वह मेजर की पत्नी मुझसे बोली थी—''क्या बात है तुम बहुत खोयी-खोयी रहती हो। जैसे कि यहाँ न होकर कहीं और रहती हो?''

मैं चौंकी थी। क्या हो रहा है मुझे। इतना ख़ालीपन, इतना सूनापन! कि अभी से सब-कुछ खो दिया है मैंने। सत्रह साल की उम्र में ही जी लिया जो जीना था। अब सिर्फ़ निराशा, अँधेरा! आगे कहीं कोई रास्ता नहीं।

दीदी की उस मेजर की पत्नी से दोस्ती सी हो गयी थी। वह हमें कॉफ़ी पीने के लिए बुला लेती। फिर बिठाये रखती। कभी बेडमिंटन या ताश भी खेलतीं हम। पर मेरा मन उड़ा-उड़ा रहता। कभी अचानक लगता कि शायद नयी ज़िन्दगी शुरू हो रही है फिर लगने लगता कि ज़िन्दगी तो वहीं की वहीं रुकी है। शायद

कहीं कुछ इन्तज़ार रहता...कुछ होने का, कुछ ऐसा धमाकेवाला हो, ऐसे जोर का कि एक ही झटके में सब कुछ उलटपुलट जाये, बाढ़ के रेले की तरह बह जाये। क्या होगा वह!

अजय के मन में ज़रूर कुछ उठता होगा। बहुत मुश्किल था छुट्टी मिलना। हम तो सोच रहे थे कि नहीं आ पायेगा लेकिन वह तीन दिन के लिए ही दुबारा मिलने आ ही गया था। मेरे चेहरे के हाव भाव शायद बहुत बदल गये थे। अजय की नज़रों से कुछ भी छिपा नहीं रहा। मैं पहले तो उसकी नज़रों से बचती ही रही। मुझे मालूम था वह मेरा सामना करना चाहेगा, सवाल पूछेगा। मेरी क़तई हिम्मत नहीं थी न तो सवाल से जूझने की, न जवाब तलाशने की।

एक दिन खाना खा कर जब सब सो गये तो मैं अपने कमरे में ही किताब पढ़ती रही। मेरी जलती बत्ती देख कर वह मेरे कमरे में आ गया। कहने लगा कि उसको भी नींद नहीं आ रही। अगले दिन उसे लौट जाना था। मुझे लगा कि वह मुझसे बात किये बिना लौटना भी नहीं चाहता होगा। वह कुछ महसूस कर रहा था यह मैं उसके चेहरे पर देख ही रही थी।

वह मेरे पलंग के पैताने बैठ गया और पूछने लगा कि क्या पढ़ा जा रहा है। मैं इम्तहान की तैयारी के लिए ही अँग्रेज़ी साहित्य की कोई किताब पढ़ रही थी। किताब बन्द कर दी थी मैंने। भीतर खलबली सी मची थी।

—तुम बहुत उदास रहती हो। मुझे बतलाओगी नहीं। बात नहीं करोगी।

—ऐसा तो कुछ नहीं। यहाँ बात करने वाला कोई है नहीं। हमउम्र तो कोई रहता नहीं। शायद चुप ज़्यादा रहती हूँ। पर...

अजय समझ गया होगा कि मैं किसी तरह का भी जवाब देने को तैयार नहीं थी। इसलिए वह सीधे ही बोल पड़ा—

—तुममें इतना बदलाव, इतना ज़्यादा बदलाव कि यह लगे ही न कि यह वही रितु है...भला ऐसा कैसे हुआ। न तुम वैसे खुल के बात करती हो, न हँसती हो, न खेलती हो, तुमको हो क्या गया है। मुझे अन्दाज़ तो है कि कानपुर में जब तुम अंकल के यहाँ थीं तो अचानक तुम पानागढ़ आ गयी थीं। पिताजी ने लिखा था कि तुम उन्हीं के पास हो। हैरानी तो मुझे हुई थी। पर साफ़-साफ़ किसी ने कुछ कहा भी नहीं। क्यों मन नहीं लगा था तुम्हारा? हुआ क्या था? इतनी क्या बात हुई कि तुम वह रितु ही नहीं रहीं। आज तक तुम कोई और हो गयी हो। बेबाकी, वह निडर, धमाकेदार रितु कहीं मिलती ही नहीं। पिछली बार भी तुमसे पूछता रहा पर तुम कुछ बताती नहीं। मुझसे इतना परायापन क्यों? कितनी बार कोशिश की है लेकिन तुम...क्या किसी ने।

—पूछने जानने से कुछ नहीं होगा अजय। बस इतना कहूँगी कि बहुत गहरे, बहुत गहरे चोट लगी है। बहुत गहरा है घाव। बहुत...

और कहते-कहते बिफर पड़ी थी मैं।

—रितु तुमको रुलाना नहीं चाहता पर किसने दिया है यह घाव? माँ ने बतलाया था कि अंकल ने कुछ छेड़ाछाड़ी की थी। मुझको समझाना होगा। क्या...क्या किया अंकल ने?

—हाँ बहुत बुरा... बहुत बुरा आदमी है अंकल। मैं सोच भी नहीं सकती थी। मुझे अक्ल होती तो...।

और शब्द आँसुओं में रुँध गये थे।

अजय भी जैसे सदमा खाये हुए सा खामोश था। बस कुछ भुनभुनाता सा स्वर उभरा था—"उसकी ये हिम्मत...हाउडेयर ही...क्या किया उसने...हैं?"

बहुत देर तक खामोश सिसकियाँ भरती रही थी। अजय मेरा माथा, मेरी पीठ सहलाता रहा। और शब्द नहीं थे मेरे पास। सिर्फ़ आँसू और सिसकियाँ...

अगली सुबह उसको हवाई जहाज पकड़ना था।

मेरे अधूरे आँसू और सिसकियाँ अपने आप खामोश हो गये।

रात को भयंकर सपने परेशान करते।

दिन की रोशनी में मैं कल्पना के जाल बुनने की कोशिश करती। रसोई में काम करते, नहाते—धोते या सिलाई-कढ़ाई के काम करते मेरा दिमाग़ कहीं और ही उलझा रहता! किसी और ही दुनिया में विचरने लगता।

क्या होगा मेरा? सच्चाई इतनी नाउम्मीद थी कि ख़्वाबों का ही सहारा लेना पड़ता! शायद कोई राजकुमार आयेगा मुझे बचाने के लिए! यहाँ से निकाल ले जाने के लिए! कब? कहाँ? क्या इन्सान जितना लाचार होता है कल्पना का जगत उतना ही बलवान?

फिर मेरे मुँह का स्वाद खराब हो जाता। ऐसा बदसूरत...अनपढ़। ऐसे ही तो लड़के आ रहे है मेरी ज़िन्दगी में।

पर वे तो माँ-पिताजी के पास आते हैं। मेरे अपने पास कोई नहीं आता। आँखों के आगे तूफ़ानी का चेहरा घूम गया। बहुत पीछे चली जाती मैं। पिताजी का तबादला न होता। तूफ़ानी से मेरी दोस्ती कभी न टूटती। अब तक हम लोग कितने करीब आ जाते! कितना कुछ साथ करते! मेरी आँखों के आगे रेडियो स्टेशन का अहाता घूम गया...गुलाब के फूलों की क्यारियाँ, डहेलिया, गुलदाउदी और देशी कलियाँ। लाल, पीले, सफेद, जामुनी ओर गुलाबी रंगों से विजड़ित प्रांगण। फुदकती हुई बातें करती थी तब मैं। पैरों में जैसे चक्करघिन्नयाँ लगी हुई थीं। एक पल को थम नहीं पाती थीं। शर्त वाला पाँच रुपये का नोट उसकी ओर फेंकती

और जब वह वापस उसे मेरी मुट्ठी में बाँधता तो ऐसी गुदगुदी होती कि हँस-हँस के दुहरी हो जाती—''नहीं लेना मुझे, बिल्कुल नहीं लेना। वो तो बात की बात थी। शर्त लगने पर कोई सचमुच के पैसे थोड़े ही देने होते हैं!''

''क्यों नहीं देने होते? मैं हारा तो मुझे शर्त की रकम चुकानी होगी।''

''मैं तो बहुतों से शर्त लगाती हूँ। हारने पर पैसे तो कोई नहीं देता।''

''ना ना, मैं क्यों तुम्हारा उधार रखूँ?''

मेरी बन्द मुट्ठी खोल कर वह उसमें नोट अटा रहा था और मेरी हँसी रुकती ही नहीं थी। कितने इतवार तो चलता रहा था यही किस्सा। फ़िल्म तो बहुत हफ़्तों बाद जाके देखी थी।

हम सब में से सबसे अच्छा अभिनेता वही था। सभी प्रोडयूसर-डायरेक्टर उसे बहुत मानते थे। तूफ़ानी तो नाम भी नहीं था उसका। असली नाम तो पवन था। मैं ही उसे तूफ़ानी बुलाती थी। कभी मिल पाऊँगी उसे? भीतर कसमसाहट हुई। क्या तूफ़ानी को मेरा ख़्याल आता होगा? उसके ख़त का जवाब भी नहीं दे पायी। सोचता होगा मैंने भी भुला दिया हो! क्या पता उसे मालूम ही न हो कि मैं कानपुर छोड़ आयी हूँ। बहुत बार तूफ़ानी कल्पना की दुनिया में भी मुझे चूमने लगता और अचानक दबासट वार करता एक विकराल शरीर। मेरा रोयाँ-रोयाँ दहल जाता। वही दैत्याकार मुझ पर हावी हो जाता और मैं मुश्किल से साँस ले पाती।

तूफ़ानी अब कभी छू नहीं पायेगा? कभी बाँह में नहीं भर सकेगा? कब मुक्ति पाऊँगी मैं अंकल से? जैसे किसी डरावनी छाया ने समूचा का समूचा ग्रस लिया हो। वह छाया मुझे अपने साथ घसीटे किसी गर्त में ले जा रही है। नहीं...नहीं...नहीं होने दूँगी मैं। और मैं अपनी बची-खुची ताकत से लड़ने लगती हूँ उस छाया से। छुटकारा पाना है...पाना ही है इस छाया से...क्या करूँ मैं? कैसे छुटकारा पाऊँगी। अकसर अपनी असहायता पर सिसकियाँ बँधने लगतीं।

बार बार यह भी सोचती कि ऐसी कमज़ोर तो नहीं बनी मैं। लड़ना मुझको भी आता है। भाई-बहनों के बड़े परिवार में खुद को सुरक्षित बनाये रखने के दाँवपेंच तो ख़ासे सीखे हैं मैंने। नसीहतें भी बराबर मिलती रहीं। कभी माँ-पिताजी से तो कभी बड़ी बहनों से। फिर भी ऐसा कैसे हो गया मेरे साथ! क्यों कर होने दिया मैंने!

दस

दिल्ली में मैं अठारह साल की हो चुकी थी। पिताजी मेरे और दीदी के लिए एक साथ वर ढूँढ़ रहे थे। दीदी के लिए तो मिल गया वर। पर मेरे लिए कोई सही लड़का नहीं मिला था। फिर अजय ने भी ज़ोर दिया कि अभी रितू छोटी है इतनी जल्दी क्यों करते हो उसकी शादी। अजय की बात तो सुनी ही जाती थी सो माँ को भी लगा कि जब होना होगा हो जायेगा। जल्दबाज़ी में फ़ायदा क्या?

तब पिताजी ने मेरे लिए कॉलेज ढूँढ़ना शुरू किया। दसवीं के बोर्ड मैं पास कर चुकी थी और दिल्ली आकर प्राइवेटली ही मैंने तैयारी करके साल भर में इंटरमीडियट का इम्तहान भी दे दिया था। अजय ने मेरे लिए ट्यूशन रखवा दी थी। यहाँ दाख़िला मिलना आसान नहीं था। इतना शुक्र था कि छोटी दीदी के लिए लड़का मिल गया था और एक तरह से माँ पिताजी कम से कम उस ओर से तो निश्चिन्त हो गये थे। छोटी दीदी की शादी की तैयारियाँ और मेरे कॉलेज के दाख़िले की एक साथ।

यूनिवर्सटी के कॉलेजों में दाख़िला नहीं ही मिला। आखिर एक प्राइवेट कालेज में दाख़िला ले लिया था बी. ए. के लिए। मेरी नज़रों में अब एक तरह से नालायकियत का ठप्पा ही लग गया था मुझ पर। यहाँ तक कि जब मैंने प्राइवेटली यू. पी बोर्ड का इंटरमीडियेट का इम्तहान दिया और परीक्षा-परिणाम का इन्तज़ार कर रही थी तो बार बार सपना आता कि मैं इम्तहान में फेल हो गयी हूँ। एक बार देखा कि पिताजी ने अख़बार में परिणाम देखे हैं और वहाँ लिखा है कि रितु फेल हो गयी है। पूरे घरवालों ने फिर से दुहराया है—''पता था कि फेल होयेगी। प्राइवेट परीक्षा भी पास नहीं कर सकी।'' जिसे कि आसान समझा जाता था। मैं सपने में ही खूब रोती धोती हूँ। पिताजी मुझे झिड़कते हैं। मेरी चुल्लू

भर पानी में डूब मरने जैसी हालत हो रही है। कुछ दिन बाद सचमुच अख़बार में परिणाम निकले तो मैं तीसरे दर्जे में पास हो गयी थी। सोचती रही थी कि मैं भी किसी दिन अपने आप से इसका बदला लूँगी। अपने आप को दंड देकर? या जैसे तैसे भी बेहतर करके। कब तक जीती रहूँगी शर्म में डूबी! ज़ाहिर था मुझे अच्छे दिल्ली यूनीवर्सिटी के कालेज में दाखिला मिल नहीं सकता था। करोल बाग के भीड़ भड़क्के के बीचों बीच एक प्राइवेट कॉलेज में मिल गया।

अजय ने तो सहारा ही दिया था—कोई बात नहीं। मेहनत करती रहो। हार मत मानना। अजय का धैर्य, मुझमें विश्वास, कहीं मुझे सींचता तो होगा ही। पर अपने नालायक होने का अहसास छूटता नहीं था।

तो भी मैंने खुद से कहा था कि अपनी ओर से मेहनत में कसर नहीं छोड़ूँगी। पढ़ाई के अलावा और कोई मेरा सहारा ही नहीं था।

उस प्राइवेट कॉलेज में सभी लड़के और लड़कियाँ पढ़ाई में सामान्य थे। बल्कि मैं उनमें से टॉप में थी। शायद तभी हमारे टीचर का ध्यान मेरी ओर गया होगा। मेरा बी. ए. का पहला साल ही था जब अनिरुद्ध त्यागी भी नया-नया अँग्रेज़ी का लेक्चरर बन कर आया था उस दिल्ली के प्राइवेट कालेज में। बड़ा शर्मीला सा था। लड़कियाँ उसका खूब मज़ाक बनातीं कि सर को तो लड़कियों से डर लगता है। क्लास के बाद लड़कियाँ उसे घेर लेतीं और सवालों की ऐसी मूसलाधार बौछार करतीं कि वह बेचारा बिना आँख उठाये और पूछनेवाले से बिना नज़रें मिलाये उन सवालों के जवाब देता रहता। यूँ भी नाक पर टिका बड़ा चश्मा उसके आधे चेहरे को तो ढँक ही देता पर साथ ही उसे वह बुद्धिजीवी का सा तेवर भी दे डालता। गेहुँआ रंग, चेहरे की कोमल साफ त्वचा, भूरी सी आँखें, भूरे-भूरे बाल उसके सारे व्यक्तित्व को निर्दोष, भोला सा बना जाते।

एक मैं थी जो पुरुष के किसी भी तरह के सम्पर्क से बचती फिरती। सवाल तो मेरे पास भी होते थे पर पूछती कम ही या फिर क्लास के दौरान ही पूछ लेती। बाद में रुककर नहीं। जवाब भी मिल जाता। इसलिए क्लास के बाद उनको घेरने में मुझी को शर्म आती। उल्टे क्लास ख़त्म होते ही क्लास से बाहर हो जाती।

कभी कभी सर ही क्लास में मुझे ख़ामोश देख मुझसे सवाल कर डालते। मैं सुन रही होती तो हमेशा उनके सवाल का सही जवाब दे पाती। एकाध बार ध्यान इधर उधर रहा होगा पर सर ने डाँटा नहीं तो मैंने कृतज्ञ महसूस किया।

क्लास की लड़कियों से भी मेरा कोई मेलजोल नहीं था। मेरी रुचि ही नहीं थी किसी को जानने की। न ही मन में उठता था कि किसी से बात करने की पहल करूँ। मुझे लोगों के बीच यूँ भी घबराहट सी ही होती थी। न ही

मेरा मन करता था कि किसी से दोस्ती करूँ। मुझे सबसे दूर दूर से बात करना, अलग रहना ही पसन्द था। उसमें मन में शान्ति सी रहती। एक चैन सा रहता कि जैसे सब ठीक ठाक है। सुरक्षित है। वर्ना कब कोई क्या कह बैठे। यूँ भी मुझे तो किसी से कुछ कहना नहीं था। किसी से अन्तरंग होने में डर ज़्यादा था।

लड़कियाँ मुझसे बहुत सहज नहीं थीं। उनकी गपबाजी में मैं शामिल न होती सो उनको शायद लगता कि मैं अपने आप को बहुत समझती हूँ। इसलिए उनसे घुलना मिलना नहीं चाहती। यह सच नहीं था। पर यह तो सिर्फ़ मैं ही जानती थी न।

एक दिन अजीब बात हुई। छमाही इम्तहान के लिए जो निबन्ध मैंने लिखा था यह बात उस सिलसिले में थी। सर क्लास में सबके परचे बाँट रहे थे। फिर जब मेरा परचा उनके हाथ में पड़ा तो सारी क्लास को सम्बोधित करके बोले—मैं चाहता हूँ कि आप सब इस तरह से लिखें जैसे रितु ने लिखा है।

फिर सर ने मुझे बुलाया कि मैं क्लास के सामने यह परचा पढ़ कर सुनाऊँ। मैं तो मिनटों में पसीने-पसीने हो गयी। मेरी चुप्पी देख सर बोले—"घबराने की कोई बात नहीं। इन सब को भी पता लगे कि अच्छा लिखना क्या होता है। तुमने बहुत मेहनत और सोच समझ के साथ लिखा है। यही मैं अपने दूसरे विद्यार्थियों से भी उम्मीद करता हूँ।"

मैं बहुत हिचकिचाती हुई अपनी सीट से उठी और खड़ी रही।

सर बोले—"मेरी मेज़ के पास आ जाओ ताकि सारी क्लास के सामने हो सको।"

मेरे कदम सचमुच थरथरा रहे थे। लगभग लड़खड़ाती सी मैं सर की मेज के साथ खड़ी हो गयी। शुरू की एक दो पंक्तियाँ पढ़ते हुए मेरा गला काँप गया था पर चौथी पंक्ति तक पहुँचते-पहुँचते सँभल गयी थी आवाज़ और मैं अपने आत्मबल को पूरा इकट्ठा करके पढ़ती गयी।

शायद कुछ लड़कियों के मन में कुछ ईर्ष्या भी हुई पर क्लास में मेरा सिक्का खूब जमा।

उसके बाद लड़कियाँ मेरे पास आने लगी कि मैं उनकी मदद करूँ। कुमकुम और सारिका से इसी तरह अनचाहे ही मेरी कुछ दोस्ती हो गयी। दोनों का घर कॉलेज के पास ही था। मुझे दूर बस से जाना होता था। अकसर वे मुझे अपने घर बुला ले जातीं। यह ऐसी दोस्ती नहीं थी जहाँ दिल खोल कर लड़कियों में आपसी बातें होती हैं। ज़्यादातर पढ़ाई की ही बातें करते हम। फिर घर की बातें भी होने लगीं। मुझे उस में हमेशा कुछ असुविधा ही होती थी। यूँ वे ही अपनी बातें बताती रहतीं। मेरे पास अपना बाँटने को बहुत कम होता। न तो

मेरी घर की बातें कहने में दिलचस्पी थी और अन्तरंग को अपने से ही नहीं खोल सकती थीं तो किसी और के सामने क्या खोलती।

एक दिन मैं सब स्टाप पर बस का इन्तज़ार कर रही थी तो सर भी वहीं आ गये। मैं तो दूसरी ओर ही देखती रही कि सामना न करना पड़े पर जब पास आ गये तो मेरी हिम्मत उनकी अवमानना करने की नहीं हुई। मैंने धीरे से हलो कह दिया। उन्होंने भी जवाब में मुझको हलो कहा। साथ ही पूछ लिया कि कैसी हूँ।

सर ने कहना शुरु किया—"तुम्हारा पेपर सचमुच बहुत अच्छा था। तुम्हारी लिखने की शैली भी बहुत अच्छी है।" मैं तो ख़ामोश सुनती रही। मन में बहुत अच्छा लग रहा था । साथ ही घबराहट सी भी हो रही थी।

मेरे मुँह से निकला—"सर आप समझाते बहुत अच्छा हैं।"

वे बोले—"समझाता तो सभी को एक साथ हूँ पर कोई समझता है कोई नहीं।"

मेरे पास कुछ कहने को नहीं था।

तभी मेरी बस आ गयी और मैंने राहत की साँस ली कि अब मुझ पर जवाब देने का कोई दबाव नहीं रहेगा।

"—मेरी बस आ गयी सर। चलूँगी।"

"हाँ-हाँ बिल्कुल।"

मन में हड़बड़ाहट और धुकधुकी सी थी।

सर कुछ ऐसी वैसी कोशिश तो नहीं कर रहे थे। पर मैं तो ऐसी वैसी लड़की नहीं। सर को यह बात तो मालूम ही होगी। मैं तो दूसरी लड़कियों की तरह उनको घेरती नहीं। तब मुझे ऐसा वैसा क्यों समझेंगे। क्या यही बात मन में घबराहट पैदा कर रही थी?

पर अगर सर ख़राब होते तो क्लास में उनका व्यवहार इतना सज्जनतापूर्ण और शालीन भला क्यों होता। सर ने तो मेरे काम की तारीफ़ की है। इसमें कुछ बुरा होना तो नहीं चाहिए! कहीं इस तरह मेरे नज़दीक आने की कोशिश तो नहीं कर रहे? मुझमें डर ज़रूर था और मैं सर को लेकर चौकन्नी भी हो गयी लेकिन मन उनको ग़लत मंशा वाला स्वीकारने को भी पूरी तरह तैयार नहीं था। उनकी आँखों में भी कोई भद्दा भाव नहीं था। जैसा मैं देख चुकी हूँ बुरे लोगों की आँखों में। हाँ अंकल की वे आँखें...कभी भूलूँगी थोड़े ही!

अगले दिन क्लास में मैं ज़्यादा ही अपने को लेकर सचेत सी थी पर सर

के तौर तरीके में कुछ अलग नहीं दिखा। वैसे ही क्लास में आकर उस दिन के विषय की बात शुरू कर दी।

लेकिन दो-चार महीनों में स्थिति बदल सी गयी। मेरा डर और घबराहट कम होते गये। उनको पलने का कोई आधार ही नहीं मिल रहा था। निर्जल, निराहार, कुम्हलाने लगे वे।

मुझे लगने लगा कि सर अच्छे इन्सान हैं। बहुत सहज, त्रुटिहीन, शरीफ़ और निर्दोष से। जो व्यक्ति झुकी झुकी आँखों से ही बात करता है वह भला मुझे किस तरह कोई नुकसान पहुँचा सकता है। वह तो खुद ही लड़कियों से घबराता है। मैं भीतर ही भीतर सर को लेकर निडर होती गयी। यह भी लगने लगा कि यह इन्सान है जो मुझे समर्थ मानता है। मुझमें लियाक़त है ऐसा मान कर चलता है। मुझमें हल्का सा गर्व का भाव भी जागा। कम से कम मैं वैसी गयी गुज़री नहीं थी जैसा कि अब तक ख़ुद को मानती आयी थी।

इन्हीं दिनों अजय ने मेरे जन्मदिन पर मुझे मुल्कराज आनन्द और खुशवंत सिंह के दो उपन्यास भेंट किये जिनको पढ़कर बहुत द्रवित हुई थी मैं। अपना पहचाना सा माहौल अपने समाज की समस्याएँ। मेरे दिमाग़ में यह बात घुसी हुई थी कि अगर उपन्यासकारों को हम कॉलेज में भी पढ़ें तो कितना मज़ा आये।

एक दिन मैंने उनसे पूछ लिया

''सर आप कोई हिन्दुस्तानी अँग्रेज़ी लेखक क्यों नहीं पढ़ाते?''

बिना मुझसे आँख मिलाये जवाब आया

''जो कोर्स में हैं मैं तो वही पढ़ाऊँगा?''

''लेकिन हिन्दुस्तानी लेखक क्यों नहीं हैं कोर्स में?'' वैसे ही बेलौस से अन्दाज़ में जवाब—

''सवाल आपका अच्छा है। पर बात यह है कि हिन्दुस्तानी अँग्रेज़ी उपन्यासकारों को अभी मान्यता नहीं मिली या कहूँ कि उनकों गम्भीरता से लिया ही नहीं जाता। उनको पढ़ाने के लायक नहीं माना जाता। क्लासिक नहीं हैं न वह।''

मैं सर की ओर देखे जा रही थी। उन्होंने आँख उठायी तो नज़र सीधे मुझसे टकरायी। उन्होंने नज़र झुकायी नहीं। शायद ठीक से पहचान लेना चाहते थे कि मैं किस नीयत से ऐसे बेहूदा सवाल पूछ रही थी। पर शायद उन्होंने मेरे सवालों को बेहूदा नहीं समझा होगा, क्योंकि एक दिन सरोजिनी नायडू की एक कविता पढ़ाते हुए उन्होंने इसी बात पर चर्चा की कि कैसे धीरे-धीरे भारतीय लेखक कोर्स

की किताबों में आ रहे हैं और कितना ज़रूरी है कि अच्छे साहित्य का सही समालोचन हो और इसी बूते पर अच्छे भारतीय लेखक को साहित्य में जगह दी जाये चाहे वह अँग्रेज़ी में हो या किसी दूसरी भारतीय भाषा में।

इन्ही दिनों मुल्कराज आनन्द का एक उपन्यास निकला था और सर के हाथों में उसे देख मेरी बहुत जिज्ञासा जगी थी। सर ने कहा कि पढ़कर वे मुझे देंगे।

अचानक हमारे बीच एक सूत्र सा बनने लगा। मैं घर आ कर भी सर की बातों के बारे में सोचने लगी। रोज़ मुझे कुछ न कुछ उनसे कहना होता। मैंने देखा कि अँग्रेज़ी साहित्य में मेरी रुचि बहुत बढ़ने लगी है। इससे पहले मुझे ठीक से पता भी नहीं था कि मेरा रुझान किस विषय की ओर है। अब अपने आप ही मैं अँग्रेज़ी साहित्य की किताबें पढ़ने में ज़्यादा से ज़्यादा वक़्त गुजारने लगी।

लगता है कि सर को भी मैं अच्छी लगने लगी थी।

कक्षा में मेरे सवाल का जवाब देते हुए वे नीचे न देख रहे होते बल्कि उनकी आँख मुझ पर बार-बार आकर टिकती।

देखने में सर का व्यक्तित्व आकर्षक था और क्लास की लड़कियाँ उनमें दिलचस्पी लेती ही थीं। क्लास के अन्दर बाहर उन्हीं की चर्चा होती रहती। कुछ अच्छे नम्बर पाने के लिए इर्द गिर्द चक्कर लगातीं तो कुछ अपने आप को ख़ास साबित करने के लिए। लगता है कि मेरी ओर सर का देखना कुछ लड़कियों को खटक गया था। यहाँ तक कि एक लड़की ने यह फिकरा भी कसा कि वह रितु को बहुत घूरता है। उसकी आवाज़ में रश्क भी सबने भाँप लिया था। मुझको अच्छा नहीं लगा था। मेरे मुँह से जवाब निकल गया—"सर तो मुझे काफ़ी शरीफ़ से ही इन्सान लगते हैं। मुझे उनका पढ़ाने का तरीका बहुत पसन्द है। मुझे उनका लेक्चर भी बहुत अच्छी तरह समझ आता है। यह तो अजीब बात कही तुमने। घूरते तो कोई नहीं।"

सारिका और कमुकुम भी मेरी तरफ हो गयीं। बोलीं—"इसको नहीं देखता होगा। तभी साड़ा लगता है। क्यों तू भी बन जा रितु जैसी ब्राईट और प्रिटी। सर तुझे भी देखने लगेंगे।"

मुझे उनकी इस बातचीत में बहुत कष्ट और बेआरामी महसूस हो रही थी। मैंने उनको डाँट सा दिया—"छोड़ो-छोड़ो। कैसी बातें करती हो तुम लोग। स्टाप इट!"

यूँ यह भी सच था कि पिछले तीन साल से मैंने घर रह कर ही पढ़ाई की थी। अब क्लास में बैठ कर पढ़ना भी जैसे मेरे लिए एक नियामत थी।

कुछ निधड़क तो मैं भी हो गयी थी। पर कोई खोट मेरे मन में नहीं था। अब मैं लेक्चर सुनते वक़्त एक पल के लिए भी आँख इधर-उधर न करती। जैसे कि एक भी शब्द मिस हो गया तो हर्ज हो जायेगा। सो क्लास में उस पर आँख टिकाये रखती। मैं कोई न कोई सवाल भी पूछती। जो मेरी ओर मुख़ातिब हो वह जवाब देता रहता। अकसर खूब लम्बे जवाब। कहाँ तो मेरी अँग्रेज़ी बचपन से माशा-अल्लाह थी पर जब मुझको अँग्रेज़ी के साहित्य में ख़ूब रुचि हो गयी थी। पहली बार मेरा मन किया कि ढेर सारी अँग्रेज़ी की किताबें पढ़ूँ। एक दिन हिम्मत करके क्लास के बाद उसके पास जाकर बोली, "सर। मैं कुछ और अँग्रेज़ी के नावेल पढ़ना चाहती हूँ। कुछ रिकमैंड करेंगे सर।"

फिर तो मैं एक नया नावेल ख़त्म करती और सर के पास कुछ चर्चा करने या सवाल पूछने ही होते। यूँ तो वह खड़े खड़े ही जवाब दे देते। पर फिर व्याख्यायें लम्बी होने लगीं। हमारी बातों की ग़लतियाँ फैलने लगीं। मैं बहुत ध्यान से सुनती रहती और वह सुनाते न थकता।

मुझे अनिरुद्ध—हाँ अब उसके बारे में सर के बजाय अनिरुद्ध कह कर सोचने लगी थी—बहुत भरोसेमन्द व्यक्ति लगने लगा था। ऐसा आदमी जो मुझे कभी नुकसान नहीं पहुँचा सकता था। यहाँ तक कि ऐसी वैसी कोई बात सोच भी नहीं सकता था। कितनी कोमलता थी उसके व्यक्तित्व में। चेहरे की त्वचा कोमल, बोलने का ढंग साफ़ और कोमल। लम्बा ऊँचा शरीर का आकार होते हुए भी एक सभ्य कोमलता एक संस्कारमय निखार। अजय से उसका हाव भाव कितना मिलता जुलता था!

हम अनायास ही करीब आते गये। एक दिन अनिरुद्ध ने कहा कि कालेज के बाद बाहर मिलूँ तो कहीं शान्ति से बैठकर वह मुझे अच्छी तरह से समझा सकते हैं।

कालेज के आस-पास कोई बढ़िया काफी पीने की जगह नहीं थी। ढाबे टाईप की जगहें थीं। अच्छे रेस्तराँ उन दिनों सिर्फ़ कनाट प्लेस में ही थे! उसने सबसे ख़ामोश जगह चुन कर कहा था—"कनाट प्लेस आ सकती हो? लाबोहीम में बैठकर बात करेंगे। तुमको जेन आस्टन के बारे में बहुत कुछ बताऊँगा।"

मैं एक दम डर गयी। इसके मन में तो लगता है बेइमानी आ गयी है। यह भी अंकल की तरह मुझे अकेले ले जाके...। मेरी साँस जैसे वहीं की वहीं रुक गयी।

सर...यहीं बात कर लीजिये न। यह कहना चाहते हुए सिर्फ़ सर कह कर खामोश हो गयी। इतना भरोसा करने के बावजूद भी पहली प्रतिक्रिया डर की

ही थी। सोचने लगी कि यह तो कुछ और ही मामला दिखता है। पता नहीं क्या सोचता है यह व्यक्ति! कहीं कुछ ऐसा-वैसा तो नहीं उसके मन में...क्या मुझे फँसाने की चाल है यह...नहीं मैं किसी से अकेले में नहीं मिलूँगी...मैं भला...। जब अपनों का ही भरोसा नहीं तो अनिरुद्ध तो हैं तो पराये ही। लगता है उसने शायद भाँप लिया मेरे मन का सन्देह। शायद मेरी चुप्पी ने कुछ अहसास कराया हो उसे। तभी वह बोला—''चाहो तो अपनी किसी सहेली को भी साथ ला सकती हो। शान्ति से बैठ सकेंगे।''

अब मुझे तसल्ली हुई। मेरे भीतर सचमुच पढ़ने की और उसकी बातें सुनने की रुचि जग गयी थी कि मैं मौका खोना भी नहीं चाहती थी। कितना कुछ तो सीखती थी उसकी बातों से! कुमकुम का ध्यान आया—''ठीक है हमारी क्लास में वो कुमकुम है न। उसे भी पढ़ने का बहुत शौक हैं उसके साथ आऊँगी। उसका भी ख़ास विषय है लिटरेचर।''

अगले दिन कुमकुम से कहा तो वह ख़ुशी से तैयार हो गयी। मैंने उसे बतला दिया समय-स्थान और निश्चिन्त हो गयी।

लाबोहीम में हम घंटा भर इधर-उधर की कितने ही बातें करते रहे। मैं कुछ आत्मसजग और सतर्क सी थी और बार-बार दरवाज़े की ओर देखती। कुमकुम आ ही नहीं रही थी। पर अनिरुद्ध सिर्फ़ मेरे सवालों के जवाब देने में ही व्यस्त था। उसकी निगाह मेरे चेहरे या छातियों या किसी ऐसी-वैसी जगह नहीं गयी थी। न ही उसके हाथ कहीं इधर-उधर भटक रहे थे। वह तो किताबें उलट-पलट कर मुझे उनके गुण-दोष दिखाता-समझाता रहा। कुछ ख़ास हिस्सों पर ध्यान देने के लिए कहा। चरित्रों की विशेषताओं की चर्चा की। मैं अभी भी कुमकुम का इन्तज़ार करना चाहती थी जब कि उसने घड़ी देखकर कहा और मुझसे बोला—''अगर कोई सवाल हो तो मुझसे पूछ लेना। वैसे तुमको आनन्द आयेगा। समझ बढ़ेगी और अँग्रेज़ी भी निखरेगी। इस तरह मेहनत करती रहो तो बहुत तरक्की करोगी।''

उससे बाय-बाय करके मैं बस-स्टाप की ओर मुड़ी ही थी कि कुमकुम सामने से हाँफती सी आती दिखी, ''सारी! लेट हो गयी। इतनी देर बस का ही इन्तज़ार करती रही। कुछ चलने में देर हुई। मुझे घर पर किसी और से भी मिलना था।''

अगली बार जब दुबारा ऐसी बात उठी तो मैं आश्वस्त सी थी। मैंने इस बार कुमकुम से भी नहीं कहा। इसलिए मेरी निगाह दरवाजे पर नहीं टिकी थी और मैंने ग़ौर किया कि अनिरुद्ध जिस चरित्र की भी बात करता उसी के विस्तार को खोलने में खो सा जाता। उसकी कॉफ़ी ठंडी हो जाती और वह शायद वहाँ

मेरी मौजूदगी को भी भूल जाता। वह उस चरित्र के इर्द-गिर्द एक पूरा देशकाल बुन डालता और कल्पना के खटोले पर बिठा मुझे भी वहीं पहुँचा देता।

मुझे उसका यह अन्दाज़ बड़ा खूबसूरत लगा। उसे लेकर भीतर किसी डर का अहसास नहीं रहा था। रेस्तराँ तो यूँ भी खुली जनता की जगह है। मुझे डर की कोई वजह महसूस नहीं हुई। फिर पता नहीं कब से हमारा रोज ही कालेज के बाद वहीं मिलना होता।

अनिरुद्ध ने बातों ही बातों में मुझे अपनी भावी योजना बतलायी थी। वह जल्दी ही यह कालेज छोड़कर अमरीका चला जायेगा। वहीं आगे की पढ़ाई करेगा। बड़ा प्रोफेसर बनेगा। वह मुझे भी कहता, ''तुम्हारी अँग्रेज़ी अच्छी है। तुम भी लिटरेचर में मास्टर्स करना।''

कहाँ तो मैं घर में सबसे नालायक और कहाँ उसकी यह बात। मुझे लगता वह मुझे बेवकूफ़ बना रहा है या मेरी असलियत से वाक़िफ़ ही नहीं। बस मेरे बाहरी रूप या पता नहीं किस चीज़ से इतना प्रभावित है कि झूठमूठ में मुझमें वे गुण देख रहा है जो कि हैं नहीं। एक बार मैंने उसे कह ही दिया। स्वर में विद्रूप सा भी अनायास भर आया था, ''मुझे कहाँ से कुछ आता है। थर्ड डिवीजन में तो पास हुई हूँ। मैं तो मुश्किल से बी. ए. पास ही कर पाऊँगी। फिर शादी ही तो करनी है।'' छोटी दीदी का मेरी अँग्रेज़ी का मज़ाक उड़ाना याद आया। खुरैक्स वाली बात अभी भी उनको याद रहती है। मेरी हर छोटी-मोटी अशुद्धि पकड़ के बैठ जाती है। पर मैं अँग्रेज़ी बोलने से बाज नहीं आती। चाहे चिढ़े, चाहे नुक्स निकाले। मेरा क्या जाता है। मुझे तो प्रैक्टिस चाहिए ही। नहीं बोलूँगी तो नुकसान मेरा ही है, उनका तो नहीं। वह तो बस पढ़ने-लिखने में माहिर है, बोली कहाँ निकलती है उनकी। बस मेरी ग़लतियाँ निकालनी आती है उन्हें! अनिरुद्ध मेरी बात से आहत हुआ था। उस वक़्त उसकी आँखों में जो मुझे दिखा वह ऐसा भाव था कि जैसे कि वह मेरा आत्मविश्वास दिलाने के लिए कुछ भी कर डालेगा।

अजय भी तो यही कहता था—हार मत मानना।

लगा कि अजय ही मेरे सामने बैठा हो। मेरे कष्ट से आहत उसकी आँखें—'मुझे बताओ न रितु। क्या बात है। इतनी उदास क्यों रहती हो तुम?...तुम वो रितु नहीं रहीं।'

सचमुच जाने कहाँ चली गयी थी वह रितु। कूड़े के ढेरों से आम की गुठलियाँ घिस कर पीपनी बनाने वाली, आड़ू में हल्दी और पुदीने का इमामदस्ते में घोचपोच बनाने वाली, घर भर में उधम मचाने वाली, अजय के साथ सब कुछ बाँटनेवाली, उसकी चहकती आज़ाद चिड़िया सी बेबाक, बेपरवाह साथिन! उसकी

चहेती बहिन।

क्या कभी लौटेगी वह रितु?

अकसर अनिरुद्ध की आँखों में अजीब भोला सा प्यार दिखता मुझे। जिस राजकुमार की कल्पना करती थी, कुछ-कुछ वैसा ही। उसमें अजय की संवेदनशीलता थी तो तूफ़ानी का चुलबुलापन। मैं उसके लिए एक भोली-भाली प्यारी सी चुनौती थी। मेरा दिल जीतना जैसे उसकी ज़िन्दगी का मकसद था। बहुत कोमलता से सँभालता वह मुझे—

"तुम्हारी दीदी ज़रूर लायक होगी। पर तुम भी बहुत लायक हो। देखो कितनी जल्दी-जल्दी तुमने किताबें ख़त्म कर दी। क्लास में तुम सबसे आगे हो।"

मेरे मुँह से निकल आया, "क्यों कि यहाँ तो आते ही सब नालायक हैं। दिल्ली यूनिवर्सिटी का कालेज तो है नहीं।"

"व्हाट इज दिस नानसेंस यू टाक! तुमको अपने पर भरोसा नहीं कि तुम अच्छी छात्रा हो। जब तुम्हारा टीचर तुमसे यह कह रहा है तो...।"

वह समझाता रहा था मुझे, 'पाजिटिवली सोचा करो अपने आप को लेकर। हर इन्सान सम्भावनाओं से भरा होता है। सही वक़्त, सही मौका, सही दिशा मिलने पर वही पूरी तरह से पनपता है। तुमको सही वक़्त मिल रहा है। अपने आप पर भरोसा रखो। तुम बहुत तरक्की करने वाली हो। कभी अपना आत्मविश्वास मत खोना। देखो ग्लास अगर आधा भरा हो तो तुम कह सकते हो कि यह तो आधा ख़ाली है पर एक आशावादी और सकारात्मक सोचनेवाला कहेगा कि ग्लास आधा भरा है यानि कि अब सिर्फ़ आधा ही और भरने का काम करने को है। इस तरह हर काम आसान हो जाता है। समझीं!'

अनिरुद्ध अरसे से खोया मेरा आत्मविश्वास मुझे वापिस दिला रहा था।

मुझको लगा कि मैं शायद इतनी बुरी नहीं जितना घर पर माना जाता है। इस कालेज में अपनी क्लास में मैं सबसे ज़्यादा नम्बर लेती थी। मुझमें अच्छा विद्यार्थी होने का आत्मविश्वास आता जा रहा था। कि मैं सारी उम्र थर्डक्लास रहूँगी—जैसे कि पिताजी और दीदी सब कहते थे और मैं भी वही मानने लग गयी थी, अब उस विश्वास पर मन में सवाल उठने लगे थे। हो सकता है कि घर में हमेशा अजय से मुकाबला किया जाता! और इस प्रतियोगिता से घबराकर मैं बिदक जाती होऊँ! अब हमारे क्षेत्र अलग-अलग हो गये थे। यूँ भी अजय ने कभी खुद को मुझसे बेहतर नहीं माना। उसके स्नेह पर तो मेरी हीनतरी की छाया नहीं पड़ी। पर दीदियाँ, पिताजी, माँ सभी की नज़रों में डड, डफर और

हीनतर तो रही हूँ मैं और आज भी हूँ। पता नहीं अनी कब सर से अनिरुद्ध और फिर अनी बन गया था। एक बार हिम्मत करके यह भी पूछा—तुमने मुझमें क्या देखा है अनी? ऐसा क्या जो इतना चाहने लगे हो!

''यह सब तो अनायास ही हो जाता है न! किसी को चाहना या किसी को प्यार करने लगना। पर तुम जानती हो तुम सब से अलग लगती हो। गम्भीर, गहरी। तुम्हारे चेहरे पर उदासी और खामोशी की एक छाया सी पड़ी रहती है न, वह भी मुझे बहुत आकर्षक लगती है। तुम्हारी चुप्पी, जैसे कोई रहस्यमयता ओढ़े हुए हो! अजीब बात है न कि उदासी के साथ साथ ऐसी ताज़गी है तुम्हारे चेहरे पर जैसे सूरज का ताज़ा- ताज़ा स्पर्श पाकर खिली कोई कुमुदिनी। तुम्हारी आँखों में ऐसी आर्द्रता छायी रहती है जैसे कुमुदिनी पर ओस की बूँदे गिरी हों!

तुम्हारी आँखों में देखते रहना बहुत सुखद होता है! तुम्हारे गालों का गुलाबीपन और त्वचा की कोमलता इतनी मोहक है कि उंगलियों से छूने का मन होता है।''

मैं शर्म से जमीन में गड़े जा रही थी, और वह कहे जा रहा था।

''तुम ऐसी कोमल सी व्यक्तित्व की लगी थीं कि छू लूँगा तो छुईमुई के पौधे की तरह मुरझा ही जाओगी। देखता था कि क्लास में तुम सिर झुकाये बैठी रहती जबकि अन्य लड़कियाँ बेशर्मी से ताकतीं। तुम उनके बीच बहुत अलग दीखतीं।''

''बाद में तो मैं भी बेधड़क हो गयी थी।''

''तब तो मैं भी बेकाबू हो चुका था। पर तुम जो असल में हो वही झाँकता है तुम्हारी आँखों में।''

''क्या?''

मैं डर गयी थी अनायास ही।

''कहा न ओस की दो नरम बूँदे! कभी लगता है कि यह आर्द्रता किसी गहरी उदासी को छिपाये है और कभी लगता है कि यह सिर्फ़ तुम्हारी आँखों का पनीलापन है...''

कहीं मेरा घाव तो नहीं दिख गया था अनी को? मैं चुप बैठी रही थी। मैं बहुत शौक से पढ़ाई कर रही थी। अनी अच्छी तरह, निजी दिलचस्पी लेकर समझाता था मुझे। अपने में एक परिपक्वता सी महसूस करने लगी थी मैं।

मैंने ध्यान दिया कि मैं अनिरुद्ध की बात सबसे ज़्यादा सुनने लग गयी थी। एक बार बहुत हिम्मत करके यह भी कह डाला—''मेरा भइया अजय भी बहुत

लायक है पर वह मुझे नालायक नहीं मानता। कहता है कि मन लगाकर पढ़ती रहो। हार नहीं मानो। सब बढ़िया होगा।''

अनी मुस्करा दिया था।

अभी भी उसे अकसर सर ही बुलाती थी मैं। मुँह पर वहीं चढ़ा था। वह मुझसे कहता कि मैं उसे उसके नाम से बुलाऊँ। मेरे मुँह पर उसका नाम आता ही न था। कुछ दिनों में ऐसा हो गया कि मैं उसे कुछ भी नहीं बुलाती थी। बिना सम्बोधन के ही सारी बात कह डालती थी।

लड़कियों को पता नहीं कुछ शक हो गया था कि इन दोनों में कुछ चल रहा है पर मैंने परवाह नहीं की थी। फिर एक दिन अनिरुद्ध ने मुझसे कहा था—''मैंने काग़जात वगैरह भेजे हुए हैं। वज़ीफ़ा के लिए भी अर्ज़ी दी है। मंजूर हो गये तो मुझे अमरीका जाना होगा। पर मैं तुमसे यह कहना हूँ कि मैं तुमसे शादी करना चाहता हूँ। मेरा इन्तज़ार कर सकोगी।''

मैं बावरी सी उसे देखती रही थी। शादी...डर की एक लहरी सी उठी। सिहर गया था सारा जिस्म। एक यह भी अवश्यंभावी पक्ष था जीवन का।

लेकिन अनी कह रहा है यह बात। डर क्यों?

शायद यह कोई आदिम डर है। भावी के प्रति, अनजान के प्रति।

या कोई जाना हुआ डर है।

सिहरन रुकती क्यों नहीं?

अनिरुद्ध मुझसे शादी करना चाहता है! कितना अनहोना सा लग रहा था जबकि इसी बात का मन में कहीं इन्तज़ार भी रहा होगा। चाहे धुँधला सा ही और अपने से अनजान ही।

कितना नया सा मोड़ आ रहा था। मेरी ज़िन्दगी में। सचमुच माँ-पिताजी के सुझाये किसी उल्टे-सीधे आदमी से शादी नहीं करनी होगी। एक जाना-पहचाना, अपना-सा शख़्स मेरा पति होगा! मन की बात कह सकूँगी उससे। बहुत अपना होगा वह। मन के बहुत-बहुत पास।

जैसे रात के पास चाँद या सुबह के साथ सूरज। बस वैसे ही। जैसे पानी के पास लहरी, या संगीत के पास लय, वन के पास उसकी हरियाली। मैं भी वैसे ही। अनी से अटूट जुड़ी।

सब कुछ सुलझ जायेगा। ज़िन्दगी में। वे सारे डरावने साये, ख़ौफ़नाक सपने...सब दूर हो जायेंगे! इतनी बड़ी खुशी भी मेरे हिस्से में आ सकती है...सोच

नहीं पायी थी कि सचमुच ऐसा हो सकता है।

अनिरुद्ध ने कभी मेरा हाथ तक नहीं पकड़ा था। वह मुझे विवाह करके पाना चाहता था। मैं और क्या चाह सकती थी।

पर पिताजी अनिरुद्ध का इन्तज़ार करने देंगे?

अजय ही सहारा था मेरा। अजय से बात करनी होगी। वही मना सकेगा पिता जी को। तब मैंने अजय को भी ख़त लिखकर बात बतलाई और उससे एक तरह के विश्वस्त सूत्र का काम लिया था। अनिरुद्ध ने ही कहा भी कि भाई से बात करने में कोई हर्ज़ा नहीं होगा। वह समझ गया था कि पिताजी से कुछ जाहिर करने की हिम्मत मेरी कभी न होगी।

एक दिन अजय जब दिल्ली आया हुआ था तो मैंने उससे अनिरुद्ध के बारे में विस्तार से बात की। उसके कहने पर उसे अनिरुद्ध से मिलवाने साथ ले गयी थी रेस्तराँ में। मन में बहुत डर था कि अगर अजय को अनिरुद्ध पसन्द न आया तो क्या करूँगी? बहुत उद्धिग्नता सी होती मन में। जिस दिन मुलाकात तय की हुई थी उससे पहले की रात अजीब सा सपना आया था कि तू-तू-मैं मैं सी हो रही है दोनों में। यूँ स्पष्ट रूप से दोनों के चेहरे सपने में नहीं थे, न ही बातें स्पष्ट थीं। पर कुछ विवादी सा स्वर था उस सपने का। मैं और भी डर गयी थी। अजय से कुछ कहने की हिम्मत नहीं हुई। बस मन ही मन प्रार्थना सी करती रही कि दोनों एक दूसरे को पसन्द करें।

मिकाड़ो, एक खामोश से जापानी रेस्तराँ में। अजय बहुत सहज ही हम दोनों की बातों में पूरी तरह शामिल था। अनिरुद्ध उससे उसी तरह खुल के बात कर रहा था जैसे उसका सचमुच का साला हो। यहाँ तक कि बातों बातों में यह भी कहा कि छुट्टी ले करके अजय भी उनके पास अमरीक क्यों नहीं आ जाता। वहीं ढूँढ़ ले नयी नौकरी। वहाँ नौकरियों की कमी नहीं। अजय ने भी कह दिया था कि फ़िलहाल उसका देश छोड़ने का कोई प्लान नहीं है। उसे इसी देश की धरती के लिए लड़ना है, उसको बेहतर बनाना है। यही उसकी कर्मभूमि है।

लौटते हुए अजय बोला था—"है तो हैंडसम। शरीफ़ और भला इन्सान लगा मुझे। महत्वाकांक्षी है। अच्छी बात है। तुमको बाहर जाने में एतराज़ नहीं तो लड़का अच्छा ही है।"

मैंने महसूस किया कि उसका विदेश जाना खल रहा था अजय को। पर मुझे तो उत्साह था इस बात का।

—"अजय तुम पिताजी को मना लोगे? तुम्हारी बात मानते हैं पिताजी।"

—"लेकिन बात तो अनिरुद्ध की ओर से ही उठनी चाहिए ना। वह पिताजी

से बात कर ले। अगर वे नहीं मानेंगे तो मैं ज़रूर दख़ल करुँगा। मुझे डर जानती हो क्या है?''

मैं अजय का नकार सुनने को कतई तैयार नहीं थी।

''तुमको विश्वास नहीं उस पर।''

''वह बात नहीं। पर अभी वह पढ़ेगा। पीएचडी करेगा। फिर जाने क्या होता है। पता नहीं कब जाके शादी करेगा। या तो शादी करके जाये। पता नहीं चार लगें कि पाँच या ज़्यादा ही। इतने सालों में लोगों का मन भी बदल जाता है।''

''अजय प्लीज। ऐसा मत कहो। तुम्हें वह भरोसेमन्द तो लगा है न। उसे मौका तो दो।'' अजय की आँखों में अजीब सी बेचैन उदासी दिखी मुझे। शायद उसे लग रहा था कि इस तरह की अनज़ानी स्थितियों के साथ जुड़े रहते है। फिर जैसे मुस्कान से उसे मिटाते हुए बोला—''ठीक है। उससे कहो वह पिताजी से बात उठाये। यही ढंग है। उसे यह महसूस होना चाहिए कि एक बार पिताजी से बात करके वह तुम्हारी ज़िम्मेदारी लेने को कमिटेड हो जायेगा। आई होप कि वह कमिटेड ही रहे। वर्ना उसकी गर्दन उड़ा दूँगा।''

बात सही थी। मैंने अनिरुद्ध से कहा था—

''अनिरुद्ध। तुमको पिताजी से बात करनी होगी। वर्ना मेरी बी.ए. ख़त्म होते ही मेरी शादी कर देंगे वे।''

अनिरुद्ध मिला था पिताजी से।

पहले उसने पिताजी से फोन कर इतना कहा था कि वह मिलना चाहता है। दरअसल वह ज़्यादा बात फोन पर कहना नहीं चाहता था कि बात बिगड़ जाये। आमने-सामने बात हो तो आदमी सम्हालने लायक तो रहता है। फोन पर चेहरा तो दीखता नहीं। बस आवाज से अन्दाज़ लगाना पड़ता है। उसमें कभी-कभी मुँह की खानी पड़ जाती है।

पिताजी ने पूछा क्यों? तो बोला मिलकर ही बतलायेगा। पिताजी ने टाल दिया था और अपनी मसरूफ़ ज़िन्दगी का जायज़ा देते हुए कहा था कि दो एक हफ्ते बाद फिर फोन करें। जब इस तरह टलता गया तो मैंने ही हिम्मत कर एक दिन अजय से कहा था कि वही पिताजी को इशारा कर दे। उसके जाने में तो एक दिन ही रह गया था पर वह पिताजी से कहता गया कि रितु का एक टीचर उनसे मिलना चाहता है और उनसे मिलने का समय ले लिया था।

अनिरुद्ध खूब सूट और टाइ वगैरह डाट के किसी सम्मानित लेक्चरर की तरह ही हमारे घर आया था। माँ ने चाय पानी का भी अच्छा इन्तज़ाम किया था। माँ तो मेरी सारी सहेलियों की अच्छी ख़ातिर किया करतीं थीं। फिर यह तो मेरा

टीचर था। यूँ वे कुछ असमंजस में भी थीं कि क्यों मिलना चाहता था। क्या कोई शिकायत की बात थी? पिताजी ने तो मुझसे पूछा भी कि क्यों मिलना चाहता है? मैंने कह दिया—''मुझे तो मालूम नहीं।''

अनिरुद्ध से पिताजी बड़े तपाक से मिले। बहुत देर तक तो पिताजी उसे बहुत सम्मान देते हुए उससे यही पूछते रहे रितु पढ़ाई में कैसी चल रही है। अनिरुद्ध ने कहा कि वे फ़िक्र न करें, बहुत अच्छी चल रही है।

माँ चाय की ट्रे सजाकर आयीं और कई तरह के खानपान के पदार्थों से उसकी खातिर करने लगीं। कभी यह खाइये तो कभी वह खाइये लगा रहा। अनिरुद्ध भी मज़े से खाता रहा और चाय की चुस्कियाँ लेता रहा। साथ ही स्थिति का अन्दाज़ लेता रहा कि कब असली बात कही जाये।

अनिरुद्ध ने रितु की तारीफ़ की तो पिताजी को बड़ा अचरज हुआ। पर बात समझ में उनकी तब आयी जब उसने अचानक इधर-उधर की बातें छोड़ कर सीधे हिम्मत जुटा कर यह कह डाला—''जी मैं आपसे यह कहना चाहता हूँ कि मैं जल्द अमरीका जाने वाला हूँ और मैं रितु से शादी करना चाहता हूँ।'' जब पिताजी अचरज और हैरानी में किसी नासमझ से उसे घूरते रहे तो उसने झट से अपनी बात पूरी कह दी—''मैं आगे की पढ़ाई वहीं करना चाहता हूँ। रितु यहीं पढ़ाई ख़त्म करके एक दो साल नौकरी का तज़र्बा कर सकती है। मैं आगे की पढ़ाई वहीं करना चाहता हूँ कि सेक्रेटेरियल कोर्स कर ले ताकि बाहर अच्छी नौकरी मिल सके। हम वहीं शादी कर लेंगे। मेरे कुछ रिश्तेदार केलिफोर्निया में है, कुछ न्यूयार्क में।''

कुछ पल खामोश रहे पिताजी ने फिर ज़बान खोली—''यह तुम कह क्या रहे हो? किस के साथ मिलकर तुमने ये सारी योजनायें बनायी हैं। उस नासमझ लड़की के साथ? मेरी बेटी को तुम बरगलाना चाहते हो? तुम उसके टीचर हो इसलिए मैं तुम्हारे साथ बेइज़्ज़ती से बात नहीं करूँगा। पर खाक पढ़ाते होगे तुम जो नादान सी लड़की को इस तरह बहकाने की कोशिश कर रहे हो। तुमने जाना है अमरीका। ख़ुशी से जाओ। मेरी बेटी के दिमाग में किसी तरह का ज़हर भरने की ज़रूरत नही। मैं उसे तुम्हारे लिए बिठाये नहीं रखूँगा।''

अनिरुद्ध ने अपने पर काबू रखते हुए एक-एक शब्द पर ज़ोर देते हुए कहा था—''जी, मैं आपकी बेटी के बारे में बहुत गम्भीर हूँ। मै अमरीका इसलिए जा रहा हूँ कि इस देश में नौजवानों को तरक्की का कोई मौका नहीं मिलता। एम.ए. करके अगर आई.ए.एस. में नहीं जाये तो और कुछ बचता ही नहीं। फिर अगर मेरा बाप आई.ए.एस. नहीं है तो मेरे लिए एक छोटे से कालेज की नौकरी ही

हासिल है लेकिन वहाँ जाकर मैं अपना ही नहीं आपकी बेटी का भी भविष्य बनाऊँगा। मुझे मालूम है कि आप उसे नालायक समझते हैं। लेकिन मैंने देखा है कि इसे किस दिशा में तरक्की मिल सकती है। मैं इसको भी आगे पढ़ाई करवाऊँगा वहाँ।''

फिर उठते हुए बोला था—''आप बेशक कोई फैसला नहीं कीजिए। मैं आपको वहाँ से लिखता रहूँगा। वक़्त बतायेगा आपको। आपकी बेटी सबसे ज़्यादा तरक्की करेगी। आपकी सारी दूसरी बेटियों से ज़्यादा खुश रहेगी।''

पिताजी उसके आत्मविश्वास के सामने लाजवाब से हो गये थे। पर उसके जाते ही पिताजी बोले थे—''इस आदमी से तेरी शादी कैसे कर सकता हूँ इसे तो अपने ही भविष्य का भी पता नहीं। अभी तो इसने जाकर वहाँ पढ़ाई करनी है। कब पढ़ाई ख़त्म हो, कब नौकरी मिले! इतने साल तुझे घर नहीं बिठाये रख सकते। बता देना उसको। मुझे यह रिश्ता मंजूर नहीं। तुझे कालेज पढ़ने भेजा था या इश्क़ लड़ाने। कुछ भेजे में तेरे अँटता भी है या कि खाली का खाली ही रहेगा। कानपुर में भी यही किया तूने, अब दिल्ली में भी यही हाल। तू निकम्मी को निकम्मी ही रहेगी। कुछ पढ़ लिख कर बन कर दिखा तो माने। यह क्या कि इश्क लड़ाकर आ गयी। मुश्किल से तो सँभाला है अब फिर से...। किसी बात में भी अकल नहीं तुझे।''

माँ ने बाद में कहा था—''नौकरी-वौकरी का तो मुझे ज्ञान नहीं। पर लड़का है बड़ा खूबसूरत। लम्बा-ऊँचा, तीखे नैन-नक्श। रंग भी बड़ा साफ़। एकदम गबरू जवान लगता है।''

पिताजी ने जवाब दिया था—''लड़कों का रूप कौन देखता है। उसकी तो क़माई होनी चाहिए। बी.ए. ख़त्म कर ले तो झटपट शादी कर देंगे इसकी अब और घर में नहीं बिठाना।''

अनिरुद्ध के सामने अभी उनका कोई सबूत नहीं था। बस एक लम्बा रास्ता था। मुझे अनिरुद्ध का भरोसा था। एक तरह से वही मेरा खेवैया था। मेरे पास और कोई चारा ही नहीं था। इसलिए मन में कभी संदेह आ भी जाये तो मैं उसके आश्वासन भरे चेहरे को अपनी आँखों के आगे ले आती और उसके चेहरे के उजाले में अपना भविष्य पढ़ने की कोशिश करती। खुद से कह डालती—''पाज़िटिवली सोचो।''

अनिरुद्ध से मैं अब और भी छुप-छुप के मिलती थी कि पिताजी को कहीं ख़बर न हो जाये। उस ने समझाया था—''वहाँ पढ़ाई ख़त्म करके ज्यों ही नौकरी लगेगी। तुम्हें बुला लूँगा। इन्तज़ार करना।

दो—तीन साल की तो बात है। अभी उम्र ही क्या है हमारी अभी शादी करनी भी नहीं चाहिए।''

''पिताजी न माने तो...''

''मानेंगे कैसे नहीं। कोई ज़बरदस्ती शादी नहीं कर सकता। मैं तुम्हारे पिताजी को भी वहाँ पहुँच कर खत लिख दूँगा। इससे उनको तसल्ली हो जायेगी।''

अजय को पिताजी के रुख़ का पता लगा तो मेरा साथ देने के लिए उस ने एक दिन पिताजी से कहा था—''आपको तो ख़ुश होना चाहिए कि इतना अच्छा लड़का अपने आप मिल रहा है। इतना हैंडसम, लायक अमरीका पढ़ने जा रहा है।''

पिताजी ने यह कह कर चुप करा दिया था—''ख़ूबसूरती को चाटना है। इतने साल रितु को घर नहीं बिठाया जा सकता। फिर एक बार वह विदेश चला गया तो कुछ भी हो सकता है। वहाँ जाकर कोई दूसरी लड़की मिल जाये। कुछ कहा तो नहीं जा सकता। रितु को अक्ल तो है नहीं। आजकल कितने ही लड़के यही कुछ कर रहे हैं। लड़की से सगाई करके चले जाते है और वहाँ जाकर किसी फिरंगन से शादी रचा लेते है। मुझे नहीं भरोसा इस छोकरे का।''

अजय ने उनको आश्वासन देने की कोशिश की थी—''पिताजी वह तो वक़्त बता ही देगा। अभी से फ़िक्र क्यों करते है। रितु भी समझदार है। मै भी तो मिला हूँ उससे। लगता तो भरोसेमंद है।''

पिताजी ने उसे खारिज करते हुए कह दिया था—''ठीक है ठीक है। मुझसे रितु की ज़्यादा पैरवी करने की ज़रूरत नहीं। यहाँ कोई अच्छा लड़का मिल गया तो बिठाये नहीं रखूँगा उसे।''

ग्यारह

अनिरुद्ध ने ही मुझे सुझावा था कि बी.ए. ख़त्म करके वाय. एम. या ऐसी ही किसी अच्छी जगह से सेक्रेटेरियल कोर्स कर लेना चाहिए। उससे यहाँ के दफ़्तर या दूतावास में अच्छी तनख़्वाह की नौकरी मिल जायेगी। इस तरह ख़ाली बैठकर इन्तज़ार नहीं करना पड़ेगा। मेरी यह पढ़ाई और अनुभव अमरीका में भी काम आ जायेगा। वर्ना खाली बी.ए. की डिग्री से तो कहीं कुछ नहीं मिलता।

मुझको डर लगता था पिताजी से यह सब कहने में। अनिरुद्ध कहता कि बात तो मुझे करनी ही होगी। वह हर वक़्त पिताजी के ख़िलाफ़ मेरी हिम्मत बँधाता रहता था। मुझको लगने भी लगा था कि मेरी हिम्मत काफ़ी बढ़ती जा रही है...मैं पिताजी का सामना कर सकती हूँ। फिर अजय का सहारा भी जब तब मिल ही जाता। उसे खत में लिखती रहती कि पिताजी से कब क्या कहने की ज़रूरत है। मुझे यह डर भी रहता कि अजय ही कहीं मुझसे आजिज़ न आ जाये। यूँ वह आता भी तो साल में एक या दो बार था। बाकी वक़्त मुझे पिताजी से खुद ही जूझना पड़ता था। इतना वक़्त ही नहीं होता था कि अजय के आने तक रुकी रहूँ। वह भी आखिर पिताजी से तो डरता ही था। अपने लिए तो उसकी पिताजी के आगे कभी जबान खुलती नहीं थी। जब भी कुछ कहा, मेरी तरफ़दारी में ही।

एक दिन मैंने ठान ही ली उनसे बात करने की जब वे मेज पर बैठ कर नाश्ता कर रहे थे। सेक्रेटेरियल कोर्स का नाम सुनते ही वह भड़के—"क्या कहा? सेक्रेटरी बनोगी तुम? इतना बड़ा धक्का खाकर भी अक्कल नहीं आयी तुझे। पता नहीं कहाँ की बेवकूफ पैदा हुई है। नालायक की नालायक!...मालूम है कितनी घिनौनी चीज़ होती है। बॉस तुमसे कुछ भी करवा कर सकता है। करना है तो पढ़ाने लिखाने की नौकरी करो। पर वह तुम्हें इतने घटिया नम्बरों के मारे मिलेगी नहीं।"

भले घरों की लड़कियाँ उन दिनों स्कूल-कालेज में पढ़ाने या फिर डॉक्टर, आई. ए. एस. जैसी सम्मानित नौकरियाँ ही कर सकती थीं।

मैंने अनिरुद्ध की पढ़ायी-सिखायी सारी बातें कह डाली थीं। किसी विदेशी दूतावास में काम ढूँढूँगी। वहाँ सेक्रेटरी की कमाई अच्छी होती है और सम्मान देते हैं। फिर अन्तत: विदेश में यह काम करना होगा। बाहर ऐसा काम बुरा नहीं माना जाता। अच्छे घरों की पढ़ी-लिखी लड़कियाँ भी यही काम करती हैं। तनख़्वाह भी अच्छी मिलती है। नौकरी की निश्चिन्तता भी रहेगी। फिर सारी उमर सेक्रेटरी नहीं बनी रहूँगी। वहाँ आगे पढ़ूँगी।''

''अब तो तेरा पूरा दिमाग़ खराब हो गया है। जो कसर रह गयी थी वह इस छोकरे ने पूरी कर दी। तूने ऐसा देखा क्या है इसमें जो इस तरह पागल हो गयी है। मैं तेरे लिए कोई ढंग का लड़का यहीं ढूँढूँगा। कोई ज़रूरत नहीं अमरीका-वमरीका जाने की।''

मैंने ठान ली थी सो ज़िद करती रही जब तक पिताजी ने हाँ नहीं कर दी।

पिताजी को एक तरफ यह तसल्ली सी हो गयी थी कि कम से कम अपने पैरों पर खड़ी तो होगी। दूसरा यह भी कह डाला था माँ से कि शुरू से तो इतनी नालायक है। सेक्रेटरी बनने से आगे सोच भी क्या सकती है।

अमरीका जाने के कुछ दिनों बाद अनिरुद्ध के दो खत आये। एक पिताजी के नाम दूसरा रितु के। यूँ पिताजी को इस बात की तसल्ली तो हुई थी कि लड़का उनकी बेटी के मामले में गम्भीर दिखता है। पर साथ ही यह अनुभूति भी बनी रही कि अच्छा पागल बनाया है लड़की को। पाँच साल घर में ही बिठाना पड़ेगा। क्या पता फिर उसका मन बदल जाये तो लड़की तो कहीं की न रहेगी। तभी उन्होंने फिर मुझसे कहा था—''मुझे इस दौरान कोई ठीक ठाक लड़का मिल गया तो मैं तेरी शादी कर दूँगा। बाहर जाकर लड़के क्या से क्या हो जाते है। किसी का भरोसा नहीं किया जा सकता।''

मैं बोल पड़ी थी—''वह ऐसा वैसा नहीं। मुझे प्यार करता है। मुझी से शादी करेगा किसी और से नहीं।''

पिताजी का गुस्सा मेरे ऐसे अकड़े हुए व्यवहार पर बहुत तना था। लगभग थप्पड़ ही जमा देना चाहते थे कि तभी ध्यान आया होगा कि लड़की जवान है। और जवान लड़की को मारने की बात से ही उनके रोंगटे खड़े हो जाते थे। बोलने लगे—''बड़ी बड़बड़ करने लगी हैं। तेरी ये फिल्मी बातें इस घर में नहीं चलेगी। आयी बड़ी! प्यार करता है! सब लड़कियों के फाँसने के जाल हैं। समझीं।''

मैं उस समय उनको बहुत छिछली मनचली टाईप की लड़की लगी हूँगी

जिसके प्रति उनके मन में कोई इज़्ज़त नहीं थी। अपनी बेटी थी इसलिए बर्दाश्त कर गये। मैं इन दिनों जिस तरह मनमानी करने लगी थी, जिद्दी हो गयी थी, पिताजी का बहुत खून खौलता। पर अपना गुस्सा पी जाते। मैं खुद पर हैरान थी जिस तरह से मेरी जुबान खुल गयी थी और जवाब देने पर उतारू हो जाती थी, पिताजी को लगता वे बोल कर मेरे हाथों अपनी बेइज़्ज़ती करवा डालते थे।

एक बार यूँ ही बातों-बातों में बोले—"सुना करते थे कर्मों का फल होता है। अब देख रहे हैं।"

चूँकि इशारा मेरी ओर था सो मैंने कहा—"आपका कहने का मतलब?"

"कुछ नहीं। बस जिसके हिस्से जितनी तकलीफ भोगना लिखा होता है।"

और वे अपनी बात पूरी किये बिना ही चुप हो गये। पूरी करके होता भी क्या। माँ और मुझे दोनों को ही उनकी बात समझ में आ चुकी थी। माँ ने चुप कराते से हुए कह भी तो दिया—"क्यों कुरेदते रहते हैं। जो भोगना है सो तो है ही। सुना सुना कर भी क्या होगा!"

मैंने महसूस किया कि शाप मुझ पर ही नहीं पूरे परिवार पर था। पीड़ा मेरी ही नहीं, उनकी भी थी। पर हम सब अपने सहने में अकेले अकेले ही थे। कोई किसी का भागी नहीं था।

चुप रहकर सहना आसान हो या न हो पर हमारे परिवार ने तो वही हल अपनाया हुआ था।

कभी कभी उनके चेहरे पर मायूसी सी झलकती दीखती। पिताजी का गुस्सा जितना मुझे डराता, मायूसी उससे ज़्यादा दहला देती। देर तक सोचती कि क्या मैं ही वजह हूँ इस मायूसी की। क्या उनका गुस्सा ही बेअसर होकर अब तब्दील हो रहा है! या कि जहाँ अनिरुद्ध में मुझे उम्मीद मिल गयी थी वहाँ पिताजी के मन में मुझे लेकर किसी तरह की भी आश्वस्ति नहीं थी। मेरे भावी को लेकर उनके मन में खटका बना ही रहता। हो सकता है वे अपने आप में भी दोष और मजबूरी महसूसते हों और मेरे आगे यह स्वीकार भी न पाते हों और भीतर यह बात उनको तकलीफ़ देती रही हो कि उन्होंने चाहे मेरी जिद पर ही, ग़लत फैसला क्यों कर ले लिया। यह सब कुछ अनायास पिताजी का चेहरा ही कहता था मुझसे। प्रगट में तो वे मुझे पर नाराजगी ही प्रगट करते और मैं भी उसकी प्रतिक्रिया में अवमानना।

अनिरुद्ध ने मेरे भीतर पता नहीं कैसा दुस्साहस भर दिया था। मैं मानों उसी की दी ताकत पर जीने लगी थी। उसी की बात मानती थी और उसी की शह पर पिताजी से पंगा लेती रहती थी। जिस पर अजय भी अटल भरोसा कि वह मेरा साथ देगा ही। ख़ास तौर से अनिरुद्ध के मामले में। मुझे लगता कि अजय

का उसे मिलना बहुत सही हुआ था। कम से कम अजय के मन में तो अनी के प्रति सन्देह नहीं उठना चाहिए। वे दोनों तो एक जैसे ही थे न। यह बात शायद मैं अजय को समझा भी सकती थी!

मैं ने खूब मेहनत करके सेक्रेटेरियल काम–शार्टहैंड, टाईपिंग, बुककीपिंग वगैरह सभी कुछ सीख लिया। इधर कोर्स ख़त्म हुआ उधर साथ ही दो तीन इंटरव्यू का भी बुलावा आ गया। इस कोर्स की रेपुटेशन ऐसी थी कि ये लोग दाख़िला देने के वक़्त ही नौकरी का आश्वासन भी देते थे। जल्द ही मुझको एक दूतावास में अच्छी तनख़्वाह पर नौकरी मिल गयी। नौकरी मिलते ही मेरा रहा सहा डर भी ख़त्म हो गया। मैंने पिताजी से कहा—''अगर मैं आपकी आँख में खटकती हूँ तो मैं अलग भी रह सकती हूँ'' दरअसल यह बात भी मुझे अनिरुद्ध ने कही थी कि एक बार कमाने लगोगी तो अलग रह लेना। तब पिताजी हम दोनों के मामले में कोई दखल नहीं दे सकेंगे। अपना बोझा ढोने लायक जो हो जाऊँगी!

मेरी बात सुनकर पिताजी को एक नया धक्का लगा। एक तो सेक्रेटरी की नौकरी कर ली। वे किसी से सिर उठाकर कुछ कह भी नहीं सकते कि बेटी नौकरी करती है। ऊपर से अब घर से छोड़ने की बात। गुस्सा दबाते हुए कहा—''क्यों कुछ तकलीफ़ है यहाँ रहने में''

मैं चुप कर गयी थी। पिताजी को बुरा लगा यह मैं जान गयी। बस धीरे से बोले—''मैं सोच रही थी कि आपको कहीं यह न लगे कि इतनी बड़ी उम्र की लड़की अनब्याही बैठी है।''

''तो सामने न रहने से क्या बात भुलायी जा सकती है?''

मैंने आगे न बोलना ही ठीक समझा था। अगल रहने की बात बहुत ज़रूरी थी भी नहीं अब।

फिर अजय भी जाने क्या सोचता। उसका साथ मिलता या न!

पर अब पिताजी मुझे ज़्यादा कोसते न थे। जब से मैंने नौकरी शुरू कर दी थी उनका रुख़ कुछ मुलायम हो गया था। कहीं स्वीकार करने लगे थे कि रितु अब एक शख़्स हो गयी है। उनकी नहीं सुनेगी। ज़्यादा कहेंगे तो भाग जायेगी। यह उनकी मजबूरी ही थी। क्योंकि मैं तो अपनी बात से टस से मस नहीं होने वाली थी। चाहे उनको बुरा लगे या भला।

मैं अब अकेली नहीं थी। अनिरुद्ध हमेशा साथ था मेरे। अजय भी—जब ज़रूरत पड़े तो...

बारह

अनिरुद्ध के अमरीका से शुरू में तो लगातार ख़त आते रहे। फिर एक लम्बे अरसे तक चुप्पी छा गयी थी। पिताजी ने उसके ख़त का जवाब नहीं दिया था। पर मैंने लगातार ख़त लिखे। जब छह-सात महीने तक उसका कोई जवाब न आया तो मन सन्दिग्ध हो उठा। पिताजी ठीक कहते थे—लड़कों का कोई भरोसा नहीं। शुरू-शुरू में तो किसी को जानता पहचानता न था सो खत लिख डाले। क्या पता अब कोई मिल गयी हो! वर्ना आठ महीने की चुप्पी। मतलब क्या है इसका। कहाँ मैंने तो उसके बूते पिताजी से भी खुद को काट लिया था। उनकी छत के नीचे ज़रूर रह रही थी पर उनसे बातचीत कभी कभार होती। अब तो माँ से भी बहुत कम बात होती। दिन भर तो मैं नौकरी पर ही होती। दफ्तर का काम मुझे बहुत भला लगता। खूब मन लगता। पिताजी भी इस बात में ख़ुश थे कि कनेडियन दूतावास में नौकरी मिली थी। वर्ना हिन्दुस्तानी आदमियों की मातहत में मेरा काम करना उनको कतई पसन्द नहीं था। अब वे कम से कम इस बात से निश्चिन्त थे कि सब गोरे लोग मेरे बॉस थे। मुझे भी गोरों का आसपास होना भला लगता। एक सुरक्षित सा माहौल महसूस होता। बहुत साफ़-सुथरा सा। जैसा साफ़-सुथरा और आधुनिक उपकरणों से मेरा दफ़्तर था वैसी कोई जगह मेरी ज़िन्दगी में नहीं थी। उस इलाके की सारी सड़कें भी बहुत साफ़-सुथरी थीं। दरअसल पूरे शहर में वह सबसे बढ़िया इलाक़ा था। साथ ही एक तरह से मानों मैं अनिरुद्ध के देश के करीब आ गयी थी। उनसे अकसर मुझे अमरीका की काफी बातें पता चलतीं। मेरा काम पसन्द था। फिर काम पर दूसरी सेक्रेटरी वगैरह से अच्छी जान पहचान भी बनने लगी थीं। शाम को कभी समय पर घर आ जाती तो कभी बाहर ही देर लग जाती। दूतावास में पार्टियाँ भी खूब होती। कभी-कभी मुझे भी बुलावा होता। यूँ पार्टियों में मेरा मन न लगता था। पर वे भी मेरे काम का ही हिस्सा थीं। यही सोच के रुक जाती।

नौकरी शुरू करने के कुछ महीनों में ही मुझमें बहुत बदलाव आ गया था।

मैं अपने आप में बहुत आत्मविश्वास महसूस करती।

अब सोचती हूँ तो लगता है कि जैसे बहुत बरसों से मेरा आत्मविश्वास खोया हुआ था। वर्ना जब नवीं में थी, जब मेरी दोस्ती पवन से थी और मैं रेडियो में राजकुमारी की भूमिका निभाया करती थी तब सचमुच ऐसा लग रहा था कि मैं कोई राजकुमारी हूँ। कोई बहुत ख़ास। लेकिन अरसे से वह अनुभूति खो चुकी थी। मैं बहुत कम अपने आप में पूरा या प्रामाणिक महसूस कर पाती थी। एक तरह की अवमूल्यन सा हो गया था मेरा। अपनी नज़रों में ही कीमत कम हो गयी थी मेरी! जैसे मैं खरा सोना नहीं थी!

कैनेडियन दूतावास में काम मिलने के बाद मेरे व्यक्तित्व के एक हिस्से को वैसा ही महसूस हुआ। जैसे मैं ख़ास थी...अंग्रेज़ जैसी, अभिजात वर्ग के नजदीक। उनसे हिलने-मिलनेवाली। जब कि मेरे परिवार में और कोई नहीं था जो इतने निकट से गोरों के साथ दिन बिताता हो, उन्हें जानता हो।

चाहे वहाँ मैं सेक्रेटरी की हैसियत से ही काम कर रही थी पर उनका रुख़ बहुत इज़्ज़त देनेवाला था। बॉस जैसा व्यवहार नहीं करते थे वे, बल्कि दोस्ताना बर्ताव था। इससे मुझमें और भी यह भाव पैदा हुआ कि मैं तो इनके जैसी हूँ। तभी मेरी किस्मत में अमरीका जाने का लिखा होगा! तभी मैं अँग्रेज़ी में इतने आत्मविश्वास से बिना अटके बोल लेती हूँ।

यूँ तो सेक्रेटेरियल कोर्स के दौरान ही मेरी अँग्रेज़ी की बोलचाल खूब बेहतर हो गयी थी। फिर दूतावास में दिन भर अँग्रेज़ी ही बोलनी होती। जिससे मेरा बोलना ऐसा हो गया था जैसे कि मैं भी अँग्रेज़ी स्कूलों में पढ़ी हूँ। इसके अलावा इन दिनों कुछ पढ़ती थी तो बस अँग्रेज़ी का अख़बार, पत्रिकाएँ और अंग्रेजी की ही ख़बरें सुनती। देखा जाय तो पूरे दिन में सिर्फ़ मुश्किल से घंटा दो घंटे ही हिन्दी में बात करती थी। अपने सपनों में भी कभी कभार अँग्रेज़ी के किसी शब्द या वाक्य का इस्तेमाल करती।

यूँ तो मैं बहुत सतर्क और अपने आप में सीमित ही रहती थी। पर जब से कुमकुम सारिका से मेरी दोस्ती हुई थी उनके साथ, और उनके परिवार के साथ मिलना जुलना होता ही रहता। यूँ तो मुझे यह कभी नहीं भूलना चाहिए था कि ख़तरा परिवार से भी आता है और अनजानों से भी। पता नहीं कैसे भूल गयी कि दुबारा धोखा खाने को तैयार थी। बस किसी तरह बच ली।

यही कहूँगी। मन में बस गया था कि भूलकर भी किसी का विश्वास नहीं करना। विश्वास न करने की इस वृत्ति ने यूँ तो कभी मेरी पकड़ छोड़ी नहीं।

यहाँ तक कि अनिरुद्ध भी एक बार बहुत परेशान हो पूछ बैठा था—

"तुम किसी का विश्वास क्यों नहीं करतीं।"

लेकिन मैं निरुत्तर ही रही।

क्या उसे बताती कि विश्वास करके दुबारा ग़लती भी तो हो सकती है। क्या मुझसे और ख़तरा लिया जायेगा? आगे कम टूटी हूँ?

उन दिनों मैं कुमकुम के साथ खूब वक़्त बिताती थी। उस प्राइवेट कालेज से ही मेरी दोस्ती कुमकुम के साथ चल रही थी।

कुमकुम का एक कज़न बैंकाक से दिल्ली आया था। खूब स्मार्ट था। मोटरबाईक चलाता था फर्राटे से विदेशी कपड़े पहने होते। आँखों पर काला चश्मा। अपना बिजनेस था। कभी दिल्ली में रहता तो कभी बैंकाक जाता। जब से कुमकुम ने उसे मिलवाया, उसकी आँख मुझ पर ही धरी रहती। मुझको अजीब भी लगता कि किस तरह से दिल फेंक रहा है यह लड़का मुझ पर जबकि मुझे तो अनिरुद्ध से शादी करनी थी। यह बात कुमकुम को भी पता थी और उसके कज़न को भी कि मैं अपने मंगेतर के बुलाने के इन्तज़ार में हूँ। चूँकि कुमकुम हमेशा साथ ही होती सो मुझे डर लगने की कोई वजह नहीं थी। न ही उसके कज़न पर मैंने ज़्यादा ही ध्यान दिया था। रोज़ शाम को वह हमें कहीं न कहीं ले जाना चाहता— "चलो यार्क्स में काफी पियेंगे। उसके बाद कोई फिल्म देखेंगे।"

कुमकुम ने एक दिन मुझसे कह ही दिया—"मेरा कजन अविनाश तो तुझ पर फ़िदा है। तेरे बहाने से मुझे भी रोज घुमाने ले जाता है। पहले आता था तो इतना नहीं मिलता था। अब तो हर वक़्त बस यही पूछता रहता है—रितु कब आ रही है। साथ चलेंगे बाहर।"

मैंने फिर कहा—"तुझे तो पता ही है मेरा और अनिरुद्ध का रिश्ता पक्का है। सो उसको कोई उम्मीद मत दिला देना।"

"चल घूम फिर तो सकती है। उसमें कौन सी बड़ी बात है। अभी तो पता नहीं कितने साल लगेंगे तेरे वहाँ जाने में।"

मैंने तब ठंडी साँस भरी थी। अनिरुद्ध का अरसे से कोई ख़त तो आया न था। एक दिन जब रात काफ़ी हो गयी थी तो अविनाश ने कहा कि वह मुझको मेरे घर पर छोड़ने जायेगा। मुझको कुछ परेशानी हुई—"नहीं बस से चली जाऊँगी।"

उसने इशारा किया—"अँधेरा हो रहा है इसलिए कह रहा हूँ। पन्द्रह मिनट में घर पहुँच जाओगी। कहाँ बसों में धक्के..."

मुझे लगा जैसे कोई जाल फैला रहा था वह। अँधेरे में...कुछ भी कर सकता था वह। अंकल और इसमें क्या फ़र्क़ है? हाँ उम्र में मुझसे तीन-चार साल ही बड़ा है! पर सचमुच किसी सूनी जगह ले जाये तो मैं क्या कर लूँगी। यहाँ से मेरे घर के रास्ते में रिज रोड का सूनापन फैला है...अगर इसकी सचमुच नीयत खराब हो तो मेरे चिल्लाने पर भी कोई नहीं आयेगा।

कुमकुम बोली—"डर क्यों रही है। मेरा कज़न है। कुछ गड़बड़ करेगा तो मार-मार के हलवा बनवा दूँगी इसका।" फिर अविनाश की ओर रुख कर बोली—"सुन लिया न अविनाश। ख़बरदार जो मेरी सहेली को हाथ लगाया तो...ये हमारे सर की अमानत है। ठीक ठाक पहुँचा के आना घर।" रात को टैक्सी-थ्रीव्हीलर लेने में मुझे डर लगता था। यह भी जानती थी कि बस से उल्टे बहुत ही देरी लग जायेगी और पिताजी फ़िक्र करेंगे। और कोई चारा न था। मोटरसाइकिल के पीछे बैठने में अविनाश की कमर का ही सहारा लेना पड़ता था क्योंकि कोई हत्था नहीं था पकड़ने को। मुझे हिचकिचाहट थी। अविनाश ने अपनी कमर की ओर मेरा हाथ खींचते हुए कहा—"यहाँ से होल्ड कीजिये वर्ना गिरने का ख़तरा हो सकता है।"

मैंने हल्के से हाथ धर दिया था। पर बड़ा अटपटा-सा लगता रहा। लगातार रास्ते को घूरती रही कि किसी ग़लत सड़क से तो नहीं ले जा रहा। अँधेरे रास्ते गुज़रते हुए बार-बार खुद को कोसा कि यह रिस्क लिया ही क्यों? अगर कुछ हो जाये तो? बन्दे की नीयत बदल जाये तो? मन ही मन तैयारी सी किये बैठी थी कि अगर मोटरसाइकिल किसी सूनी सड़क पर रोका तो झट से छलाँग लगाकर उतर जाऊँगी और चाहे पैदल ही घर तक चलना पड़े, चल दूँगी। जब तक घर नहीं पहुँची डर से दम साध कर बैठी रही थी। यही मानती रही कि ठीकठाक घर पहुँच जाऊँ। किसी का भरोसा नहीं किया जा सकता।

उसके बाद कुछ दिन तक अविनाश से नहीं मिली थी। काम में ही मशगूल रही। फिर एक दिन सड़क पर अविनाश अकेले मिल गया तो बोला—"चलो यहीं बैठकर कॉफी पीते हैं।" सामने ही रैम्बल्स था। ओपनएयर क़ैफ़े। बत्तियाँ झिलमिला रही थीं। सोचा थकी हूँ। घर जाने से पहले सचमुच काफी पी ली जाय तो आराम से घर पहुँचूगी। अविनाश कोई पराया नहीं था, उसका व्यवहार भी अब तक उपयुक्त ही रहा था। निकट सहेली का ही तो भाई था। फिर जैसे बिजली की तरह कौंध गया...अंकल...वे भी तो निकट के थे। पर अब मैं होशियार हो गयी थी। हिम्मत आ गयी थी। दूध का जला छाछ भी फूँक कर पीता है। फिर भी मन में सन्देह उठा था—क्या सचमुच सबल हो गयी हूँ? हिम्मत आयी

है? सचमुच? सँभल के चलना होगा!

कॉफी पीते हुए अविनाश मुझसे काम के बारे में और कुछ व्यक्तिगत सवाल पूछता रहा। मुझ को उससे बात करने में अड़चन महसूस नहीं हुई। दरअसल कोई दो घंटे यूँ ही निकल गये इधर-उधर की बातों में जबकि मैंने अचानक घड़ी पर नज़र दौड़ायी। पहली बार मैंने अनिरुद्ध के अलावा किसी दूसरे लड़के से इतनी लम्बी बात की थी। दूतावास में, जहाँ सेक्रेटरी की नौकरी करती थी, सिर्फ़ काम की ही बात होती सबसे। यूँ मुझे सब वहाँ बहुत पसन्द करते थे। मैं काम भी खूब मेहनत से दिल लगाकर करती। पर किसी भी पुरुष से कभी गप्प नहीं होती।

बात करते हुए एक पल भी मुझे ऐसा नहीं लगा था कि मेरा जीवन अनिरुद्ध के अलावा कुछ और या किसी और के साथ भी हो सकता है। दरअसल बहुत कुछ मैं अनिरुद्ध के बारे में ही बताती रही—यह भी कि पता नहीं क्यों उसका ख़त नहीं आया काफी देर से। अविनाश ने इस पर मुझे टटोला—''ख़त वत कौन लिखता है? अपनी दुनिया ही बदल जाती है। मैं तो गया हूँ न विदेश। अपने लोग वहाँ जाकर बस वहीं के हो जाते है। उनको सुध-बुध नहीं रहती। तुम सोचती हो वह भी तुम्हारी तरह सोच रहा होगा। कतई नहीं। किसी लाईब्रेरी में बैठा पढ़ रहा होगा। वहाँ तो किसी को किसी के लिए फ़ुरसत नहीं होती। सब बस काम ही करते हैं। भूल जाओ। वह तुम्हें ख़त नहीं लिखेगा।''

फिर उसने यह भी कहा था—''वैसे आपकी ख़िदमत के लिए बन्दा हाज़िर है!''

मैंने भाँप लिया था कि अविनाश मेरे करीब आना चाहता है। पर मैं उसे किसी के जाल में फँसने वाली नहीं थी। ठीक है पसन्द करता है तो रहे। अपनी तो बात पक्की हुई है। अपना को किस बात का डर। यूँ सोचने को मैं कुछ उल्टा-सीधा भी आज़माने भर के लिए सोच लेती पर मुझे मालूम था मैं ऐसे सोचे पर कभी अमल नहीं करने वाली। मसलन मैं कहीं सोचने लगी थी—''अविनाश बुरा तो नहीं। अनिरुद्ध नहीं खत लिखता तो न लिखे। मैं ही ख़त लिख के तोड़ दूँगी यह रिश्ता।''

इन दिनों मैंने कई बार सोचा कि क्यों न अनिरुद्ध से खुद को काट लूँ और बात ख़त्म कर दूँ। उन दिनों उसे खूब कड़ी सज़ा देने का मन होता था। आखिर समझता क्या है। यूँ ही बैठी रहूँगी। इसके लिए मैं सारी उम्र? इतने लोग पूछते हैं मुझे और मैं हूँ कि बस उसी की रट लगाये हुए हूँ। एक बार लिख दूँ कि तुम्हारा—मेरा रिश्ता ख़त्म तो अपने-आप होश आ जायेगा बच्चू को। इस

बीच पिताजी को कोई और लड़का मिल गया तो कर लूँगी शादी उससे। अगर अविनाश ने प्रस्ताव किया तो पिताजी से मिलवा दूँगी उसे। यह तो अमीर बिजनेसमेन है। पिताजी को पसन्द आ ही जायेगा।

पर कुमकुम ने तो एक दिन मुझे हैरान ही कर दिया—''ये तूने क्या जादू कर दिया है अविनाश पर। वह तो वक़्त तेरी ही बात करता है। मुझे लगता है वह तुझसे प्यार करने लगा है।''

और कुमकुम फफक कर रो पड़ी। मैंने बहुत हैरानी से उसके चेहरे का मुआयना किया तो कुमकुम फूट पड़ी—''प्लीज स्टाप हिम। आईकांट लिव विदाउट हिम''

''लेकिन तूने तो कहा था वह तेरा कज़न है...'' और कहते ही मेरे सामने सारा सिनेरियो खूब साफ़ हो गया।

''तो मुझसे छुपाने की क्या ज़रूरत थी। मैंने तो किसी को जाकर नहीं बतलाना था कि वह तेरा कजन नहीं''

''आई डोंट नो...आई डोंट नो...तू किसी तरह उसे समझा। मैं जहर खाके मर जाऊँगी उसके बिना।''

''घबराने की बात नहीं। मैं तो अनिरुद्ध से ही शादी करुँगी। मुझे तेरे अविनाश से क्या लेना-देना। मेरी तरफ से उसे जाके कह दे मैं अनिरुद्ध का इन्तज़ार कर रही हूँ। जिस दिन उसने बुलाया...मैं उड़ जाऊँगी। मुझे अविनाश में कोई रुचि नहीं।''

पर अविनाश तो अगली शाम फिर मेरे दूतावास के बाहर पहुँचा हुआ था। मुझसे उसने मोटरबाईक पर बैठने को कहा कि वह ज़रूरी बात करने आया है। उसके चेहरे पर बेचारापन सा था। अब मुझे उससे डर नहीं लगता था। वह मुझ पर हमला करेगा तो कुमकुम को बतला दूँगी। मन में यह भी था कि यह तो मेरी सखी कुमकुम का ही है। मोबाइक पर बैठने में कोई ख़तरा नहीं। उल्टे जनाब को समझा ही दूँगी कि मेरे चक्कर में न पड़े। तो ज़रूरी बात मुझे भी करनी है। और यह सोच कर मैं भी बैठ गयी।

रैबल्ज में ही काफी पीने बैठे तो उसने गिड़गिड़ना शुरू किया—''यू कांट डू दिस टू मी। आई लव यू। आई वांट टू मेरी यू।''

मन में जानती थी मैं अविनाश के मामले में तनिक गम्भीर नहीं थी। मुझे बिजनेसमैन से शादी करना यूँ भी पसन्द नहीं था। ये लोग घटिया किस्म के लोग होते है। झूठे, मक्कार, बदमाश, स्थिति का फायदा उठाने वाले। दीन-ईमान नहीं होता इन में। अंकल भी तो बिजनैस मैन थे। मुझे अंकल जैसे आदमी से कतई

शादी नहीं करनी थी। ये भी क्या पता बलात्कार करता हो लड़कियों का। अभी नहीं तो अंकल की उम्र में पहुँच कर यही कुछ करे अपनी भाँजी भतीजियों के साथ! कुछ पता है बिजनेसमैनों का! ओह कैसा दमघोटूँ होगा इस आदमी का आलिंगन। ख़्याल से ही पल भर को मेरी साँस अटकी सी रह गयी।

पर अब कुमकुम का बहाना अच्छा मिल गया था—''आई डोंट वांट टू सी माई बैस्ट फ्रैंड अनहैप्पी। फिर तुम्हें तो मालूम था कि मैं किसी का इन्तज़ार कर रही हूँ।''

''मैं कहे देता हूँ वह कभी नहीं आयेगा। मैं तुमसे शादी करूँगा। तुम्हें विदेश ले जाऊँगा। तुम्हें बहुत खुश रखूँगा रितु।''

''आय एम सारी अविनाश । प्लीज गो बैक टू कुमकुम।''

पर मन ही मन एक अजीब सी खुशी मिली थी मुझको। चाहे जानने की खुशी... या ठोकर मारने की खुशी। हाँ जहाँ तक महसूस कर सकती थी अविनाश को ठोकर मारने की ही ख़ुशी मिल रही थी जबकि खुद इस भाव को ठीक से समझ भी नहीं पा रही थी। क्या बिजनैसमैन अविनाश के बहाने मैं अंकल को ठोकर मार रही थी? अंकल को तो जितनी भी ठोकरें मारती...कभी मेरे घाव भर नहीं सकते थे।

फ़िलहाल इस बात की तसल्ली सी थी कि अविनाश इस हालत पर पहुँच गया कि मेरे आगे गिड़गिड़ा रहा है और मैं बहुत शान्त स्वर से कह पा रही हूँ—''प्लीज गो बैक टु युअर वुमन। मुझे नहीं तुम्हारी ज़रूरत। मुझे किसी और का इन्तज़ार है।''

कहते हुए मुझे यह भी लगा था कि वह ''और'' अनिरुद्ध नहीं...जैसे सचमुच ही कोई और हो...कोई अनदेखा...अनजाना...कोई और...जो न अविनाश है...न अनिरुद्ध...न...पता नहीं कौन ...?

यहाँ से बहुत दूर...दूर! दूर होना कितना ज़रूरी था मेरे लिए!

तेरह

मेरे जाने ने माँ को भी जैसे आगाह कर दिया था कि देखो रितु हमेशा के लिए हमें छोड़कर जा रही है। इन दिनों माँ से मेरा नया रिश्ता कायम हो रहा था। शायद माँ को लगता कि मैं विदेश चली जाऊँगी और उनका मन मेरे प्रति ममता से भर उठता। एक मैं ही घर पर रह रही थी। माँ की ममता का इसीलिए शायद इकलौता केन्द्र बन गयी थी।

माँ से यूँ मुझे हमेशा शिकायत रही की मुझे उनका प्यार नहीं मिला। या तो कामों से फुरसत नहीं होती थी उनको या फिर दूसरे बच्चे ले जाते थे सारा प्यार। मुझे माँ ने अपने हाथों से ख़ास पाला भी नहीं। पिलाया होगा स्तन से दूध तो वह मुझे याद नहीं पर जब से होश सँभाला, माँ ने कभी आलिंगन में नहीं बाँधा। दीदियों के हाथ ही पली थी मैं।

पर इन दिनों बात अलग थी। एकाध बार पिताजी ने माँ के सामने कहा—"अब कितनी देर और इन्तज़ार करायेगा यह लड़का। बहनजी ने बड़ा अच्छा इंजीनियर लड़का सुझाया है। घर भी अच्छा है। अपनी तरफ़ के ही हैं। मैं तो कहता हूँ कि मँगनी कर देते हैं। वे लोग शादी भी जल्दी चाहते हैं।"

माँ ने तब मेरी तरफ़दारी करते हुए कहा था—"तुमको क्यों खटकती है बेचारी। अपनी नौकरी करती है और रह रही है। शादी हो ही जायेगी। जाने दो। हमको कोई जल्दी नहीं।"

तब पहली बार मुझे लगा था कि माँ मेरी माँ है। मुझे अँधेरे में नहीं धकेलेगी। उसका जिगरा भी कोमल है। जो हुआ उसके लिए चाहे जितना भी दुत्कारा हो, जितना भी दोषी माना हो, जितना भी घिनौना जाना हो, पर माँ की ममता हर बाँध को लाँघ आती है।

जब मैं दूतावास से घर पहुँचती तो माँ चाय की दो प्यालियाँ बनाकर मेरे पास आ बैठ जाती।

"और सुना कैसा रहा तेरा दिन? काम अच्छा लगता है? क्या करना होता है तुझे वहाँ।"

मैं माँ को अपनी दिनचर्या सुना डालती। दस पन्द्रह मिनट में सारी बात ख़त्म हो जाती। फिर माँ अपना वही घिसापिटा विषय लेके बैठ जाती—

"एक दिन तुझको मेरे साथ लाकर चलना होगा। तेरे लिए गहने सँभाल के रखे है। वे तो ले ले। और एकदम नाक पे दीवा मत बोलना। अभी से जो साड़ियाँ गहने लेने है उनका काम कर लिया जाना चाहिए। उसने बुला लिया तो फिर टाइम ही कहाँ रहेगा।"

मुझे मालूम चल गया था कि माँ का यह फेवरेट टापिक है। शादी की तैयारी। कहीं मुझे लगने लगा कि माँ भीतर कहीं खुद को विश्वास दिलाना चाहतीं कि सचमुच रितु की शादी हो रही है। उनके लिए मेरी शादी होने का मतलब था परिवार के सारे दाग़ धुल जाना। इतने सालों से जो बोझ सारा घर ढो रहा था वह अनायास ही सर से उतर जाना। कन्यादान के साथ-साथ कन्या के कलंक से भी मुक्ति। उसके बाद आगे क्या होगा इसका किसी ने सोचा नहीं था। उनको तो यही लगता कि एक बार दूर चली गयी तो क्योंकर कोई अतीत को उधेड़ेगा।

एक बात जो और मैंने महसूस की माँ की बातचीत में वह थी कि माँ अपनी तरफ से पूरा न्याय करना चाहती थीं कि सब बेटियों को अपना सही हिस्सा मिले। उनको डर था कि चूँकि मैं विदेश जा रही थी इसलिए कहीं ऐसा न हो कि मैं अपना हिस्सा लिए बिना ही चली जाऊँ।

अजीब बात थी कि यूँ मैंने घर पर हमेशा यह महसूस किया—ख़ास तौर से अजय के सन्दर्भ में कि उसको मुझसे ज़्यादा प्यार दिया जा रहा है। अब अचानक माँ का मेरे हिस्से के प्रति इसरार उनकी बच्चों को बराबर देखने की वृत्ति का परिचायक था। मैं बहुत हैरान होती कि माँ में यह बदलाव कैसा? क्या माँ हमेशा ऐसी थीं और मैं नहीं उनको पहचान पायी थी या कि ग़लती अब लग रही है?

यह भी सच था कि माँ के लिए मेरा जाना एक तरह से स्थायी वियोग था। जो जाता है वह लौटता नहीं। ऐसा ख़्याल सबका था। माँ के मन में भी यह घबराहट होती थी कि एक बार मैं चली गयी तो फिर मिलना हो या न। यही घबराहट उनको बार-बार मेरे पास लाकर बिठा देती थी। एक तरफ वह इस इन्तज़ार में थीं कि जल्दी से अनी मुझे बुलाये और मेरा बेड़ा पार हो। वहीं मुझे सदा के लिए खो देने की घबराहट भी।

शायद माँ मुझे अपनी बहुत सी निशानियाँ दे देना चाहती थीं कि इसी तरह वे मेरे साथ रहें। जब दूर रहूँ तब भी साथ!

जब अनी का ख़त आता तो वे भी उत्साहित दिखतीं। बार-बार कुरेदतीं। पूछतीं क्या लिखा है।

यूँ पिताजी के मन में कितने सन्देह उठें कि मेरी शादी जल्दी हो, माँ को कोई उतावली न थी। शायद उनको लगता कि जितने दिन भी उनके क़रीब रह लूँ, अच्छा है वर्ना एक बार गयी तो गयी। उनका प्यार या घबराहट मेरे जाने की तैयारी में ही व्यक्त होता रहता था।

जब भी मौका लगता वे शुरू हो जातीं—"सुन सबको 21-21 जोड़े दिये हैं। तुझे भी दूँगी।"

"मैं इतनी साड़ियाँ लेकर क्या करूँगी। अमरीका में कोई साड़ी पहनते हैं?"

"क्यों नहीं पहनते? सब पहनते हैं। रवती तो मेरे लिए नायलान जार्जेट की साड़ी वहीं से लायी थी।"

"मैं तो नहीं पहनूँगी।"

"मैंने तो तुझको देनी ही है। यह बता कैसी-कैसी लेनी है—अगर काम करवाना है तो अभी से आर्डर देना होगा। वर्ना ये लोग बड़ा वक़्त लगाते हैं। मैं बताऊँ तू तीन-चार बनारसी ले ले, तीन चार कांजीवरम। दो मुकेशवाली बनवा देती हूँ, एकाध फुलकारीवाली। वदेरी और अरगैन्ज़ा भी ठीक रहेंगी। बाकी के सलवार कमीजें या चूड़ीदार बनवा लेना। बैलबाटम पसन्द है तो वही बनवा ले।"

मैं हैरान सी माँ को देखती। मुझमें न कपड़ों का उत्साह था न गहनों का। पर माँ की चाहत की अवहेलना मेरे लिए मुमकिन नहीं थी। मैं किसी तरह उनके साथ हो लेती।

"अब यह बता कि तेरे पास शापिंग का वक़्त है कि मैं खुद ही यह काम शुरू कर दूँ?"

"लूँगी तो अपनी पसन्द से।"

"तो फिर टाइम निकालना होगा। इस इतवार की सुबह निकल जायेंगे।"

"जल्दी क्या है?"

"न न फिर तू इतनी दूर चली जायेगी। ये काम कहीं रह ही न जाये!"

"कोई दो दिन के नोटिस पर तो नहीं जाऊँगी। छह महीने साल की बात कर रहे हैं हम।"

"ठीक है जितना कुछ तैयार हो अच्छा है। वर्ना बिना लिए चली गयी

तो फिर कैसे होगा?''

पिताजी सोचते थे कि अनी शायद मुझे कभी बुलाये ही ना। लेकिन माँ को उस पर इतना भरोसा कैसे हो गया कि मेरी तैयारियों में पड़ गयीं। क्या माँ को भी मेरी तरह अनी में सहज ही भरोसा हो गया था? कुछ था जो माँ और मेरे बीच था जिसमें पिता नहीं शरीक हो पाते थे? ''कुछ नहीं होगा। वहीं खरीदूँगी नये कपड़े।''

''ठीक है वहाँ जाकर के खरीदना। यहाँ के तो यहीं से ले जाने होंगे।''

मैं अभी कुछ दिन ठहर जाना चाहती थी। एक दिन वे अकेली जाकर मेरे लिए बहुत ख़ूबसूरत सा कढ़ाई के जाल वाला कशमीरी शाल ले आयीं। मुझे बेहद ख़ूबसूरत लगा वह! मैंने तारीफ़ की तो बोलीं—''तू चल के तो देख। कितनी सुन्दर-सुन्दर चीज़ें मिल रही है। वर्ना मैं अपनी मर्जी से ले आऊँगी।''

अगले हफ़्ते माँ के साथ गयी थी मैं दो-तीन कांजीवरम खरीदीं। लम्बा काम था। लाकर के काम के लिए तो मुझे आधे दिन की छुट्टी लेनी पड़ी।

लाकर में पहली बार गयी थी माँ के साथ। माँ को मैंने वे गहने पहने कभी देखा ही न था। या माँ जब पहनती होंगी तो मैं बहुत छोटी रही हूँगी और कभी नोटिस ही न किया होगा! अपनी दीदियों के गहने मैंने देखे और सराहे थे। यूँ मुझे नहीं मालूम कि माँ ने उनको लाकर से निकाल कर क्या दिया था और क्या कुछ सुनारों से खरीदा गया था। मुझे याद है कि छोटी दीदी के सुसराल वालों ने उनको पन्ने का सेट दिया था जो दीदी हरे रंग की ही साड़ी के साथ जब पहनती तो खूब निखर आता था उनका रूप। बड़ी दीदी के पास एक रुबी का सेट था जो उन पर बहुत खिलता था। छोटी दीदी के गले पर एक फिरोज और मोतियों वाला हार भी मुझे बहुत अच्छा लगता था। इसी तरह बड़ी दीदी के पास एक मूँगे—मोती का सेट था जो उन्होंने छोटी दीदी की शादी पर पहना था। पर माँ ज़्यादातर गले में चेन, कानों में बालियाँ या सफेद और लाल नग वाले टाप्स और वैसी अँगूठी बाँयें हाथ की उँगली में पहने रहती। टाप्स की जबह बालियाँ या बालियों की जगह टाप्स, इतना ही बदलाव उनके गहनों में देखा था मैंने। मुझे अन्दाज़ ही न था कि माँ के पास इतने सुन्दर गहने होंगे। एक कुन्दन का जड़ाऊ सेट मुझे बहुत पसन्द आया था पर माँ ने कहा कि वह अजय की वधू के लिए है। मुझे चोट लगी जो सबसे ख़ूबसूरत चीज़ थी वह मुझे नहीं मिल सकती थी। चाहे वह एक अनजानी-अपहचानी लड़की के लिए थी। देखा जाये तो माँ का उस लड़की से अभी कोई रिश्ता ही न था पर चूँकि वह अजय की, उनके चहेते बेटे की पत्नी होगी इसलिए वह इतनी ख़ास थी कि उसको सबसे

महँगा, सबसे उम्दा गहने चढ़ाये जाएँ। यह कहाँ का न्याय था? माँ के पक्षपात भरे व्यवहार की जो शिकायत बचपन से रहती थी वह और भी पक्की हो गयी। अजय से यूँ ही जिक्र कर दिया तो वह माँ से कहने लगा कि रितु को पसन्द है वह उसे दे दो। पर माँ भड़क उठीं—जा जा तू कौन होता है बीच में बोलने वाला। जो जिसके लिए सोचा है वही होके रहेगा।

मैंने माँ से प्रकट में कोई जिद नहीं की, कोई झगड़ा नहीं किया। जो उन्होंने मेरे लिए सिंगार-पट्टी रक्खी थी वह भी ख़ूबसूरत थी और मुझे उसी को लेकर ख़ुश हो जाना चाहिए था पर माँ ने उसके अलावा मुझे दो जोड़े कानों के बुन्दे, गले की चेन और नीलम जड़ी अँगूठी भी दी। नीलम खूब बड़ा था और उसकी आभा बहुत मोहक थी। मैं खुद को कोस भी रही थी कि मैं भी कैसी हूँ, अभी तक अजय से ईर्ष्या करती हूँ जबकि वही मेरा सबसे ज़्यादा ख़्याल रखता है।

माँ ने अँगूठी देते हुए कहा—"यह मैं तुझे पहले फेरे पर देती पर अब पता पहीं तू फेरा कब लगायेगी सो साथ ही ले जाना।" मैं माँ की ऐसी बातों पर कुछ भी न कह पाती। मुझे खुद भी पता नहीं था कि क्या होने वाला है मेरी ज़िन्दगी में। कभी तो इतना डर लगता कि कहीं ऐसा न हो कि जा ही न पाऊँ और कभी दूर चले जाने का ही इतना डर समा जाता कि पता नहीं कैसी हो वह दुनिया? मन लगेगा कि नहीं? कहीं ऐसा तो नहीं होगा कि उल्टे पाँव वापिस आना पड़े! अगर अनी मुझे हवाई अड्डे पर लेने ही न आये तो? क्या करूँगी? कहाँ जाऊँगी? क्या वापस जहाज से लौटना होगा? अपने बूते वहाँ रहने की हिम्मत कर सकती हूँ? है इतना दमख़म मुझमें? सोचते ही डर के मारे पसीने-पसीने हो जाती । हाथ काँपने लगते। हाय ऐसा कुछ न हो! बस ठीक-ठाक अनी के यहाँ पहुँच जाऊँ। फिर तो सब सँभाल लूँगी।

यूँ ज़्यादातर तो मन में जाने की ही उतावली बनी रहती जैसे कि यहाँ से जाकर मेरा सब कुछ सँवर जायेगा। पता नहीं क्या कुछ ग़लत था मेरी यहाँ की ज़िन्दगी में जो वहाँ जाते ही सुधर जायेगा। कभीर-कभी मुझे अपने इस रुख पर अचम्भा भी होता। ख़ासकर माँ अब मेरा ख़ास ख़्याल रखती थीं। पर फिर मैं यही दलील देती कि अगर माँ को पता लगे कि मुझे जाना नहीं तो वे मेरे प्रति रूखी-सूखी सी हो जाएँगी। शायद इसीलिए चले जाने में ही बेहतरी है। कि इसी बहाने कद्र भी होती है वर्ना रितु भला किस खेत की मूली है!

मुझे शादी का उत्साह नहीं था। पर जो करना था, वह सब कर रही थी।

माँ ने ज़ोर दिया कि अब बाकी के गहने बाज़ार से खरीदने थे। पिताजी भी साथ गये थे गहनों की ख़रीदारी के लिए। माँ ने कहाँ कि सुनार औरतों को नासमझ मान बहुत ठगते है। पिताजी ने बाकायदा सोने के दाम, गढ़ाई, नगों की कीमत का हिसाब अलग-अलग निकलवा कर लगवाया। माँ का इसरार था कि एक सेट तो बिना नग-मोती के पूरा सोने का होना चाहिए। जन्तु होने से बेचने पर घाटा होता है। मुझे अजीब लगी माँ की बात। गहने खरीदते हुए उनको कभी बेचने की कतई भरोसा नहीं था। मानते थे कि जो भी करूँगी, ग़लत करूँगी। अनी भी मेरी ग़लती था कि एक बार जो घट गया वही बार-बार दुहराया जायेगा...पिताजी कभी भुला नहीं पायेंगे अंकल वाले हादसे को! यूँ मैं क्या भुला पायी?

लेकिन मेरा अपने पर बनता विश्वास पिताजी का रुख़ देखकर बार-बार ढहने लगता। क्या पता पिताजी ठीक हों...अनी मुझे बेवकूफ बना रहा हो...

क्या सचमुच ऐसा हो सकता है...अनी को क्या मिलता यह सब करने में...उसने तो हमेशा मेरी मदद ही की है... मुझे दलदल से निकालने में हाथ बढ़ाया है...अनी ऐसा नहीं हो सकता। पिताजी को भी ग़लती लग सकती है। मुझे बेहद ज़रूरत है अनी पर भरोसा करने की...वर्ना यहाँ से निकलूँगी कैसे...यहीं पड़ी रह जाऊँगी...मैं कहीं की न रहूँगी अनी...अनी प्लीज...मेरा विश्वास मत तोड़ना! इस बार मुझे ग़लत मत साबित होने देना!

मेरी पूरी ज़िन्दगी जैसे अमरीका जाने की तैयारी बन गयी थी। अर्ज़ियाँ, फार्म, तरह-तरह के सर्टिफिकेट इकट्‌ठे करना।

अजय ने भी बुलाया, पर जा नहीं पायी दीदी के पास दो दिन छुट्‌टी मना आयी। सबका यही कहना था—फिर पता नहीं कब मिलें!

अजय की उदासी भरी चिट्‌ठी देख मेरा दिल दहलने लगा था। मेरे इस चले जाने में अगर किसी के प्रति अन्याय था तो वह अजय ही था।

ठीक मेरे जाने से पहले अजय मुझको मिलने छुट्‌टी लेकर आ गया था। अबकी वह बहुत उदास था। मैं विदेश चली जाऊँगी, इस बात का उसे जैसे हौल सा पड़ता। बार-बार मेरे चले जाने का विषय छिड़ जाता और हम उसी यात्रा पर निकल पड़ते। अजय जानता था कि मुझे रोका नहीं जा सकता था। अनी से मेरा विवाह होने जा रहा था, मेरा भावी जीवन उसी के साथ होगा, यह मेरे या कहूँ अजय की बहन रितु के जीवन का एक अकाट्‌य सच था।

रोककर मेरे जीवन में आनेवाली रही सही रोशनी पर भी कपाट लग जाते,

यह तो अजय भी समझता ही था। पर उसका भावभीना मन उमझता ही रहता। वह सबकुछ साथ कर लेना चाहता, फिर जाने कब लौटना हो या न हो। मैं उससे कहती—अजय मेरे मन में तो जाने का खूब उत्साह भी है जबकि तुम सिर्फ़ बिछड़ने का ही सोचते हो। हाँ रितु! सोचता हूँ मुझे भी कोई तरीका अपनाना होगा तुमसे तोड़ने का।

—तोड़ोगे क्यों ? मेरे स्वर में घबराहट घुल जाती।

—तुम ही तो तोड़कर जा रही हो।

—मुझे तो जाना ही है। माँ बाप लड़कियों को सारी उम्र घर में जो नहीं रखते।

—नियम पालने पड़ते है न समाज के!

—तुमको तो बुरे नहीं लगते नियम।

—पर तुम्हारा जाना किसी भी नियम से सही नहीं लगता।

—शुक्र करो कि अनी के ही पास जा रही हूँ। कोई अजनबी होता तो ...उसकी आँखें आर्द्र थीं।

—भुल जायेगी न यहाँ का सब कुछ।

—याद करके भी क्या करना है।

मेरी आँखों के आगे अंकल का लपलपाता चेहरा घूम गया था। मुँह से आगे निकला

—पीड़ा ही तो होती है।

—एक बात याद रखना। मैं हमेशा हूँ तुम्हारे लिए यहाँ। कभी भी, कहीं भी मेरी ज़रूरत हो...किसी तरह की नाखुशी हो...भरोसा रखना मुझपे।

—हाँ अजय...तुम्हारा ही तो...अनी भी तो तुम्हारी वजह से...वर्ना पिताजी पता नहीं मानते या यहाँ भी हार माननी पड़ती।

—रितु एक बात और कहूँ...रिश्ते तोड़ने आसान नहीं होते।

—वक़्त ही कर देता है सब कुछ अपने आप...तोड़ भी देता है...जोड़ भी मेरी बात से उसे चोट लगी थी। वह सारी बात अपने सन्दर्भ में ले रहा था और मेरे लिये अब सन्दर्भ कई गुना थे...पर क्या मैं सचमुच उसे चोट पहुँचाना ही चाह रही थी। लेकिन उसका क्या कुसूर? जो आसपास ही नहीं था। जब मैं ही हार जाती तो उसी को दोष मढ़ने लग जाती हूँ। क्यों नहीं था...क्यों दूर रहता था? क्या ऐसी परिस्थितियाँ किसी के बस की होती हैं!

बहुत देर ऐसे देखता रहा था वह मेरी ओर जैसे शून्य में देख रहा हो। फिर हल्के से मेरे कन्धे को छूता हुआ बोला

अब तो तू जा ही रही है पर एक बात याद रखना।—अपनी वह बेबाकी, वह निडरता, वह धमाकेदार रितु बनाये रखना. खतम मत कर देना उसे।

मैं उदास हो आयी थी।

—वह सब तो बचपन था अजय। वक़्त सिखाता रहता है सारे पाठ। वक़्त ही छीन लेता है निदोष बेखौफी।...आगे क्या मालूम क्या होगा?

—डर लगता है?

मुझे लगा कि वह मुझसे अंकल के बारे में फिर से कोई सवाल करना चाहता था पर फिर उसने पूछा नहीं। मुझे लगता है कि अंकल को लेकर जो शब्द इस्तेमाल किया गया था वह था छेड़ाछेड़ी, बदमाशियाँ इसी तरह का कोई शब्द। बलात्कार जैसा शब्द कभी किसी के मुँह पर नहीं आया। मैं खुद भी इस शब्द का इस्तेमाल नहीं कर पायी। और आज तक यह नहीं जान पायी कि अजय ने अंकल के व्यवहार को किस शब्द के ज़रिये से जाना था। क्या वह समझता था कि यह बलात्कार था या कि वह उसकी छोटी मोटी छेड़खानी ही समझता रहा। छेड़खानी भी उसको स्वीकार न होती और अगर उसे विश्वास हो जाता कि अंकल इस हद तक तो...। क्या वह भी असलियत को नकारता रहता है! या कि यह सूचना का अभाव, उसके अधूरे होने का असर है...! मैं ही उसे सब कुछ कह नहीं पायी तो...दोष मेरा भी तो है। मैं अंकल के साथ अकेली गयी ही क्यों...वह ऐसा भी तो कह सकता है! मैं कभी खोल कर सारी बात बता ही नहीं सकूँगी।

अजय तुम जितना जानते हो बस उतना ही जान पाओगे! मेरे होठों पे पूरा सच कभी नहीं आ पायेगा!

जाते -जाते जैसे सबके साथ मेरा रिश्ता भी बदल रहा था इस रिश्ते में मैं एक ऐसा तत्व बन गयी थी जो बस थोड़ी देर के लिए ही मौजूद था और जिससे अमूमन सब अनभ्यस्त थे इसलिए मौसम के किसी ऐसे बदलाव की तरह जिसकी आदत या उम्मीद न हो पर आ जाने पर सह लिया और फिर भुला दिया जाये...मैं गयी तो बस ...उनके लिए सदा के लिए गयी...वे यही जानना और मानना चाहते है...सिर्फ़ इसी के लिए तैयार हैं...बस इतनी ही तैयारी करना चाहते हैं...मन में कहीं चाहते भी है कि चली जाये यहाँ से तो इसका कल्याण हो वर्ना क्या पता कल कुछ और बखेड़ा खड़ा हो जाये...माँ-बाप को और तकलीफ़ पहुँचाये...बदनामी और ...जाये तो खेड़ा छूटे...चैन से बसर करें...

देखा जाये तो मेरा सब कुछ दूसरी बहनों से अलग हुआ था...किसी ने नौकरी नहीं की थी, किसी ने प्यार भी नहीं किया था...कम से कम खुल के

और इस तरह ढिंढोरा बजा के...न प्यार के लिए शादी की...न ही किसी को मेरी तरह उस घनघोर शाप को सहना पड़ा था जो अंकल ने मुझ पर लादा...हो सकता है जो कुछ भी मेरे साथ अब हो रहा हो वह कहीं अंकल के कुकृत्य का ही नतीजा हो...जिसे मैं कई तरह से जी रही भी, भुगत रही थी...और ये सब लोग तमाशबीन थे...जो चाहते थे कि मैं उनके दायरों से बाहर चली जाऊँ ताकि कहीं उनको भी अपने साथ खाई में न घसीट लूँ... उन पर भी कहीं कालिख न पुत जाये...

फिर अनी के लिए यह लम्बा इन्तज़ार...यह भी तो अपने में अनोखी सी बात थी! क्यों नहीं किसी ठीक-ठाक लड़के से शादी कर लेती...माँ -बाप की छाती पर इस तरह ...इतने साल ...वह भी सेक्रेटरी की नौकरी...जो सिर्फ़ क्रिश्चियन या घटिया परिवारों की लड़कियाँ करती हैं...जिनका समाज में कोई स्टेटस नहीं होता...दीदियाँ कभी अपने ससुराल में नहीं बता पायीं कि रितु क्या करती है! पढ़ती-पढ़ाती है... कुछ ऐसा ही सुना था मैंने!

तो ठीक है... अपना किया मैं खुद ही भोगूँगी...चाहे मैं निर्दोष हूँ पर किसी दूसरे की नज़र में मेरा कुछ न कुछ दोष है ही...तभी तो मुझ पर जिम्मेदारी भी डाली जा रही है...मुझ से ख़ुद को बचाने की कोशिश भी की जा रही है और मेरे देशनिकाले में ही हर तरह का सुख माना जा रहा है...तो फिर मुझे क्या जरूरत है कि मैं ही इन रिश्तों को मान उनकी स्मृतियाँ अपने भीतर धर कर ले जाऊँ। मैं भी सब का साथ यहीं तक निभाऊँगी। यहीं सब तोड़माड़ कर, यहीं का यहीं छोड़छाड़कर जाऊँगी!

नहीं तुम नहीं अजय। तुम सब के जैसे नहीं। तुम...मुझे मालूम है, विश्वास है। तुम मुझे जिलाते रहोगे। तुम्हारी बेख़ौफ़ रितु को खोने नहीं दूँगी अजय।

चौदह

जाने की घड़ी आ ही गयी। हवाई जहाज में बैठते ही चैन की साँस ली! कम से कम अब जाने की एंग्ज़ाईटी तो किसी तरह पीछा छोड़ेगी वर्ना डर, घबराहट, उदासी, उत्साह, भावों के अनन्त पुंजों में डूबती उतरती रहती थी।

देखा जाये तो बरसों से मुझे इस उड़ान का ही इन्तज़ार था। अनिरुद्ध ने जब पिताजी को ख़त भेजा कि वह भारत नहीं आ सकता और रितु को ही अमरीका भेज दिया जाये, वे शादी यहीं कर लेंगे तो पिताजी बहुत बेचैन थे। उनको लगा जैसे यह कोई नये किस्म का धोखा किया जा रहा है उनसे। उनको यूँ भी पूरा-पूरा एतबार नहीं होता था अनिरुद्ध का। शुरू से ही कहते थे कि जो बाहर चला गया उसका भरोसा क्या। रिश्ता तोड़ने में देर कितनी लगती है। वहाँ न कोई सवाल करने वाला न जवाबदेही की ज़रूरत! यह छठे दशक की बात थी जबकि हिन्दुस्तानियों को अमरीका बहुत दूर की बात ही लगता था। ऐसा कुछ परिवारों के साथ हो भी चुका था कि लड़का शादी या मँगनी कर के चला गया और फिर सब भूलभाल गया। उधर लड़की और माँ-बाप बेचारे इन्तज़ार में ही पागल होते रहे। हमारी रिश्तेदारी में हो एक तो किस्सा हुआ था जहाँ लड़की शादी करके भी चली गयी और वहाँ जाकर पता लगा कि लड़के के पहले से ही गोरी बीवी मौजूद है और माँ-बाप के डर से शादी कर ली गयी थी। पिताजी को लगता कि कहीं मेरे साथ भी ऐसी-वैसी कहानी न घट जाये।

मेरे भीतर अजीब सी कशमकश थी। होने को कुछ भी हो सकता था। बहुत से अनाम डरों से घिरी हुई थी। जाना था अनजानी दिशाओं में ...क्या जाने क्या हो!

पर अपने प्रति एक उदासीन भाव भी पैदा हो गया था। ठीक है जो होगा देखा जायेगा। यूँ भी मेरे पास यहाँ है क्या कि जिसे खो दूँगी। जैसे तैसे निपट लूँगी। कुछ इसी तरह की भावना। बस यहाँ घर था। एक रहने का? माँ-बाप के घर में एक सुरक्षित स्थान। चाहे वह अस्थायी ही था। पर विदेश जाकर वह

भी छिन सकता था।

लेकिन क्यों? मैं अनी पर इतना सन्देह क्यों कर रही हूँ!

कभी यह भी लगता कि यह उड़ान शायद एक मुक्ति की दिशा में ले जा रही है। अपने लक्ष्य की ओर ही तो जा रही हूँ। डर कैसा? जो मिल रहा है उससे तो बेहतर यहाँ कुछ नहीं। तब हर्जा क्या है। शायद जाना ही नियति है। अपने आप को नियति पर छोड़ दो तो बाकी सब कितना आसान हो जाता है स्वीकारना!

स्वीकार मुझे तसल्ली देता था। एक शान्ति सी। हलचल बरदाश्त लायक हो जाती थी। अनी ने कोई दूसरी रख ली होगी—इस तरह की उल्टी-सीधी बातें मैं नहीं आने देती थीं। समय गुज़रने के साथ-साथ उसके प्यार का मुझे पूरा भरोसा हो चला था। वह खुद खतों में मेरे आने के इन्तज़ार की बात किया करता था। यह सच है कि इसकी तैयारी में ही पाँच बरस लग गये। पर बिना सेटल हुए वह मुझे बुलाता तो उसके हिसाब से हमारी ज़िन्दगी की सही शुरुआत न हो पाती। बाकी रही धूमधाम से शादी रचाने की बात तो मैं सचमुच किसी शादी-वादी के झमेले-झंझट में नहीं पड़ना चाहती थी। सोचकर घबराहट ही होती। किसी तरह का भी हल्ला हुड़दंग मुझे रास न आता था। अनी के फैसले ने मुझे एक तरह से बचा लिया उस सारे अनुष्ठान से जो मेरे गले की फाँसी ही बनता। माँ को मैं समझाती—अनी बेचारा इतनी दूर से खर्चा करके आये कि जो सेहरा बँधवाना है, मेहमानों-रिश्तेदारों को भोज खिलाना है! कितनी फिजूल की बात है!

फिर भी अनिरुद्ध के परिवार वाले आये ही। सारी रस्में भी हुई।

मुझे तो उसके परिवार वालों से मिलने में बहुत घबराहट थी। मेरे लिए शादी उत्सव नहीं था। एक कर्म, कर्तव्य, या कहूँ कि ज़िन्दगी का एक पहलू या पड़ाव जिसे अपनी जगह आना ही था। जैसे गर्मी के बाद शीत या बसन्त के बाद गर्मी। किसी प्राकृतिक नियम की तरह ही थी शादी। मौसम बदलता है तो हम ढोल नहीं पीटते फिर शादी के लिए इतना घमासान व्यापार क्यों?

पर मेरी सुननी किसने थी। माँ ने कहा कि उनका हक बनता है। हमें उनकी बाकायदा ख़ातिरदारी करनी चाहिए। सो वही हुआ।

अनिरुद्ध की मौसी और माँ ने मिलकर शगुनों के गीत भी गाये। रात को खाने के बाद सब ढोलकी लेकर बैठ गये। मेरी मौसी भी आ गयी थीं। एक पे एक बारियाँ हुईं टप्पों की। ''तुसी साइकल चलायी जांदे हो, ओ तुआड़ी कौण लगदी जिनुं अगे बिठायी जांदे ओ'' ''असी साइकल चलायी जानें वाँ ओ साड़ी

रन लगदी जिनुं अगे बिठायी जांदे ओ'' फिर गद्दे की बोलियाँ—''सोरे कोलों घुंड कजदी, नंगा रखदी क्लिप वाला पासा'', भंगड़े की थाप—''वारी वरसी खटन गया सी खट के लयाँदा रब्बर, भंगड़ा ताँ सजदा जे नचे मुंडे दा टब्बर'' और अनी के परिवार के सब लोग उटकर बैठक और खाने के कमरे के घेरे में, सोफों के आगे-पीछे, कुर्सियाँ हटाकर, तो कभी छोटी मेजें खिसका कर जगह बनाते हुए खूब नाचे थे।

मैं औपचारिकतावश सबके बीच बैठी सब कुछ सुनती रही थी और इन्तज़ार करती रही थी कि कब यह शोर शराबा ख़त्म हो। काश कि यह सब भुगते बिना जहाज चढ़ पाती!

बस लावाँ-फेरे अमरीका में होने रह गये थे। अगर न भी हों तो फ़र्क़ क्या पड़ता है। बात तो साथ होने की थी। मुझ अनी के पास जाना है, उसके साथ रहना है यह सच था, खूबसूरत था, बाकी बाजे बजे या नहीं, इससे क्या लेना देना था मुझे।

माँ ने जो मुझे देना था, दिया रेशम की भारी-भारी साड़ियाँ, गहनों के तीन सेट। कई तरह की चाँदी की चीज़ें-ट्रे, टी-सैट, बड़ी सी थाली। अजय ने अहमदाबाद से मेरे लिए चाँदी की करधनी, कमर में लटकाने वाली चाबियों की चेन और साथ में गारनेट का हार और बुन्दे, एक बड़ी खूबसूरत सी पटोला साड़ी, इतनी ढेर सारी चीज़ें लाकर दी थीं और ख़ास हिदायत थी कि साथ लेकर जाना। मैं बहुत भावुक हो आयी थी। बेटी की विदाई की, परिवार के बिछुड़ने की एक बहुत परम्परागत, या कहूँ बहुत आदिम सी अनुभूति। लगा जैसे भाई की निशानियाँ एक सुरक्षा का अहसास बन कर साथ रहेंगी। मेरे परिवार के उपहार मेरे रक्षा कवच बनेंगे!

उधर अनी के माँ बाप ने भी शगुन चढ़ाये—वरी की साड़ियाँ, सूट और गहने। मेरा सूटकेस कपड़ों गहनों से तन गया था। पर सबने कहा कि साथ ही ले जाऊँ। वहाँ चोरी-चकारी नहीं होती।

दिल्ली हवाई अड्डे पर मेरी पूरी बारात पहुँची हुई थी मुझे विदा करने। अनी के माँ-बाप, दोनों बहनें और दोनों भाई। इधर से परिवार समेत बड़ी दीदी, छोटी दीदी, अजय, माँ-पिताजी, कम्मो और गप्पो। सब इस तरह बर्ताव कर रहे थे जैसे मुझे डोली चढ़ा रहे हों।

अजय की आँखों में कुछ ऐसा था। जो पहले कभी नहीं देखा था। जैसे कुछ और ही देख सोच रही हों वे आँखें—बहुत मुश्किल होगा उनके भाव को परिभाषित करना—एक कोमल दृढ़ता, एक खामोश आश्वासन, एक आक्रोश का

तीखापन, एक द्रवित सा उबाल! पता नहीं कैसे शब्द दूँ उस भाव को ! पर जो कुछ भी वह था वह मुझसे जैसे कुछ लगातार कर रहा था कि जैसे अब तुम्हारी ज़िन्दगी में नहीं हूँ, पर फिर भी हमेशा हूँ। एक आशीर्वादमय आश्वासन। एक अनकहा वचन। एक वात्सल्यमय समर्पण। वह चलने के वक़्त मुझसे गले मिला तो एक खोह सी हम दोनों के भीतर उग आयी थी। हम पलों में ही डूब जाते। आँसुओं के सागर से निस्तार न पाते। पर इससे पहले कि मैं बह जाती, उसने मुझे अपने से अलग कर दिया। बस दो छोटे से शब्द कहे—ख़ुश रहना।

माँ-पिताजी ने भी कुछ ऐसा ही तो कहा था न कि अपने घर में सुखी रहो।

अजय से बिछड़ना और किसी से भी बिछड़ने से अलग था। वह जैसे अपने आप से, अपने ही किसी बहुत आन्तरिक, कोमल हिस्से को अपने से अलग करना था। मैं ख़ुद को समझाती भी जा रही थी कि यह तो होना ही था। एक समझदारी का आवरण हम दोनों ने ही कहीं ओढ़ लिया था। मेरा जाना मौका तो ख़ुशी का ही था जैसे कोई भी विवाह का मौका होता है। धूमधाम, हँसी मजाक। पर परदेश चले जाने की एक उद्विग्नता भी व्यापी हुई थी। अनजाने भावी के प्रति सन्दिग्धता। एक तरह से उत्साह और उदासी का अजीब सा मिश्रण था उस सारे माहौल में। मैं ख़ुद उदास तो थी। पर मन ही मन एक छुटकारा हो जाने वाली स्थिति भी महसूस कर रही थी। अब से अपना आज़ाद जीवन होगा। किसी की किचपिच नहीं पिताजी की आँखों की बेचैनी या घृणा नहीं देखनी होगी, रिश्तेदारों की जवाबदेही नहीं करनी होगी। किसी के सवाल नहीं...शादी कब हो रही है...जिसके भीतर यह ध्वनियाँ कि शायद लड़का कभी बुलायेगा ही नहीं, या यह कि हमारी बात मान ली होती तो अब तक किनारे लग गयी होती!

सबको बस किनारे लगाने की पड़ी रहती है। क्या ज़िन्दगी किनारे लग के ही शुरू होती है, सार्थक होती है? उसे किसी और ढंग से जिया ही नहीं जा सकता। सारे के सारे दकियानूस। मन में गुस्सा आता कि ऐसा धत्ता बताऊँ सबको कि याद करें! मेरे लिए तो ज़िन्दगी दरिया की तरह थी। जो दरिया किनारे लगेगा तो रुक जायेगा, उसे तो बहते ही रहना है। फिर हम सब भी क्यों नहीं बहते रह सकते। पर यह भी सच है कि दरिया किनारों के बीच ही बहता है, कभी बाढ़ आ जाय तो किनारे टूट ज़रूर जाते हैं पर किनारों का सामान्य स्थिति में बने रहना भी तो नदी का स्वाभाव है। शायद मुझे भी किनारे तोड़कर तो सामान्यत: किनारों के बीच ही बहना होगा। माँ का घर और अनी का घर-क्या यही दो किनारे थे मेरे जीवन के? माँ वाले किनारे को अब बाढ़ लिए जा रही थी या कि यह किनारों के बीच बहना था। लड़की का विवाह किसी तरह से

भी किनारों को तोड़ने वाली बाढ़ नहीं माना जा सकता था। यह तो सब कुछ समाज के रीतिरिवाज के मुताबिक ही था।

पर मेरा विवाह कितने अलग तरह का था। मेरी जिद ही तो थी अनी के पास जाने की वर्ना यह कौन सा विधि-विधान वाला ब्याह था। पर फिर भी वर वाले बाकायदा अपना आशीर्वाद देने पहुँचे हुए थे और वधूवाले भी। बस संख्या छोटी थी। ढोल-बाजे नहीं बज रहे थे। दूल्हा मौजूद नहीं था। विधान था और नहीं भी था। तो क्या यह किनारों को तोड़ना था?

हवाई अड्डे के भीतर से निकल जब जहाज की तरफ चली तो सुबह की ताज़ी हवा ने सहसा मेरे पोर-पोर खोल दिये। एक जग जाने की हरकत सी मेरी नसों में बजने लगी। यूँ कई दिनों से नींद तो गायब थी। उड़ान के चक्कर में यूँ ही आधी रात को जगना पड़ा था।

पीछे मुड़कर देखा तो अभी भी सबके हाथ मेरी ओर लहरा रहे थे। अजय के चेहरे पर मुस्कान नहीं दिखी थी मुझे।

उसका हाथ बहुत ऊँचा नहीं उठा था। मुझे पल भर को लगा था कि मैं भी कहीं बहुत नीचे धँस रही हूँ। ख़ुद को झट से उठाया मैंने। मुस्कान ओढ़े हुए ख़ूब लम्बा हाथ करके सबको बाय किया और जहाज की सीढ़ियाँ चढ़ने लगी। हाथ में गहनों और शादी के शगुन की चीजों से भरा भारी सा एयरइंडिया का थैला था। अनी के परिवारवालों ने चलने के वक़्त जो कुछ छुहारे, बादाम, नारियल वगैरह मेरी झोली में डाले, वे सब थैले में ठूँस लिया था। कुछ मिठाई भी थी। पिताजी स्टैंडर्ड से पतली-पतली कतलियों वाली बर्फी लाये थे कि उठाने में हल्की रहेगी। थोड़ा-थोड़ा करके थैला तन गया था और मैं उसके बोझ से हाँफती हुई, साड़ी की तहों को पैरों के नीचे आने से बचाती, उन्हें बायें हाथ की उँगलियों में समेटे, किसी तरह सीढ़ियाँ चढ़ जहाज में पहुँच गयी।

यह मेरी पहली हवाई यात्रा थी। हवाई यात्रा उन दिनों नयी-नयी सी बात ही थी। मेरी सहेलियों में से बहुत कम थीं जो हवाई जहाज पर चढ़ चुकी थीं। मेरे समाज में बहुत विरल लोगों को ही यह अनुभव हासिल था। इसी लिए हवाई जहाज की यात्रा के बारे में उत्साह और डर, रोमांच और रोमांस, ख़ूबसूरत छापे वाली रेशमी साड़ियाँ पहने और ऊँचे-ऊँचे जूड़े किये तीन-चार खूबसूरत हवाई-परिचारिकाओं ने नमस्ते कह मेरा स्वागत किया तो मैंने भी होंठ फैला दिये थे।

लगा मैं किसी और समाज में, बहुत ख़ास लोगों के बीच आ गयी हूँ। सीट पर बैठते ही वह मीठी गोलियाँ और टाफियाँ लेकर पेश हुई। मैंने दो टाफियाँ उठा लीं। पर खायी नहीं। पर्स में रख लीं। फिर सन्तरे का रस पेश हुआ। मुझे बेल्ट से जूझते देख एक परिचारिका मेरी मदद को आ गयी। जब उड़ान के दौरान ख़तरे की हालत में यात्रियों को क्या-क्या करना चाहिए, इस पर परिचारिका ने संकेत सहित सबको समझाया तो मुझे सचमुच अहसास हुआ कि जहाज गिर भी सकता है, डाँवाडोल भी हो सकता है। मैं बड़े ध्यान से सारी ताकीदों को सुन रही थी।

मैंने ध्यान से वे बटन देखे जहाँ से जहाज में हवा का दबाव कम होने से आक्सीजन मास्क गिरेंगे। मुझे स्पष्ट नहीं हुआ। पर वे मास्क अपने-आप गिरेंगे यह सुनकर तसल्ली हुई। सीट के नीचे खोल कर मैंने लाइफ जैकेट नहीं देखी जबकि मन में धुकधुकी सी बनी रही कि यह भी देख लेना चाहिए था। कोई और ऐसा नहीं कर रहा था सो मुझे लगा कि सब ठीक ही होगा। फिर बेल्ट में बँधी जो बैठी थी। कुछ पल मुझे बेचैन होती रही कि सचमुच कुछ हो गया तो बिना अनी से मिले, बिना अमरीका पहुँचे ही मर जाना होगा। सीट के हत्थों को मेरे दोनों हाथों ने जोर से कसा हुआ था। एक तरफ तो मन में यह विश्वास था कि कुछ नहीं होगा मुझे, दूसरी ओर लगे कि किसी भी क्षण दुर्घटना हो सकती है। पर ज्यों ही जहाज स्थिर होकर उड़ने लगा, मेरे सारे डर हवा हो गये। मैंने खुद को सुरक्षित महसूस किया। एक अनदेखे जगत में पहुँचने की पुलक ने मेरे सारे बदन को सिहरा सा दिया!

अमरीका यूँ तो मेरे लिए एक नाम भर था। अमरीका का मतलब था अनी। बस उसी की सूरत आँखों के सामने आती या फिर सुनी बातें या चलचित्रों में देखें या अनी के खतों से मन में बने अधूरे से धुँधले बिम्ब! पता नहीं कैसा लगेगा वहाँ यह सवाल इतना उलझा था कि कोई साफ़ बात सोच ही न पाती और सोचना ही बन्द कर देती।

जहाज आसमान में ऊँचे पहुँचा तो जैसे पता ही न लगा कि चल रहा है। उसकी गति जिस्म पर महसूस ही न हो रही थी कि शायद धक्के-वक्के लगेंगे। पर लग ही नहीं रहा था कि किसी यान में बैठी हूँ। ऐसे लग रहा था जैसे कि जहाज बहुत धीमे-धीमे से बादलों के बीच तैर रहा हो! मैं लगातार खिड़की के बाहर धूप से उजले बादलों में निगाह टिकाये रही। कुछ देर घरों के उभारों से कढ़ी मखमल सी हरियाली देखती रही।

फिर जहाज जब और ऊँचा हुआ तो हम बादलों के ऊपर आ गये। अब नीचे का कुछ नहीं दिखता था या तो सफेद बादल या फिर कुछ देर बाद समुद्र का अपार फैलाव। पहली बार मैं आसमान और पानी का ऐसा अनन्त फैलाव देख

रही थी। मेरे साथवाली सीट पर कोई अधेड़ सा पुरुष बैठा था। मैंने उसकी ओर न ध्यान दिया न कोई बात ही हुई। पूरा वक़्त निगाह खिड़की के बाहर ही टिकी रही। मेरे भीतर की उत्कंठा और हलचल को भी प्रकृति के उस अपार फैलाव में एक आधार मिल गया था। इस अनन्त फैलाव का मैं एक अदना सा हिस्सा थी। सचमुच क्या हस्ती है मेरी। पानी का एक बुलबुला-पानी केरा बुदबुदा, अस मानस की जात। स्कूल में पढ़ी कबीर की पंक्ति याद आ गयी। फिर इतना साजोसामान किसलिए। इतनी घबराहट भी किसलिए। मन कुछ शान्त हुआ था।

रास्ते में लंदन रुका था जहाज तो मन हुआ यहाँ कुछ घूम लूँ। शरीर को हरकत की ज़रूरत थी। दो घंटे रुक रहा था जहाज। यूँ ही लांज में और ड्यूटी-फ्री दुकानों में घूमती रही। आते जाते लोगों का बहाव देखती रही। इतने गोरे लोग एक साथ पहले कभी देखे ही न थे। इक्का दुक्का हिन्दुस्तानी देख कुछ कौतूहल सा भी जगा कि क्या होगी, कैसी होगी इनकी ज़िन्दगी!

कुछ ख़रीदना तो था नहीं। अनिरुद्ध के लिए ढेर सारे उपहार माँ-पिताजी ने भिजवाये हुए थे। कुछ मैंने खुद भी लिए थे। थोड़ी सी जो रकम थी उसे बचाये रखना ही चाहती थी वक़्त-कुवक़्त के लिए। लगा कि बहुत जल्द ही हवाई जहाज में वापस लौट आने की घोषणा होने लगी। मुझे फिर से खिड़कीवाली सीट मिल गयी थी। मेरी आँखें बाहर ही टिक गयीं। हवाई जहाज से नीचे देखना खूब भा रहा था। चाहे बादल ही हों। कभी बादलों को ऊपर से तो देखा नहीं था। मन होता मैं भी जहाज से उतर कर बादलों पर तैरूँ।

अनिरुद्ध पहले से ही हिदायतें देता रहा था कि यह मत लाना, यह लाना। सो कस्टम्स में कुछ मुश्किल नहीं हुई थी। उन्होंने मिठाई पर भी कोई उज्र नहीं किया। न पूछा, न मैंने कुछ बताया। पर इमिग्रेशन की लम्बी लाईन देख बहुत नर्वस हुई थी मैं। मुझे कहना था कि मेरी शादी हो चुकी है जबकि हुई नहीं थी, होनेवाली थी। मुझे लगता कि कहीं मुझसे सच न निकल जाये और मुझे भारत वापस भेज दें। अनिरुद्ध बेचारा बाहर खड़ा मेरा इन्तज़ार ही करता रहे।

पर ऐसा हुआ नहीं था। मैं बाहर आयी तो सैकड़ों में ही वह दिख गया था मुझे। एक दम पहचान गयी थी। जबकि डर लगा करता था कि कहीं उसका चेहरा बदल न गया हो कि पहचान ही न पाऊँ। बहुत स्मार्ट, लम्बा और हैंडसम लग रहा था। लेदर कोट, छोटे कटे बाल। शेव किया चेहरा कुछ पहले से गोरा और स्वस्थ लग रहा था। चेहरा कुछ भर आया था। लेकिन नैन-नक्श के अनुपात ज्यों के त्यों थे।

मुझे देखते ही बड़ी जैसे चैन की साँस भर कर उसने कहा—"थैंक गाड! यू आर स्टिल द सेम प्रिटि लिटिल गर्ल। मुझे तो डर लगने लग गया था कि

इस बीच पता नहीं तुम कैसी लगने लगी हो!''

''क्यों क्या हो जाना था मुझे?''

''मोटी हो सकती थी...या कुछ भी। ओह आय एम सो हैप्पी टू सी यू!''

उसने बताया कि इतवार को मन्दिर में हमारी शादी होनी थी। उसके बाद एक दोस्त के यहाँ रिसेप्शन था। मुझे तब तक इसी दोस्त के परिवार के साथ रहना था। वही मेरा कन्यादान करेंगे तभी पूरे रस्मोरिवाज के साथ मैं अनिरुद्ध को सौंपी जाऊँगी। मुझे एकदम हँसी आ गयी। बोली—''उसकी क्या ज़रूरत थी। कोर्ट में शादी दर्ज करा लो। बाकी तो बात तुम्हारी मेरी ही है।''

''जी नहीं, यहाँ भी एक समाज है। किसी जंगल में नहीं आयी हो तुम। सब कुछ तरीके से होगा ताकि तुमको भी कोई इन्सेक्योरिटी न रहे।''

अनी का यही संवेदनशील रुख मुझे भाता था। कितना समझदार था। मेरे कहे बिना ही कितना समझता था मुझे। यूँ मैं चाहे रस्मों को लेकर इन्सेक्योर महसूस नहीं कर रही थी पर सचमुच शादी न होती तो कर भी सकती थी। यूँ कहने को मैंने कहा ही—

''तुम सोचते हो मैं डरती रहूँगी कि अनिरुद्ध मुझ अनब्याहता को घर से न निकाल दे।''

''क्या पता? मन में तो आ ही सकती है बात। सो सब कुछ काग़ज़ पर दर्ज रहेगा। मन्दिर में, कोर्ट में। और तब तक आप अपना कँवारापन भी सँभाल कर रखिए। हम आपकी डोली लेकर जायेंगे...तभी...'' और शैतानी से मुस्कुराया था।

पता नहीं कैसे तभी अचानक काला-सा साया कौंधा था और मुझको लगा जैसे चक्कर सा आ रहा है। गिरने को हुई पर झट से पास के रेलिंग का सहारा लेकर खड़ी हो गयी।

अनिरुद्ध चौंका—''क्या हुआ? लगता है जैटलैग हो रहा है तुम्हें। मेरा हाथ पकड़ कर चलो।''

एयरपोर्ट से बाहर आकर मैंने धीरे से कहा—''क्या मैं सीधे तुम्हारे यहाँ नहीं जा सकती। किसी अजनबी परिवार के साथ...''

पता नहीं क्यों पर मुझे किसी भी तरह के रस्मोरिवाज से घबराहट सी हो रही थी। ऊपर से अनजान लोगों के यहाँ रहना!

अनी कुछ बोला नहीं। मैंने फिर जोर देकर कहा—''एक काग़ज़ सुबूत के लिए इतना हंगामा करने की ज़रूरत है? उसके लिए अजनबियों के घर में...''

अनिरुद्ध ने ग़ौर किया होगा कि मैं बहुत घबराई हुई थी—''अज़नबी नहीं।

मेरे कजन का घर है। सिर्फ़ चार-पाँच दिन की ही तो बात है। तुम्हारे पिताजी भी खुश होंगे कि ढंग से शादी को गयी है उनकी बेटी के साथ। उनको तुम्हारी दुल्हन बनी तस्वीरें भी भेज देंगे। ताकि सबको तसल्ली हो जाए।''

''बहुत डर लग रहा है अनि''... और बेबस सी रोने लग गयी थी मैं। वह मेरा सिर और पीठ सहलाने लगा और बोला—''बच्ची हो अभी भी तुम। डरने-घबराने की कोई बात नहीं। कुछ दिन में सब एडजस्ट हो जायेगा। अभी शायद जैटलैग और नयी जगह की वजह से ऐसा हो रहा है। फिर घबराहट किस बात की है। मैं तो साथ हूँ तुम्हारे।''

सचमुच अनी तो साथ था, फिर डर किस बात का? अनी के लिए ही तो इतनी दूर चली आयी थी मैं। ऐसी घबराहट क्यों? कुछ-कुछ वैसी ही नर्वसनेस थी जो इम्तहान के पहले मुझे हुआ करती थी। हमेशा फेल हो जाने का डर। पर्चा ठीक से न कर पाने की घबराहट।

शायद उससे भी बड़ी। यह तो ज़िन्दगी का इम्तहान था।

परिवार बहुत भला था। बड़े स्नेही जन थे सब। राघव, उसकी पत्नी, दो बच्चे और राघव की माँ।

बड़ा सा घर था उनका शहर की सरहद पर। मेर लिए एक अलग कमरा तैयार किया हुआ था। रेशमी बेडकवर बिछा बड़ा सा पलंग, इत्रों से सजी श्रृंगार मेज, खिड़की पर लेस वाले सफेद परदे।

गुसलखाना साथ में ही जुड़ा था जहाँ बहुत सुन्दर तौलिए, एक छोटी सी टोकरी में कई तरह के सीपीशंख के आकारों वाले रंगबिरंगे साबुन। बढ़िया बात यह थी कि मुझसे यह आशा नहीं की जा रही थी कि मैं बहुत बोलूँ या अपनी तरफ़ से बात करने की पहल करूँ। उल्टे वे लोग यही कहते रहे कि जैटलैग है सो आराम ही करूँ। इस तरह मुझे अपने आप से दूर नहीं होना पड़ा। जब कि मन में मैं अस्वस्थ सा महसूसती रही कि क्या जाने कब क्या ग़लत हो जाये। उनका सुन्दर सा घर भी मेरे ऊपर बोझ बना जा रहा था। नलका तक खोलने में हिचकिचाहट हो रही थी कि कुछ उल्टा सीधा न कर बैठूँ। कहीं कालीन पर पानी न बिखर जाये।

साड़ियाँ-गहने मैं साथ लेकर आयी थी। राजिन्दर-राघव की पत्नी मुझसे बोली कि कुछ प्रेस करवाना हो या किसी चीज की ज़रूरत हो तो उनको बेखटके बताऊँ। मैंने साथ लायी मिठाई उनके हवाले कर दी। आंटीजी (राघव की माँ) शादी के उत्सव के लिए समोसे और गुलाबजामुन बना रही थीं। पता लगा कि और भी दोस्त कुछ न कुछ बनाकर ला रहे थे। कुछ अजीब सा लगा था मुझे। दोस्तों की तो मेहमाननवाजी की जाती है और यहाँ वही सब कुछ बना कर लायेंगे!

फिर यह भी लगा था कि करीबी और ख़ैरख़्वाह दोस्त होंगे जो हर तरह से मदद करने को तैयार हैं।

उस शाम घर में गाने-बजाने का प्रोग्राम रखा हुआ था। अनी भी आया। सारी शाम मैं उसी पर आँख गड़ाये रही। मन होता किसी तरह जल्द से जल्द उसकी बाँहों में पहुँच जाऊँ। उसे उस अजनबी माहौल में अपना अटपटा महसूस करने की बात बताऊँ।

अनी बड़े संयम से सबके बीच घूम रहा था। पर वह जब भी मेरी ओर देखता उसकी आँखों में ढेर सारी चाह और पुलक झलक जाती।

इतवार की सुबह मन्दिर जाने के लिए अपनी शादी वाली साड़ी पहन कर तैयार हुई। बड़े शौक से माँ ने बनवाई थी यह साड़ी। सोने के तारों का जाल बिछा था शिफान पर। बीच-बीच में सितारे टँके थे। किनारों पर सितारों की घनी रेखायें थीं जैसे आकाशगंगा बनी हो। अचानक माँ-पिताजी आँखों के सामने आकर खड़े हो गये। दीदियाँ, अजय, भांजे-भांजियाँ, जैसे सभी मेरे आसपास घेरे थे मुझे।

निहारते और मुसकुराते। कुछ-कुछ कहते। पल पल में बदलती मुद्राएँ। पिताजी शेरवानी पहने ठीक जैसे दीदी की शादी में थे, माँ गुलाबी सिल्क की साड़ी में, अजय मिलेट्री अफसर की वर्दी पहने और सफेद झालरवाली फ्राकों में दोनों भाँजियाँ। मेरी आँखें धुँधला गयीं। इतना इन्तज़ाम अनिरुद्ध का है। अनिरुद्ध ही बारात लेकर आयेगा...सारा नाटक खेला जायेगा और मेरा अपना कोई देखेगा तक नहीं। काश कि पिताजी या माँ में से कोई तो होता इस समारोह पर!

वहाँ तो मैं ख़ुद ही बहुत बढ़बढ़ कर बोल रही थी कि शादी में किसी को आने की ज़रूरत है, मैं इसरार करती तो पिताजी किसी तरह पैसा इकट्ठा कर शायद टिकट ख़र्च भी लेते। अजय भी आने को तैयार था। पर बड़ा बेमानी लगा था उनका साथ होना। फिर यह ख़र्चा। एक टिकट में तो पूरा दहेज बन जाता है। इतना बोझ कैसे डाल सकती थी उन पर।

किसी का यहाँ आना भी मुझे अजीब, बेमतलब सा लगता। मेरे लिए अमरीका आने का मतलब था अनी के साथ एक नयी ज़िन्दगी की तलाश। जिसे चार दिन शादी करा के लौट आना हो भारत में, उसका वहाँ जाने का कोई मतलब न था। मैं इस बारे में काफ़ी सोचती थी। पर शायद मैं खुद को उतनी अच्छी तरह से नहीं जानती थी जितना सोचती थी क्योंकि इस क्षण सचमुच मैं बहुत विकल हो रही थी। मेरी नयी-नकोर साड़ी पर बूँदे चूने लगीं।

तभी किवाड़ खटका तो राजिन्दर भाभाजी थीं। मैंने चेहरा उठाकर मुस्कराने की कोशिश की पर भाँप लिया उन्होंने—"अरे तू तो रो रही है। इतनी ज़ार-

ज़ार। आज तो शुभदिन है। आज के दिन नहीं रोते। ऐसे दिन घरवाले याद तो आएँगे ही। पर हिम्मत नहीं हार। हम सब भी तो तेरे पास हैं। मुझे ससुराल मत समझना। अपनी बड़ी बहन की तरह मानना। सच परदेश में ऐसे मौकों पर मन तो भर ही आता है। पर अच्छी बातें सोच। पति को पाकर कितना सुख मिलनेवाला है यह भी तो सोच।''

उन्होंने मेरी ठोड़ी उठाकर नज़र भर देखा और बोलीं—''सच! बहुत खूबसूरत लग रही हो। खूब रूप चढ़ा है तुम पर। हमारा अनी ऐसे नहीं इन्तज़ार कर रहा पिछले पाँच बरसों से। मैंने तो बहुत लड़कियाँ सुझायीं थीं। पर कहता कि शादी रितु से ही करनी है। उसके दिल को कोई और भा ही नहीं सकती। तेरे जैसी को छोड़ और कोई उसे भला फबती ही क्यों?''

मन्दिर के मेन हाल में ही एक तरफ को मंडप सजाया हुआ था। हवनकुंड, सामग्री, दिये, घी, नारियल सभी कुछ मौजूद था। मैं इन्तज़ाम देखकर दंग रह गयी। गुलाब के फूलों की लड़ियों से मंडप के खम्भे लिपटे हुए थे। कुछ गुलाब और सफेद चमेली जैसे फूलों की लड़ियों लटकी हुई थीं। दो मूढ़ों पर जरी के काम वाले रेशमी वस्त्र डालकर वर-वधू के बैठने के लिए आसन तैयार किये गये थे। हल्के पीले रंग के रेशम पर जरी का काम मेरी साड़ी के रंगों से बढ़िया कंट्रास्ट रखता था। मुझे लगा बड़ी मौलिक सी सज्जा थी। किसी ने उपलब्ध चीज़ों का बहुत कलात्मक इस्तेमाल किया था।

मैंने सोचा भी नहीं था कि यहाँ भी वेदी पर बैठकर मेरी शादी होगी।

पता नहीं कहाँ से आकर एक वाक्य ने चोट मारी, विवाह वेदी पर तो कन्या बैंठती है। कभी दीदी के मुँह से सुनी होगी यह बात। मस्तक में झंझावत। कन्या हूँ न मैं! क्यों नहीं? मेरा कन्या होने पर कौन सवाल लगा सकता है। लेकिन कन्या तो दूध की धुली साफ़-सुथरी। अस्पर्शिता। अनछुई। मुझे कन्या कहाँ रहने दिया उस राक्षस ने!

नहीं! उस ख़्याल से अपना वर्तमान गर्हित नहीं होने दूँगी। वह अतीत मेरे पीछे है। यहाँ कोई सन्दर्भ नहीं उस बीते का। न माँ-पिताजी हैं, न अंकल, न वह माहौल। उसकी याद दिलानेवाला यहाँ कोई भी नहीं, कुछ भी नहीं! भूल जा उसे। बस मर गया वह। ख़तम हो गया सब।

मैंने अपने आसपास की हर छोटी-बड़ी चीज़ पर ख़ुद को केन्द्रित कर दिया।

पंडित का मन्त्रोच्चार बड़ा साफ़ था। वह साथ-साथ अँग्रेज़ी में भी अनुवाद करता जा रहा था।

समझाता भी जा रहा था किस मन्त्र का क्या अर्थ है। यूँ मेरा ज़्यादा ध्यान उधर नहीं था। बस जो वह कहता मैं कठपुतली की तरह करती जाती। कन्या का शब्द फिर निकला पंडित के मुँह से और मेरे भीतर धुकधुकी सी मचने लगी।

जैसे कोई मेरे कन्या होने को चुनौती दे रहा है। मेरे भीतर कँपकँपी सी हो रही थी सब ठीक हो, बस सब ठीक हो जाये। अनजाने ही कुछ ऐसा मानती जा रही थी मन ही मन। अँधेरे में जैसे कोई प्रार्थना! शायद कहीं कोई सुन ले। शायद कुछ असर हो जाये!

तभी अचानक अनी के फुसफुसाते शब्द कान में पड़े–''कहाँ खो गयी हो रितु? पंडित जी फेरों के लिए उठने को कह रहे हैं।''

मैं चौंक गयी। कठपुतली की तरह उठने लगी। गिरती पड़ती चलने लगी। भीतर शब्दों का कोई और ही शोर समाये जा रहा था...कन्या, कुँवारी कन्या,...कन्या के पिता...कन्या के भाई...कन्यादान।

यूँ कन्या के हर रिश्तेदार की भूमिका अदा करने को कोई न कोई मौजूद था वहाँ। भाभीजी ने ही सारे इन्तजाम कर दिये थे पर मेरे भीतर जैसे कोई तीखी सुइयाँ चुभोता जा रहा था...कन्या कहाँ है...कहाँ है कन्या! बोलो...बोलो...चुप क्यों हो! कहाँ है कन्या!

धोखा किया जा रहा है अनी से! वह कन्या मानकर जिसे विवाह रहा है, वह कन्या तो...।

मुझे डर लगने लगा जैसे कि कहीं मैं विवाह मंडप से उठकर भाग न जाऊँ! कहीं सबके सामने चिल्ला न दूँ कि मैं कन्या नहीं हूँ।

ओह अनी क्या कर रहे हो यह सब विवाह का आडम्बर! मेरा ख़्याल तो किया होता।

पर कैसे करते ख़्याल? धोखा तो तुम्हीं से किया जा रहा है! और धोखा भी वही कर रहा है जिसे अपना रहे हो तुम! यह कौन खेल खेला जा रहा है यहाँ! और रितु इस खेल की सबसे चतुर खिलाड़ी तुम्ही हो। शर्म नहीं आयेगी तुमको जब भेद खुलेगा तो! ओह अनी..प्लीज मुझे चक्कर आ रहा है। और गश सा खाती हुई गिर पड़ी थी मैं वहीं मंडप में अनी के पैरों के पास। बेहोशी की सी हालत में ही सुन रही थी कुछ पैरों की भगदड़ मेरे पर पानी के छींटे, अनी की गोदी में रखे मेरे सिर पर अनी के सहलाते मुलायम हाथ!

कुछ और आवाजें—'पंडित जी अब ज़रा जल्दी से खतम कर दीजिये सारे रीति रिवाज। बेचारी रितु की तबीयत ठीक नहीं दिखती।'

पंड़ित ने बिना ज़्यादा उज्र किये जल्दी से ही सारा अनुष्ठान पूरा करवा दिया। मैंने भी पानी का घूँट पीकर कुछ स्वस्थ महसूस किया। पूर्णाहुति दे दी। सबने बौछार की आशीर्वादों की, शुभकामनाओं की। मुझे कुछ राहत मिली।

बाद में पता लगा कि वह दरअसल ब्राह्मण परिवार का एक इंजीनियर था जो शौकिया यह सब करता था। अनी के किसी दोस्त को जानता था तो उसी ने बुलाया था। घंटे भर में सारी रस्में हो गयी थीं। अनी के पल्लू से बँधी मैं

गाड़ी में उसके साथ ही बिठायी गयी तो लगा कि अब अपने ठिकाने पहुँची हूँ।

रिसेप्शन में अनिरुद्ध के सारे दोस्तों से मिलवाया गया था मुझे। उस वक़्त बहुत थकी और निंदियायी सा महसूस कर रही थी मैं। मन होता कि बस अनिरुद्ध मुझे अपनी बाहों में ले ले और हमारे आसपास कोई न हो! कितनी तो बातें करनी थीं उससे। यह पाँच साल कैसे बिताये इस सबका हिसाब किताब लेना और बताना था। ख़तों में सिर्फ़ सूचनायें ही तो मिल पाती हैं। अब उससे पूछना था सारा खुलासा और बताना था वह सब जिस दौर से मैं खुद गुज़रती रही।

पर अभी तक जैटलैग इतना तंग कर रहा था कि बस सिर्फ़ नींद के बारे में ही सोच पा रही थी। आज आये हुए चार दिन हो गये थे पर अभी नींद उल्टे-सीधे वक़्त पर ही आती थी। शाम को चार बजे से ही नींद आनी शुरू हो जाती और सुबह चार बजे मैं पूरी जगी होती, एकदम फुर्तीली, चुस्त-तन्दुरुस्त। दुनिया भर के काम सँवारने को आतुर भाभी जी के घर में सब सो रहे होते सो अपने कमरे में ही चुपचाप लेटी रहती थी। आज तो अनी मुझे अपने घर ले जायेगा। मन में मीठी झुरझुरी सी उठी।

रिसेप्शन पर आये सब बहुत भले लोग थे। सबने बहुत मीठी-मीठी बातें कीं। मेरी सूरत को सराहा, मेरे कपड़ों को सराहा, मेरे गहनों पर खूबसूरत टिप्पणियाँ की और बार-बार अनी से कहा गया कि वह बहुत ख़ुशकिस्मत है जो मेरी जैसी लड़की ने पाँच बरस उसका इन्तज़ार किया। सबने हमारे प्यार की भी खूब तारीफ़ की। मैंने ज़िन्दगी में पहली बार इतनी खुली तारीफ़ सुनी थी। माँ पिताजी को तो विश्वास ही न होता कि मेरी इस कदर तारीफ़ होती है। मुझे लगा मेरा रुतबा अचानक ही ऊँचा हो गया है। जैसे कि मेरे भीतर जो गुण थे उनको आज ही किसी ने देखा-परखा है। या सच कहूँ तो मेरे भीतर कुछ गुणों को रोप दिया गया था जिनके होने का अहसास मुझे पहले नहीं था। लागों की तारीफ़ें सुन मैं कुछ अटापटा सा ही महसूस कर रही थी जैसे कि यह सब बनावटी रिवाज हों यहाँ के। अनी कहने लगा कुछ जवाब तो दो, बुत बनी खड़ी हो। मुझे उनकी बातों का ठीक से कोई जवाब भी नहीं सूझ रहा था।

मैं अपनी चुप्पी से या सिर हिलाकर ही या नीचे जमीन पर आँखें गड़ाती हुई सब सुनती रही थी। यह जानकर भी कि गुण ऊपर से लादे जा रहे हैं, सुनने से छुटकारा नहीं था। कभी-कभी जबरदस्ती बाँछे खिला देती। पर मन का अटपटापन बना ही रहा था।

हाँ अनी के लगातार साथ से मैं सचमुच कुछ आश्वस्त महसूस कर रही थी।

सोलह

देर रात जब अनी मुझे अपने अपार्टमेंट में लाया मैं नींद से शिथिल हो रही थी। वह सीधा सोने के कमरे में ले आया। एक भीनी सी ख़ुशबू ने मेरी आँखें खोल दी। किसी ने उसका सोने का कमरा ख़ूब सजा दिया था। वैसे ही सुन्दर रेशमी पलंगपोश बिछा जैसा सिर्फ़ फिल्मों में देखा होगा। साईड टेबल पर ताज़े लाल गुलाब और सफेद लिलि के फूलों का बड़ा सा गुलदस्ता सजा था। उन्हीं की ख़ुशबू से महक रहा था कमरा।

अनी ने मुझे कस कर बाँहों में भरकर चूमा और बोला—''मुझे मालूम है तुम बहुत थकी हो। साड़ी बदलना चाहोगी।'' उसने आलमारी से निकाल कर दो नयी नाइटियाँ पलंग पर धर दीं।

सूटकेस में नयी खरीदी नाईटियाँ मैं भी लाई थीं। पर वे तो रूबिया के कपड़े की पूरी बाँहों वाली थीं। ये वाली एकदम गुलाब की पंखुरी सी मुलायम थीं। स्लीवलेस और साइड में कटाव था जहाँ से टांगें भी दीखती। बहुत शर्म सी आयी नाईटी पहनने के ख़्याल से।

''ऐसे ही सो जाऊँ? कपड़े बदलने की हिम्मत नहीं। नींद खराब हो जायेगी।''

''ठीक है, ऐसे ही सो जाओ।''

नींद लगी तो मुझे होश ही नहीं रहा कि मैं कहाँ हूँ। बला की नींद थी या जैटलैग शायद अभी तक चल रहा था।

अगली सुबह अनी को जल्दी जाना था। मेरी आँख खुल गयी थी। मैं तो ऐसे जगी थी जिसे खूब दिन चढ़ आया हो जबकि सुबह के सवा सात बज रहे थे तब। सो उसने कहा कि वह रसोई में सब कुछ मुझे दिखा देगा ताकि मैं अपने-आप चाय नाश्ता ले सकूँ। मैं उस वक़्त बहुत ताजगी महसूस कर रही थी।

सब कुछ देखा, पहचाना। पर यूँ ही खड़ी रही।

अनी बोला–'तुम्हारा घर है। सँभालो न। मुझको भी चाय पिलाओ।'

मेरी हिम्मत नहीं हुई आगे बढ़कर कुछ करने की। लगा जैसे कि कुछ ग़लत हो जायेगा, कोई नुकसान हो जायेगा।

अनी मेरे मन का द्वन्द्व समझ गया होगा। बोला–'तुमसे ज़्यादा फ्रैजाइल (नाजुक) कुछ नहीं है यहाँ। ये रही केतली, ये नलका। पानी भरो और गैस जलाना मैं सिखा देता हूँ।'

मैं फिर भी निर्द्वंद्व नहीं थी।

'सच! कुछ ग़लत हो गया तो?'

'तो क्या? कोई डिज़ास्टर नहीं होगा। सब कुछ तो इतना आसान है यहाँ करना। कोई चूल्हा नहीं जलाना। कोई चाय की पत्ती का मसला नहीं। बस बटन दबाओ और सब काम ख़त्म। ये लो मैं गैस जला रहा हूँ। केतली में पानी भर कर रख दो। प्यालों में टी बैग डाल देता हूँ। बस तुमको पानी डालना है। और यह फ्रिज में दूध का डिब्बा रखा है।'

मैं दूध का डिब्बा हाथ में लिए उस पर लिखा देखती रही। फिर पूछ ही लिया।

'इसको गरम कैसे करना है?'

'गरम करने की क्या ज़रूरत है?'

'ठंडे दूध से चाय बनेगी?'

'हाँ यहाँ तो कोई गर्म दूध नहीं डालता चाय में।'

मैं चुप कर गयी।

सचमुच सब आसान ही था। शायद ज़्यादा ही आसान। यहाँ के मुताबिक आसान कर लिया गया था। इसीलिए अनी को मुझे दिखाने की ज़रूरत थी वर्ना मुझे यही लगता रहता कि कैसे करना है और फालतू में ही परेशान होती।

वह रसोई की सारी आलमारियाँ पटर-पटर खोल के दिखाने लगा। में भौंचक सी देखती रही जैसे कुछ समझ नहीं आ रहा था, वह दिखा-दिखा के सवाल भी पूछ रहा था कि समझ आ गया न! मैं कभी सिर हिला देती, कभी ख़ामोश उसका चेहरा देखती रहती। खानों में सामान बहुत थोड़ा-थोड़ा ही था। चाय की थैलियों के डिब्बे, कार्नफ्लेक्स के डिब्बे, नमक-मिर्च की आकर्षक आकारवाली शीशियाँ, तेल और सिरके की बोतलें। कुछ एक रेडीमेड सूप के पैकेट और नूडल के पैकेट थे। कुछ सब्जियों, चने और राजमा के टिन थे। पर मेरे लिए यह सब जानने में भी काफी वक़्त लगा। एक-एक डिब्बे को देखकर उस पर लिखे को पढ़ने की कोशिश करती रही। कहीं कुछ ग़लत न कर बैठूँ।

उसके जाने के बाद मैंने दुबारा चाय बनायी। शायद पक्का भी होना चाहती थी कि सचमुच सीख गयी हूँ चूल्हा जलाना। अपने आप से जल जाने वाले चूल्हे थे जिनको चलाना बड़ी बात नहीं थी। पर मुझे हर चीज़ को छेड़ने में डर ही लग रहा था। मैंने केतली में पानी भर कर उबलने रख दिया और पूरे अपार्टमेंट के चक्कर लगाने लगी। लगा कि कुछ अपने आप से सीखने जानने की कोशिश करूँ ताकि अनी घर आये तो उसको इतनी बेवकूफ न दिखूँ। क्या सोचता होगा कि इसको इतनी ज़रा सी बातों का भी नहीं पता।

घूमते हुए रसोई से खाने के कमरे की ओर गयी। खाने की मेज पर सिर्फ़ चार कुर्सियाँ थीं। मुलायम से कपड़े का मेजपोश बिछा था। जिस पर फूल सुन्दर थे। एक फूलदान में कुछ अंगूर, सन्तरे और सेब रखे थे। मुझे अंगूर देख अचानक मामा जी की सुहागरात याद आयी।

मैं सोचने लगी—यह क्या था मेरा? सुहाग दिन? सुहागरात तो बीत चुकी थी। पहली रात ही तो होती है न सुहागरात?

ना ना यह कैसे हो सकती है मेरी सुहागरात? नींद, जैटलैग! यहाँ तो सारा इतिहास-भूगोल बिगड़ गया है।

कितना कुछ जुड़ा होता है इस शब्द के साथ! हर लड़की के दिमाग़ में कितनी कल्पनाएँ! देखे सुने ख़्याल, सपने, बिम्ब, हवामहल! गप्पो, कम्मो के साथ ऐसी हजारों बातें हुईं थीं। गप्पो तो बस गप्प ही मारती थी पर कम्मो तो सचमुच बहुत जानती थी। फिर वह कुछ परिपक्व उम्र की दोस्ती थी। हम दोनों प्यार की दुनिया से गुजर रहे थे और सपने सच होते लगते थे। कम्मो के पास बहुत सी कहानियाँ थीं। फलाँ के साथ सुहागरात को फलाँ हुआ। फिर हम दोनों ने एक साथ इसी नाम की एक फिल्म देखी थी। उसमें हीरो को विवाह वाले दिन ही दिल का दौरा पड़ जाता है। दुल्हन को मना किया जाता है कि वह पति के पास नहीं जायेगी। दोनों रुक नहीं पाते। शरीरों का मिलन होता है और अगली सुबह दूल्हे की मौत हो जाती है। सारी बाकी की फिल्म दुल्हन के दर्दनाक जीवन की है। वह गर्भवती हो जाती है पर सब उसे कुलच्छिनी कहते हैं कि पता नहीं किसका बेटा लेकर आ गयी। कोई विश्वास नहीं करता कि वह उसके पति की ही निशानी है। तो यह सब उस सुहागरात का नतीजा होता है।

अचानक एक दहशत की लहर सी मेरे भीतर से गुजर गयी। एक अजीब सा डर हावी होने लगा मुझ पर। क्यों ऐसा लग रहा है कि मेरे लिए भी सिर्फ़ सुख नहीं है इस रात में। कुछ और भी हैं। कुछ अनिष्ट? कुछ अनजान सा? कुछ जो चोट कर सकता है...पता नहीं ऐसे मुबारक दिन भी मनहूस से ख़याल

आने लगे हैं? अनी से क्या कहूँ? कुछ कहूँ? समझेगा मेरी बात?

विषकन्या! कैसा अजीब सा ख़याल आ रहा है मुझे! एक कहानी कुछ ऐसी भी थी न कि विषकन्या हाती है वह। सुहागरात को पति प्यार करता है और हमेशा के लिए समाप्त! ऐसा क्यों लगता है कि कुछ समाप्त होने वाला है! मैं क्या विषकन्या हो सकती हूँ कभी? तो? क्या है यह? कैसी विषैली सी अनुभूति है। जैसे मुझसे सम्भोग कर कुछ हो जायेगा? कुछ मर जायेगा? इतने बरसों से जिस भावना को सँजो रही हूँ उसका कुछ अनिष्ट हो जायेगा? आखिर क्या हो सकता है? क्या डर है? यह घबराहट, परेशानी, अनाम सी चिन्तायें, अजीब से ख़ौफ़...? आखिर क्यों...?

शायद अपवित्र हो चुकी हूँ मैं। मेरी अपवित्रता अनी को छूकर कहीं अपवित्र न कर दे?

लेकिन क्या सचमुच? सचमुच अपवित्र हूँ मैं? मेरी प्रीत? मेरे मन में अनी के लिए सजा हुआ यह भाव संसार? क्या उसकी अहमियत किसी के छू लेने से कम है?

और मेरा दोष?

क्या यह मेरा दोष था?

मैं अंकल के साथ न जाती तो कुछ होता ही नहीं? दोष तो मेरा ही था।

लेकिन बस एक बार की बात क्या हमेशा के लिए मेरा पीछा न छोड़ेगी।

मैं तो बच्ची थी! भोली थी। नादान थी।

लेकिन चौदह-पन्द्रह की तो थी। इतनी भी बच्ची कहाँ थी?

क्या अनी मुझे मुक्त कर पायेगा। इस सारे झमेले से...इस अपराध-बोध से, इस कँटीली झाड़ियों में उलझे मेरे मन के दामन की चुभती लपेट से!

क्या समझ पायेगा वह कि कितनी चोट पहुँची है मुझे। अपनों ने ही कैसा विश्वासघात किया है मेरे साथ।

कैसा घाव है यह? जैसे कोई कुल्हाड़ी चला रहा है मेरे भीतर।

चलती मशीन के बीच धर दिया हो किसी ने मेरा सीना।

अपने ही दर्द से लथपथ मैं चीख भी तो नहीं पाती।

कभी भरेगा? क्या उम्र भर यूँ ही सालता रहेगा यह घाव!

मेरे अस्तित्व पर ऐसी गहरी चोट! मेरी हस्ती का ऐसा अपमान! मेरे पूरे नारीत्व पर ऐसा घोर अनाचार।

कि मुझे अपने औरत होने का कष्ट और पश्चाताप होने लगे!

कि इस पीड़ा से मुझे इसिलए गुजरना पड़ रहा है कि किसी के वहशीपन की शिकार हुई हूँ।

किसी पर भरोसा करने का अपराध हुआ है मुझसे!

हमेशा कुछ सालता रहता है मुझे। कभी छुटकारा नहीं मिलता।

और अनी?

कैसी प्रीत है अनी की? क्या टूट जायेगी कच्चे धागे सी? इतनी देर का इन्तज़ार, इतना कुछ आदान-प्रदान। इतने ढेर सारे वचन-आश्वासन? सब यूँ ही?

लेकिन अनी मेरी असलियत कहाँ जानता है? उसने तो मेरी चुप्पी को मेरा दार्शनिक स्वभाव समझ लिया। ऐसा ही तो कहा था उसने एक बार। क्या सचमुच दार्शनिकता झलकती है मेरे चेहरे पर? उसे तो अन्दाज़ा नहीं कि यह चुप्पी मेरे अधूरेपन को झलकाती है। मेरे कभी न भरनेवाले घाव को मूर्तित करती है। मैं खुद से बाहर निकल ही नहीं पाती। कोई दानवी ताकत जैसे मुझे पाताल की ओर नीचे घसीटती ही जाती है! क्या यही होती है दार्शनिकता? जब जीवन में हर पल की पीड़ा और अपनी निरर्थकता एक सवाल बन सामने टँगी रहे।

समझ पायेगा अनी मेरी पीड़ा। देख पायेगा मेरे घाव? मुझसे सहानुभूति कर सकेगा? जिस जहरीले नर्क से गुजर रही हूँ, उसकी भयावहता बूझ पायेगा?

क्या एक पुरुष, या एक पति इस पीड़ा का स्वरूप समझ सकता है? या कि नैतिकता के पलड़ों पर ही तौलना होता है उसे सबकुछ!

उसके वादे तो उस रितु से थे जो उसकी नज़रों में अनुछुई है...जिसकी चुप्पी में उसने गहनता और गम्भीरता देखी। जिसकी एकान्तप्रियता में उसने दार्शनिक की झलक पायी। जिसके खतों में उसने एकाग्र प्रेम ही पाया होगा। कोई घाव, कोई ज़ख़्म तो नहीं दिखा उसे। क्या सच जानकर वह कुछ और नहीं हो जायेगा? मुझे दोष नहीं देगा कि सच छुपाया क्यों?

एक बार मुझसे बोला था—'तुमको कभी हँसते हुए नहीं देखा। क्या तुम कभी हँसती हो?'

मन हुआ था उसे कह दूँ कि कभी बहुत हँसा करती थी। अब हँसी आती ही नहीं। कह देती तो वह शायद कारण खोजने में गहरा उतरना चाहता। या जाने क्या प्रतिक्रिया होती। इसी से घबरायी होऊँगी।

कहा था—"किसी बात पर हँसी आये तब न।"

–"क्या तुमको बोर लगता हूँ मैं?"

पल भर चुप रही थी।

–"क्यों कोई हँसे हँसाये न तो क्या बोर ही होता है। कोई दूसरे पक्ष नहीं हैं जीवन के?"

अनी मुस्कराया था—"तुम हमेशा कोई दूर की बात कह डालती हो। छोटी छोटी बातों में भी पूरी ज़िन्दगी लपेट डालती हो।"

इस बात को लेकर सतर्क भी हुई थी कि सचमुच हँसती नहीं। पर अनी भी तो ज़्यादातर गम्भीर ही रहता था। यही तो उसे मेरे व्यक्तित्व में भाया था। फिर वह चाहे मेरी खोट ही हो। वह भला कैसे जान पाता।

क्या मैं उसे धोखा देने की कोशिश कर रही हूँ?

क्या यह मेरा प्यार झूठ है? धोखाधड़ी है?

क्या यह सारा वक़्त मैं अनी को अँधेरे में रखने की कोशिश कर रही थी।

पर ऐसा तो नहीं...कभी मौका ही कहाँ मिला ऐसी बात करने का...हमारा रिश्ता जिस धरातल पर बना हुआ था...वहाँ ऐसी बात कभी उठी ही कहाँ...कब बताती...कैसी बताती? अपने दर्द से उबरती तभी तो जुबान पर भी कुछ आता। आज भी पीड़ा से मुक्ति कहाँ मिलती है।

लेकिन पवित्रता का सवाल पीड़ा को शायद देखता ही नहीं। पीड़ा से बड़ा हो जाता है न। अनी के लिए क्या बड़ा है?

कैसे गुत्थमगुत्था हो रहे हैं न दोनों सवाल। पर सच कहूँ तो उस पवित्रता के सवाल से मेरा कोई वास्ता नहीं। जिनका है, वे निपटें। मेरी हस्ती पर, मेरे विश्वास पर जो चोट लगी है वही कभी मिटने को नहीं आती। आखिर क्यों सारे रिश्तों, स्नेहमयी भावनाओं के बावजूद औरत एक जिस्म भर होकर रह जाती है। और पुरुष सारे रिश्तों, भावनाओं की कोमलता को भूलकर, उनकी महीन सीमाओं को तोड़कर एक दरिंदा बनने को मजबूर हो जाता है। क्यों! क्यों? आखिर क्यों?

और मैं क्यों हुई ऐसी बर्बर पशुता का शिकार? मेरे ही अबोध जीवन में क्योंकर होना था ऐसा? एक लाचारगी का बेबस अहसास मुझे रौंदता जाता है। एक निहत्थे सैनिक की तरह मैं लड़ाई के मैदान की ओर बढ़ती हूँ और दुश्मन की गोलियों के वार से धराशायी होने लगती हूँ।

क्यों नहीं मेरे हाथ में कोई अस्त्र? क्यों नहीं लड़ पाती। क्यों मेरी ही हार होती है इस लड़ाई में। कभी जीतने का दम भर सकती हूँ? हमेशा मुँह की ही खानी होगी?

मेरा सिर फिर चकरा रहा था। मैं रसोई में ही कुरसी पर सिर पकड़कर बैठ गयी।

उस सूने अपार्टमेंट में अपने आप का सामना करना बहुत दूभर हो रहा था।

मैं क्यों आयी यहाँ? क्या पहले नहीं सोचना चाहिए था इन बातों को? एक बार यहाँ पहुँच कर...।

क्या लौट सकती हूँ? लौट जाऊँ?

अब तो शादी भी कर ली।

पर उससे तो कुछ होता नहीं। सबसे कह दूँगी शादी नहीं की थी। वहाँ कौन सा किसी को पता चलेगा। अभी अनी ने तस्वीरें तो भेजी नहीं। वहाँ किसी को कुछ अन्दाज़ा नहीं।

लौटूँगी किस मुँह से? माँ पिताजी का मुँह काला नहीं हो जायेगा। वही तो पिताजी कहते थे कि वहां से लड़कियाँ वापिस आ जाती हैं। रितु भी वापस पहुँच गयी तो माँ को कितना कष्ट पहुँचेगा जिन्होंने दिन रात लग कर मेरा दहेज बना कर दिया है। पूरे शगुनों के साथ मुझे भेजा है। अनी का परिवार भी तो शगुन करने आया था। सबके मुख पर कालिख पुत जायेगी। नहीं ऐसा करना असम्भव है।

पर अनी? अनी तो मुझे वापस नहीं भेज रहा...यह तो मेरा अपना है...फिजूल की बात है। नहीं, अनी तो औरों जैसा नहीं। बहुत आज़ाद ख़्याल का है। जब से आयी हूँ, मेरी ही तो चिन्ता करता रहता है...भला मुझे कष्ट क्यों देगा? यूँ साथ रहकर उसे अभी जाना नहीं पर पता नहीं किस उपन्यास के महिला चरित्रों की चर्चा करते हुए उसने यह बात भी कही थी कि वर्जिनिटी वग़ैरह सब फालतू के चोंचले हैं। जब आदमी पर ऐसा कोई नियम लागू नहीं होता तो औरत पर क्यों हो?

पर फिर भी मेरा मन पूरी तरह से बेफ़िक्र नहीं होता। बात थी तो शैक्षणिक सन्दर्भ में। जीवन के सन्दर्भ में नहीं। सभी यह बात कहते हैं पर जब अपने पर गुज़रती तो रवैया कुछ और हो जाता है। कौन जाने कैसी प्रतिक्रिया हो अनी की। मुझे यूँ भी ऐसी कोई बात छिड़ जाने से घबराहट ही होती है।

लेकिन उसमें कोई शक नहीं कि अनी मुझे प्यार करता है। शायद अपने प्यार के लिए मेरे प्रति मुलायम रहे!

और भी! विवाह का बन्धन तो अटूट है। अनी इस बन्धन में बाँध रहा है हम दोनों को। अगर उसके लिए मैं ऐसे ही आयी-गयी होती तो शादी के लिए अड़ा क्यों रहता? सालों का इन्तज़ार किसलिए! आज शायद मेरी सचमुच की सुहागरात होगी! क्या होगा! मेरे रोंगटे खड़े होने लगते हैं। पुरुष का संसर्ग, अनी के हाथों की कोमल छुवन, अनी के होंठ, अनी की आँखें...सब कुछ मेरे बहुत बहुत करीब। एक ही बिस्तर में अनी के साथ, ओह कैसा लगेगा। कैसी झुरझरी सी हो रही है बदन में। इतने बरसों का इन्तज़ार! अनी का स्पर्श मेरे रोम रोम को पुलकित करेगा। सराबोर हो जाऊँगी उस कोमल रस में। उसकी भावभीनी

बातों में, भावमय छुवनों में।

अचानक जैसे खौफ़ की एक लहर मेरे भीतर को चीर जाती है। डर क्यों? सन्देह क्यों? यह क्या हावी होता जा रहा है मुझ पर? यह सब सुनी सुनायी बातें मेरे प्यार पर, मेरी भावनाओं के कोमल जगत पर क्यों हावी होने लगती है?मेरा सारा प्रेममय विश्वास क्यों डोलने लगता है?

क्या अनिरुद्ध जान जायेगा मेरा अतीत! खून के धब्बों को होना न होना होंगे उस अतीत का प्रमाण! उस अतीत के निर्णायक। क्या विवाह का रिश्ता अन्तत: यहीं तक पहुँचता है? शरीर से बाहर यह भावजगत का रिश्ता क्या सवोपरि नहीं? क्या वही मूल नहीं? शरीर को क्यों प्रमाण बनाया जाता है भावजगत की समृद्धि का, भावजगत के सत्य का? जो दिखाई देता है क्या वही सच का प्रमाण है। जो दीखता नहीं पर महसूस किया जा सकता है, वह क्या प्रमाण नहीं हो सकता?

कैसे न्याय हैं इस दुनिया के? यहीं शायद इन्सान अपनी सीमाओं का बन्दी होता है। सीमायें यानि कि पाँचों इन्द्रियों से देखे सुने पर विश्वास और जो अमूर्त है उसका अग्रहण। या उस पर हमेशा प्रश्नचिह्न।

क्या अनी भी ऐसे ही सामान्य पुरुषों जैसा होगा? मेरे भावजगत से असम्पृक्त।

और मेरा डरा हुआ मन किसी भयभीत बच्चे सा दुहराने लगता है—

लेकिन उसमें मेरा तो कोई दोष नहीं था। क्या इतनी सी बात पर वह मुझे छोड़ देने की बात करेगा? मुझे प्यार करना छोड़ देगा? क्या प्यार अपने स्थायित्व के लिए, अपने बने रहने के लिए कोई मोर्चा नहीं पेश करेगा, कोई झगड़ा नहीं करेगा, कोई तर्क नहीं देगा? यूँ ही मान जायेगा हार?

नहीं, कौमार्य के नाम पर त्यागने जैसी बातें तो भारत में होती हैं। वहाँ कोई परवाह नहीं करता?

अनी तो इतना समझदार है।

तो क्या उसे पहले से ही बता दूँ?

मैंने यह भी सुना था कि बहुत सी लड़कियों का कौमार्य का पर्दा खेल में, उछलकूद में भी नष्ट जाता है। इसलिए यह सचमुच किसी के कौमार्य का सुबूत नहीं हो सकता। क्या अनी मेरे बारे में यही सोचेगा?

ओह! अनी तो मेरा प्यार है! क्या उसे कभी शक हो सकता है रितु की सच्चाई पर? अनी तो यह मानता ही है कि मेरे जीवन में उसके सिवा कोई आया ही नहीं। शायद उसके दिमाग़ में ऐसी कोई बात आये ही न। वह कैसे सोच

सकता है कि मेरे साथ ऐसा कुछ हादसा हुआ होगा।

हाँ एक बार, यह ठीक उसके अमरीका जाने से पहले की बात है, उसने कुछ ऐसा कहा था कि "रितु जब भी तुम्हें अपने पास खींचता हूँ तुम इतनी घबरा क्यों जाती हो? तुम्हारे चेहरे का रंग उड़ने लगता है।"

मेरा चेहरा और भी फक्क हो गया था। खुद को सँभाला और मैंने बरबस कह दिया था–"पता नहीं क्यों डर लगता है। बहुत डर लगता है इस सब से..."

तब मेरे चेहरा अपने दोनो हाथों में ले अनी बोला था–"मुझसे मत डरो। मैं कभी तुम्हें नुकसान पहुँचाना नहीं चाहूँगा। कभी तुम्हारी मर्जी के ख़िलाफ़ कुछ नहीं करूँगा। और शादी से पहले तो यूँ भी नहीं..."

मैं अनजाने लिपट गयी थी उससे। कितना सुकून सा मिला था उसकी गिरफ़्त में।

पर उससे कुछ कहने की हिम्मत नहीं हुई थी। मौका भी कोई नहीं बना। ऐसी बात बताने के लिए कितनी तो हिम्मत जुटानी पड़ती है, कितना सोचना पड़ता है, कितनी भूमिका बाँधनी पड़ती है और शब्द खोजने होते हैं। वह तो तब जानेवाला ही था। इसका मौका ही कब मिला।

अब तो मौका आयेगा ही। क्या करूँ?

मुझसे नफ़रत तो नहीं करने लगेगा अनी? कहाँ जाऊँगी तब मैं?

यह सच है कि अनी को जितना जान रही थी वह और पुरुषों के मुकाबले मुझे कहीं ज़्यादा न्यायशील और प्रगतिवादी दिखता था। उसने कभी कोई छिछोरी,औरतों को नीचा दिखानेवाली बात नहीं की। उसके बर्ताव से हमेशा बराबरपन का अहसास रहता था मुझे। मैंने कभी अपने आप को उससे हीन महसूस नहीं किया। यह और बात है कि चूँकि वह मेरा टीचर भी रह चुका था मैं उसे अपने से कहीं ज़्यादा जहीन और ज्ञानी मानती थी। मुझमें अन्दरूनी साहस और विश्वास करती थी। फिर भी...

वह कितना भी प्यार करता हो शायद नफरत करने से बरी नहीं हो सकेगा! कौन पुरुष चाहेगा कि उसकी पत्नी बलात्कार की शिकार हुई हो! उसके कौमार्य का हनन हुआ हो! किसी के गन्दे-लिजलिजे हाथों ने उसकी पत्नी के शरीर को छुआ हो!अनी कितना भी भला हो,कितना भी अच्छा,एक बार मन में आ गया कि मैं पवित्र नहीं हूँ तो क्या उसका मन मैला नहीं होगा? कोई शिकायत नहीं पैदा होगी?

और मैं? मुझपर हमेशा यह बोझ बना रहेगा कि मैंने अपने पति से छिपाया

है। इकनी बड़ी बात छिपायी है? जहाँ दो जिस्मों को एक हो जाना हो वहाँ अगर एक जिस्म ही गल रहा हो तो कैसे होगा यह मिलन? कभी उतार नहीं पाऊँगी यह बोझ?जैसा कोमल मन का प्यार करनेवाला अनी है क्या उससे छिपाना सही है?

सोचती थी सब कह डालूँगी उससे। अपनी ज़मीन भी छोड़ दी यह सोच के कि बाहर इन बातों का उतना फ़र्क़ नहीं पड़ता है। कौमार्य का उतना महत्व इस देश में नहीं।

कोई भी लड़की इस बात के लिए कुँवारी नहीं बैठी रह जायेगी।

फिर भी हिम्मत नहीं होती!

क्या ला पाऊँगी हिम्मत कभी? हिम्मत ले भी आऊँ तो क्या इस चीखते दर्द से भी छुटकारा मिल पायेगा जो मेरा भीतर बाहर भीष्म की तीरों से चिंदी मृत्यु शय्या सा छेदता रहता है!

हाँ दर्द होता है। क्यों होता है, क्या होता है! उस पर बस ही नहीं। सोच के बाहर है। तर्क से नहीं मिटता।

मैं तर्क से उसे कुछ और बना डालती हूँ। कितनी सीमित है मेरी भाषा, मेरी सोच। अपनी पीड़ा अपने आप को भी समझा नहीं पातीं मेरे समाज ने मेरे हाथ में जो शब्द थमा दिये, जो ढाँचे थमा दिये, बस उन्हीं से परिभाषित करती हूँ अपनी पीड़ा और कुछ हाथ नहीं लगता।

यूँ जो कोई भी मेरी इस दुर्गति के बारे में जानता है। अब मुझसे कोसों दूर है। अनी को अगर मैं ही बताऊँ तो बताऊँ वर्ना और किसी से वह कभी जान नहीं पायेगा। पिताजी माँ तो खुद ही कभी इस बात का चर्चा नहीं करते। उनकी घृणा और क्रोध ही जबान पर दीवार खड़ी कर देते है। कहें भी तो क्या? कुछ कहने में हर्जा तो अपने खून का ही है न!

पिताजी मुड़ के उस शहर भी नहीं जानेवाले। छोटी दीदी को पता है तो वे भी कभी मुँह पर नहीं लातीं। ...कोई यह बात अपने आप से उठाता नहीं। जैसे कि कभी कुछ हुआ ही न हो। कि बात न करने से बात की हस्ती ख़त्म हो जायेगी। या उसका असर भी मर-मिट जायेगा। यूँ मैं भी ऐसे ही दिखाती रही कि सच में कुछ ख़ास हुआ नहीं बस ग़लतफहमी सी हुई कि अंकल के परिवार से रिश्ता ख़राब हो गया और पिताजी मुझे वहाँ से ले आये। ऐसा कुछ ही शायद सब को पता है। अजय को भी शायद पूरी बात नहीं मालूम हो पायी! उसने पूछा तो था पर मेरे लिए ही बताना कौन सा आसान था! शायद मेरे आँसुओं ने कुछ कह दिया हो। शब्द तो मैं भी नहीं दे पायी।

क्या सचमुच मिट जाता है बात का होना? और बात को मिटाना हो तो उठाया जाये, चर्चा की जाये। उस पीड़ा को घाव को छेड़ा जाये, तभी तो कुछ मरहम पट्टी होगी और घाव को भरने का मौका भी मिलेगा। वर्ना घाव यूँ ही खुला छोड़ दो तो बिगड़ता-बिगड़ता नासूर ही बनेगा न।

जानलेवा नासूर।

कानपुर को कभी कोई याद नहीं करता। सबके मन में यहीं चिन्ता घर किये होगी कि याद करते ही साँप का पिटारा न कहीं खुल जाये। हमारे परिवार के इतिहास में उसका होना भी मिट सा गया है। मुझे गुस्सा भी आता है कि क्यों झूठमूठ के नियम बने है हमारे समाज में? कोई करे और भोगे कोई? बार-बार मैं अपने आगे यही मानने को मजबूर हो जाती हूँ कि ग़लती मेरी है। कुछ बिगड़ा है तो मेरा ही। किसी और का नहीं। चोट पहुँची है तो मुझी को। किसी और को नहीं।

ऐसा क्यों? मैं ही अगर अपने आप को अपराध भाव से बरी नहीं कर पायी तो किसी और को क्या समझा पाऊँगी। अजय को तो पूरी बात समझा सकती थी पर मेरी ही आत्म घृणा और आत्मभर्त्सना ने मुझे रोक दिया।

पर क्या सचमुच मेरी ग़लती नहीं थी? मैं कार चलाना न सीखती या अंकल के साथ अकेले न जाती? पिताजी तो मुझे वहाँ छोड़ना ही नहीं चाहते थे। आखिर प्राइवेटली ही हाईस्कूल करना पड़ा था मुझे।

अगर पहले ही पिताजी की बात मान कर साथ चली जाती तो ऐसा होता क्यों? या कितना अच्छा होता कि पिताजी का तबादला नानफैमिली स्टेशन पर होता ही न? तब ऐसी कोई सम्भावना ही न पैदा होती!

ओह! कितना घिनौना हो गया है मेरा जिस्म! अनी हाथ लगायेगा तो...पता नहीं क्या लगेगा उसे? गन्दले पानी में बरसों से पड़ा कोई लसीला पदार्थ! छूते ही मितली सी। घिन्न। घबराकर वहीं वापस फेंक देगा।

क्या मैं सामान्य रह सकूँगी? कहीं फिर से मेरा चेहरा पीला पड़ गया तो क्या सोचेगा वह? अब तो शादी हो गयी है। अब किस बात का डर?

काश कि मैं सिर्फ़ शरीर न होती! क्या औरत के रूप में यही मेरी गति है!

एक शरीर। बस एक शरीर। तकलीफ़ का मूल तो यही शरीर है न!

या फिर सिर्फ़ शरीर ही होती तो ये मन के घाव, ये सोच के दंश मुझे बेबस न करते।

अचानक लगा कि बदन ठंडा सा हो रहा है। सारा बदन काँपने लगा? क्या अपार्टमेंट ठंडा है? मैंने देखा खिड़कियाँ तो बन्द थीं। मैने स्वेटर पहन लिया। बदन तब भी ठंडा था। फिर से बिस्तर में घुसी और गर्म होने के लिए जितने भी चादर-कम्बल बेडकवर आसपास थे, सबको कस के लपेट लिया। अनी आता होगा। मैं बिस्तर में भी थरथर काँप रही थी।

मेरी साड़ी बुरी तरह से मसल गयी थी। मुझे उसे पहने रहना अच्छा नहीं लग रहा था जैसे अपने दुल्हन रूप को मैं और लम्बा करना नहीं चाहती थी। वहीं उसे उतारने में झिझक हो रही थी। अपने मन से एक अनछुई दुल्हन थी और बनी रहना चाहती थी। वहीं दुल्हन के वेश में बाहर निकल कर ही सच्चाई से भी जूझना सही लग रहा था। पता नहीं क्या हो रहा था मुझे। घबराहट के मारे साँसे तेज़ हुई जा रही थीं।

तभी उसका फोन आया कि वह शाम तक ही आ पायेगा। कुछ हौंसला हुआ। जिस्म गर्माने लगा। उठी। कुछ भूख भी महसूस हुई। अपने लिए पैकेट से सूप तैयार किया। कुछ देकर मिल गये।

सूप पीते-पीते खिड़की के बाहर आते जाते वाहनों को देखती रही। जैसे शहर से खुद को जोड़ने की कोशिश में होऊँ।

यहाँ मुझे रहना है। यह मेरा शहर होगा। इसे देख लूँ। पहचान लूँ।

इस अंजुमन में आपको आना है बार-बार, दीवारोदर को ग़ौर से पहचान लीजिये!

यही करना था अब मुझे।

बहुत अलग दिखते हैं ये लोग। बहुत अलग है इनका पहनावा हाव भाव। पर लोगों जैसे लोग ही तो हैं! मुझसे उत्साह सा जगा यहाँ के लोगों को जानने का, उनसे जुड़ने का। सुनते पढ़ते तो बहुत कुछ आये हैं पर सचमुच कैसे हैं ये राह चलते लोग। सब गोरे नहीं। कोई काला गुज़र जाता है, कोई गोरा लेकिन काले बालों वाला। बालों के कितने अगल-अलग रंग है यहाँ। कुछ बच्चे भी गुजरे थे स्कूल की यूनिफार्म पहने। 11-12 साल की लड़कियों का समूह था। क्या चल रहा है इन चलने वालों के मानसिक जगत में? क्या होता है इनका परिवार? कैसे रिश्ते होते हैं इनके? मुझे बाहर ताकने में किसी खेल जैसा मज़ा आ रहा था। मैं सबको देख पा रही थी पर कोई सिर ऊँचा कर ऊपर की ओर नहीं देखता था। इसलिए मैं एक तरह से अदृश्य थी। फुटपाथ पर लोग। सड़क पर कारें। मुझे छठी मंजिल से सब कुछ बहुत साफ़ दिख रहा था। ज़िन्दगी के बहाव के किसी नये नाटक का दृश्य मेरे सामने बेपरदा हुआ पड़ा था। जी भर

कर देखूँ। यह नाटक तो कभी ख़त्म नहीं होनेवाला।

सूप ख़त्म किया। बर्तन बेसिन में धोकर किनारे रख दिये। अभी मशीन चलाना सीखा नहीं था। दिन भर घर में ही चक्कर लगाती रही। यह घर मेरा है। यह मेरी भी जगह है, सोचकर गुदगुदी सी होने लगती भीतर। यहाँ सिर्फ़ मैं और अनी। ये दीवारें, ये लम्बी-लम्बी शीशे की खिड़कियाँ, ये सोफा, यहाँ का पूरा साजोसामान, सब मेरा। अनी मेरा। एक मस्ती सी छाने लगी मुझ पर। यही मतलब होता है शादी का। एकाधिकार। मेरा सब कुछ अनी का। अनी का सब कुछ मेरा। जैसे भँवर में तैरती नाव किनारे लग गयी। गीत अन्तरों के बीच खोकर अपनी टेक पर आ गया। अधूरे फिकरे एक पूरा वाक्य बन गये। धरती आसमान पर सिर रखकर सो गयी।

मैं घर की एक-एक चीज़ को महसूस करने लगी। सोने का कमरा, स्टडी, बैठक। हर कहीं। हर आलमारी, हर दराज खोल डाली। मेरी ही चिट्ठियाँ थी एक दराज़ में। एक और मैं अनी के अपने घरवालों और पिताजी वग़ैरह की। बाकी फाइलें थी। अनी जिस विषय पर शोध का काम कर रहा था उसके नोट्स वग़ैरह। शेल्फ किताबों से तुने हुए थे। अँग्रेज़ी साहित्य की अनगिनत किताबें।

एक पल को मन में उठा क्या अनी को बुरा तो नहीं लगेगा कि उसका सारा घर फलोर मारा। पर फिर उसका जवाब भी साथ उठा—क्यों मेरा भी तो घर है यह। यह सब मेरा ही तो है। चोरी तो नहीं कर रही। अपने ही घर का सामान खोल रही हूँ।

अभी मेरे सूटकेस भी वैसे ही पड़े थे। आलमारियाँ खोल कुछ सामान टिका दिया, हैंगरों पर साड़ियाँ, सलवार-कमीज लटका दिये। सोने के कमरे की दराज़ वाली अलमारी में एक दराज में अपने गहनों को टिका दिया, एक में सारी चाँदी की चीज़ों को। अपार्टमेंट में कोई श्रृंगार मेज नहीं थी। गुसलखाने में ही काउंटर था चौड़ा सा। मैंने अपना मेकअप का सामान वहीं टिका दिया। तेज़ बल्बों की रौशनी में सब कुछ लम्बे-लम्बे आइनों में प्रतिबिम्बित होता जगमगाने लगा।

थैले के छुआरे बादाम वैसे के वैसे पड़े थे। उनको रसोई की आलमारी में रखा। रसोई में गयी तो सोचा कि शाम के लिए कुछ पका ही डालूँ। ज़्यादा कुछ समझ नहीं आया। यह भी नहीं मालूम था कि अनी क्या पसन्द करेगा। बस राजमा का टिन खोलकर तड़का लगा दिया। साथ में फ्रोजन मटरों वाले चावल बना दिये। चाय बनाकर फिर से खिड़की पर आकर खड़ी हो गयी और चुस्कियों के साथ नये नाटक का स्वाद लेने लगी।

शाम होते ही मैं थक गयी और फिर से बिस्तर पर आकर लेट गयी। बिस्तर भी तो क्या बड़ा सा महारानी नाप का था। कितना भी फैल जाओ, कम न पड़े।

अनी और मेरा एक ही बिस्तर। मुझे गुदगुदी हुई।

अनी के इन्तज़ार और सोच में पता नहीं कब आँख लग गयी।

सपने में किसी शैया पर लेटी हूँ। गुलाबों की पत्तियों और फूलों से ढकी है सारी शैया। मैं अपनी उँगलियों से महसूस कर रही हूँ फूलों की कोंपलों को। नरम नरम पत्तियों को। कमरे का दरवाजा खुलता है और एक लम्बा-सुन्दर नौजवान मेरी ओर बढ़ता है। मैं भी बहुत उतावली से उसकी और खिंच रही हूँ। मैं उसकी ओर बढ़ने के लिए शैया से उठने को होती हूँ। तभी जैसे बीच में एक डरावना अँधेरा सा आकर ठहर जाता है। मैं पलँग से उठना चाहती हूँ और उठ नहीं पाती जैसे किसी ने बाँध दिया हो। मैं डर से चीखती हूँ। मैं डर से चीखती हूँ। उस चीख ने ही जब मेरी आँख खोली तो अनिरुद्ध सचमुच मेरी आँखों के आगे खड़ा था—"क्या कोई बुरा सपना देख रही थीं" वह पूछ रहा था मुझसे।

मेरी जान में जान आयी उसे पास देख कर ।

मैंने उसका हाथ खींचा तो वह मेरे साथ बिस्तर पर ही अधलेटा मुझे पुचकारने लगा।

"पहली बार घर छोड़ा है न तो इसलिए..."

अनी मुझे सचमुच बहुत अच्छा लग रहा है तुम्हारे पास पहुँचकर। जैसे अपनी मंजिल पर पहुँच गयी हूँ। कब से तो तुम्हारे पास पहुँचने का इन्तज़ार कर रही थी। कितनी देर बाद आयी है यह घड़ी। आज दिन भर मुझे यही लगता रहा कि अपने घर पहुँच गयी हूँ...अपने ठिकाने पर"

फिर अचानक ध्यान हो आया कि अनी को भूख लगी होगी—

क्या वक़्त है? कुछ खाओगे न? मैंने राजमा-चावल बनाये हैं।

तुमने खाया?

मेरा तो जैटलैग के मारे भूख का वक़्त ही उल्टा-सुल्टा हो रहा है।

तो रहने दो। मैंने कुछ देर पहले ही सैंडविच खा लिया था। अब भूख नहीं। मैंने नहीं सोचा था कि पहले ही दिन तुमको खाना बनाने की समझ भी आ जायेगी!

क्यों मुझे तो दिन भर कुछ करना ही नहीं था। पहले आलमारियाँ दराज़ें फलोरती रही। सूटकेसों का सारा सामान लगाया। फिर सोचा खाना भी बिना दिया जाये। यूँ ही बनाया है।

खरीदारी करेंगे, फिर बढ़िया खाना बना कर खिलाऊँगी।

जरूर अब तो मैं भी घरवाला हो गया हूँ। बाहर खाने की आदत छोड़नी होगी। लेकिन रोज-रोज पका कर बोर नहीं हो जाओगी?

तुम खाने वाले तो बनो? बीस मिनट में तो खाना तैयार हो गया था।

वाह! मुझे नहीं मालूम था तुम इतनी सुघड़ हो घर के कामों में।

क्यों नहीं। मेरी माँ ने मुझे सारे घर के काम सिखला रखे हैं। मैं तो उनसे झगड़ा करती थी और चिल्लाती थी कि क्यों सिखाती रहती हो घर के काम। अब लगता है इसी दिन के लिए सिखलाये होंगे।

सच मुझे माँ से हमेशा शिकायत रही थी कि मुझसे घर के काम कराती है पर आज मैं अपनी खाना पकाने की उपलब्धि पर बहुत खुश थी और मुस्करा रही थी।

बीस नहीं तो आधा घंटा लगा होगा।

अनी मेरे इस घरेलू अन्दाज़ से खिल उठा था।

बोला—'सो दिस इज ऐडिड ऐट्रेक्शन आफ मेरिज। दुल्हन भी मिली और साथ में पेटपूजा का सामान भी!'

लेकिन खाना खाने के लिए हम उठे नहीं।

अनी मेरा बदन सहला रहा था। साथ ही मीठी-मीठी बातें कहे जा रहा था। मेरा चेहरा, मेरी त्वचा, मेरे लम्बे-घने बाल, मेरी आँखें, मेरे हर रंग के लिए कहाँ-कहाँ से उपमा खोज के लाता जा रहा था। मुझे लगा जैसे मैं संसार की सबसे सुन्दर लड़की हूँ।

धीरे-धीरे वह सब होता गया जिसकी स्मृति आज भी मेरे पोर-पोर में सिहरन भर देती है—बहुत मखमली अन्दाज़ से उसने मुझे अपनी बाँहों में बाँधा मानों बहुत एहतियात से कोई जमीन पर गिरे मक्खन को बटोर रहा हो। मेरे बदन पर चुम्बन जड़ते हुए बहुत नर्माई से मेरे ब्लाउज के हुक खोलना, मेरे वक्ष और पेट को सहलाते उसके रेशम से नरम हाथ, मेरे कुचों को घेरे उसके मुख की स्निग्ध आर्द्रता। मेरे बालों से खेलती, मेरे गीलेपन को महसूसती उसकी मृदुल, नशीली, उंगलियाँ। कैसा मीठा नशा तारी था मुझ पर। कमरे में रेशमी, आफवाइट शेड वाले पैडस्टल लैम्प की पीली बत्ती मद्धम-मद्धम जल रही थी। उसके उजाले में ही समूचा चूमते-चूमते उसने मुझे निर्वस्त्र कर दिया था। अपने आप को निर्वसन देख मेरी आँखें बन्द हो गयी थीं। तभी मेरे बदन से खेलते-खेलते वह मेरे भीतर आने को तैयार हुआ तो मेरी चीख़ निकल गयी।

वह बीच ही में रूका—"क्या हुआ? डर लग रहा है?"

मैंने नकारने की कोशिश की—"नहीं...यूँ ही...डर किस बात का?"

उसने दुबारा भीतर आने की कोशिश की। मेरा मन ऐसा होने लगा कि पलंग से उठकर कहीं भाग जाऊँ। ऐसा लग रहा था जैसे कि कुछ बहुत बुरा, बहुत अघटित घट जायेगा। कुछ बहुत ख़तरनाक, बहुत शर्मनाक! पर डर जैसा कुछ

स्पष्ट नहीं था। बस यही समझ नहीं आ रहा था कि मन की हालत ऐसी क्यों हो रही है। कैसे इसे बस में करूँ? एक तरफ यही कोशिश थी कि जो होता है उसे होने दूँ। दूसरी तरफ़ जैसे कोई दैत्याकार दबोचे जा रहा था मुझे।

मेरी इसी पशोपेश में वह लगभग मेरे भीतर आ गया था और उसके होंठ मेरे होंठों को चुभला रहे थे। उसका पूरा का पूरा जिस्म मेरे शरीर पर छाया हुआ था। उसके विशाल जिस्म के वजन को अपने ऊपर महसूस करते ही मुझे बेचैनी सी होने लगी। सामने वही दैत्य था। दम सा घुटने लगा। मैं हाँफने लगी। लगा कि साँस बस रुकने ही वाली है। मेरा चेहरा बेहद लाल और तपा हआ था। ऐसा लग रहा था जैसे 107 डिग्री बुखार हो, बस दम निकलने को हो!

"क्या हुआ...क्या हुआ?" अनी एकदम से मुझ पर से नीचे उतर आया। अनी के चेहरे पर परेशानी थी और वह जैसे मेरे चेहरे को पढ़ने की कोशिश कर रहा था।

मेरा रोना छूट गया।

मैं बड़बड़ा रही थी—"ऐसे नहीं करो अनी। मुझे कुछ होने लगता है...पता नहीं क्यों..." मैं फूट पड़ी और मेरे आँसू रुकने का नाम नहीं ले रहे थे। उसने मुझे हल्के से उठाया और वह मुझे अपनी गोद में लिटा कर सहलाता रहा। मैं बहुत देर तक आश्वस्त और शान्त नहीं हो पायी थी। मैं रोती रही और वह सहलाता रहा। फिर कुछ देर बाद कुछ सँभली तो धीरे से बोला सो जाओ। रात बहुत हो चुकी है।

उसे भी थकान ने घेर लिया था। वह दूसरी और करवट बदल कर सो गया। उसे सुबह काम पर जाना था। पर मैं सारी रात सोयी नहीं। मैंने धीरे से जैसे अपने आप से भी छुपाते हुए अपने नीचे हाथ लगाया। उँगली पर गीला द्रव्य था। कोई खून नहीं था। घबराकर उठी। चादर को देखा। आफवाइट चादर। वैसी ही कुछ गीली सी लेकिन सफेद पड़ी थी। मैं काँप गयी। अनी को ख़्याल आया होगा कि खून नहीं था! वह मेरे भीतर तो आया था। उसको पता तो लग ही गया होगा कि कुछ गड़बड़ है। लेकिन वह यह भी तो सोच सकता है कि सब लड़कियों के साथ ऐसा नहीं होता। खेल से नष्ट होने वाली बात भी तो उसको पता होगी!

क्या करूँ मैं!

अजीब सी हालत थी मेरी! मेरे अँधेरों ने मुझे घेरना शुरू किया। सिर्फ़ एक

ही भयावना साया था मेरे आसमान पर जिससे निबट नहीं पा रही थी मैं। मेरे प्यार पर कोई ग्रहण लगा था जैसे। ज्यों ही मेरा चाँद खिलने लगता, राहु उसे ग्रस लेता।

कैसे निस्तार मिलेगा मुझे?

अनी की बाँहों में मेरा सारा सुख-संसार था, उसी का नैकट्य मेरे पाँवों के नीचे से ज़मीन खिसकाये जा रहा था। यह कैसी दुविधा ने जकड़ लिया है मुझे!

एक ओर तो डर कि अनी और मेरे बीच ऐसा प्रणय सुख आये ही न। वहीं अनी के संसर्ग के लिए तड़प भी रही थी। उसके सोये-सोये उसकी पीठ को मैंने कितनी ही बार चूमा फिर परे हट जाती। कि इससे आगे कुछ हुआ तो कैसे निभाऊँगी!

अचानक हिम्मत सी आने लगी कि जिस इन्सान ने मुझे अपना निश्छल स्नेह दिया है और जिससे मैं पूरी तरह अनुरक्त हूँ, जो मेरे जीवन का समीपतम प्राणी है, जो मेरे इतने करीब है कि कोई उससे करीब कभी होगा ही नहीं—उससे दुराव क्योंकर? क्यों मैं उसको और अपने-आप को सजा दे रही हूँ। क्यों उसके और मेरे प्यार के बीच इस तरह की अनचाही दीवार बने। क्यों एक तीसरा इन्सान हम दोनों के बीच आने की कोशिश करे और वह भी ऐसा इन्सान जो सदियों तक मेरी नफरत पाये तो भी काफ़ी न हो! ऐसे इन्सान को मैं अपनी ज़िन्दगी क्यों सत्यानाश करने दूँ।

अब तो मेरी जिम्मेदारी अपने प्रति ही नहीं अनी के प्रति भी तो है? मैं उसे भी तो अपने व्यवहार से तकलीफ़ दे रही हूँ। उसने मुझसे कोई ऐसा-वैसा सवाल नहीं किया...यह तो उसी की शराफत है। कल को पूछे तो क्या मैं जवाबदेह नहीं?

क्या मुझसे सच्चाई पाने का हक नहीं उसे? जब वह मुझे उन्मुक्त भाव से सब कुछ देता है तो मेरा उन्मुक्त भाव वांछित नहीं?

सालों से हम एक दूसरे से खतो-किताबत कर रहे थे। उसने कभी शरीर के सम्बन्ध की बात की भी तो मैं चुप्पी मार गयी। जैसे कि शरीरों की कोई हस्ती ही न हो। जैसे कि सब कुछ हवाई ही हो। पर वह मेरी स्त्री-सुलभ लज्जा थी। सचमुच मेरे लिए बहुत मुश्किल होता इसे विषय बना कर इस पर बात करना। सहेलियों के बीच बात होना और बात है पर किसी पुरुष के साथ...न बाबा न।

यूँ यह भी जानती थी कि एक दिन सामना करना तो होगा ही। पर सचमुच इस पक्ष को इतना दबाये रखा कि ढंग से सोचने की हिम्मत होती भी नहीं थी। टालती गयी, टालती गयी। अनी तो सिर्फ़ मुझे सजग करने की बात करता था

कि शायद मुझे आने से पहले कोई गर्भनिरोधी दवा वगैरह शुरू कर देनी चाहिए क्योंकि आते ही बच्चा-वच्चा हो गया तो बाकी के सारे काम अधूरे ही रह जायेंगे। उसकी चाह थी कि मैं भी यहाँ पढ़ लिख कर पहले कुछ बन जाऊँ, फिर हम लोग परिवार बड़ा करने की तैयारी करें। मुझे इसमें शर्म आती थी। मैंने इसका जवाब भी यह कर टाल दिया था कि देख लेंगे।

अब तो रूबरू हैं एक दूसरे के, कुछ भी टलेगा नहीं।

मैं हूँ कि सिर्फ़ घबराहट और डर...बस एक डर के मारे मैं उससे परे होती जाऊँ?

क्या मैं अनी पर विश्वास नहीं कर सकती कि मेरा सच उसे डुबोयेगा नहीं, हम दोनों को ही तार देगा? वह उस तरह के आदमियों जैसा तो नहीं लगता जो...पर अभी मैं उसे जानती कितना हूँ? पर जब भारत में था तो मिलते थे, फिर सालों एक दूसरे को लिखे खत! और कैसे जानना होता है!

भावात्मक स्तर पर हमारा रिश्ता बनता रहा है लेकिन शरीर...जिस मजबूत शिला पर भावनाओं का भवन खड़ा है वहीं तो जिस्मानी रिश्ते को भी खड़ा होना है न?

पता नहीं कैसे मेरी जबान पर एक वाक्य था—"तुम्हें कुछ बतलाना है।"

"क्या..." और अनी ने करवट बदल कर चेहरा मेरी ओर किया। तो वह सोया नहीं था। वह भी परेशान होगा कि इस लड़की की समस्या क्या है!

मैं अभी भी पूरा साहस बटोर रही थी। पर उसके बाद जो मैंने कहा वह मेरा अभीसिप्त नहीं था—"सुनो। मैं जल्द ही नौकरी या पढ़ाई का काम शुरू कर देना चाहती हूँ।"

वह हैरान सा बोला—"तो आधी रात को यह सब क्यों कहने के लिए जगाया। सुबह करेंगे न कामों की बात।"

मुझे झिझक सी हुई। सचमुच यह तो ऐसी कोई जल्दबाजी की बात नहीं थी कि सुबह तक रुका न जा सके।

पर उस सुबह को दुबारा लाना मुश्किल हो गया। मन में अजीब-अजीब से डर और वहम घर करते रहे। कहीं मुझसे नफ़रत ही न करने लगे अनी? फिर कहाँ जाऊँगी? कितना कीमती है अनी से मेरा रिश्ता...उसे कभी आँच नहीं आने दे सकती। फिर किया क्या जाये? हर आने वाली रात मेरे लिए ईंटों का बोझ बन कर आती। कभी कुछ तो कभी कुछ बात बनाकर गुज़ारा चला रही थी। किसी दिन अनी को ही ज़्यादा काम होता और वह थक कर आता।

पर कब तक चल सकता था ऐसा।

सत्रह

हमारे शयनकक्ष में जो कुछ भी होता रहा हो, एक ज़िन्दगी उसके बाहर भी थी जो अपनी साधारण, बल्कि काफ़ी तेज़ गति से ही आगे बढ़ रही थी। जैसे नदी अवरोध पाने पर और भी तेज़ गति से आगे बढ़ती है वैसे ही समय, स्थान और मानसिकता के तरह-तरह के गतिरोध आने के बावजूद जीवन की कितनी ही धाराएँ तेज़ चाल से बहे जा रही थीं। लेकिन मैं स्वयं नदी के उस पत्थर सी बन गयी थी जो अपनी जगह पड़ा रहता है चाहे जितना भी पानी सर से निकल जाये।

एक उदासी, अतीत का भारी बोझ और जीवन की निरर्थकता का एक तीखा अहसास मुझे परेशान करने लगा।

अनी ने मेरा उदास अनमनापन महसूस किया होगा क्योंकि उसी ने ज़ोर देकर कहना शुरू किया कि मेरे लिए काम करना बहुत ज़रूरी था वर्ना घर में पड़े-पड़े कोई भी पागल हो जायेगा।

अनी बार-बार मुझसे शिकायत करता—तुम तो किसी से मिलती जुलती ही नहीं हो, न बात करती हो। ऐसा कैसे चलेगा। लिन कह रही थी उसने तुमसे बात करने की कोशिश की पर तुमने हूँ हाँ में टाल दिया।

मेरे पास कोई जवाब नहीं था। पर देख रही थी कि अनी चिन्तित सा था।

अपने आप ही बोला—मेरे ख़्याल से तुमको जल्द ही काम करना शुरू कर देना चाहिए। सेक्रेटरी की नौकरी तो मिल ही जायेगी। साथ ही पढ़ाई शुरू कर दो ताकि आगे कुछ कर सको।

काम की बात उठी तो उससे और भी कई चीजें जुड़ी थीं।

एक दिन जब काम का ज़िक्र आया तो उसने कहा कि सबसे पहले मुझे कार चलाना सीखना चाहिए ताकि मैं अपने आप से आ जा सकूँ।

कार जो भारत में इतनी नायाब चीज़ थी और जिसे सीखने के बेहद शौक ने ही मुझे अंकल की ज़्यादती सहने को कुछ हद तक मजबूर किया। वह यहाँ ज़रूरत की चीज़ थी और आसानी से मुहैया थी। यहाँ पहुँचने के हफ्ते भर बाद

ही कार ख़रीदने की बात की जा सकती थी। जैसे तन ढकने को कपड़े, रहने को मकान, वैसे ही कार भी। हर कोई खरीद सकता था गाड़ी, उसके लिए कोई बहुत अमीर होने की ज़रूरत भी नहीं।

फिर भी मैं अरसे तक झिझकती ही रही गाड़ी सीखने से। मुझे लगता था कि सीख ही नहीं पाऊँगी। पता नहीं अन्दर से उठता ही नहीं था कि चलाना सीखूँ और सीखने का सोचती तो भीतर घबराहट और खलबली सी मच जाती। मुझे लगता कि ड्राइवर की सीट पर बैठना ही मेरे लिए नामुमकिन होगा। अगर बैठ भी गयी तो कुछ सँभाल नहीं पाऊँगी। क्लच नहीं दबेगा और चलाऊँगी तो ब्रेक नहीं लगेगा। अजीब से ख़ौफ़ मुझे रोक देते। लगता जैसे कि कुछ अघट घट जायेगा...कुछ अशुभ हो जायेगा! कोई दुर्घटना कर बैठूँगी।

अनी बार-बार याद दिलाता और पूछता कि ड्राइविंग स्कूल का पता किया कि नहीं। मैं टाल जाती—"आज करूँगी" और आने का नाम लेता नहीं। ड्राइविंग से अंकल का अक्स जुड़ा हुआ था। सोचती थी कि कैसे जूझूँगी उससे। कहीं वह सब फिर से दिमाग़ में हाथापायी करने लगा तो कहीं दुर्घटना ही न कर बैठूँ। लेकिन मुझे मुक्त होना ही है। कब तक इस डर को मन में बिठा कर खुद को जीने की ज़रूरतों से दूर फेंकती रहूँगी। जो काम करने हैं वे तो करने ही हैं। वह काला अतीत मेरी ज़िन्दगी से बहुत दूर हट चुका है।

उसके नजदीक आने की कोई सम्भावना ही नहीं। फिर यह झिझक क्यों? कब तक टालती रहूँगी! ऐसे तो कुछ कर ही नहीं पाऊँगी? बस घर में ही टिके रहना होगा। वह भी तो पागल कर देगा मुझे। बहुत अजीब लगता रहता मुझे। कभी तो अनमनी सी बैठी ही रहती। कभी यूँ ही निरुदेश्य सी घर में चक्कर काटती रहती। क्या करूँ? क्या करना चाहिए मुझे?

एक सुबह यूनिवर्सिटी जाने से पहले अनी ने मुझे टेलीफोन डायरेक्टरी थमा दी और कहा कि इसमें से ड्राईविंग स्कूल के नम्बर खोज कर उनसे जानकारी ले लूँ और सीखने का वक़्त भी नियत कर लूँ। अनी चला गया और मैं घंटों मोटी सी डायरेक्टरी से ही उनझती रही। अपने भीतर ताकत सँजोती रही। रितु यह काम करना ही है। यह भी सोच लिया कि सिखाने वाले ने ज़रा भी हाथ लगाया तो थप्पड़ जड़ दूँगी। जहाँ भी हुआ गाड़ी से बाहर निकल आऊँगी। अब तो मैं बड़ी हूँ। अक्लमन्द हूँ। कोई करे तो हिम्मत। सीधा करके रख दूँगी। फिर दिन-दिन में ही सीखनी है गाड़ीं ख़तरा किस बात का। रास्ते भी मुझे ख़ासे आ गये हैं।

दो-तीन स्कूलों के इश्तहार थे उसमें सो वहीं फोन किया। पता लगा कि वे लोग आकर घर से ही ले जाते हैं और उन्हीं की गाड़ी पर सीखना होता है।

यह बात मज़ेदार थी अनी की गाड़ी तोड़ने की फ़िक्र करने की ज़रूरत नहीं थी मुझे।

पर मन में उत्साह नहीं जुटा पाती थी। लगता नहीं था कि सचमुच गाड़ी चलाना सीखूँगी। जैसे कि बीच में ही कुछ हो जायेगा।

पर अनी ने मुझे ज़्यादा टालने नहीं दिया। रोज पूछ डालता कि गाड़ी सीखने का क्या हो रहा है। मैं हाँ हूँ करके टालने लगती तो वह भाषण देने लगता कि कितना ज़रूरी है कि सीख लूँ वर्ना बाहर जाना भी मुहाल होगा।

अंकल के साथ मैंने स्टीरिंग सँभालना तो सीख ही लिया था पर वह सब नाम के वास्ते ही था। अब जबकि सचमुच सीखने की बात आयी तो पता लगा गाड़ी का कखग कतई नहीं आता था मुझे और कि मुझे सब कुछ शुरू से ही सीखना था। सिखाने वाला भी स्थानीय ड्राईविंग स्कूल का टीचर था। मेरी ही उम्र का। अजय का ध्यान हो आया मुझे। मेरा सहज ही विश्वास बन गया। वह बहुत ही प्रोफेशनल ढंग से सिखा रहा था। पहले उसने गाड़ी की मशीन के सारे हिस्सों से मुझे वाकिफ़ कराया। उनका कब कैसे इस्तेमाल करना है, उसके बाद प्रैक्टिकल ट्रेनिंग। रोज आधे घंटे का पाठ होता था। मैं सीख तो गयी। बस गाड़ी को पार्क करने में महारत हासिल नहीं हो रही थी। उसका कहना था कि सड़क के साथ गाड़ी को सीधा लगाने की पार्किंग सीखे बिना मैं इम्तहान फेल कर जाऊँगी। ख़ासकर दो गाड़ियों के बीच अपनी गाड़ी लगाना मुझे बेहद नर्वस करता। न तो आगे वाली गाड़ी से टक्कर हो, न ही पीछे वाली से। इतनी सफ़ाई से भला कैसे टिका सकता है गाड़ी कोई । न बाबा न। पहले तो मैंने जवाब यही दे दिया। पर इस शहर में पैरलल पार्किग यानि कि सड़क के समानांतर गाड़ी खड़ा करने की कला सीखे बिना लाइसेंस नहीं मिलेगा। करना था ही। वह मेरे साथ स्टीयरिंग सँभाल कर बार-बार मुझे दिखाता कि ऐसे करो। दो दिन उसी की प्रैक्टिस कराता रहा। तब जाकर मुझे अपने पर भरोसा आया। अनी से भी कहा कि मुझे कुछ अलग से अभ्यास करा दे।

शुरू-शुरू में हाईवे पर प्रैक्टिस करते हुए भी मुझे डर लगता रहा था। कैसे याद रहेंगे इतने सारे नियम? यूँ सीखने से पहले नियमों का लिखित इम्तहान तो पास कर चुकी थी। उसके बिना तो स्कूल वाले गाड़ी सिखलाते ही नहीं। पर वह सब तो रट कर याद कर लिए थे। अब सचमुच जब सब गाड़ी में बैठकर सँभालना पड़ा तो बहुत ज़्यादा नर्वस थी मैं। दो बार ऐसा हुआ था कि आगे ट्रक था और सहसा में बहुत पेनिक कर गयी। एक बार आँखों के आगे पल भर को अँधेरा सा आ गया। गाड़ी कुछ असन्तुलित हुई तो उसने झट से स्टीयरिंग सँभाल लिया। फिर मैं भी सँभल गयी।

पहली बार में इम्तहान पास नहीं कर पायी थी मैं। शायद नर्वस बहुत थी। लाल बत्ती पर रुकी तो हरे होने पर भी गाड़ी फिर से चलाने में कुछ देरी लग गयी। पीछे गाड़ियाँ आ रहीं थीं और उन लोगों ने हार्न बजाने ही शुरु कर दिये। परीक्षक ने रिपोर्ट दी कि मेरे रिफ्लेक्सेस तेज़ नहीं है। पार्किंग करते हुए भी पीछे वाली गाड़ी में ज़रा सी लग गयी थी।

मेरी रुलाई छूट गयी थी। अनी ने हिम्मत बँधायी कि प्रैक्टिस करती रहो। पर मेरा अपनी घबराहट और नर्वसनेस पर जैसे कुछ बस ही नहीं था। प्रैक्टिस करते हुए ठीक हो जाता पर इम्तहान के नाम से ही कम्पन छूटने लगता। दूसरी बार फिर फेल हुई थी। सोचा मुझे करना ही नहीं यह काम। अनी ढाँढस बँधाने लगा। कोई बड़ी बात नहीं। मैं भी एक बार में पास नहीं हुआ था। ये लोग कुछ सख़्त भी होते हैं। आखिर जान का मामला है। सड़क पर सैकड़ों तो गाड़ियाँ जा रही होती हैं। ड्राइवर को परफैक्ट तो होना ही पड़ेगा।

मैंने कहा—'मुझे आयेगी ही नहीं ड्राईविंग। न मैं परफैक्ट भी हो सकूँगी। मुझे मालूम है मैं कोई भी काम पूरी तरह से अच्छा नहीं कर पाती। बस गुज़ारे लायक ही। और वह यहाँ चलने वाला नहीं। मुझे वैसे भी सीखनी ही नहीं कार चलानी।'

''रितु! कैसी बातें कर रही हो तुम। ड्राईविंग जैसा काम तो कोई अनपढ़ भी कर लेता है यहाँ। तुम बिल्कुल टेस्ट दोगी और मैं जानता हूँ कि तुम टेस्ट पास करोगी। बहाने बाज़ी कोई नहीं चलेगी।''

शुक्र है तीसरी बार में पास हो ही गयी।

अनी मेरे गाड़ी सीख लेने पर बेहद ख़ुश था।

अनी एक वीकेंड पर मुझे गाड़ियों की दुकान पर ले गया। मैं तो तरह-तरह की कारें देख चकाचौंध थी। गाड़ियों के बारे में मुझे कुछ पता तो था नहीं बस वही एम्बैसेडर और फिएट ही देखीं थीं ज़्यादातर भारत में। यहाँ यूँ तरह-तरह की गाड़ियाँ सड़क पर चलती और दोस्तों के पास देखी थीं पर उनके नाम और गुण जाने का मौका ख़ास नहीं मिला था। सुना भी हो तो।

बहुत ध्यान नहीं दिया था। मुझे कितनी ही कारें पसन्द आ गयीं। वह मुझे अलग-अलग कारों की खूबियाँ समझाता रहा ताकि फैसला लेने में मुझे कुछ मदद मिले। हम चार पाँच दुकानों पर गये। मैं ने एक ही दिन में कारों के बारे में

ढेर सारी जानकारी हासिल कर ली। अनी ने बताया कि बड़ी-बड़ी अमेरिकी गाड़ियाँ यूँ तो लोकप्रिय थीं पर मेरे लिए छोटी ज़्यादा अच्छी रहेगी। छोटी को सँभालना, सड़क पर पार्क करना ज़्यादा आसान रहेगा।

मुझे उसका सुझाव भा गया। यूँ भी मुझे कुछ पता तो था नहीं। इस तरह मुझे एक दिशा मिल गयी अपने चुनाव में। फिर भी मैंने कहा—''कुछ सोच लूँ... इतनी बड़ी चीज़...कुछ वक़्त तो दोगे न फैसला लेने के लिए...अगले वीकेंड दुबारा नहीं आ सकते?''

पता नहीं क्यों पर मन में हिचक सी थी गाड़ी की जिम्मेदारी लेने में। लगा जैसे कि कोई बोझ था यह जिसे छोड़ नहीं पाऊँगी।

काफ़ी देर तक मैं टालती ही रही। हर वीकेंड पर कुछ न कुछ बहाना बना लेती। अनी ने कुछ गुस्से से कहा था—'क्यों गाड़ी नहीं चाहिए।' मैं चुप ही रही। 'जानती हो गाड़ी मैं तुम्हारे लिए नहीं अपने लिए लेकर देना चाहता हूँ। अब हर कहीं मुझी को तुम्हें ले जाना पड़ता है। फिर तुम अपने आप जाने लायक होगी तो कम से कम घर की ज़रूरतें और कुछ दूसरे बाहर के काम तो सँभाल लोगी। वर्ना हर बात की फ़िक्र मुझी को करनी पड़ती है। क्यों काम बटाना नहीं चाहतीं?'

तो गाड़ी चलाना ऐश की बात नहीं थीं। मुझे यह काम करना ही है। मेरा घर, मेरा पति मुझसे माँग कर रहा है। अनी ने मेरी कर्त्तव्य भावना को चुनौती दी थी।

''क्यों नहीं बँटाऊँगी। चलो आज ही चलो।''

वह मुस्कुरा दिया।

जिस दिन अपनी गाड़ी के आटोमेटिक ट्रांसमिशन को आन कर मैं पूरे आत्मविश्वास के साथ गाड़ी चलाकर सड़क पर निकली, मुझे लगा जैसे आसमान और जमीन दोनों मेरे काबू में आ गये हों। एक नयी कर्मभूमि पा ली है मैंने। अपने आप को उपयोगी महसूस किया।

यूँ देखा जाये तो एक कच्ची सी उम्र का सपना आज पूरा हो रहा था। कितनी आसानी से! और कितनी बड़ी कीमत चुका दी थी अपने बचपने में मैंने! क्या उसे सपने की कीमत कहूँ या बस एक विश्वासघात।

यहाँ कोई क्लच नहीं दबाना था। क्लच के झटके लगने का कोई खतरा भी नहीं था। अचानक गाड़ी चलाना सच में एक खिलवाड़ जैसा लगा मुझे। ज़मीन जैसे मेरे लिए एक खेल का मैदान हो जहाँ मुझे खेलने की पूरी आजादी मिली हो। सचमुच एक आजाद पंछी सा महसूस किया मैंने। मैं कहीं भी आ जा सकती थी, कहीं भी अपने आप पहुँच सकती थी। अब मुझे किसी पर निर्भर होने की

ज़रूरत नहीं थी। जैसे एक नयी ज़िन्दगी मिली हो मुझे।

गाड़ी सड़क पर चल रही थी यूँ ही निरुद्देश्य। मैं सोचने लगी कि कहाँ जाना चाहिए मुझे। सचमुच जाने की तो कोई जगह ही नहीं थी। कल ही तो सारी शापिंग की थी। अब आज कहाँ जाया जाये? अनी की यूनिवर्सिटी की ओर मोड़ दी गाड़ी। पार्किंग लाट तक पहुँची तो सोचा इस वक़्त वह यूनिवर्सिटी के काम में मशगूल होगा उसे डिस्टर्ब नहीं करना चाहिए। घर की ओर वापस मोड़ ली। फिर रास्ते में यूँ ही ध्यान आया स्टोर से कुछ ताज़ा सलाद खरीद लेती हूँ। घर से निकली ही हुई हूँ। वह भी हो गया। अभी दोपहर ही थी। सचमुच कोई आने जाने का घर नहीं। यूँ तो दिल्ली में भी मेरी कोई विशेष दोस्तियाँ नहीं थी। ले दे के कम्मो थी वह भी सिंगापुर से कभी कभार आती थी या मौसी की लड़की गप्पो। पर यहाँ तो बिल्कुल कोई नहीं था। थे तो अनी के कुछ मित्र या रिश्तेदार। मैंने गाड़ी घर की ओर मोड़ ली।

अगले दिन शुक्रवार था। अनी बोला कि मैं गाड़ी चलाऊँगी और हम शाम को राजिन्दर भाभी जी के यहाँ भोजन पर जा रहे हैं।

मेरा मन नहीं था किसी के भी यहाँ आने जाने का। एक उपन्यास भी शुरू कर रखा था। उसी को पढ़ने का सोच रही थी। पर अनी ने मेरे चेहरे पर निरुत्साह देखा तो बोल पड़ा—"क्यों, जाना नहीं चाहतीं। ये लोग मेरे बहुत करीबी हैं। नहीं जायेंगे तो उनको बुरा लगेगा। प्लीज़! कुछ मिला जुला भी करो। सिर्फ़ किताबों के साथ ज़िन्दगी नहीं गुजारी जा सकती।"

अनी को मेरा अकेले रहना भाता नहीं था। पर मैं उसी में सहज महसूस करती थी।

पर जानती थी मुझे जाना तो पड़ेगा ही। अगर मैं कह दूँ कि अकेले चले जाओ तो अनी को और भी बुरा लगेगा। वह यूँ भी कहता है कि काम तो हम अपना अपना करते हैं पर शाम को तो साथ ही होना चाहिए वर्ना विवाह का क्या मतलब? फिर ये तो उसके करीबी थे। उन्हीं के यहाँ हमारी शादी हुई थी। यूँ उनका मुझसे व्यवहार इतना अपनापे भरा था कि मैं धीरे-धीरे उनसे एक अपनापन सा महसूस करने लगी थी। मन में अकसर सवाल भी उठता कि इतना अपनापा क्यों दिखाती हैं। क्या यह सब बनावटी है? बोलने की शैली है? वर्ना मुझसे भला उनको कैसा लगाव? पर अनी ने जब मुझसे कहा कि उनके साथ घर जैसी ही बात है तो मैं भी कुछ सहज हो गयी थी। फिर जानती ही कहाँ थी किसी और को? यहाँ तो आम तौर पर कोई किसी के घर नहीं जाता। घर सिर्फ़ अपने

लिए होता है। बाहरवालों के लिए नहीं।

गेट खोलकर उनके पैसेज में गाड़ी रोकी तो भाभी जी आवाज़ सुनकर खुद ही दरवाजा खोल बाहर निकल आयीं—"अरे पहुँच गये तुम। आज तो बड़े वक़्त पर आ गये!"

"भाभी जी रितु गाड़ी चलाकर लायी है।" अनी ने बड़े जोश और फख्र के साथ कहा।

"इतनी जल्दी गाड़ी भी सीख ली।" और फिर गाड़ी पर ग़ौर करके बोलीं—"हूँ तो नयी गाड़ी ली है मैडम ने।"

भाभीजी ने खूब बढ़िया खाना खिलाया हमें। मुझे खाने का वैसा शौक नहीं था पर उनका उत्साह जहाँ मुझे कुछ असहज सा महसूस करा रहा था वहीं कहीं घर का सा सुख भी दे रहा था। जैसे माँ ज़बरदस्ती खिला डालतीं। भाभी जी भी ऐसा ही कर रही थीं। मैंने उनको बार-बार परसने से रोका भी। पर वे तो मानती ही न थीं।

वे बहुत खुश थीं—"अब तो गाड़ी ले ली है। कभी कभी ऐसे ही आ जाया कर। मुझे तो बड़ी ख़ुशी होती है तुझे देख कर। कौन मिलने आता है यहाँ। मैं तो दिन भर अकेली बैठी रहती हूँ। सच, आ जाया कर।" वीरजी, भाभी जी के पति, राघव मित्तल, आई बी. एम में काम करते थे। भारत में आई. आई. टी. से पढ़े थे। उनकी ख़ासी आमदनी थी। पर वीरजी ज़्यादातर काम पर घर से बाहर ही होते थे। भाभी जी को सचमुच मुझसे मिलकर अच्छा तो लगा था। पर मैं जानती थी कि मैं उनसे अकेले मिलने कभी नहीं आऊँगी। मुझे यूँ भी किसी के बहुत करीब आने में घबराहट ही होती थी।

यूँ बाद में मुझे फुरसत भी कम ही मिलती थी इस तरह दिन-दहाड़े घूमने-फिरने की। रोज ही कुछ न कुछ काम पड़ जाता और वही मेरा वक़्त लील लेता। मेरा कालेज भी शुरू होनेवाला था।

लेकिन हमारे दाम्पत्य जीवन का एक अनिवार्य हिस्सा था कि शाम को हम साथ-साथ अनी के मित्रों से मिलते। अनी को ज़िन्दगी का यही ढंग पसन्द था। वे भी हमारे यहाँ आते। मुझे मन नहीं होता था मिलने का। पढ़ाई में मेरा मन खूब लग रहा था और अपने आप के साथ रहना तो मेरी पुरानी आदत थी ही। अकसर उदासी ज़रूर छा जाती पर अकेलापन नहीं। अकेला होना उदासी से जूझने में मदद जो कर डालता था। पर अनी कहता कि मुझे लोगों से ज़रूर मिलना जुलना चाहिए इसलिए जाने और बुलाने का सिलसिला टूटना नहीं चाहिए।

पहले से तय रहता कि कब कौन किसके यहाँ आ या जा रहा है। ज़्यादातर तो वीकैंड पर ही बैठक मुलाकातें होती थीं। बाकी दिन सुबह से शाम पढ़ने-लिखने के काम, घर की सफाई, कुकिंग, सौदाबाजी और बाकी के छोटे-मोटे कामों में लग जाते थे। भाभी जी को वीकैंड पर बारबेक्यू का बहुत शौक था। कहतीं कि इस तरह रसोई से छुटकारा मिल जाता है। वर्ना सातों दिन एक ही दिनचर्या।

बारबेक्यू पर ज़्यादातर आदमी लोग ही पकाने का काम करते। हम लोग घर से मुर्गे और कबाब वगैरह मसालों में डुबो कर तैयार करके ले जाते, साथ में भुट्टे, तरबूज, आलू के चिप्स और कोकाकोला की बोतलें। भाभीजी के एक दो पसन्दीदा पार्क थे जहाँ चूल्हे भी बने हुए थे। आदमी लोग ही चूल्हों में कोयले डालकर आग जलाते और फिर मुर्गे, कबाब, हैमबर्गर तथा तथा भुट्टों को कोयलों की आँच पर पकाया जाता। ज़्यादातर ऐसी पिकनिक गर्मियों में ही होती। पर सर्दियों में भाभी जी और दूसरे लोग घरों के अन्दर भी इस तरह का इन्तज़ाम रखते। पार्टियों में बारबेक्यू किया जाता और तब भी घर के आदमी ही करते पकाने का काम।

मैं मन से शामिल नहीं हो पाती थी इन पार्टियों में। अनी ने कहाँ भी—'तुम मिलती जुलती क्यों नहीं? भाभी जी कह रही थी कि रितु को हमने मिलना पसन्द नहीं क्या?'

अनी से न सच कहते बनता था न झूठ।

मुझे औरतों के बीच बैठ गप मारना कतई नहीं भाता था। मेरे पास कोई गप तो होती नहीं थी। न ही उनकी सुनने में रुचि थी। पर न बैठे बिना भी गुजारा नहीं था। यह भी बड़ी अनिवार्य सी औपचारिकता थी। पुरुष पुरुषों के समूह में और महिलाएँ महिलाओं के जमावड़े में। इस सब से बचने के लिए मैं किसी न किसी काम में हाथ बँटाने लगती। सलाद काटना या रोटियाँ गरम करना या मेज लगाना, जो कुछ भी।

अकसर इन बारबेक्युओं पर मैं वीर जी के साथ गोश्त भूनने के काम में लग जाती। मेरे लिए नया भी था यह सब। मेरा कुछ नया सीखना अनी को भाता था। मुझे भुनने की खुशबू भी अच्छी लगती और मैं मीट के टुकड़े उलटना-पलटना सीखती। मैं बार-बार चिमटों से मुर्गे की टाँगे उलटने लगती तो वीरजी कहते-तुम तो भरता बना दोगी सारी टाँगों का। इतनी बार थोड़े न पलटने हैं।

मैं रुक जाती। फिर मिनट बाद दुबारा हिलाने का यत्न करती। मेरे लिए तो यह एक खिलवाड़ ही बन गया था। शायद मेरे और वीरजी के बीच खिलवाड़ उनके अलावा और कोई मुझसे कहता नहीं था। पर वीरजी घर के बड़े की तरह मुझसे बर्ताव करते। उनका हक भी था। हमारी शादी का सारा इन्तज़ाम उन्होंने

ही तो किया था। अनी से उनका विशेष स्नेह था और उसी नाते से मुझसे। कभी-कभी मुझे लगता कि वे मुझे अनी से भी ज़्यादा स्नेह देते हैं। मुझे भी वीरजी बहुत भले लगते। उन पर सहज भरोसा हो जाता। अकसर कोई बात पूछनी हो तो मैं उनसे बेझिझक पूछ लेती और वे भी विस्तार से सब कुछ समझा देते।

कभी वे मुझे छेड़ते...रितु तो मेरे शहर की है। ये बतलाओ कि जब मैं आई. टी. में था तो तुम मिली क्यों नहीं मुझे। मैं तो तुम्हीं को ब्याह कर लाता।

पता नहीं किस सन्दर्भ में उनके अपने कानपुर से होने की बात से बहुत घबरा गयी थी। जब मन ही मन सालों का हिसाब लगाया तो वे मेरे कानपुर छोड़ने से कई साल पहले देश छोड़ चुके थे। वीरजी उम्र में मुझसे कम से कम बारह-पन्द्रह साल बड़े थे। फिर भी घर तो उनका अभी भी वहीं कानपुर के पास में ही एक कस्बे में था। वे जब भारत जाते तो कानपुर जाया करते थे। वे शायद अंकल को भी जानते हों। मेरा डर ऐसे जकड़ता कि बदन में कँपकँपी छूट जाती।

मैंने यूँ अब ठान लिया था कि कभी किसी से ज़िक्र नहीं करुँगी कि कभी कानपुर में भी रहे थे हम। यूँ ही आ बैल मुझे मार वाला हिसाब था। क्या ज़रूरत है उस इतिहास को कुरदेने की!

मेरा काला इतिहास! ओह क्या कभी मिटा पाऊँगी उस घिनौने इतिहास को।

कहीं ऐसा तो नहीं कि वीरजी ने मुझे पहचान लिया हो? पर कैसे? हम तो बिलकुल ही दूसरे इलाके में रहते थे। इंजीनियरिंग कालेज के पास तो कभी फटकते ही न थे। अजय तो स्कूल से ही सेना में चला गया था फिर इस कालेज का ज़िक्र ही भला क्योंकर? सालों का तो फ़र्क़ है हमारे उम्रों में।

परदेश में तो कोई भी छोटा-मोटा सूत्र मिल जाये, बहुत होता है नाता बनाने को। शायद इतना ही सहारा लिया था वीरजी ने मुझसे जुड़ने का।

बस कभी कानपुर की बात करते तो मैं चुपचाप सुन लेती। न कोई सवाल करती, न ही ज़्यादा रुचि दिखाती। एक बार हिम्मत करके कह भी दिया-हम लोग तो वहाँ थोड़ी देर रहे थे। पिताजी का तो तबादला होता ही रहता था। अब तो मेरा परिवार दिल्ली में है। मैं खुद को दिल्लीवाली मानती हूँ। कानपुर से कुछ लेना देना नहीं मुझे।

''...अच्छा जी तो खुद को हमसे ऊपर रखने की कोशिश की जा रही है। दिल्ली वाली हैं आप। सारे बड़े-बड़े लोग तो भई दिल्ली में ही रहते हैं। हम तो ठहरे छोटे शहर के।''

''...नहीं-नहीं वीरजी। वो मतलब नहीं था मेरा। पर अब तो हम कई साल से दिल्ली ही रह रहे हैं। दिल्ली मुझे अच्छा भी लगता हैं। कानपुर तो...दिल्ली

से मुकाबला भी क्या?''

मैंने उनको फिर छेड़ दिया था। जल्द से विषय भी बदल दिया—''अगर पलटा नहीं तो सारी टांगे जल जायेंगी। पलट दूँ?''

''...तू भरता खिलाने के मूड में है क्या? तो फिर बैगन भून ला। मुरगे का भरता क्यों बनाती है?'' जितने कबाब, चिकन टिक्के मैंने बरस भर में खा लिए थे, अपनी पूरी उम्र में भी हिन्दुस्तान में न खाये होंगे। कभी-कभी आम भी मिल जाते। पर उनका वैसा स्वाद न होता था। मैक्सिको, हेटी बगैरह से आते थे ये आम। मुझे कलमी और दशहरी आमों की याद आती। पर ऐसा कभी - कभी ही होता। सर्दी पड़ते ही सारा का सारा माहौल कितना बदल जाता। दिन इतने छोटे हो जाते कि दफ्तरों से सीधे घर आकर सबको खाना खा सो जाने की पड़ जाती। ज़्यादा से ज़्यादा बैठकर टेलीविजन देख लिया। अकसर बर्फ पड़ती और घंटों पड़ती ही रहती। यानि कि काम पर पहुँचना भी दुश्वार हो जाता। पर सब जाते ही। उस साल खाली एक दो बार ऐसा हुआ था कि रास्ते साफ़ नहीं हुए थे सो काफ़ी देर तक अनी भी घर में ही इन्तज़ार करता रहा। पर कुछ रास्ता खुलते ही निकल पड़ते सब। हमारे साथ वाली इमारत में एक पोलिश आदमी रहता था। वह तो रात के अँधेरे में काम पर निकल पड़ता । मैं बहुत हैरान थी। उसने बतलाया कि वह शहर के सेनीटेशनीडिपार्टमेंट में काम करता था और जब बर्फ ज़्यादा पड़ती तो उसे रातोंरात सड़कें साफ़ करने के लिए विभाग से बुलावा आता था। बताते हुए वह बहुत चहक रहा था कि ज़्यादा बर्फ पड़ने में उसको फायदा है क्योंकि ओवरटाईम करने का पैसा दुगना मिलता है।

पर कट गयी थी सर्दियाँ भी अपार्टमेंट में ही दुबके-छिपके। मुझे कुछ ज़्यादा अकेलापन भी मिल गया था। अकेलेपन में मैं खुद को महफ़ूज़ महसूस करती। बस पढ़ाई और घर किसी से ज़्यादा लेना देना नहीं।

मेरे लिए बर्फ देखने का अनुभव भी तो नया-नया था। बस घंटों अपनी खिड़की से बर्फ का गिरना ही देखती रहती। बर्फ का उजलापन जैसे मेरे भीतर की कालिमा को भी उजला कर देता। सचमुच ऐसे लगता कि यह सफेदी मुझे भीतर-बाहर बस उजला दे। फिर बर्फ गिरना रुक जाता जाता तो बाहर जाकर मुठठियों में भरकर उसे महसूस भी कर लेती। मिनटों में ही हाथ जमने से लगते और अन्दर आकर गर्म पानी के नीचे हाथ छोड़ देती। यूँ कोट और बूट पहनकर, सिर में टोपी लगाकर गिरती बर्फ में बाहर चलने का अनुभव भी ले डाला था और बहुत ख़ुश थी कि गिरती बर्फ में भी चलकर देखा है मैंने। पर पहली बार सुबह-सुबह जब बर्फ गिरी देख कर बाहर निकली थी तो बेवकूफों की तरह हीलवाले पंप जूते पहन कर चल पड़ी। दो मिनट के लिए दुकान तक जाना था सो सोचा कि ठंड तो क्या लगेगी।

सड़क गेरेज से निकलती थी और ढलान सी थी वहाँ। पैर रखते ही वह जाके नीचे तक फिसलती ही रही। चोट ख़ास नहीं लगी थी पर कमर और कूल्हे दूर तक फिसलते जाने से काफी दिन तक दुखते रहे थे। कुछ हैरानी सी भी हुई थी कि यह किया क्या मैंने! दर्द की दवा खाकर ठीक हो गयी थी और अनी से उपदेश भी मिला था कि बूट लेकर दिये हैं तो इस्तेमाल के लिए हैं। अजय को एक ख़त भी डाला था इस सारे अनुभव के बारे में।

अतीत में रहने की मेरी वैसी आदत नहीं रही। न इच्छा ही। या कहूँ कि लगातार यह कोशिश करती रहती कि अतीत से मुक्त होना ही है। वर्तमान खूब भर गया था। दुनिया भर के काम, पढ़ाई, पुस्तकालय। मुझे वर्तमान में ही रहना अच्छा लगने लगा। अपने आसपास से जुड़कर। अनी के साथ अपने वर्तमान को मैं पूरी तरह से जी रही थी। हर छोटे-छोटे सुख में सुख लेने की कोशिश होती, हर छोटी बात में खुशी बटोरने की।

अनी ने मुझे सुरक्षा दी थी पर उसका घर से चला जाना मुझे और सुरक्षित कर देता। आराम से अपने साथ रहने लगती।

पर बेआरामी भी कहीं भीतर सोये हुए ज्वालामुखी सी धधक उठती। एक धरातल पर तनाव अभी भी कसमसा रहे थे। डरावने सपने, सपने में घुटन महसूस करना और फिर छटपटाहट में आँख खोलना—अकसर होता ऐसा!

अठारह

अनी के मित्रों में लड़कियाँ भी थीं जो अकसर घर पर भी आ जाती थीं। पहले मैं उनसे हिचकिचाती ही रही। किसी भी नये से मिलने में मुझे दुविधा ही होती थी। एक सहज हिचकिचाहट सी। पर वे एक शुभचिन्तक की तरह मुझसे बात करतीं और मैंने भी धीरे-धीरे कहीं इसी रूप में उनको स्वीकार लिया था। वे सब अमेरीकी लड़कियाँ थीं सो एक दूरी का ही रिश्ता था हमारे बीच। बहुत कुछ अपेछित नहीं था। कम से कम मैं तो ऐसा ही सोचती। कभी बात करने की पहल नहीं की। फिर उन्हीं के आग्रह ने मुझे कुछ खोला और वे सब मेरी भी सहेलियों जैसी बन गयीं। शुरू-शुरू में उनके साथ खुलना मुझे अजीब लगा था पर फिर ऐसा लगा कि अनी के साथ वे जैसे खुलीं थीं वैसे ही मेरे साथ भी। जल्द ही हम यह चर्चा करने कि क्या काम मेरे लिए सही होगा, मुझे कहाँ नौकरी करनी चाहिए। लिन ने कह कि यूँ सेक्रेटरी बन मैं बोर हो जाऊँगी। उसने कहा कि मुझे भी उच्च शिक्षा लेकर किसी यूनिवर्सिटी में पढ़ाना चाहिए, या वकील बनना चाहिए।

मुझे मालूम था कि मैं पढ़ाई में अनी की जैसी लायक नहीं हूँ पर वे मुझसे इस तरह व्यवहार करतीं जैसे कि मैं भी बहुत ब्राईट होऊँ! उनको मालूम था कि भारत में मैं नौकरी करती थी और अनी की विद्यार्थी रह चुकी थी। लिन ने ही मेरे दाखिले के लिए अलग-अलग यूनिवर्सिटियों और कालजों से ख़त लिखकर फार्म मँगवाये, भरकर भेजा था। अपने स्कूल-कालेज के सर्टिफिकेट मैं साथ ही लायी थी। पर कुछ सीधे यूनिवर्सिटियों को भिजवाने थे। सो वहाँ भी खत भेजे मैंने। दरअसल लिन के रवैये से मुझे महसूस होने लगा था कि मैं सचमुच लायक हूँ, ख़ास हूँ। कम से कम उतनी गयी गुजरी नहीं जितना खुद को मानती हूँ। यहाँ हर व्यक्ति अपने में ख़ास होता है। शायद उसी तर्क से मैं भी ख़ास थी। लिन ने तो एक बार बातों-बातों में यह भी कहा था—तुम ख़ुद को जो मानेगी

वही बनोगी। जो अपने को विशेष मानता है वही विशेष होता है। अगर तुम खुद ही अपने आप को कमज़ोर या ख़राब कहोगी तो दूसरे क्योंकर तुमको अच्छा कहने लगे। व्यक्ति पहले अपनी नज़र में बड़ा बनता है तभी दूसरे उसको बड़ा मानते हैं।

मेरी सोच में यह बड़ी अजीब सी बात थी। मैं सोचती थी कि मैं खुद में चाहे जो कुछ भी होऊँ, दूसरे मुझको अच्छा मानें। पर लिन तो सीख दे रही थी कि बड़ा मानूँ। भला कैसे?

जब तक ड्राइविंग नहीं सीखी थी लिन मुझे अकसर गाड़ी में साथ ले जाकर शापिंग भी करा देतीं। मेरी दुनिया एकदम से बहुत व्यस्त होती गयी थी। कालेज का दाखिला पाते ही इतना कुछ करने को था। इतना कुछ सीखने को था। मेरे लिए तो सभी कुछ सीखने लायक ही था। पहली बार ऐस्कलेटर पर चढ़ी थी। नयी-नयी भाषा सीख रही थी...इसे लिफ़्ट नहीं कहते, ऐलीवेटर कहते है, इसे डिकी नहीं कहते, ट्रक कहते हैं, इसे ग्राम नहीं चिकपीज़ बोलते हैं, इसे टिन नहीं कैन बोलते हैं, इसे अर्थमैटिक नहीं, कैल्कुलस बोलते हैं। जब भी कार से कहीं जाते और मेरे मुँह से डिकी निकलता तो लिन झेंप जाती थी। अनी ने उसका मतलब बताया तो फिर मुझे झेंपना पड़ा लेकिन फिर भी आदत के मारे निकल जाता मुँह से और मुझे लिन को झेंपाने के लिए उसका अनायास निकल जाना मज़ा देने लगा। तब तो मैं जानबूझकर भी यह शैतानी करती।

अनी ने कहा कि यूनिवर्सिटी में दाखिला लेने के लिए मुझे यहाँ की अंग्रेज़ी के भी कुछ कोर्स लेने होंगे जबकि मैं कहती रही कि वह तो मुझे आती है। मैं यह नहीं मान सकती थी कि अमरीकी अंग्रेजी इतनी फ़र्क़ है कि मुझे नये सिरे से सीखनी पड़े। पर सचमुच जब पढ़ने लगी तो पता लगा कि कितनी शब्दावली मुझे अभी जाननी है। कितने जटिल वाक्यों की संरचना मुझे अपने भीतर सोचनी है। स्थानीय शब्द, पब्लिक स्पीकिंग। इतना कुछ तो सीखना था। कहाँ तो घर में अंग्रेज़ी को लेकर मेरा मज़ाक उड़ाया जाता था। अब यहाँ भी अंग्रेज़ी से माथापच्ची करनी थी।

चाहूँ या न चाहूँ, घर के भीतर बस सीखना ही सीखना तो था। मैं थक जाती हर बात का ध्यान रख के, याद करते करते। भूल जाती, गलतियाँ कर बैठती छोटी-छोटी बातों में । अनी नाराज भी होता।

'क्या बात है। ये ज़रा-ज़रा सी बातें भी भूल जाती हो या ध्यान ही नहीं देतीं।' पता नहीं यह मेरी बेध्यानी थी या इतना कुछ एक साथ सीखने की काबलियत ही नहीं थी मुझमें, या इतना सब अलग, नया देख मैं सुन्न सी हो जाती, निष्क्रिय सी देखती ही रहती अपने सामने। शायद शून्य में। मेरा शरीर उतनी

फुर्ती से चल ही नहीं पाता जो कि यहाँ के रवैये मुझसे अपेक्षा करते थे। घर पर कभी ऐसे काम किये भी नहीं थे। यहाँ अलग अलग पदार्थों को पहचानना पड़ता...फ़र्श किस पदार्थ से साफ़ करने हैं, बर्तन किससे धुलेंगे, कपड़े धोने के लिए कहाँ जाना है, कैसे धोने है, (एक बार बर्तन धोने वाली मशीन में कपड़े धोने वाला साबुन डाल दिया और सारी रसोई झाग का तलाब बन गयी) कितने सिक्के डालने है (यहाँ भी गड़बड़ की। ग़लती से क्वार्टर की जगह भारत का एक रुपये का सिक्का डाल दिया बस सिक्के वाली मशीन ही जैम हो गयी), बाहर जाओ तो कैसे बस या सबवे लेनी है, क्योंकि हर जगह कार नहीं ले जा सकते, स्टोर में कैसे अपने आप चीज़ें उठाकर ट्राली में रखनी हैं...(और हाँ इसे ट्राली नहीं कार्ट कहते हैं) कैसे पैसे चुकाने हैं। केले दर्जन नहीं, किलो के भाव से लेने हैं...न न न यहाँ किलो नहीं चलता, पौंड चलता है, दूध-जूस गैलन के नाप से मिलता है। कपड़ा गज़ के नाप से। और यहाँ हर चीज के दाम पर 99 क्यों लगा रहता है? मैं हर वक़्त अनी से सवाल ही पूछती रहती। यहाँ सब बार-बार थैंक्यू क्यों कहते रहते हैं? और चूँकि मुझे इतनी आदत नहीं कहने की तो जब भी कोई मेरे लिए दरवाजा खोलता है तो मेरी ओर से जल्द से थैंक्यू न सुनने पर खुद ही बोल देता है—यूँ आर वेलकम ...एक कड़ी सी आवाज के साथ ...मुझे याद दिलाने के लिए कि मैंने थैंक्यू नहीं कहा! यानि कि जो नियम है इस समाज के अगर उन्हें मानने में चूक हो जाये तो खैर नहीं, माफ़ नहीं किया जायेगा। मुझे बहुत धीरे बोलने की आदत है पर यहाँ सब चिल्लाकर बोलते हैं जैसे कि सब के सब सुनने वाले बहरे हों। मेरी धीमी कही बात कोई समझ ही नहीं पाता। उल्टे सवाल उठाते हैं-'डू यू स्पीक इंगलिश?' मैं और भी चुप हो जाती हूँ।

जो बहुत स्पष्ट, एकदम ज़ाहिर है वह भी लोग समझाते हैं तो लगता है कि बड़ा बेवकूफ समझते हैं दूसरों को। पैदल चलने वालों के लिए सड़क पर सिर्फ़ सफेद बत्ती ही नहीं होती उस पर लिखा होता है "वाक" इसी तरह लाल बत्ती पर लिखा होता है "डोंट वाक" जैसे कि लाल बत्ती होने से लोग अपने आप न समझ पाते हों! पर वे कोई चांस लेना ही नहीं चाहते। ज़रूरत से ज़्यादा कह डालो ताकि अगले को यह शिकायत न रहे कि बताया नहीं। कानून की भी बात होती है न। हर बात में कानून चलता है। मतलब कि अगर ट्रांसिटवालों ने डोंट वाक न लिखा हो और आपका ऐक्सिडेंट हो जाये तो आप उन पर मुकदमा दायर कर सकते हैं। अब उनका काम हो गया। कम से कम आपकी दुर्घटनाओं के लिए वे जिम्मेदार तो नहीं होंगे। सभी को यहाँ कानून का बहुत डर रहता है। कानून की गिरफ्त से बचने के लिए ही बहुत सारे फैसले, इन्तज़ाम किये

जाते है। मैंने अपनी बैठक के फ़र्श पर फुलकारी का एक सूती शाल को कालीन की तरह बिछा दिया था। लिन ने उस पर पैर रखा तो फिसल गयी। समझाती रही फिर मुझे कि या तो इसे उठा दो या इसे फर्श पर टिकाये रखने वाला ख़ास कपड़ा लगा कर रखो वर्ना कोई और इस तरह गिरा तो तुम पर अपनी हानि के लिए मुकदमा कर सकता है फिर न केवल उसको पैसे भरने होंगे, वकील की फीस और सिरदर्दी। मैं तो एकदम डर गयी और फुलवारी एकदम उठा ली। घबराकर अनी से कहा—

"अनी तुम मुझे पहले से ही सब बता कर क्यों नहीं रखते! आई डोंट वांट टू इम्बैरेस माईसेल्फ।" लेकिन हर स्थिति को पहले से जान लेना अनी या लिन के लिए मुमकिन नहीं था। जब पड़ती तभी सीख पाती। उनके लिए ये चीजें इतनी आम थीं कि मुझे मालूम नहीं होगा इसका कई बार ध्यान न आता उन्हें। ऐसा कुछ होता तो अनी कहता—"यह तो भई कामनसेंस की बात है। मुझे क्या मालूम कि तुमको पता नहीं होगा।"

एक बार दुबारा तिबारा जब इसी तरह की ग़लती हो गयी तो नाराजगी से बोला था—"यू आर रियली ए स्लो लर्नर।"

मैंने भी ऐसे दिखाया कि जैसे मुझे बुरा नहीं लगा और उसका साथ देते हुए कहा—"तुम ठीक कह रहे हो। ड्राईविंग भी तीन बार में पास की। पढ़ाई में भी तीन के बजाय साढ़े चार साल लगा रही हूँ। क्या करूँ?"

मैं तो सीखते सीखते थक गयी हूँ। लगता है जैसे फिर से स्कूल का बच्चा बन गयी हूँ। हर कोई मेरा टीचर बन गया है। हर कोई मुझे सिखाता ही रहता है। कितना कुछ भर सकती हूँ अपने अन्दर? क्या-क्या याद रखूँ? स्लो तो होना ही है—

अब उसकी बारी थी मुझे दिलासा देने की—"हम सबने भी सीखा ही है रितु। मैं पहले आ गया था तो पहले सीख लिया... उसमें बुरा मनाने की कोई बात नहीं।"

डिपार्टमेंटल स्टोर में घुसते ही चुँधियाने लगती हैं मेरी आँखें। इतनी ढेर सारी बिजलियाँ कि घबराहट होती है मुझे। मुझे न तो मेकअप का शौक है न गहनों का। पर लिन मुझे दिखलाती है मेकअप के समान का ऐसा अम्बार। मैं उसके साथ हर काउंटर पर जाती हूँ। जो जो वह करती है, वही करती हूँ जैसे कि न ज़रूरत हो तो भी यहाँ का तौर तरीका सीख लेना चाहिए। परफ्यूम आज़माती हूँ, लिपस्टिक का रंग जाँचती हूँ। मसकारा लगाती हूँ। अनी इन्तज़ार करते थकने लगता है कि कब ख़त्म होगी इन लड़कियों की चखाचखी, देखा देखी। लिन का मुझे सिखलाने—दिखाने का अनथक, कभी न ख़त्म होने वाला उत्साह! मै।

ज़रूरत भर की दो लिपस्टिक और चेहरे की क्रीम खरीद लेती हूँ। मैं महसूस करने की कोशिश करती हूँ—एक भूली हुई ललक, कोई बिसरी हुई भूख, और चाह! नये फैशन के कपड़े दिखाती है लिन। मैं कल्पना करना चाहती हूँ... कैसी लगूँगी यह पहन कर... वह पहन कर...। कमीज़ें स्वेटर, स्कार्फ, ब्लाऊज़, स्कर्ट। कितने महीन, कितने बढ़िया क्वालिटी के कपड़े। पर कल्पना कहीं जाती नहीं। अनी कहता है कि कुछ ले लो तो मेरा जवाब होता है—मुझे तो कुछ नहीं चाहिए।

जो ज़रूरत होती है अनी दिलवा ही देता है। शायद अपनी ज़रूरतों को जानने में भी स्लो हूँ मैं। अनी मुझे गरम कपड़े दिलाना चाहता है। मुझसे कितनी ही पेंटे, कोट पहनवा-पहनवा कर आज़मवाता है। समझ नहीं आता क्या लूँ। थकने लगती हूँ आज़मा कर। कुछ भी सही नहीं लगता। पर पहनने के लिए कुछ लेना ज़रूरी है, अनी की यह ताकीद है। वर्ना ठंड में मर जाऊँगी।

अनी कहता है—"तुम एक बार स्टोर में घुसती हो तो बाहर आने का नाम ही नहीं लेतीं। इतनी देर क्यों लगती है तुमको कपड़ा पसन्द करने में!"

"मुझे समझ ही नहीं आता कि क्या ठीक लगेगा मुझ पर। मुझे कुछ नहीं पता चलता। चलो निकलो यहाँ से। मुझे कुछ नहीं लेना।" मैं खीझ कर कहती हूँ।

लिन और अनी मेरे लिए कपड़ों का चुनाव करते हैं।

हर चीज़ मुझे बहुत महँगी लगती है। पर अनी कहता है तुम रुपयों में नहीं सोचो। तब मैं हर डालर को रुपये के बराबर तौलती हूँ और हर चीज़ मुझे सस्ती लगती है। अगर अपनी निर्णय शक्ति की असमर्थता के मारे में ज़रूरत से ज़्यादा खरीदना चाहती हूँ तब अनी कहता हैं—"इतने पैसे नहीं कमाता मैं...क्रिसमस के बाद दाम गिरेंगे तब शापिंग करना।"

"पर यह पैंट तो सिर्फ़ अस्सी रुपये की है" मैं अपने भोलेपन में कहती हूँ। वह खीझ दबा मुस्कुरा उठता है—"मैडम अस्सी डालर की है। अस्सी रुपये की नहीं।"

"पर तुम तो कहते थे यहाँ का रुपया डालर है तो ..."

"हाँ पर उतना भी सौ फोसदी नहीं। यूँ यही पैंट महीने भर बाद तुम्हें आधे दाम में मिलेगी।"

वह भी मैंने वक़्त के साथ सीख लिया था कि क्या मँहगा है और क्या सदी दाम।

कौन से स्टोर पर चीज़ें सिर्फ़ देखी जाती हैं और कहाँ खरीदी जाती हैं। किस महीने में आने वाली चीज़ कब खरीदनी चाहिए । कि कितने हफ़्ते बाद कितना दाम गिरेगा और कब तक लगभग अधिकतम गिर सकता है!

इसी तरह ग्रोसरी के स्टोर में भी लिन ने सिखा दिया था कि कौन सी चीज़ें स्पेशल पर होती है इन्हें पहले देख लेना चाहिए। यही चीज़ें उस हफ्ते सस्ती मिलती है। इन्हें ज़्यादा तादाद में खरीदना अच्छा रहता है।

मैंने पूछा—''ये चीज़ें खराब तो नहीं होती न!''

लिन ने कहा—''इसे कहते हैं स्मार्ट शापिंग। तुम्हारा पैसा है। इसे जितनी होशियारी से इस्तेमाल करोगी उतना ही बचाकर अपनी मर्जी खरीद सकोगी। जो ध्यान से पैसा खर्चना नहीं जानते वे अपना नुकसान खुद करते हैं इसे अक्लमन्दी नहीं कहते। बाकी बहुत कम होता है कि चीज़ खराब हो। वे तो बिक्री बढ़ाने के लिए सस्ता लगाते हैं। अगर तुम्हें माल घटिया लगे तो न लो। आखिर देख कर ही लोगी।''

लिन मुझे सिखलाती रहती है। धैर्य भी है उसमें मुझे समझाने का।

मुझमें उत्साह हो या न हो। इतना समझ तो आ गया था कि मुझे यहाँ जीने के लिए बहुत कुछ सीखना था। अनी जो भी दिशा दिखा देता, मैं उधर ही चली पड़ती।

अभी मुझे बाहर देखने-घूमने खरीदारी से ही फ़ुरसत कहाँ होती कि फिर घर का काम भी होता। मैं अनी के लिए वह सब बनाने की कोशिश करती जो माँ को पकाते देखा-सीखा था। लिन और दूसरी सहेलियों को भी मैं तरह-तरह के पराँठे और पकवान बनाकर खिलाती। वे निहाल हो जातीं और हर तरह से मेरे लिए कुछ करने को तैयार रहतीं। लिन मुझे कहती—''रितु यू आर द बैस्ट कुक।''

मैं सोचती कि सचमुच अगर यह माँ के सामने ऐसे कहें तो उनको विश्वास होगा? यूँ यह सच था कि मैं अंधों में काना राजा ही थी। किसी और ने तो हिन्दुस्तानी खाना हाथ से बनाकर लिन को खिलाया नहीं था तो तुलना भी किससे करे वह मेरी। तब मेरा सर्वोत्तम हो जाना आसान तो था ही। अगर उसने भाभी जी के हाथ का भी खाना खाया होता तो ऐसा न कहती। पर भाभी जी वाले ग्रुप में लिन नहीं थी। उसमें सारे हिन्दुस्तानी ही थे। बल्कि सारे पंजाबी थे। इन सब की काम की दुनिया अलग-अलग थी। बस शाम और वीकैंड का ही मिलना था। लिन अनी की काम की दुनिया से जुड़ी थी। उसी यूनिवर्सिटी में थी जहाँ अनी था।

शाम को अनी घर आता तो लिन अकसर साथ होती। उसका अपार्टमेन्ट करीब ही था। अकसर खाने के बाद हम पड़ोस में ही कहीं काफी पीने चले जाते। मैं न न करती तो अनी मुझे जबरदस्ती साथ लेकर ही जाता। अनी को ही शौक था कि मैं इस देश में नयी जगहें देखूँ, नये नये अनुभव पाऊँ।

पहली बार मैं एस्प्रैसो का आर्डर करके खूब झाग वाली काफी का इन्तज़ार करती रही। पर सामने आया एक छोटा सा एकदम काली-गाढ़ी काफी का प्याला। लिन खूब झागवाली पी रही थी। मैंने लिन से कहा कि यह तो मैंने माँगी थी तो बोली—''तुमने तो ऐस्पर्रैस माँगी थी। मेरी तो कापुचीनो है।'' मैंने कहा तो यहाँ भी भाषा ने मार दिया।

ये लोग बार में शराब पीने जाते। अनी मुझे भी साथ ले जाता। मैं कोक लेकर बैठ जाती। लिन बियर खूब पीती थी। इतने बड़े-बड़े बियर मग भरे हुए आसपास ढेरों लोग होते। अनी के ग्लास से चखाचखी करते मैंने भी अपने लिए पूरा मग का आर्डर दिया था। अनी एकदम हैरान सा मेरी ओर देखता बोला—''बहुत जल्द सीख रही हो!'' शायद वह यह भी कह रहा था कि बाकी कामों को सीखने में तो ढीली हो पर शराब के मामले में...

पर उसकी निगाह में गुस्सा नहीं एक खिलंदड़ापन था।

कहता—''स्वाद पड़ने की बात है।''

अनी का कहना था कि ऊँचे किस्म की नौकरी पाने के लिए मुझे आगे पढ़ना चाहिए और उसके लिए सबसे बड़ा काम था किसी यूनिवर्सिटी में दाखिला लेना। दाखिले के लिए सबसे मुश्किल काम था अर्ज़ी भरना।

एक काम में तो मुझे बेहद मुश्किल पड़ती थी और वह था अँग्रेज़ी में निबन्ध लिखना। यूँ निबन्ध लिखना मुझे अच्छा ख़ासा आता था। अनी का ही कहना था कि निबन्ध बहुत अच्छे लिख लेती हूँ मैं। पर ये साहित्यिक या समाजविज्ञान के निबन्ध नहीं थे। समझ ही नहीं आता था कि हर अर्जी के साथ निबन्ध में क्या लिखूँ! अपने बारे में क्या कहूँ? मेरी जो भी सच्चाई थी वह काग़ज़ पर उतर ही कैसे सकती थी! न ही मुझे स्पष्ट होता था कि ऐसा क्या है जो मुझे परिभाषित करता है। मैं क्या हूँ या क्या चाहती हूँ, यह स्पष्ट नहीं था मुझे। लिखने के नाम पर बस सामने एक मोटी घनी दीवार खड़ी हो जाती और मुझे पिस्सू पड़ जाते। अपने बारे में कुछ भी कहने से पहले लेखनी पर ताला लग जाता। लिन मुझे समझाती कि बस यह-यह लिख दो। कई बार प्वाइंट्स लिखवा देती। अनी ने भी समझाया पर जो मैंने लिखा वह शायद इतना बंडल था कि उसे एकदम बदल कर अनी ने खुद ही पूरा का पूरा निबन्ध लिख डाला। उसके बाद बोला कि तुम बस अपने मन के विचार बता दिया करो। मेरे मन में कोई बहुत सृजनात्मक विचार आते ही न थे। पर अनी अपना काम छोड़कर मेरी ज़रूरत की चीज़ें ख़ुशी से लिख देता। उसी ने उन निबन्धों में अपनी नज़र से देखे मेर व्यक्तित्व को उभारा। एक गम्भीर, दार्शनिक सी महिला जिसे जीवन के हर रहस्य को खोलने में दिलचस्पी थी।

मैंने कह दिया—"तुमने तो मुझे इतना बढ़िया दिखा दिया है। ऐसी तो नहीं हूँ मैं।"

लिन बोली—"यह तो मैं और अनी ही जानते हैं कि तुम क्या हो। यह भी सच है कि यू हैव टु सैल योअरसेल्फ इन दिस कंट्री।"

अनी खुश होता कि लिन हर तरह से मेरी मदद करने को तैयार रहती है। बहुत बार वह कहता—"तुम खाना बना दो लिन को बुला लेते हैं वह तुम्हारी मदद कर देगी।" और लिन सचमुच सवार लेती। मैंने कभी लोगों के बीच ऐसा सहयोग नहीं देखा था बड़ा सुलझा सा लेनदेन। अजीब भी लगता था कि मैं खाना खिला रही हूँ और काम करवा रही हूँ। कहाँ तो यह सिखाया जाता था कि नेकी कर और नदी में डाल। यहाँ बड़े साफ़ तौर कहते हैं कि तुम कुछ मेरे लिए करो, मैं कुछ तुम्हारे लिए। यूँ होता तो सब जगह यही है, भारत में भी। पर इसे साफ़-साफ़ कहा या लिखा नहीं जाता। कहो तो बुरा मानते हैं लोग। अच्छा नहीं माना जाता। यही कहते हैं कि जितना हो सके करेंगे। उसमें फिर कोई बन्दिश नहीं रहती। लोग जितनी अपेक्षा कर सकते हैं। उतना ही करते हैं। कम-ज़रा होने पर अकसर मनमुटाव भी होते हैं। कई बार इसी बात पर दोस्तों रिश्तेदारों में झगड़े भी हो जोते हैं कि हमने तो इतना किया...तुमने क्या किया। फिर भी मन में लगता कि कैसी सौदाबाज़ी है यह। पर वहीं यह भी सच था कि मुझे इस मदद की बहुत ज़रूरत थी। जहाँ तक लिन का सवाल था, वह अकेली रहती थी और अपने लिए कभी पकाती नहीं थी। मुझे यह भी अजीब लगता था कि कैसे कोई सारी उम्र इस तरह बाहर खाकर जी सकता है पर लिन कहती—"जब इतने रेस्तराँ बने हैं तो खाना बनाने की ज़रूरत क्या है? तुम लोग तो गृहस्थी बनाये हो। मैं तो कभी गृहस्थी में पड़ने नहीं वाली। ख़ासकर एक तलाक की बाद अब दूसरी बार इस दौर से गुजरने का शौक नहीं।"

जितने आराम से लिन ने अपने तलाक की बात दुहरा दी, मुझे अजीब लगा कि ऐसे खुल कर उसने व्यक्तिगत जीवन के राज़ को व्यक्त कर दिया है। हमारे यहाँ तो तलाक भी छुपा जाते हैं लोग। कोई ऐसे कहता तो नहीं। तो यह भी कुमारी तो नहीं! क्या अगर ऐसा कुछ होता तो क्या वह भी खुलकर बता देती!

मेरे मुँह से धीरे से निकला-"ओह आय ऐम सॉरी!"

वह एकदम झड़प उठी—"सॉरी किस बात की। मुश्किल से तो उस गधे से छुटकारा पाया। तुम सोचती हो उसने छोड़ा मुझे।"

"मैं सोच रही थी कि तकलीफ़ तो होगी। जो भी छोड़े।"

"हाँ तकलीफ तो है। ज़्यादा इस बात की कि इस झंझट में पड़ी ही क्यों! सिसी मैन!"

लिन मुझे भली लगती थी। उम्र में बड़ी थी वह हमसे। अनी से भी बड़ी थी और मुझसे उम्र में कम से कम दस साल बड़ी तो होगी। उसके सुनहरे बालों में एकाध सफेद थे। नैन-नक्श तीखे थे पर चेहरे की त्वचा मुलायम नहीं थी। जैसे कम उम्र में ही कुछ लकीरें झलकने लगी थीं। वह अपने पहनने-ओढ़ने के बारे में काफ़ी लापरवाह सी दिखती थी। मुझे तो उसके पहनावे में सरुचिपूर्ण सादगी की झलक दिखती थी। लम्बी घेरेदार स्कर्ट, लम्बे घने घुँघराले बाल। चेहरे का रंग कुछ पीलापन लिए हुए। कुल मिलाकर आकर्षक लगती थी। शरीर खूब-दुबला-पतला सा था। गर्दन के नीचे की उभरी हड्डियाँ गहरी काट के ब्लाऊज़ के गले से दिखती उसके बार्बीडॉल होने का ख़ासा बोल बाला करती थीं। वर्ना उसके ढीले-ढ़ाले कपड़े उसे काफ़ी भरा-भरा दिखाते थे। वह इतिहास में शोध कर रही थी।

लिन के सुझाव पर अनी ने मुझे कालेज के लिए तैयार करने वाले स्कूल में दाख़िला दिलवा दिया। यूँ पढ़ाई तो मैं अपने आप भी किये जा रही थी पर पहली बार फेल ही हुई थी इम्तहान में। यह तैयारी करवाने वाला स्कूल अच्छा रहा। इससे मेरा आत्म विश्वास आ गया कि कैसे परीक्षा से जूझना है। मुझे एम. बी. ए. करने के लिए पहले जी. मैट का इम्तहान लेना था। स्कूल ने अच्छी तैयारी करवा दी। इसी का असर था कि मुझे अगले साल के लिए स्थानीय यूनिवर्सिटी में ही दाखिला मिल गया। मुझे पहले साल कुछ कोर्स बी. बी. ए. के करने थे। उसके बाद मास्टर्स। अनी बहुत ख़ुश था। कहने लगा कि वह डर रहा था कि कहीं पढ़ाई के लिए मुझे दूर न भेजना पड़े। मैंने कहा—''पर मैं दूर जाने वाली कहाँ थी।?''

''तुम्हारे चाहने न चाहने से क्या होता है। तुम्हे पढ़वाना तो मेरा मकसद है। अगर यहाँ दाखिला न मिलता तो जाना ही पड़ता।''

मेरे मन में डर बहुत थे कि मैं कालेज कैसे निभाऊँगी? फेल हो गये तो! यहाँ पर पढ़ाई कैसी होती है। इसे लेकर मन में बहुत आशंकाएँ थीं। कैसे प्रोफेसर होंगे, किस तरह की किताबें? मुझे अमरीकी अंग्रेजी क्या समझ भी आयेगी? भारत में अमरीकी फिल्में समझने में मुझे बहुत मुश्किल होती थी। उनका ऐक्सेंट मेरे पल्ले पड़ता ही न था। यहाँ भी अकसर फोन पर लोग कुछ कहते तो मुझे वक़्त लगता समझने में। यूँ टीवी देखकर मेरी समझ बढ़ रही थी। पर डर अभी बना था कि सब मेरे सिर से उतर गया तो? अनी तो मुझे बहुत बेवकूफ समझेगा। आगे ही मुझे कहता रहता है कि स्लो हूँ, एब्सेंट मान्डेड हूँ, भुलक्कड़ हूँ। अब सोचेगा कि नालायक भी हूँ।

पहले दिन ही जब क्लास में गयी तो लगा ऐसा कोई हौवा नहीं है यहाँ की पढ़ाई। निबाह लूँगी। प्रोफेसरों का ऐसा कोई ऐक्सेंट नहीं था कि समझ न आता। बस जब परचे लिखने होते तभी पिस्सू पड़ते। पर अनी ने पूरा आश्वासन जो दे रखा था। ज़्यादातर परचे घर से ही लिखकर लाने होते और अनी हमेशा मेरी मदद कर देता। मैं उसे अब यह तो बता देती थी कि मुझे कहना क्या है, बाकी का काम बड़े ख़ूबसूरत ढंग से कर देता वह। टाइपराईटर भी घर में था जिस पर फिर मैं टाईप कर लेती। सेक्रेटरी का काम कर चुकने की वजह से मेरी शार्टहैंड और टाइपिंग की स्पीड बहुत अच्छी थी। अनी मुझे डिक्टेट करता जाता और मैं जल्दी-जल्दी लिख लेती। टाइप करने के बाद वह दुबारा से जाँच लेता। धीरे-धीरे मुझे खुद लिखना भी आ गया। मेरा मुख्य विषय अर्थशास्त्र था। जिसमें तथ्यों का जानना समझना ज़रूरी था। सिद्धान्तों को समझ को काग़ज़ पर उगलना था। प्रोफेसरों मूल सिद्धान्तों को बहुत अच्छी तरह समझा देता। फिर सहायक किताबें पढ़कर विस्तार से बात समझ आती। मुझे नयी-नयी बातें जानने में बहुत सुख मिल रहा था। मैं एम.बी. ए. करने में जितनी मेहनत लगा रही थी उतनी मेहनत मैंने ज़िन्दगी भी नहीं होगी।

हर हफ्ते एक नयी असाइनमेंट मिल जाती और मैं वीकेंड पर भी ज़्यादातर अपना पर्चा लिखने में लगी रहती। बीच-बीच में पढ़ाई से ब्रेक लेती तो उसमें कभी लांड्री करनी होती, कुछ बाजार से शापिंग, या फिर थोड़ा बाहर घूमने निकल जाते। घूमना भी सिर्फ़ इसलिए ज़रूरी होता कि दिमाग़ सोचने-समझने के लिए फिर तैयार हो जाये वर्ना दिमाग़ पर थकान बढ़ती तो बस पढ़ाई का बंटाधार हो जाता। अनी मुझे समझाता रहता था कि यह सब कितना ज़रूरी है। यहाँ तक कि वह मुझे जबरदस्ती व्यायामशाला ले जाता जहाँ हम दोनों जागिंग करते, लोहे के पट्टे उठाकर हड्डियाँ मज़बूत करने की कसरत करते। उसने मेरा तैराकी की क्लास में भी नाम लिखवा दिया था और जोर दिया था कि अगर मैं तैरना सीख लूँगी तो वह मुझे समुद्रतट पर ले जायेगा जहाँ मैं अटलांटिक समुद्र में तैर सकती हूँ। मुझे इस बात का बहुत उत्साह था कि मैंने जिस समुद्र का नाम सिर्फ़ भूगोल की किताबों में पढ़ती रही, उसमें तैर भी सकती हूँ। वर्ना भारत में मैंने कभी समुद्र के दर्शन भी नहीं किये थे। मेरा रिश्ता बस नदी से था। पहली बार समुद्र अमरीका आते हुए हवाई जहाज से देखा था। नीला-नीला दूर तक फैलाव। आसमान का नीलापन और सागर का नीलापन एक ही जैसा लगता था। जैसे कि दोनों एक दूसरे में घुलमिल गयें हों। एक दूसरे के रंग में रंग गये हों। जैसे कि पूरी की पूरी सृष्टि ही नालिमा का अनन्त विस्तार हो!

धीरे-धीरे अपनी क्लास के कुछ लोगों से भी मेरी जान पहचान होने लगी। एक अफ्रीकी लड़की ग्लोरिया मेरी बहुत अच्छी दोस्त बन गयी। उससे व्यक्तिगत बातों के बजाय पढ़ाई और दीन दुनिया की बातें ही होतीं। उसकी भी शादी हो चुकी थी। हम दोनों किसी कैफे में बैठ कर अपनी पढ़ाई पर बात करते और कभी दुनिया-जहान की बातों में जूझ जाते। गोरी और काली जातियों के बीच का द्वेष और कालों के दमन का इतिहास उसी से मैंने विस्तार से जाना-समझा। मुझे तब कतई इस बात का ध्यान नहीं आया था कि हमारे यहाँ भी दलित जातियाँ हैं जिनके साथ हम ऊँचे वर्ग वाले बहुत बुरा बर्ताव करते हैं। मैंने उसी से कालों की दासता की तकलीफें और उनके संघर्ष की लम्बी कहानी सुनी थी। सोचती रही इस दुनिया में कितना कुछ होता रहता है जिससे हम वाकिफ ही नहीं होते। कितनी बड़ी है दुनिया। फिर भी कितनी एक सी। तकलीफें, एक से अनाचार। वही झगड़े, दमन, अत्याचार...सब कहीं। सिर्फ़ उसका बाहरी रूप फ़र्क़ । मैं यहाँ रहूँ या भारत में...कितना कुछ वैसा ही नहीं घट रहा यहाँ भी! यहाँ काला सफ़ेद है, वहाँ जात-पात दोनों समाजों का अपना-अपना ऊँच-नीच। इन्सान के इन्सान को दबाये रखने के अलग-अलग तरीके। जिसकी लाठी, उसकी भैंस! फिर समाज का ऊँच-नीच किस तरह अर्थशास्त्र में प्रतिबिम्बित होता है, कैसे मार्क्स की सोच ने इस आर्थिक ऊँच-नीच को बराबर करने का रास्ता दिखाया रूस की क्रान्ति, चीन की क्रान्ति, चीन की क्रान्ति और भारत में क्रान्ति की ज़रूरत की बातें उठ जातीं।

अनी की मनपसन्द भारतीय लेखिका थी रूथ झाबवाला। मैंने भारत में कभी उसका नाम भी नहीं सुना था। मुझसे कहता कि उसने भारतीय आदमियों को बहुत अच्छी तरह समझा है। और ऐसा कोई लेखक नहीं है जिसने उसकी तरह भारतीय आदमी की ग्रन्थियों को समझा हो।

परखा हो। मुझे भी उसने झाबवाला की कहानियाँ पढ़वाईं । बस में जाती हुई विदेशी औरत के जिस्म को आँखों से ही कच्चा चबा डालना, कुछ ऐसे ऐसे विवरण थे उसकी कहानियों में। मुझे लगा कि वह तो सेक्सुअल रुख की ही बात करती है। मन में यह भी ज़रूर आया कि उसकी बातों में सच्चाई थी। अंकल के चरित्र पर कितनी सही उतरती है उसकी कहानियाँ। मैं तो इस ढंग से भारतीय पुरुषों के बारे में कभी सोच भी नहीं सकती थी। पर कितना कड़वा सच था यह। हमेशा डर के साये के नीचे जीती रही थी। पर सोच भी नहीं सकती थी। बाद में शहर में एक फिल्म भी चर्चित हुई जो झाबवाला के उपन्यास पर आधारित थी 'हीट और डस्ट'। अनी और मैंने साथ-साथ देखी थी यह फिल्म। जब भी

कोई गम्भीर कलात्मक फिल्म आती तो अनी मुझे साथ ले जाता। आम अमरीका हालीवुड किस्म की फिल्में उसे पसन्द नहीं थी। हम लोग चुन चुन कर अच्छी फिल्में ही देखते। अँग्रेज़ी के उपन्यासों या शेक्सपियर के नाटकों पर आधारित सारी फिल्में ही देख डालते। अनी अपने साथ-साथ मेरा भी मानसिक-बौद्धिक परिष्कार कर रहा था। मुझे लगता कि मैं जीवन के बहुत सारे उन पहलुओं को जानने लग गयी हूँ जो भारत में रहते मुझसे अनदेखे रह जाते। फिर वह चाहे यहूदियों की होलोकास्ट की पीड़ा हो, या कालों की मानसिक यातना, या विभिन्न देशों के अमरीकी आप्रवासियों के रोजमर्रा के संघर्ष।

मैंने ग्लोरिया को एक दो बार घर पर बुलाया। उसको अपने हाथ का हिन्दुस्तानी खाना खिलाया। फिर उसने भी अनी और मुझे बुलाया। उसका पति संगीत का जाना माना संगीतज्ञ था और वह सैक्सोफोन बजाता था। उसके घर में मैंने कई अख़बारों की कतरने देखीं जिन में उसकी तस्वीरें छपी थीं। वह एक विद्यालय में संगीत सिखाता भी था।

एक शाम हम चारों जैज़ क्लब गये संगीत सुनने के लिए। उसका पति हमें समझाता भी रहा कि जैज़ किस तरह अफ्रीकी लयों का अमरीकीकरण है। स्फूर्ति और अद्‌भुत ताकत थी उस संगीत में। बजाते हुए एक-एक अंग फड़क रहा था वाद्यकारों का और साथ में हम सुनने वालों का भी। मेरे भीतर दो दुनिया हमेशा ज़िन्दा रहती थीं। मैं सचेतन रूप से तो पूरी अमरीकी बनने कोशिश करती थी। अनी की यही ख्वाहिश थी।

मुझे अच्छा भी लगता जब मेरे इस प्रयास की तारीफ करता।

मेरा हुलिया बदल रहा था।—

मैंने पूरे अमरीकी स्टाईल के बाल कटवा लिए थे छोटे-छोटे जैसे कि बाहर काम करने वाली महिलायें रखती थीं। मेरे कपड़े भी एकदम चुस्त-दुरुस्त थे। घुटनों तक की या फैशन के अनुरूप घुटनों से ऊपर तक की स्कर्ट, पैंट-जैकट। मैं अमरीकी पहनावे में। सुविधा रहती थी सफर करने में । दिल्ली में सारी लड़कियाँ सलवार कमीजें ही पहनतीं। सो मुझे भी पैंट पहनना पहले पहल थोड़ा अटपटा लगता। अब मैं मुक्त हो कर अमरीकी पहनावा पहनती। मेरी रुचि हो या न हो। पर अनी जो कहता वह कहता वह कर लेती थी। जो खरीदवा देता, वही पहनती। मेरा रंग भी गोरा था सो सब मेरा आसानी से अमरीकी होना स्वीकार कर लेते। बहुत मेहनत की। पाँच साल मैंने एम. बी. ए. करने में ही लगा दिये पर पढ़ाई ख़त्म होने पर नौकरी मिलने में भी मुझे कोई दिक्कत पेश नहीं आयी। अभी इम्तहान ख़त्म भी नहीं हुए थे कि मुझे इंटरव्यू मिल गया और नौकरी आफर भी हो गयी। मुझे हैरानी भी हुई कि अगर मैं फाइनल में फेल हो गयी तो क्या

करेंगे ये लोग? नौकरी वापिस ले लेंगे? पर वैसा हुआ नहीं। किसी ने इम्तहान के नतीजे के बारे में पूछा तक नहीं। मैंने ख़ुद ही सबको बतलाया क्योंकि मुझी को पास होने की बाक़ायदा ख़ुशी थी।

उन्नीस

एक अहम मसला अभी भी मेरे और अनी के बीच सुलझ नहीं पा रहा था। दिन गुज़रते जा रहे थे। मैं अकसर किताब पढ़ने का बहाना लगा कर देर से बिस्तर में आती और सो जाती। जब भी कुछ होने लगता मैं कतरा जाती। किसी न किसी तरह बाहर निकल आती।

अनी की तकलीफ भी मेरी समझ में आती थी पर वह बहुत सभ्यता और सौजन्यता से मेरे व्यवहार को समझने की कोशिश करता रहा।

अकसर मैं बहुत थक जाने की बात करती। यह भी सही था कि मुझे काम बहुत रहते। पढ़ाई, घर के काम, ड्राईविंग, बहुत कुछ मेरे जिम्मे था। मैं कहती मुझे इतना काम करने की आदत ही नहीं। वहाँ घर का काम तो मुझे छूना भी न पड़ता था। सभी कुछ माँ ने अपने ऊपर लिया हुआ था। यहाँ बाहर-घर का कितना कुछ मुझी को सँभालना था। थकान लाज़मी थी।

पर वे सिर्फ़ बहाने थे। इसे मैं समझती थी और अनी समझने की कोशिश में रहता था।

पाँच साल गुजरने को आये थे और हमारे बीच अभी तक सही तरह से विवाहित जोड़े का रिश्ता नहीं बन पाया था। यह नहीं कि हमारे बीच शारीरिक नैकट्य नहीं था। लेकिन वह अपनी पूर्णता तक नहीं पहुँच पाया था।

यूँ भी मैं उदास और अनमनी सी रहती। अनी मेरी उदासी भाँप जाता और पूछता—'घर की याद आ रही है?'

मेरे आँसू टपटप गिरने लगते—'अजय तो बेहद याद आता है।'

'घर जाना चाहोगी?'

'पढ़ाई ख़त्म हो जाये, तभी न!'

भारत जाना टलता ही रहता। यूँ भी मुझे स्पष्ट नहीं था कि मेरे भीतर इतनी उदासी क्यों भरी रहती है? यह अपनों से मिलने की तड़प थी याकि कुछ और? और था तो क्या?

शादी की पाँचवी सालगिरह थी। दो महीने पहले मेरा जन्मदिन पड़ता था। अनी ने उस दिन काम से छुट्टी ले ली और पूरा दिन साथ घूमने का प्रोग्राम बनाया। शाम को हम लोग एक बढ़िया से इटालियन रेस्तराँ में खाना खाने गये।

अनी ने कहा कि साथ इतालियन पेय कियाँती पियेंगे। अनी को अच्छा लगता कि मैं उसके साथ हर अनुभव में भाग लूँ। मेरी इच्छा हो या न हो पर अनी की खुशी के लिए मुझे कुछ भी करना भला ही लगता। यूँ भी मैं उसके प्रति बहुत कृतज्ञ महसूस करती। वह मेरा पति ही नहीं, दोस्त और गाईड भी था। उसकी हर बार मान कहीं कृतज्ञता के उस भाव को जाहिर करना चाहती। कियाँती का घूँट भरते हुए मैंने ख़ुद से कहा—"आज अनी से वह सब कह दूँगी जो कह नहीं पाती। मैंने अनी की आँखों में झाँकते हुए कहाँ—"तुमको कुछ कहना है।"

वह मुस्कुराया और बोला—"क्या इस बीच किसी और से प्यार हो गया तुम्हारा?"

"धत्"

"तो क्या किसी के साथ..."

"दिस इज़ सीरियस..."

मैंने अनायास बात को सवाल में बदल दिया—"अच्छा ये बताओ कि अगर कोई आदमी एक लड़की का बलात्कार करे तो..." और मुझे समझ नहीं आया कि मैं आगे क्या कहूँ।

"तो...? वैल दैट इज़ वैरी अनफारचुनेट ...तुम कहना क्या चाहती हो?"

"तो दोष किसका होता?"

"दोष...आबवियसली आदमी का ...या कह सकती हो परिस्थितियों का।"

"मतलब?"

"मतलब कि बलात्कार भी तो कई तरह के होते हैं जैसे कि जब युद्ध के समय सैनिक बलात्कार करते हैं तो उसमें शत्रु की औरतों के प्रति वही घृणा और उनको तकलीफ़ देने का, उन पर अपनी विजय घोषित करने का भाव ख़ास तौर से यह काम करवाता है। शत्रु का सब कुछ तहस-नहस करना ही तो उनका मकसद होता है तो यह भी..."

"और आम समय में?"

"इसका कोई एक जवाब तो नहीं हो सकता...कहा न कि कब, कैसे सब हुआ, पर बहुत मुनस्सर हो सकता है। अब मान लो एक पुरुष को कोई और वह उसे मिल न सकती हो और वह इतना बेबस हो जाये...पर ज़्यादातर ऐसे लोग बलात्कार नहीं करते। जिनमें कुछ हिंसक वृत्ति हो वही मनचाहा न मिलने पर बलात्कार करेगा।"

''लेकिन अनी जब एक खुद न चाहे तब उसे चाहने पर भी आदमी को यह हक तो नहीं मिल सकता न कि वह ज़बरदस्ती...''

''हक की तो बात ही नहीं...हक तो शादी के बाद भी नहीं होता। इन्सानी रिश्तों में हारमनी तभी आ सकती है अगर दोनों की इच्छा का मेल हो...''

हक शादी के बाद भी नहीं होता...मैंने इस वाक्य पर गौर किया। तभी अनी आज तक इन्तज़ार कर रहा है!

''तो फिर फैसला क्या हुआ कि दोष भी दोनों का होता है...''

''न...न यह कब मैंने कहा? आदमी का ज़बरदस्ती करना वाकई उसे दोषी बनायेगा लेकिन औरत का उसकी ज़बरदस्ती सहने में भी तो दोष है''

मेरा तो सर घूम गया। यह क्या कह रहा था अनी। वह तो मुझे ही दोषी ठहरा रहा है! अब क्या होगा!

क्या मुझसे इतनी ताकत थी कि अंकल को परे धकेल डालती? मैंने कोशिश तो की थी। नहीं धकेल पायी थी। फिर कई तरह के बोझ! अगर पुरुष की ताकत कई गुना ज़्यादा हो तो क्या फिर भी...?

अचानक मेरा जी मिचमिचाने सा लगा। अनी ने मेरे चेहरे पर कुछ देखा—तबियत खराब है क्या?

''मैंने शायद वाईन ज़्यादा पीली है। तबियत खराब हो रही है।''

उसने फिर मेरे चेहरे को गौर करते हुए कहा—''तुम्हारी तबीयत तो कुछ ज़्यादा ही खराब लग रही है। क्या हो रहा है?''

''कुछ नहीं...नौज़िया-सा...मैं रेस्टरूम (बाथरूम) होके आती हूँ।''

''मैं साथ चलूँ?''

''नहीं-नहीं इतना बुरा हाल नहीं है...'' और मैं धीरे-धीरे चलती हुई बाथरूम पहुँची तो खटाक् से सिंक में ही उल्टी कर डाली।

मैंने कुल्ला किया। मुँह पर ठंडे पानी के छट्टे मारे और वहीं आरामकुर्सी पर बैठ गयी। दिल की धड़कन बढ़ी हुई थी। माथा चकरा रहा था।

कुड मिनट आँखें बन्द कर के लांज में ही बैठी रही।

''बहुत देर लगा दी तुमने। तबीयत खराब हो रही है तो कुछ हल्का सा ही खाना।'' वापिस आ मेरे मेज़ पर बैठते ही अनी ने कहा। मैंने उसे उल्टी आने की बात नहीं बतलायी। उसे बेकार फ़िक्र भी लग जाती। जबकि फ़िलहाल मैं कुछ बेहतर ही महसूस कर रही थी। पर खाने का मन कतई नहीं था।

''कुछ भी खाऊँ तो?''

''नहीं...नहीं कुछ हल्का सा तो खाना चाहिए वर्ना और भी बीमार हो जाओगी।''

बात फिर रह गयी थी। मेरे भीतर बेचैनी का कोई पेड़ उग आया था जो दिन पर दिन बढ़ता ही जा रहा था। उसकी शाखाएँ फैलती जा रही थीं। कब वे फूट कर मुझसे बाहर आ जायें...?

खुद से बार-बार कहती...मैंने विरोध तो किया था। उसके बावजूद सब हो गया। क्या रोका नहीं था अंकल को मैंने? कितना तो रोका था!

लगा कि मैं अनी से कभी यह नहीं बता पाऊँगी कभी नहीं। सब मर्द एक से होते हैं। किसी का भरोसा नहीं किया जा सकता। सब की सोच एक सी।

अनी भी शायद ऊपर से ही बड़ा खुले दिमाग का और प्रगतिशील बनता है। पर हम सब की जड़ें तो मूलत: एक सी ही होती हैं...

मुझे भीतर ही भीतर लग रहा था सब। शायद कभी हिम्मत नहीं पड़ेगी। यूँ ही गुजर जायेगी उम्र। यूँ ही? एक झूठ में, फ़रेब में जीते जीते। नहीं रितु यह ज़्यादा देर नहीं चलेगा। कब तक अनी के धैर्य को चुनौती देती रहेगी। मैं खुद भी आखिर कितना और बर्दाश्त कर सकती हूँ! इस तरह कसमसा कर कब तक जी सकूँगी? कब तक झेलूँगी?

जैसे-जैसे वक़्त बीतता जाता, मेरी हिम्मत बढ़ने के बजाय और भी पस्त होती जाती। पर यह स्वीकार नहीं था। मेरा अन्तस इस जीवन शैली का कतई स्वीकार नहीं सकता।

एक रात जब हम खाना वाना ख़त्म करके सोने के कमरे में आये और मैं कपड़े बदल रही थी तो अनी ने बिस्तर में लेटते ही कहा—"तुम अनमनी सी क्यों रहती हो? क्या हिन्दुस्तान याद आता है।"

क्या मुझे हिन्दुस्तान याद आता है? मैंने खुद से पूछा!

"नहीं अनी। मुझे हिन्दुस्तान-विन्दुस्तान कोई याद नहीं आते। मुझे तुम याद आते हो।" अचानक मैं बड़े आक्रामक से मूड में थी। जाने कहाँ से इतना सहसा आ गया था मुझमें।

"मैं क्यों? मैं तो हरदम साथ हूँ तुम्हारे।"

"हो। लेकिन नहीं हो मैंने सोचा था तुम मेरे भीतर झाँक सकते हो। मुझे जान सकते हो। समझ सकते हो। लेकिन कहाँ? तब पास कैसे हुए?"

"मुझे मालूम है तुम मुझे कुछ कहना चाहती हो। पर जब तक तुम ख़ुद तैयार नहीं होगी बताने के लिए, मैं कभी भी इसरार नहीं करूँगा। तुम्हारी निजता का भी सम्मान करता हूँ मैं।"

वह उठकर बैठ गया था। "लेकिन तुमसे अलग मेरी निजता कैसी?"

''ठीक कह रही हो। सोचा नहीं था इस तरह। तो बोलो। निडर होकर बोलो।''

''मुझे बस यही कहना है कि मै अबूझ थी। बच्ची थी। मेरा कोई दोष नहीं था। आई वाज़ इन टैन्थ ग्रेड! एंड दिज़ वाज़ माई अंकल। माइ ओन अंकल। माइ लोकल गार्जियन। एंड आइ हैव सफ्फर्ड इनफ़ दैट। माइ फादर हेट्स मी, माइ मदर हेट्स मी। एवरीबडी हेट्स मी। अब तुम भी मुझसे नफरत करो बस।''

सहसा मेरी रुलाई छूट पड़ी। रोते-रोते पता नहीं और क्या बकती रही होऊँगी, अब कुछ याद भी नहीं। अनी खामोश रहा। सब सुनने के बाद भी कुछ पल खामोश। वह भी शायद सकते की हालत में था। यह सब कभी मेरे साथ हुआ—इसका अन्दाज़ कहाँ था उसे!

मुझे डर लगने लगा कि मुझे सब कुछ बतलाना नहीं चाहिए था।

उसने मेरा चेहरा अपने दोनों हाथों में लिया और आगे झुक कर हल्का सा चुम्बन मेरे माथे पर ज़ड़ दिया। मुझे बाँहों में भरकर बिस्तर पर लेटा दिया।

''तभी इतनी डरी-डरी, इतनी खामोश रहती हो तुम। पगली! तुम तो बच्ची थीं तब। तुम्हारा क्या दोष? भूल जाओ यह सब। पीछे धर दो यह कड़वा अतीत। यहाँ सब कुछ नया, एक नये सिरे से शुरू होगा।''

''रितु मुझे अच्छा लगा कि तुमने मुझे सब बता दिया...अपनी ओर से कोशिश करूँगा कि तुम्हारी तकलीफ़ कम हो सके'' उसने जोड़ा।

मैं अब तक क्यों छुपाती रही इसका हल्का सा अफ़सोस भी हुआ था उसे। शायद इसलिए कि उसे भला नहीं लगा कि मैं उस हद तक उसका विश्वास नहीं कर पायी पर उसने खुद फिर कहा—''हमारे समाज में अभी भी ऐसे दरिन्दे हैं कि कोई भी लड़की उनकी करतूतें बतलाने की हिम्मत नहीं कर पाती। तुम्हारा यह डर भी समझ सकता हूँ।''

अब मैं बहुत हल्का महसूस कर रही थी जैसे किसी की अमानत सँभाल कर रखी हो और उसे लौटा कर राहत मिल गयी हो। सुदर्शन की 'हार की जीत' वाली कहानी का वह बूढ़ा जो घोड़े की चोरी हो जाने के बाद चैन की नींद सोता है।

बहुत देर तक उसके किसी न किसी सवाल का जवाब देते हुए हमारी इस बारे में बातचीत जारी रही। कब बातें करते-करते उस की बाँहों की गिरफ्त के सुरक्षित संसार ने मुझे नींद की दुनिया में पहुँचा दिया। वह सुबह दफ़्तर जाने को उठा तभी मेरी नींद खुली।

''आज मत जाओ'' मैंने मचलते हुए कहा था।

''जाना होगा पर जल्दी आ जाऊँगा। तैयार रहना। बाहर चलेंगे खाना खाने।

आज तुमको एक स्पेनिश रेस्तराँ लेकर चलूँगा।''

''क्या कपड़े पहनूँ?''

उसने छेड़ने के अन्दाज़ में कहा ''स्पेनिश।'' ''ओह! तुम्हारे पास साड़ी—सलवार कमीज के अलावा यहाँ के तो अच्छे कपड़े हैं ही नहीं। काम वाली पैंट-स्कर्टें शाम को फारमल रेस्तरा में नहीं चलेंगी। तुमको यहाँ के खूबसूरत कपड़ों की खरीदारी भी करानी होगी। ठीक है सुन्दर सी साड़ी पहन लेना। वीकैंड पर तुम्हारे कपड़ों की शापिंग करेंगे।''

मैं सारा दिन कपड़े निकाल-निकाल के खुद को सजाती रही। शाम के रंग। दिन के रंग। हल्के रंग। गहरे रंग। आइने में देखती रही कौन सी साड़ी मुझ पर कैसी फबती है। कत्थई रंग की हरे बार्डर वाली साड़ी मैंने शाम के लिए निकाल कर रख ली। साथ में मूँगे का सेट।

मुझे अनी पर बहुत-बहुत प्यार आ रहा था।

शाम को घर आया तो मैंने उसे बाँहों में घेर लिया।

जब वह घर आया तो देर हो चुकी थी। मैं एकदम तैयार थी कत्थई साड़ी में। पर मझे न जाना बुरा नहीं लगा। मुझे लगा मुझे सिर्फ़ अनी का साथ ही चाहिए था। वह घर या बाहर—कुछ फ़र्क़ नहीं पड़ता था। मैं तो सुबह से ही अपने मुक्त मन को मना रही थी। सेलिब्रेट कर रही थी। मैंने साड़ी पर ही एप्रन बाँध के रसोईघर में खाना तैयार कर दिया। कुछ पहले से फ्रिज में तैयार रखा ही था।

जब हम बिस्तर में थे तो मैं उसे निर्द्वन्द्व भाव से चूम रही थी। उसके जिस्म का हर हिस्सा चूम रही थी। उसके जिस्म पर उगे घने बालों से खेलने में बहुत सुख मिल रहा था। अनी मुझे किसी बच्चे के एक निर्दोष खिलौने सा महसूस हो रहा था जिसे वह बच्चा जैसे चाहे हाथों में मसल सकता था, मनचाहा खिलवाड़ कर सकता था और एक भरोसे के साथ कि कोई उससे उस खिलौने को छीनेगा नहीं। वह उसी का है और वह जीभर के उसके साथ खेल सकता है। पर खेल-खेल में जब वह मेरे ऊपर आया तो फिर मेरा दम घुटने लगा मैं चिल्लाई। वह झट से उतर आया और धीरे-धीरे मुझे चूमता -सहलाता रहा। मुझे अपराध भाव महसूस हो रहा था। यह क्या हो रहा है? मैं अपने पति के साथ न सुख ले सकती हूँ न उसी को सुख दे पाती हूँ! मेरी आँख की कोरों से बूँदे चूने लगीं।

बहुत देर तक हम जागे ही रहे।

अनी ने कहा—''मे बी वी शुड सी ए डाक्टर! ए सायकायट्रिस्ट!''

''नो मुझे डर लगता है। वह क्या कर सकता है? दिस इज़ वैरी पर्सनल अनी। मैं कभी किसी डाक्टर के पास नहीं जाऊँगी।''

मुझे अनी का यह सुझाव अच्छा नहीं लगा था जैसे कि कोई पागल औरत

होऊँ जिसके इलाज की ज़रूरत हो!

मेरे पास भी क्या उपाय था सिवा इसके कि मेरे ही भीतर कोई ऐसी ताकत उठे जो मुझे इस दमघोंटू डर से बचाये!

हर आज़माइश ने तो मुझे हराया था। अब न अनी को मेरा भरोसा होगा न मुझे खुद को!

दिन फिर गुज़रने लगे। हर रात हम दोनों के बीच एक पुल बन खड़ी हो जाती। जिसे पार करने की कोशिश कोई न करता।

अनी शायद खुद ही कुछ अता-पता करता रहा होगा। उसने मुझसे कभी कुछ कहा नहीं। जो कुछ हमारे बीच नहीं हुआ, उसकी उसने कोशिश या शिकायत फ़िलहाल बन्द कर दी थी। कम से कम मेरा तो यही ख़्याल था। पर एक दिन अजीब घटा हम दोनों के बीच। चाहे वह घटना सालों बाद ही हुई। पर हुई और उसका होना हम दोनों को और भी करीब ले आया। पूरी तरह से!

उस रात चूमते हुए उसने धीरे से मेरे निर्वस्त्र शरीर को अपने ऊपर लिटा लिया। अब अनी मेरे नीचे था। मुझे अजीब शर्म सी लगी। मैं न...न करती रही...''यह क्या कर रहे हो? शर्म आती है मुझे'' लेकिन मिनटों में मैंने पाया मैं मुस्कुरा रही थी। मुझे मज़ा आ रहा था। अजीब सा सुख था यह...अनी मेरे नीचे था और मैं एक अनहोना सा आनन्द महसूस कर रही थी!

अनी की आँखें मेरे चेहरे पर जमी थीं और मैं लगातार उसी को देख रही थी। उस असीम सुख को उसने मेरे चेहरे पर देखा होगा। बोला—''अब तो दम नहीं घुट रहा न!''

''न ऽऽऽऽऽऽ'' मेरे जिस्म का पोर-पोर खिला हुआ था। हर पोर से मैं अनी का सुख ले रही थी।

''कैसा लगता है?''

मुझे हँसी आ गयी—''जैसे मैं तुम्हारा बलात्कार कर रही हूँ।''

अनी मुस्कुराकर बोला—''रोज़ करना।''

अब मुझे फिर से शर्म आ गयी थी।

उसके बाद बहुत दिनों बाद अनी ने मेरे ऊपर आने की कोशिश की थी। मैं पल भर को घबरायी थी पर पता नहीं एक अजीब सा विश्वास कछुए की पीठ की तरह मजबूत संबल बना हुआ था। जिसे मैं खुद को इतने निर्द्वन्द्व भाव से सौंप रही थी, जिसे मेरे मन की भावनाओं का पूरा ज्ञान था, मेरे प्यार का तनिक भी सन्देह नहीं था, उसे लेकर फिर दुविधा कैसी! शायद यह अनिरुद्ध के प्यार

करने का तरीका था या कि मेरे घबराये मन की तैयारी। मैं पूरी तरह से उसके लिए भी तैयार हो गयी थी। उसके सामीप्य को पूरी तरह जी रही थी। हर साँस से उसे प्यार कर रही थी। फिर भी अनी ने पूछा—"दम घुटता है?"

मैंने कहा—"उँहूँ..."

अब मैंने सुख पाना सीख लिया था। अनी के साथ रिश्ता बहुत आनन्दमय था। अनी ही गुरु था मेरा और अनी ही हमसफ़र, साथी!

बीस

ज़िन्दगी का एक पहलू सँवर गया था। पर क्या सचमुच? जो सहजता हमारे रिश्तों में होती, वह नहीं थी। इसके लिए अनी को दोष नहीं दे रही। अपने आप को ही देती हूँ। मैं स्वयं उस भयावह अतीत से मुक्त नहीं हो पाती थी। सम्बन्ध से कतराती हूँ। जितना बच सकूँ, बचना चाहती हूँ। सुख भी एक बोझ टलने जैसा हो जाता है। कभी ऐसा नहीं होता कि भयावह अनुभव की स्मृति से मुक्त होकर रिश्ता जोड़ सकूँ।

दूसरी ओर अजीब सी स्थिति लगती है मुझे कि अभी भी अनी की कृतज्ञ बनी रहती हूँ जो स्त्री पुरुष के बीच सहज है, दोनों का चाहा है, दोनों का अभिप्रेत है, उसमें एक पर कृतज्ञता का बोझ क्यों?

बहुत बार मैं अपने लिए नहीं, अनी के लिए रिश्ते में होती हूँ। क्या अनी भी मेरे प्रति कृतज्ञता महसूस करता होगा? पर क्यों? ऐसा क्यों हो? हम दोनों सहज क्यों नहीं हो सकते? क्या मेरे अतीत की भद्दी कड़वाहट ने अनी के वर्तमान को भी ग्रस लिया है? यह पीड़ा सिर्फ़ मेरी ही नहीं रही, अब अनी भी उसका भागी हो गया है? ऐसा न होता तो मैं अनी को स्वार्थी और दकियानूस कहती। जब उसने मेरी पीड़ा को अपना लिया है तो मेरे दुख का बोझ दुगना होता जा रहा है। वह क्योंकर मेरी पीड़ा का बोझ उठाये। उसका तो कोई दोष नहीं। उसे तो अपना स्नेह देना चाहूँगी, पीड़ा नहीं।

अनी मुझे प्यार और दिलासा ही देता रहता है पर उस सबमें मैं खुद अपने में कमतरी ही महसूस करती हूँ। मैं कहीं वही बनी रहती हूँ कि जिसमें खोट है, हीनता है, जो हानिग्रस्त है और जिसको दयादृष्टि चाहिए। क्यों ? ऐसा क्यों हो, मैं क्यों नहीं अपने आप में पूरा व्यक्ति हो सकती?

हमारे अपने अपने काम ही शायद हमारी शरण थे।

कामों के जमघट के मेरे भीतर की दुनिया खो ही जाती थी। कभी सोचने की फ़ुरसत होती ही नहीं। थक कर चूर हो बिस्तर पर पहुँचती तो नींद वहाँ

पहले से ही इन्तज़ार कर रही होती। बस आते ही दबोच लेती।

लेकिन भीतर बैठा वह खुफिया संसार चैन कब लेने देता है! वहीं से वार करता है न। वह भी रात के सन्नाटे में।

उस रात अचानक नींद से टूटीं मैं हवाई अड्डे पर हूँ। बहुत भीड़ है। और मुझे कोई अपना पहचाना चेहरा नहीं दिख रहा। मैं अजय को ढूँढ रही हूँ। उसे होना था यहाँ। मैं चलती चली जाती हूँ। बहुत बड़ा सा एयरपोर्ट है...मैं बेहद घबरायी सी हूँ अब क्या करूँगी...क्या करूँ...इसी तरह के ख़्याल आये चले जा रहे है। मुझे कुछ पता नहीं कि कहाँ जाना है, न कोई जान-पहचान न रहने का ठिकाना...एकदम अनजान अकेली हूँ...बस नापे चली जा रही हूँ लम्बे-लम्बे भीड़ भरे गलियारे...इसी घबराहट में आँख खुल जाती है...और फिर चैन की साँस लेती हूँ।

फिर एक और सपना शुरू हो जाता है...मैंने अपने परिवार के सदस्यों को घर में देखा...घनी उदासी छायी हुई है...मैं जानना चाहती हूँ कि अजय कहाँ है...कुछ बुरा घटने जैसी अनुभूति सब पर छायी हुई है...अजय नहीं है...मैं सारे कमरों में उसे खोज रही हूँ।

सपने बार-बार आते है...मैं जग जाती हूँ और देर तक जगी रहती हूँ...एक और दुःस्वप्न बार-बार आता है...एक छोटे से कमरे में हूँ, कहीं बाहर नहीं निकल सकती, कोई भारी सी चीज़ मेरे ऊपर आ गिरती है, मुझे लगता है मेरा दम घुट जायेगा, कोई मुझे मार रहा है जान से पर मैं चीख नहीं पाती...न कोई मेरे आसपास है बचाने वाला ...मेरी बेआवाज़ चीखती हूँ। अचानक मेरी नींद खोलती है और मैं हाँफती सी साँस खींचने लगती हूँ।

अजय...अजय कहाँ है? यह पहला नाम है जो सपना टूटते ही मेरे मुँह पर है! या सपना चलते हुए? किसी तरह अजय नहीं आ सकता मेरे पास। मैं सारे कमरों में ढूँढ़ आती हूँ उसे! शिकायत करना चाहती हूँ उससे!

अजय? अजय ऐसा नहीं हो सकता। कितना स्नेह सद्भाव है उसमें। कितनी परवाह करता है मेरी। कितना प्यार । लेकिन अजय तुम कहाँ थे जब मुझ पर ईंटों के अम्बार बरस रहे थे! तुमने मुझे कभी अंकल के ख़िलाफ़ आगाह क्यों नहीं किया? तुम तो मिले थे अंकल से। मुझे याद है तुमको अंकल अच्छे नहीं लगे थे। फिर तुम्हें यह भी अन्दाज़ा था कि अंकल की रुचि मुझमें ज़्यादा थी। पर तब मैंने सोचा था कि शायद तुम ईर्ष्यालु हो कि अंकल मुझे ज़्यादा प्यार करते है। पर तुम घर पर होते ही कहाँ थे। तुम्हारी तो अपनी ज़िन्दगी थी। फिर डिफेंस अकेडमी में जाने के बाद तो तुम सिर्फ़ छुट्टी-छुट्टी मिल पाते थे। अगर तुमने

कहा होता कि मुझे अंकल के यहाँ नहीं रुकना चाहिए तो मैं कतई न रुकती। पर तुम इस फैसले के दौरान कहीं भी आसपास नहीं थे। न फैसले के दौरान, न ही हादसे के दौरा।
देश से चली तो तुम्हारी आर्द्र आँखें मेरे सामने रहीं बहुत देर। फिर सोचा कि क्या सचमुच समझे हो मेरी पीड़ा? क्या एक पुरुष होकर तुम सही तौर पर औरत का महसूस करना जान सकते हो? तुमने मेरी पीड़ा को कुछ तो जाना है पर उन घावों के देख सकते हो जो मेरे भीतर बने रहते हैं। हवाई अड्डे पर जब मैं सबसे बाय कर रही थी तो अचानक अपना अकेला हो जाना मुझे खला था। पर फिर सोच लिया कि सफर मुझे अकेले ही काटना था। अनी को तो मिलना ही था। मिला भी पर वह भी मेरे भीतर के छेद कहाँ देख पायेगा। मेरे भीतर उठने वाले ये झंझावात कहाँ देख पायेगा जो कभी तो मुझे एक हल्के से काग़ज़ की तरह नितार कर ऊपर ले आते हैं तो कभी अपने घेरे में इस तरह कसते हैं कि लगता है अपनी साँसें भी मुझे बेदम कर देगीं।

तुम तो हमेशा वहाँ होते थे। हमेशा मुझे बचाने पहुँच जाते थे। माँ से, बाबूजी से, दीदीयों से भी। पर जो सबसे बड़ा ख़तरा मेरी ज़िन्दगी में आया तो तुम कहीं दिखे ही नहीं।

क्या तुमको अन्दाज़ भी है कि मेरे साथ हुआ क्या था? तुमको तो माँ-बाबूजी ने जो कहानी दी तुमने मान ली होगी। क्या तुम्हें यह अन्दाज़ हुआ था कि मेरा घाव इतना ज़्यादा बड़ा था कि मेरे पास उसके ज़िक्र का कोई लफ्ज़, कोई ज़रिया न था। कहती तो क्या...कैसे कहती। अगर तुम कुरेदने रहते तो शायद मैं कह भी डालती। पर तुम कुरेदने से घबरा गये। तुम भी कहीं असलियत से दूर रहना चाहते थे। उसका सामना करने की हिम्मत तुमने भी नहीं थीं। या तुम्हारे पास मेरी तकलीफ़ के उपचार का कोई उपाय भी नहीं था।

कितनी अजीब बात है इस देश में किसी लड़की के साथ बलात्कार होता है तो बात खुल कर सामने आती है। लड़की के माँ-बाप भी उसका साथ देते हैं न्याय माँगने में। शर्म से सिर झुकाकर खामोश नहीं बैठे रहते। न्याय की गुहार लगाने में सिर्फ़ लड़की की अकेली आवाज़ नहीं होती। बहुत सी सम्मिलित आवाज़ें होती हैं। मेरी तो अपनी आवाज़ ही बन्द हो गयी थी। न किसी ने मेरा मुँह खुलवाने की कोशिश की न ही इसका साहस दिलाया।

सच कह रही हूँ न। तुमको अन्दाज़ तो होगा ही कि कुछ हुआ है। फिर क्यों? क्यों चुप कर गये थे। क्यों नहीं कहते रहे कि रितु बोलो...बोलो! हमारा औरत या मर्द होना, हमारा लिंग हमारे भाई-बहन के रिश्ते से ज़्यादा बड़ा हो

गया था न कि उस रिश्ते की मर्यादा को बनाये रखने के लिए तुमने सवाल भी नहीं पूछा और बड़े होते हुए अन्दरूनी अदलाव-बदलाव की जो दीवार हमारे बीच खड़ी हुई वह आज तक कायम है।

कभी तोड़ोगे उसे? कभी पूछोगे मुझसे खुलके?

भाई-बहन के रिश्ते की मर्यादा? मेरे अन्तस के मरोड़ों, मेरे जिस्म के छालों से ज़्यादा बड़ी थी न! जानते हो तुम्हारे मेरे शरीर तो एक साथ बने थे न। तुम और मैं एक शरीर भी हो सकते थे। फिर मेरी पीड़ा को तुम क्यों कर महसूस न कर सके?

या कुछ किया भी तो चुपचाप? कि मुसे सिर्फ़ एक दो औपचारिक सवाल? बस? नहीं और पूछा। जानते हो मेरे भीतर का वह विष ख़त्म ही नहीं होता। किसी महासागर सा ठाठें मारता रहता है। कौन शिव बनके धारेगा वह गरल!

कितना गाढ़ा था तुम्हारा मेरा रिश्ता। कभी लगता है कि तुमको अहसास हो गया है—चलते वक़्त तुम्हारी वे आँखें ...मुझसे शायद कुछ कह रही थीं, क्या कह रही थीं अजय ? मुझे पूछने से भी डर लगता है। मैं खुद भी तो सब कुछ भुला देना चाहती हूँ। इसीसे कभी-कभी भारत आने से डर लगता है। बहुत डर। पर अजय तुम तो वहाँ हो। तुमसे मिलने में डर कैसा? क्या डर अभी भी कायम है कि तुम भी मेरी रक्षा नहीं कर सकोगे। वक़्त पर मौजूद नहीं हो पाओगो! देखा जाये तो तुम जो मेरे लिए सबसे ज़्यादा अहम इन्सान थे अगर तुमपे ही विश्वास न कर पायी तो भारत भर में और रखा ही क्या है मेरे लिए! पिताजी को तो यूँ भी नहीं भाती थी। दीदीयों की अपनी ज़िन्दगी है। माँ वही करेंगी जो बाबूजी कहेंगे। मेरी किसे परवाह है?

मुझे यह शिकायत भी मिलती रहती है कि खत नहीं लिखती किसी को। क्यों लिखूँ। जब कुछ कहना हो तभी लिखा जाता है खत। पर मुझे कुछ कहना ही नहीं किसी से। तुमसे कहना होता है पर खत में नहीं। सिर्फ़ जब तुम मेरे सामने हो। इसी वजह से जब भी आ सकूँ भारत आना होगा। तुमसे बतियाने। तुमसे कहने।

तुम्हारे वे कभी-कभार आ जाने वाले खत मुझे मिलते रहे हैं। अनी ने ही शायद तुम्हारे और बाबूजी के खत का जवाब दिया था। सच बताऊँ तो मैं यहाँ की ज़िन्दगी में इतनी मसरूफ हो गयी हूँ कि मुझे खत लिखने की सूझती ही नहीं। कुछ न कुछ हमेशा करना होता है। घर का सामान लाना है तो कालेज में पढ़ने जाना है। बहुत तरह के काम। बड़ा बेमानी सा लगता है ख़त लिखना। जैसे कि दुनिया भर के ढेर सारे मसले तपती धूप की तरह आपको तपा रहे हों

और आप आराम से आम के पेड़ के नीचे छाया में बैठ विश्राम करते रहें। नो...आई कांट अफोर्ड दैट! मुझे जो ज़रूरी काम है वही पहले निभाने हैं उसके बाद ही ख़त लिखने जैसे फुरसत के कामों में उलझा जा सकता है।

पर तुमको वहाँ बैठे-बैठे यहाँ के दबावों की समझ भी नहीं आयेगी। वहाँ कालेज, दफ्तर सभी कुछ यहाँ से कहीं आसान होता है। यहाँ सात घंटे की नौकरी है तो एक-एक मिनट गिन कर नौकरी में लगाना होता है। यह नहीं कि अब दोस्त आ गया तो बीच में उठ के चाय पीने चले गये सा चपरासी से कहा जाओ— दो चाय ले आओ और लग गये गुफ़्तगू करने।

यहाँ ऐसा कुछ नहीं होता, न हो सकता है। बहुत बार मैंने सोचा भी कि लंच के घंटों में खत लिख लूँगी पर इस कदर तब भूख और थकान चढ़ी होती है कि पूरा वक़्त खाने के लिए बाहर जाने और निगलने में ही लग जाता है अकसर उसी वक़्त में किसी न किसी से मिलना होता हैं। तुम्हें ख़त लिखने की फुरसत मिल जाती होगी पर मेरी मसरूफ़ियत का अन्दाज़ लगा सकते तो अपने खतों में कभी यह इशारा न करते। शिकायत नहीं कह रही। तुम शिकायत नहीं करते। उलाहना ज़रूर दे देते हो!

यूँ तुमको ख़त मैंने बहुत बार लिखे बस कागज पर कभी नहीं उतार पायी। कहीं तुम मेरा मन पढ़ पाते तो मेरे पास भी उन उलाहनों के बाक़ायदा जवाब थे।

इक्कीस

तभी-तभी तार मिला था पिताजी की दुर्घटना में मौत हो जाने का।

मैं थी कि एकदम सन्न। जिस्म को जैसे लकवा मार गया हो। दिमाग़ का कम्प्यूटर एकदम जैम हो गया हो।

पिताजी! पिताजी जा भी सकते थे इस तरह। इस तरह अचानक कि मैं सिर्फ़ उनके जाने के बाद ही जान पाऊँगी। यह कभी सपने में भी न आया था। जब भी घर को लेकर कोई अशुभ की आशंका होती तो मन में अजय का ख़्याल आता था कि कहीं उसके साथ कुछ ऐसा-वैसा न घट जाये। पर जो बुरा घटना है वह पिताजी के साथ घटेगा, कि पिताजी इतनी जल्दी चले जाएँगे यह कभी नहीं सोच पायी थी।

अजीब हैं रिश्ते भी। पिताजी के प्रति मन में गुस्सा-शिकायत इतना भरा रहता था कि कि अब जैसे हमेशा के लिए मौका खो गया था अपनी बात कहने का। जैसे अपने मन के कष्टों का सारा बोझ वापस मुझी पर आ पड़ा हो। ढो सकूँगी इतना भार!

अपना भार दूसरे पर डाल हम जीना सीख लेते है क्योंकि अपना बोझ अपने से ढोना बहुत मुश्किल है।

अब फिर से हिम्मत लाने की ज़रूरत थी। किससे करूँगी शिकायतें। किससे कहूँगी कि देखो न मुझे यहाँ न आने देते या किसी और से शादी कर देते तो क्या हाल होता मेरा। आपके पास लौट आने योग्य भी न रहती! आप तो इस तरह बिना बताये चल दिये। मुझे तो छोड़ दिया होता न मझधार में। उस अन्धे कुँए में जहाँ से कोई निकालने वाला भी न होता!

एक पश्चाताप का भाव भीतर पैठने लगा।...अगर पिताजी यहाँ आ गये होते तो क्या बच न जाते। कितनी लापरवाही से तो चलाते हैं। लोग वाहन वहाँ। बस मार दिया होगा बेदर्दी से, बेहूदगी से। सबके सब बेहूदा, बेशऊर लोग!

फिर पता नहीं कैसे क्यों...शिकायतों का पुलिन्दा अजय के गले मढ़ दिया।

अजय? अजय कहाँ था। क्या बाबूजी को वक़्त पर अस्पताल ले जाने वाला कोई नहीं था।

अजय...अजय तुम वक़्त पर क्यों नहीं पहुँचते। बाबूजी चले गये...अचानक? सब अचानक हो जाता है। सँभलने-सँभालने का वक़्त नहीं रहता। मेरे साथ भी तो...।

अजय से शिकायत थी। बहुत शिकायत थी। क्यों चला गया सेना में? कभी घर पर नहीं रहता कि...?

ओह मैं यह क्या सोच रही थी। अजय पर गुस्सा किसलिए?

और अब? पिताजी जी का न होना...

मुझे यहाँ आये हुए छह साल हो चुके थे। और मैं एक बार भी लौटी नहीं थी। लौटने की जरूरत बहुत महसूस नहीं हुई। कभी-कभार मन थोड़ा सेंटिमेंटल सा हो जाता तो जी चाहता कि चली जाऊँ पर उस क्षण का असर चला जाता तो मेरा जाने का कार्यक्रम भी रद्द हो जाता।

फिर काम भी तो कितने थे। पहले पढ़ाई ख़त्म की। फिर नौकरी। नौकरी भी बड़ी जिम्मेदारी की थी। बहुत काम रहता और मुझे काम करने में मज़ा भी आता। उसमें भारत जाने को सोचने की फ़ुरसत और ज़रूरत और भी कम होती गयी।

फिर एक तरह से वहाँ न जाकर जैसे मैं किसी का सज़ा दे रही थी। उन सब बातों को बदला ले रही थी जो मेरे मन की न हुई थीं।

क्या मैं पिताजी को सज़ा दे रही थी? पिताजी से बदला ले रही थी। मेरे व्यक्ति का अपमान, मेरी अस्मिता का अपमान क्या पिताजी के हाथों ही हुआ था?

शायद पिताजी के अपने प्रति रवैये को कभी माफ़ नहीं कर सकी?

जबकि यह सोच कर भी तकलीफ़ होती है कि मैं उनके खिलाफ ऐसा सोच सकती हूँ!

शायद घरवालों से खुद को काटकर मैं अपनी महत्ता से उनको वाकिफ कराना चाहती थी। तुमने तो मेरी वकत नहीं तो मैं ही क्यों तुम्हें पूछँ? तुमसे मिलने आऊँ? यूँ भी तुमको फ़र्क़ क्या पड़ेगा कि मैं मिली या नहीं। तुम कौन-सा मेरी परवाह करते थे या हो?

देख लो अब तो मैं तुमसे कहीं ज़्यादा सफल और सुखी हूँ अब तुम मेरे आगे नाक रगड़ो। मैं क्योंकर तुम्हें पूछने आऊँ?

नहीं अजय के बारे में ऐसा नहीं सोच पाती थी। अजय के साथ मेरा सम्बन्ध सूत्र कभी टूटा नहीं, न ढीला ही पड़ा...मन के स्तर पर उसी तरह बना रंहा जैसे

पानी में लहरें।

यूँ माँ कई बार लिख चुकी हैं कि कब आऊँगी उनसे मिलने, पर साथ ही यह भी कह देती है कि जहाँ रहो सुखी रहो। सुखी हो तो मैं हूँ यहाँ कोई मेरी हालत में जितना सुखी हो सकता है, उतना ही। तब रहती भी यही रहूँगी। माँ को इससे कौन सा फ़र्क़ पड़ने वाला है कि मिलने गयी या नहीं।

उनकी तीन-तीन बेटियाँ है, एक न भी पास हुई तो क्या फ़र्क़ पड़ेगा। फ़र्क़ तो मुझी को पड़ सकता था जिसकी एक ही माँ थी —पर मैंने तो पक्का फैसला कर लिया था खुद को कभी इस बात का फ़र्क़ पड़ने नहीं दूँगी। देखा जाये तो यहाँ की ज़िन्दगी में वे सारे नाते-रिश्ते बेमानी ही तो थे। मुझे यहाँ बैठे-बिठाये किसी से क्या लेना देना? यहाँ के समाज के साथ वे मेल भी कहाँ खाते थे। यहाँ मेरे नये रिश्ते बन रहे थे, नयी दुनिया के लोगों से मिलती थी, नयी तरह की बातें होती थीं।

कितना सब अलग था। घर की याद में तो थी सिर्फ़ पीड़ा, शर्म लाचारी। भला यहाँ और वहाँ का क्या तालमेल!

कुछ भी हो। पिताजी की मौत का सुनकर बेचैन थी। बहुत बेचैन थी मैं। मिनट-मिनट पर गुसलखाने भागती रही। एक मिनट चैन से बैठ ही नहीं पा रही थी।

अनी को बहुत फ़िक्र लगी। कहने लगा, ''ऐसी हालत में तुझे भारत कैसे भेजूँ। तू तो बीमार जैसी हो रही है। तेरा तो चेहरा सफेद पड़ा हुआ है? आय ऐम विल हैव टू टेक केयर आफ यू हेयर। वहाँ जाकर और बीमार पड़ गयी तो मौत वाले घर में तेरी देखभाल भी ठीक से न हो सकेगी।''

मैं इस हालत में नहीं थी कि कोई फैसला ले सकूँ। एकदम निढाल हो गया था जिस्म। ऐसा लग रहा था जैसे बरसों की कोई कमजोरी हड्डियों में धँस गयी हो!

''जब ठीक हो जाओगी तो माँ से मिलने भेज दूँगा तुम्हें। अभी पहले तुम ख़ुद सँभल लो...।''

मन कसमसाता रहा। पर जानती थी कि हवाईजहाज का सफ़र करने की हिम्मत नहीं है मुझमें। सपने में अकसर पिताजी का शव देखती और घबरा कर उठ बैठती। कभी पिताजी मुझसे बात कर रहे होते। मैं उनसे विवाद कर रही होती, किसी बात का गुस्सा निकाल रही होती एकदम सामान्य, जीवित रूप में। पर अचानक महसूस होता कि वे सामने खड़े सुन नहीं रहे...कहीं और है उनका

ध्यान। मैं गुस्से में चिल्लाती—बट व्हाय आर यू नाट लिसनिंग टू मी—-आँख खुलती तो उनकी ताज़ा मौत का हादसा मुझे आधी रात को रुला देता।

मेरे सपनों की हर आहट अनी को जगा देती। वह भी रात-रात मुझे शान्त करने में लगा रहता। फिर उसे नींद आ जाती, वह सो जाता पर अकसर मैं पूरी-पूरी रात ने न पाती।

पिताजी की मौत के छियासी महीने बाद मैं पहली बार लौटी थी भारत।

महीनों से जो ग़म मुझे भीतर से खाये जा रहा था अचानक सबसे मिलकर ख़ुशी और सुकून में तब्दील हो गया। पिताजी तो गये इस सच की भौतिकता का सामना करना था। पर बाकी सब तो हैं। दीदी, अजय, सभी के साथ अगल-अलग वक़्त गुजारा। मन ही नहीं होता था वापस लौटने का। यूँ तब वक़्त भी था क्योंकि मैंने एक नौकरी से त्यागपत्र दे दिया था और दूसरी शुरू करने से पहले तीन महीने का वक़्त ले लिया था इसलिए ढेर सारा वक़्त था सबसे मिलने-जुलने का। उतने सालों बाद लौटकर जहाँ अपने लोगों से मिलकर खुश थीं वहीं उससे ज़्यादा जो वहाँ नहीं था वह सब तकलीफ़ दे रहा था। मेरा जाना-पहचाना कनाट प्लेस जो मुझे इतना जगमगाता हुआ और बेहद 'शीक' दिखता था अब अचानक धूल, ट्रैफिक और भीड़ से छितरा हुआ लगा। वहाँ पैदल चलने का सुख ऐसा हुआ करता था जैसे कि दुनिया की सबसे खूबसूरत जगह पर चल रही हूँ। अनी और मेरी पहली 'डेट' वहीं एक रेस्तराँ 'लाबोहीम' में हुई थी। तब वह रेस्तराँ कितना ख़ास लगा करता था। अब सब कुछ धुँधला, मटमैला और फीका लग रहा था। क्या इसलिए कि अमरीका की तेज़ रोशनियों की जगमगाहट की आदत पड़ चुकी थी और कनाट प्लेस की रोशनियाँ पीली-पीली सी और फीकी-फीकी लग रही थीं। शहर में कारें इतनी ज़्यादा हो गयी थीं कि शहर उससे निबटने को कतई तैयार नहीं था सो हर कालोनी में सड़कों पर बेतरतीब ढंग से कारें ही कारें खड़ी दिखती थीं। जिन सड़कों पर मैं बेधड़क पैदल चला करती थी और इक्का-दुक्का गाड़ी ही दिखती थी वहाँ अब कभी न रुकने वाला ट्रैफिक था। बाज़ार में तो गन्द भरी खुली नालियाँ। जगह-जगह बदबू।

जिस एकान्त-सूनी जगह को भी सुन्दर मान कर जाती हूँ वहाँ गन्द के अम्बार ही तो दिखते हैं। जब यहाँ रहती थी तो यह सब कुछ नहीं देख पायी थी। अब पता लगता है कि किस नर्क में रह रही थी। अमरीका सच में इस देश के सामने एक स्वर्ग ही है। सब कुछ कितना सुन्दर, कितनी अच्छी तरह देखभाल की जाती है वहाँ पुरानी इमारतों की, कितना साफ़-सुथरा रखा जाता

है पलिब्क इमारतों को, कितने सुहावने होते है उनके पार्क-हरियाली से लदे और करीने से जैसे कढ़ी हुई पगडंडियाँ। उन पर चलते हुए लगता है मानों कोई सचमुच स्वर्ग के पथ पर चल रहा है।

मुझे खीझ आती रहती छोटी-छोटी बातों को लेकर। अमरीका जैसा साफ़-सुथरापन नहीं। अब गन्दगी और ज़्यादा दिख रही थी जिसे मैंने पहले यहाँ रहते हुए नहीं देखा था। वह माहौल तब मेरे लिए इतना सहज था कि उसकी सारी विशिष्टताएँ तब अलग से महसूस नहीं होती थीं जैसे कि अब उससे कट जाने के बाद जब मुड़कर देख रही थी तो महसूस हो रही थीं।

छोटी दीदी के साथ भी आठ-दस दिन गुज़ारे। उनकी हालत देख बहुत दुख लगा था। जीजाजी का स्वभाव अजीब था। दीदी अगर कुछ आगे बोल देतीं तो पीटने पर उतारू हो जाते। मैंने तो उनसे कहा कि छोड़ो परे ऐसे आदमी को। एक बार तो मैं दीदी और जीजाजी के तकरार में बीच में बोल पड़ी और खूब सुनायी जीजाजी को। पर जीजाजी तो मुझे पर बुरी तरह से बिगड़ उठे। बोले—''निकल जा मेरे घर से। बड़ी आयी है अमरीका से मेरी बीवी को बिगाड़ने वाली।''

दीदी पर बिगड़ते हुए कहा—''तूने जाना है तो जा इसके साथ। फिर कभी मेरे घर में कदम न रखना।''

बस जीजी की तो सिट्टी-पिट्टी गुम। उल्टे मुझे डाँटने लगी, तू क्यों बोलती है बीच में। अपनी ज़िन्दगी बिगाड़ कर तेरे साथ अमरीका कैसे आऊँगी? तू रखेगी अपने घर में?

मैंने कहा—''क्यों नहीं? आप मेरे साथ रहना। मैं आपको नौकरी दिलवा दूँगी। मज़े से वहाँ रहना। ऐसे खाविन्द की रोज-रोज जूतियाँ तो नहीं खानी पड़ेंगी।''

पर बात बनी नहीं। दीदी में हिम्मत नहीं थी। मुझे ही वहाँ से निकलना पड़ा।

पता नहीं मेरे स्वभाव में बहुत बदलाव आया ही होगा। मेरी वहाँ सबसे झड़प हो जाती। मेरे पास किसी के लिए भी जैसे सहनशक्ति नहीं रही थी। मुझे सब ग़लत काम करते लगते लेकिन मैं जब उनके ग़लत काम पर अट करती तो सब मुझी को खाने दौड़ते और कहते—''यहाँ ऐसे ही होता है, ऐसे ही होता आया है। बड़ी आयी अमरीका से आकर हर चीज़ पर नाक भौं सिकोड़ने वाली। ऐसा है तो जा अमरीका वापस।''

माँ बहुत अकेली हो गयी थीं पिताजी के बाद। अजय अपनी नौकरी पर होता और मुझे लगता कि माँ को कुछ हो गया तो घर पर कोई देखने वाला भी

न होगा। माँ मुझे कहती कि अजय के लिए कोई अच्छी लड़की ढूँढ़वा दे तो उसकी शादी से घर में बहू आ जायेगी। मैंने हमेशा चाहा था कि अजय के लिए अच्छी सी लड़की खोजूँगी। पर अजय की शादी के लिए मैंने कुछ नहीं किया था। न ही खुद उसने किसी को चुना। मन में मेरे भी आता रहा कि अब उसे अकेले नहीं रहना चाहिए।

मैंने अख़बार में इश्तहार निकलवा दिया था। दो चार लड़कियाँ देख भी डालीं। पर अजय को कोई पसन्द न थी। एक लड़की माँ को पसन्द थी। देखने में अच्छी थी, पढ़ी लिखी थी, घर भी ठीक-ठाक था तो माँ ने कहा कि किसी तरह अजय को भी राजी कराऊँ। मुझे माँ की बात रखने के लिए और इसलिए भी कि अब अजय को विवाह कर ही लेना चाहिए, उसे दुबारा सोचने को तैयार किया। बात पक्की हो गयी और चट मँगनी पट ब्याह हो गया। लड़की वाले जल्दी शादी से ख़ुश ही थे। अजय चाहता था कि मेरे लौटने से पहले शादी देख कर ही जाऊँ। यूँ लड़की वालों ने पहले तो घबराहट ही जाहिर की जल्दबाजी पर। जब मैंने कहा कि हमें दहेज वग़ैरह कुछ नहीं चाहिए तो उन्होंने हफ़्ते भर में ही सारे ज़रूरी इन्तज़ाम कर लिए। यूँ भी अजय और मेरा कहना था कि शादी सादी ही हो। शादी के अगले दिन ही मुझे हवाई जहाज पकड़ना था। उधर अजय और आरती दोनों हनीमून पर गोआ गये और इधर मैं हवाई अड्डे की ओर रवाना हुई। घर मेहमानों से भरा था। मासियाँ, बुआएँ, गप्पो, सभी से शादी के बहाने मुलाकात हो गयी थी। मेरी छुट्टी की मियाद पूरी हो गयी थी।

मन ही मन अजय के लिए शुभकामनाएँ निकलती रही थी। सब कुछ जल्दी-जल्दी में हुआ। बस ठीक-ठाक हो गया।

अजय की एक शिकायत और थी कि मेरी राखी उसे कभी वक़्त पर नहीं मिलती और या फिर मिलती ही नहीं। मैंने उसे समझाया भी कि मुझे वहाँ बैठे पता ही नहीं लगता कि कब राखी आयी और कब गयी। पर वह बोला कि राखी जैसे त्योहार को कैसे भूल सकती हूँ मैं! भाई-बहन के रिश्ते को बाँधने वाला एक ही तो त्योहार है।

मैंने भी अपने रवैये के अनुरूप ही जवाब दे दिया था कि अजय रिश्ता तो अपनी जगह है। रस्मों के होने न होने से क्या फ़र्क़ पड़ता है! अजय को बुरा लगा होगा। यह पता मुझे बाद में ही लगा था। पता नहीं क्यों रस्मों को बहुत अहमियत देने लगा था। मैं न तो पहले ही विवाह की रस्म को ज़्यादा तूल दे पायी थी और जिस तरह से मेरी शादी हुई उसके बाद से तो बहुत ही कम महत्व बचा था मेरे लिए किसी भी रस्म-रिवाज का।

मेरे लिए सचमुच महत्व था आदमी औरत के बीच के रिश्ते का। अनी

के साथ मेरा प्यार जितना अहम था उसका विवाह बन्धन में बँधना समाज की स्वीकृति पाना ही तो था। अगर पिताजी को वह स्वीकार हो गया, माँ को स्वीकार हो गया तो बाकी सारा आडम्बर हो या ना क्या फ़र्क़ पड़ता है? अजय का मेरे साथ रिश्ता अटटू था और यह किसी से साबित करने की ज़रूरत नहीं थी। वह ठीक-ठाक रहे, हम मिलते रहें, स्नेह को पोसते रहें, यही जानना मेरे लिए काफ़ी था। मैं किसी आडम्बर में शामिल होऊँ या न इससे क्या होता? पर अजय तो बुरा मान गया।

बाद में एक बार बोला था—"तू बदल गयी है अमरीका जाकर। तू परवाह नहीं करती किसी के भावों की?"

क्या सचमुच ऐसी हो गयी थी मैं? पर रस्में तो फ़िज़ूल ही है न। शादी होते ही रस्में तो भूल जाती हैं। सारा तामझाम वहीं का वहीं रह जाता है। बच जाता है आदमी औरत का रिश्ता। रस्में कैसी भी रही हों पर रिश्ता निभे तभी चलती है शादी। रिश्ता न बना तो शादी भी कहाँ रहती है। मेरे लिए भी तो बस वही बचा हुआ था—अनी और मेरा रिश्ता। वही जिलाए था अब मुझे। अजीब बात है न। बहुत साधारण भी। स्वीकृत भी। अजीब रस्मो-रिवाज दुनिया के—भाई जीवन साथी नहीं बन सकते। ना पिता ही। पर दोनों के साथ रिश्ता उम्र भर बना रहता है। रिश्तों की कचोट भी कभी पक्के दागों की तरह छूटती नहीं। अजय और मेरा साथ छूट जाने के मूल में भी बात तो यही थी ना। यही रिवाज़ कि भाई एक उम्र तक ही साथ होते हैं। हादसों में भी साथ नहीं। उनको अपनी नौकरी, अपनी ज़िन्दगी खोजनी होती है। हमें किसी और को खोजना होता है।

इसी नियम के तहत अजय भी अब आरती का हो गया था।

मुझे लगा अब भारत में किसी को मेरी ज़रूरत नहीं रही। ठीक है सब अपनी-अपनी ज़िन्दगी जी रहे है। मुझे क्या किसी से लेना देना। ठीक है सब प्यार से मिलते हैं पर देखा जाये तो मुझे अकसर ऐसा महसूस होता कि बेमानी हैं ये रिश्ते भी। जीना है, जी रहे हैं। अमरीका में क्या बुरा है जो बार -बार भारत लौटा जाये। यहाँ कौन सब मेरा इन्तज़ार कर रहे हैं। कोई मतलब नहीं नातों-रिश्तों का। अब भला दीदियों को मेरी कोई परवाह है। मशगूल हैं। उनके लिए सब कुछ उनके पति हैं। अजय की शादी हो गयी। वह भी अपने ठिकाने पहुँच गया होगा। मैं उस घर में पैदा न होती तो भी किसी को फ़र्क़ नहीं पड़ना था। अगर अंकल के हादसे के बाद सचमुच आत्महत्या कर लेती तो भी भुला दिया गया होता। अगर अनी मुझे यहाँ न बुला लेता तो भी जीती। किसी घरवाले को कोई फ़र्क़ नहीं पड़ता था। उनके लिए मेरी हस्ती की कोई अहमियत तो कभी रही नहीं। फिर मैं ही क्यों जाऊँ। बार-बार उनको याद दिलाने कि मैं हूँ, मुझे

देखो। मैं भी कुछ महत्वपूर्ण काम करती हूँ। बहुत लोग सम्मान करते है। फिर उनका क्या है। कहेंगे ठीक है। जो हो सो हो। अपने लिए हो। क्या ऐसा तीर मार लिया तुमने। तुम जो थीं वह तो हम जानते ही हैं। यहीं से गयी हो भागकर! यहाँ जीने की भला हिम्मत ही कितनी थी तुममें? जो कुछ किया उल्टा किया।

सही काम करके, कुछ बन के दिखातीं तो बात थी।

क्यों...क्यों मेरे भीतर ये बगूले उठते रहते हैं? क्यों मैं चैन से नहीं रह पाऊँगी। पिताजी जिन्दा होते तो वे भी यही कहते। और क्या? हमेशा की जिद्दन। कुछ किया होगा तो किया होगा। हमें क्या पता?

मैं इतनी नकारात्मक क्यों हूँ? अनी के कहने के बावजूद सकारात्मक ढंग से सोच ही नहीं पाती। पिताजी यह भी तो कह सकते थे कि बेटी तूने अपनी तरक्की से तो हमें हैरान ही कर दिया। अमरीका में जाकर एम.बी.ए. कर ली! और इतनी बढ़िया नौकरी! मैं तो सोचता था कि तू सेक्रेटरी ही बनी रहेगी सारी उम्र। तू तो वाईस प्रेसिडेंट है अपनी कम्पनी की। पर उस दिशा में मेरी सोच जाती ही नहीं।

यह कसक क्या है मेरे भीतर। क्या बहुत कुछ छूट जाने की पीड़ा है, बहुत कुछ खो देने की।

पर बहुत कुछ पाके भी चैन क्यों नहीं? मन में जैसे अपना ही तिरस्कार, अपना ही इतना धिक्कार क्यों? कभी वह धिक्कारने वाला पिता बन के आ जाता है।, कभी माँ, कभी कोई भी। क्यों नहीं मैं अपने से तृप्त, अपने से सुखी, अपने में शान्त रह पाती? यह क्या है। जो हमेशा मेरे शान्त-सुप्त जल में भी बवंडर उठाता रहता है!

अनी ने एक बार यह सुझाव भी दिया था—मैं सोचता हूँ कि हमारे घर में एक बच्चा होना चाहिए शायद तुम तब ज़्यादा ख़ुश रहोगी। परिवार को भी मिस नहीं करोगी।

....बहुत देर हो चुकी अनी। तीस से ऊपर हो चुकी हूँ। फिर नयी-नयी नौकरी है। अपने आप को जमाने में ही कुछ साल लग जायेंगे। अब उस रास्ते पर नहीं जाना चाहती।

...जैसा तुम्हें सही लगे। मुझे तो बच्चों का वैसे भी शौक नहीं। तुम्हारे लिए कह रहा था।

यूँ तीस कोई बड़ी उम्र नहीं होती इस देश में। तुम अभी भी...

तुम्हें कोई निराशा तो नहीं होगी न।

...बिल्कुल नहीं

...अपने जीवन को ही ठीक-ठाक जी लूँ। यही बहुत होगा मेरे लिए।

पता नहीं मेरा यह फैसला ग़लत था या सही पर सच यह था कि अपनी सुरक्षा के लिए यह भी ज़रूरी था। मेरा शरीर जैसे कोई और रिस्क लेने को तैयार ही नहीं था। बहुत कमज़ोर थी भीतर से। मुझसे किसी तरह की भी संदिग्धता, एन्गजाईटी, अब नहीं होती थी।

बाईस

माँ की हर चिट्ठी में मुझसे यही सवाल होता कि तू कब आ रही है। मुझे लगता कि माँ पिताजी के बाद से बहुत अकेली हो गयी हैं। इसलिए मेरे आने की रट ही लगाये रहती हैं। इधर अजय के खत आने भी कम हो गये थे। माँ के खतों से ही पता लगता रहता कि कहाँ वह घूमने गया आरती के साथ, कहाँ तबादला है उसका आजकल। फिर माँ ने ख़बर दी कि आरती गर्भवती है। माँ की बातों में अचानक जैसे ढेर सारे रंग-बिरंगे गुब्बारे लटक गये थे। दादी बनने का एक सुख छलक उठा था उस खत में।

मैं भी किसी अनजान होठों से खुद को बुआ बुलवा रही थी।

अजय की शादी के कुछ साल बाद ही मैं सबसे मिलने दुबारा भारत गयी थी। तब उसने माँ के पास ही तबादला करवा लिया था। अजय का परिवार माँ के साथ ही था।

माँ बूढ़ी हो रही थीं और काफ़ी बीमार रहने लगी थीं।

घर की टूटी-फूटी हालत। लगता था जैसे घर को भी किसी बीमारी ने घेर लिया हो। दीवारों के पलस्तर उखड़े हुए, दरवाजों के पेच चूँचरमर करते हुए, लान में हैज बढ़ी हुई। बगीचे की कोई साज-सँवार नहीं। रसोई में पुराने डिब्बे जिन पर मैल जम चुकी थी, मसाले उन्हीं में धरे थे। माँ के कमरे में अभी भी वही आलमारी, पलंग और आईना, मेज थी जिसे मैंने बचपन से देखा था। माँ के कुछ बदलती नहीं कुछ नया नहीं ख़रीदती। ख़रीदती है तो पुराना नहीं फेंकती। नया कुकर लिया गया था तो पुराना भी चले जा रहा था। चाहे उसकी सीटी काम नहीं करती थी पर पतीले की तरह ही इस्तेमाल किया जा रहा था। भाभी शादी में नये बर्तन लायी होगी तो वे माँ के बर्तनों के साथ मिलकर इतनी भारी संख्या बन गये थे कि रसोई में उनको अँटाने की जगह नहीं थी। पर किसी तरह एक

के ऊपर दे उनको चढ़ा रखा था। दही जमाने वाली जाली की अलमारी की जाली जगह-जगह से उखड़ आयी थी। कूड़ेदान खुद भी कूड़े जैसा ही लगता था पर उसको बदलने की किसी ने नहीं सोची।

मुन्ने को माँ और दादी दोनों का ही प्यार मिल रहा था।

हिन्दुस्तान तो मेरे नज़रिये में दिन-पर-दिन बदतर ही होता जा रहा था। जैसे इनसानों के रहने लायक जगह ही न रही हो। हर तरह की हैवानियत ही दिखती थी मुझे। कोई बन्दा सही नज़र न आता था। हर कहीं धाँधलेबाजी, स्वार्थ, रिश्वत, भ्रष्टाचार। कोई छोटा सा काम भी करवाना हो तो धक्के खा कर के भी काम नहीं होते थे। मुझे तो नफ़रत होने लगी। माँ बेचारी पेंशन के लिए घंटों दफ्तरों में परेशान होतीं। डॉक्टर को दिखाना हो तो क्लिनिक में घंटों बेचारी लाईन में खड़ी हैं। बसों में भीड़ इतनी बढ़ गयी थी कि माँ जैसे बूढ़ों के लिए उनमें सफर करना ख़तरे से खाली नहीं था। मैं उनको कहती कि आप स्कूटर टैक्सी क्यों नहीं लेती तो जवाब होता कि स्कूटर में धक्के लगते है और टैक्सी बहुत महँगी है।

उधर आतंकवादियों के हमले हरदम पूरे शहर पर धुआँधार बादलों की तरह छाये हुये हुए थे। मुझे डर लगता कि माँ को ऐसे ख़तरनाक माहौल में कैसे छोड़ दूँ।

कोई कब कुछ कर दे, कहा तो नहीं जा सकता था।

आरती भाभी मेरी खातिर में कोई कमी न छोड़ती थीं। सारा दिन मेरे आगे-पीछे मँडरातीं-क्या खायेंगी। आज क्या बनाऊँ नाश्ते में क्या लेंगी? लंच में क्या, डिनर में क्या? सारा दिन मेरी खातिर का प्रोग्राम ही बनता रहता।

मैंने उसे कह दिया-'आराम करो न आरती। इतना थकाती क्यों हो खुद को मेरे लिए?' बस आरती ने पूरी रामकहानी ही कह दी थी—थकने की कोई बात नहीं फिर मैं जानती हूँ आपको तो ये बहुत प्यार करते हैं। हर वक़्त आपकी बात। जब आप आने वाली थीं तो मुझसे बोले कि रितु की ख़ास खातिर करना। बिल्कुल ज़रा सी कमी न रहे। और तो किसी के लिए कभी कुछ नहीं कहा। जो मैं कर दूँ सही होता है। फिर आपका ज़िक्र होता ही रहता है। आपको मिस भी बहुत करते हैं। कहते रहते हैं कि मेरी सबसे प्यारी बहन तो परदेश जाकर बस गयी। मैं तो छेड़ देती हूँ इनको कि बीवी से ज़्यादा बहन से प्यार है!

—''अरे यह कैसे कह दिया आरती भाभी!'' मैं हल्के से कहती।

—''क्यों नहीं। इन्हीं से पूछ लो। मुन्ना को भी सबसे पहले तुम्हारा नाम सिखा दिया। वह गली मुहल्ले में सबसे कहता फिरता है कि मेरी रितु बुआ अमरीका में रहती है। पापा की बहन। वह आयेंगी। कब से वही तुम्हारा इन्तज़ार कर रहा है। सच कहती हूँ हम से ज़्यादा तो आपही को प्यार करते हैं ये।''

आरती को मुझसे ये शिकायतें थीं या अजय के मन की भावनाओं का इज़हार, मुझे ठीक पता नहीं लगा। पर मेरे मन को छू गया था आरती का यह सब बतलाना जो अजय खुद कह नहीं पाता था। मैं तो उल्टे सोचती थी कि खत भी कम लिख पाता है। तो याद तो क्या करता होगा। पर लगा कि वह भी बेचारा अपने जीवन में सन्तुलन बैठाने की कोशिश में होगा।

बहन के प्रति प्यार गले की फँास न बन जाये, सो कुछ कहता भी नहीं होगा लेकिन औरतें तो भाँप जाती है न। आरती को मुझसे ईर्ष्या भी होगी ही वर्ना वह यह सब कह न पाती और न ही यह कि अजय को ख़ुश देखने के लिए ही वह सब कर रही है।

मैं भी आरती के लिए अमरीका से बहुत सारे उपहार ले गयी थी। आरती बहुत मीठा बर्ताव करती। प्यार और इज़्ज़त से भरा। उसकी ईर्ष्या भी मुझको भली लगती। माँ हर समय कुछ न कुछ करती ही रहतीं। बड़ा कठिन लगता था उनका जीवन वहाँ! कैसे पिस-पिस के काम करते हैं सब वहाँ। यहाँ भी मैं घर भर के काम खुद सँवारती हूँ पर कितनी आसानी से हो जाता है सब कुछ। हर काम करने की तो मशीने हैं। इधर से कपड़े डाले मशीने नें, उधर बैठ कर किताब पढ़ ली। यह तो नहीं कि बैठे मारे जा रहे हैं सोटे। हाथों में छाले पड़ रहे हैं. कलाईयाँ दुख रही हैं पर फिर भी काम करते ही जाना है। यहाँ के काम तो छोटा बच्चा तक सँवार सकता है। दो मिनट में झाड़ू, दो मिनट में कपड़े दो मिनट में बर्तन और फिर ढेर सारा वक़्त होता है। पढ़ने, घूमने और मौज करने के लिए। यह नहीं कि दिन भर चूल्हे-चक्की में ही पिसते रहो!

काश माँ की ज़िन्दगी में उन्हें कुछ आराम मिल पाता। पर इस तरह से कहाँ सोचते हैं लोग। खुद नहीं करेंगे तो नौकरी की शामत आयेगी। कितनी भयंकर होती है ज़िन्दगी। रामप्यारी के सर्दी में बर्तन धोते-धोते कैसे ठंड से सिकुड़ जाते थे हाथ। तभी अकसर वह नागा डाल देती और फिर पड़े रहते बर्तन। माँ झीखतीं, चिल्लाती और आखिर में या खुद करती या हम में से किसी को करने पड़ते। मुझे तो ठंडे पानी में हाथ डालने से ही कँपकँपी छूटती थी। मैं तो भाग लेती, फिर माँ की गाली सुननी पड़ती—''कामचोर!'' पर यहाँ किस को परवाह थी।

तब माँ की इन डाँट-फटकारों का अर्थ मैं लेती थी कि माँ मुझको प्यार नहीं करती। यही शिकायत मन में बनी रहती। तभी बाहर के लोग ज़रा भी प्यार-पुचकार से बात करते तो मैं निहाल हो जाती। उनके हर कहे को सर आँखों पर लेती जबकि माँ कुछ भी कहती तो या तो लापरवाही दिखाती या फिर मुँह तोड़ जवाब।

कितनी नासमझ थी तब मैं। हमेशा यही बात सालती कि माँ तो मुझको प्यार करती ही नहीं, गुस्सा करती रहती, गाली तक देती हैं। अगर ममता होती तो ऐसे करतीं? गप्पो की माँ तो उसे खूब पुचकारती थीं। कभी जोर से बोलतीं भी नहीं थी उससे। माँ तो लगता था जैसे हमेशा ही तंग आयी हुई हों। शायद हम गिनती में ज़्यादा बच्चे थे। थकी ही रहती होंगी। गुस्सा भी जल्दी आता होगा। घर का काम भी तो ख़त्म नहीं होने का आता। तभी हमारी मदद भी उनको चाहिए होती थी। पर तब तो माँ के गुस्से की यही प्रतिक्रिया होती थी मुझसे कि—मैं क्यों माँ की बात मानूँ?

अब जाके समझ में आता है कि माँ बेचारी का भी क्या कुसूर। माँ ने इससे बेहतर तो कभी कुछ देखा नहीं। खुद भी सोटे मारे और बेटियों से भी मरवाये। देखा जाये तो माँ ने कभी कुछ सुख चखा ही नहीं। पालपोस के सबको बड़ा किया और उसी में लिपटी रही। गृहस्थी के झंझट से कभी छुटकारा नहीं मिला। लेकिन यहाँ रहने के बहुत साल बाद ही माँ की तकलीफों को समझ पायी। तब सोचा था कि मैं दिलाऊँगी छुटकारा। माँ को यहाँ लाऊँगी, ख़ूब घुमाऊँगी, ख़ूब आराम कराऊँगी। बेचारी माँ ने सिर्फ़ सहा ही सहा है। सच माँ को बहुत सुख दूँगी। ऐसा सुख जो न पिता जी दे पाये न कोई कभी दे पायेगा।

माँ कहीं जाने को तैयार न थीं।

मेरे सोचने में ही शायद बहुत देर हो चुकी थी। माँ आदी हो चुकी हैं अपने समाज की अपने माहौल की, आसपड़ोस की। अब उनको कितना कुछ भी कहीं मिले। उनके अपने उम्र भर के परिचित जीवन की ही ज़रूरत थी। और मैं खुद भी कहाँ सबूती की सबूती उनको मुहय्या हो सकती हूँ। मेरे काम, धन्धे-कितने कुछ के बीच तो बँटी हुई हूँ। माँ को मेरे साथ के जो क्षण मिलते हैं वे माँ की उस समूची ज़िन्दगी के खालीपन को कहाँ भर सकते हैं।

माँ को रहना था अपनी जानी-पहचानी दुनिया के बीच। वहाँ सौ चोंचले हों, हजारों सरदर्दियाँ, करोड़ों शिकायतें पर थी तो वह उनकी अपनी दुनिया।

अजय का घर बस गया था। मैं लगभग हर दूसरे तीसरे साल पहुँच जाती

थी भारत। कम वक़्त होता तो वह मिलने आ जाता या मैं वहीं पहुँच जाती जहाँ उसका तबादल हुआ होता।

माँ भी ज़्यादा अजय आरती के साथ ही रहती थीं। अजय के पास मेरा आना-जाना बना रहता। शायद हम दोनों के लिए ज़रूरी भी था। वही तो एक सूत्र था जिसने मुझे बहुत कुछ से जोड़ा हुआ था। अपने आप से भी।

आरती काम में लग जाती तो माँ बैठ जातीं सोफे की बायें कोने वाली तरफ जो उनकी पसन्द की थी, जहाँ वे आराम से टेक लगा कर बैठतीं और दुनिया भर की बातें सुनातीं। फलाँ रिश्तेदार ऐसा था, फलाँ ने ये कहा, मेरे पिताजी ऐसे थे, अजय ख़्याल बहुत करता है।

माँ चाय की केतली एकदम तैयार रखतीं, ताकि मैं और चाय पीती रहूँ और कहीं जाने की बात न करूँ। घर में बैठ ही गप्पे होती रहतीं। बाहर जाने म

वे थक जातीं। उनका जाना बस ज़्यादातर पड़ोस तक या मन्दिर तक होता, या फिर डॉक्टर के पास जाना पड़े तो अजय ही ले जाता। कभी -कभी डिस्पेंसरी तक खुद ही चली जातीं दवा लेने। जो बातें मुझे माँ को लेकर हमेशा सालती रहती थीं, इस बार मैंने ठान लिया कि माँ से बात करूँगी ही। आखिर पता तो लगे कि वे क्या सोचती रही हैं। फिर एक दिन मैंने भी हिम्मत कर ली थी माँ से पूछने की...मुझे प्यार क्यों नहीं दिया? क्या मैं लड़की थी इसलिए...या मुझे नालायक समझा जाता था, इसलिए।

माँ मेरी बात सुनकर एकदम जैसे सकते की हालत में थीं।

'हमने तो प्यार में कभी कोई कमी नहीं की। हमारे लिए तो सारे बच्चे बराबर थे। सबको अपनी ताकतभर पढ़ाया लिखाया...यह कह कैसे दिया तूने?'

माँ को बेहद चोट लगी थी मेरी बात से। मेरी बात भुला नहीं पायी थीं वे कभी

—'अपनी तरफ से सभी कुछ किया तेरे लिए। इतने साल घर में भी बिठाये रखा कि मन पसन्द लड़के से तेरी शादी हो। फिर भी! बच्चों का भी कुछ समझ नहीं आता। जी जान दे दो...क्या जाने कहाँ से शिकायतें बनी रहती है। तूने इनके होते क्यों नहीं कही यह बात जो अब कह रही है। हम ने कोई कमी तो नहीं रखी। मास्टर रख-रख के, इतने खरचे करके तुमको पढ़ाया...वो तो तेरे स्कूल में बोर्डिंग नहीं था वर्ना उस जानवर के घर...मैं तो इसके हक़ में भी नहीं थी।

अब अपनी जिद्दों का दोष हम पर तो न दे।'

माँ के चेहरे पर इतना आक्रोश और घृणा थी एक शब्द जानकर उनके मुँह से निकला। मुझे अफ़सोस होने लगा। माँ को चोट पहुँचाने की क्या ज़रूरत थी। पिताजी तो इस दुनिया में हैं नहीं। वे उनके लिए जवाबदेह क्यों हो। अपनी जवाबदेही को भी चाहे तो वे पिताजी पर मढ़ सकती हैं।

माँ से आखिर क्या जवाब अपेक्षित था?

माँ को सचमुच पता ही नहीं होगा कि मैं कैसी भावनाओं के बीच से गुजरती रही। माँ को कभी बतलाया ही नहीं। तो उनको पता कैसे चलता। पर अब मुझ पर ही बोझ था माँ पर चोट मारने का।

उधर आरती दिन भर तो मेरी ख़तिर तवज्जो करती। अजय घर आकर मुझे बाहर घुमाने फिराने की बात करता। मैं माँ से बात करके थकी होती और किसी तरह प्रोग्राम रद्द करने की कोशिश करती।

मुझे ऐसा अहसास होता कि अजय का मेरे प्रति स्नेह आरती को तकलीफ़ न देने लगे? पर अजय में एक लापरवाही थी आरती की ऐसी भावनाओं के प्रति। वह सोता तो मेरे साथ बात करके। सुबह उठता। तो मेरे कमरे में देखने आता कि मैं जगी हूँ या नहीं। मेरा आना उसके लिए उत्सव की तरह होता था और वह कोई भी पल गँवाना नहीं चाहता था। आरती को बुरा लग रहा है या भला इसके प्रति मैं तो कुछ सतर्क हो भी जाती क्योंकि स्त्री सुलभ ईर्ष्या मेरी पहचान में आ जाती थी पर वह इस बात का ख़्याल ही न करता और उसका रुख कुछ इस तरह रहता कि रितु अगर चार दिन के लिए मिलने आयी है तो यह लाज़मी ही है कि हमारा सारा वक़्त उसको पूरी तरह समर्पित हो। देखा जाये तो मेरा अपना तर्क भी यही था कि तुम तो पूरी उम्र ही उसके साथ गुजार रही हो। मैं आखिर इतनी दूर से आयी हूँ तो मेरे भाई के साथ वक़्त बिताने में किसी को तकलीफ़ क्यों होती है!

अजय सुबह दफ्तर जाने के पहले चाय पीता तो हम दोनों गप्प मारने बैठ जाते। वही वक़्त होता था जबकि भाभी या तो मुन्ने को स्कूल के लिए तैयार कर रही होती या नाश्ता वगैरह बन रहा होता और हमारी आपसी बातचीत होती। तभी अजय ने एक दिन बतलाया था कि उसका तबादला कानपुर होने वाला है। मेरे चेहरे का रंग कुछ बदला होगा। क्योंकि उसने कहा—यूँ मैं भी जाना तो नहीं

चाहता पर शायद रोक न पाऊँ तबादला।

मैं अचानक बहुत चुप हो गयी थी। अजय ही कहे जा रहा था।

"तुम सोचती हो तुम्हीं को चोट लगी है। तुमको शायद अन्दाज़ नहीं कि मैं भी आज तक भूला नहीं हूँ। काश मैं कुछ कर पाता! इस बन्दे को तो अपने किये की सजा भी नहीं मिली।"

अजय की बात मुझे मरहम सा लगा गयी। सोचने लगी कि सचमुच मेरी ज़िन्दगी पर तो हमेशा के लिए धब्बा लग गया, आज तक मुझे डसता रहता है वह डंक, मेरी अस्मिता, मेरा वजूद हमेशा आहत रहता है अंकल को तो कोई फ़र्क़ ही नहीं पड़ा। उनके लिए कुछ मिनटों का जो कुछ भी था, मेरे लिए वह ज़िन्दगी भर का मलाल, घृणा, आत्मग्लानि का स्रोत बन गया, लेकिन अंकल को तो इसकी कीमत नहीं चुकानी पड़ी। सब कुछ मुझी को क्यों चुकाना पड़ा? सारी लानत मुझ पर क्यों?

ऊपर से अंकल का पिताजी से झूठ कहना कि पवन के साथ मेरी यारी थी, या मैं ग़लत रास्ते पर जा रही थी, और पिताजी का कुछ हद तक मुझ पर सन्देह तो बना ही रहा। यहाँ तक कि जीवन भर के लिए पिताजी का विश्वास तो खो ही दिया। चाहे वे अंकल की बात पूरी तरह न माने हों पर मेरी ओर से फिर निश्चिन्त कब हो सके वह? माँ दीदियाँ, हर किसी ने ही मुझे अपमानित किया, अवमूल्यित किया। अंकल ने क्या कीमत चुकायी मेरे सर्वस्वनाश की! किनारे हो के बैठ रहे। अपनी बेटियों की शादी की, बेटों की शादी की, बीवी को जो भोगना होगा, भोगा। समाज में जो स्थान बना था बनाये रखा, उनको तो कोई फ़र्क़ ही नहीं पड़ा!

क्या अंकल को अपने किये की सजी नहीं मिलनी चाहिए?

क्या सजा होगी?

क्या अंकल को कोई आत्मग्लानि, कोई अपराध, बोध, कोई क्षोभ, हुआ होगा?

कोई पूछ तो।

या खुदा जाने और किस-किस के जीवन का सत्यानाश किया हो? मैं तो शहर   छोड़ ही आयी थी पर और भी बहुत से होने को हो सकते हैं!

क्या सजा है अंकल की।

मैं चाहे कितनी ही बद्दुआएँ देती रहूँ, अपने साथ हुए अन्याय को कोसती रहूँ, या न्याय की दुहाई देती रहूँ। अंकल अपना किया भोगेंगे! तो कैसा न्याय

है यह? समाज का अन्याय कहूँ या प्रकृति का? सारी धूल मेरी ही झोली में क्यों? क्यों मैं नहीं वैसा मुक्त जीवन जी पायी जो किसी भी साधारण लड़की को नसीब होना चाहिए। बचपन-बचपन रहे और यौवन-यौवन। बस एक सामान्य जीवन। जैसे सब बड़े होते है। फिर अपनी साधारण दुनिया रचते हैं। क्यों नहीं हुआ ऐसा मेरे साथ। क्यों वह घाव एक छेद बन कर मेरे जीवन के सहज रस को चुआता रहा। क्यों मेरी पीड़ा इतनी अदृश्य है? किसी को दिखाई क्यों नहीं देती। क्यों मुझी को अकेले यह सब झेलना था। मेरे दुख में किसी की भागीदारी क्यों नहीं हो सकती!

क्यों लाचार हूँ मैं । अजय भी बेचारा क्या कर लेगा?

मैंने लम्बी साँस छोड़ते हुए कहा—'अब क्या!'

तभी आरती कमरे में घुसी और यह बात वही की वहीं रुक गयी।

आरती को इस बारे में कुछ पता नहीं यह मैं अजय के अचानक बात बदलने से ही समझ गयी थी। एकदम से आरती की ओर मुख़ातिब हो बोला—'क्यों भई क्या बन रहा है आज?'

आरती उत्साहित सी बोली—'आज दीदी के लिए मूली के पराठे बना रही हूँ नाश्ते में। आज शाम को आप आयें तो इन्हें डोसे खिलाने ले चलते हैं।'' अजय तो मेरी खातिर को कमर कसे ही रहता था पर मैं ही घबरा जाती थी। मैंने कह दिया—''इतना मोटा करके भेजोगी न तो अनी मुझे घर में नहीं घुसने देगा।''

—''जाओ दीदी। तुम मोटी हो तो हम कहाँ जायेंगे। पहले ही तुमसे दुगने हैं।'' बेटा पैदा होने के बाद से आरती ने वजन तो बढ़ा ही लिया था। मैंने चुप रहना ठीक समझा।

अजय दफ़्तर चला गया पर मन से यह बात गयी नहीं कि अजय कानपुर जायेगा।

मेरे दिमाग़ में कितना कुछ ताज़ा हो आया—तूफ़ानी रेडियो के ड्रामे, स्कूल की सहेली मंजू के साथ होने वाली गप्पें और सारी मीठी वसन्ती यादों पर काली कोलतार की परतें जम जातीं —मेरी ज़िन्दगी का काला इतिहास भी यहीं से शुरू हुआ। जिसके हर पन्ने पर गन्दी, बदसूरत आकृतियाँ अंकित है। शायद उनके रंग कुछ हल्के पड़ गये हों पर मिटे कहाँ हैं वे धब्बे! पूरे जीवन यात्रा के हर मोड़

पर उसने अपने निशान छोड़ रखे हैं।

अपने आप का सामना करूँ तो शायद यह भी कह सकती हूँ कि अपने देश को छोड़ देना मेरे लिए कभी मुमकिन न होता अगर अंकल के किये से जूझना न होता तो।

आज अनी पूरी तरह से मेरे प्रेम का अधिकारी है और उसके प्रति मेरे मन में अगाध प्रीत है, इसलिए कि वह मुझे स्वीकार सका। वर्ना अनी से शुरू में प्यार कहाँ था मुझे। वह भला था, मुझे सहारा दिया, मुझे समझा, बस यही तो आधार था हमारे रिश्ते का। धीरे-धीरे मुझे भरोसा होता गया उस पर? क्या इसे प्यार कह सकते है? आकर्षण ज़रूर था पर जैसे उसकी प्रीत मन में गहरी पैठ गयी है, ऐसा तो नहीं था।

अनी तो एक सहारा था, एक सम्बल था मुझे इस कीचड़ भरे जंगल से बाहर निकालने का। अगर मुझे यह मौका न मिलता तो क्या हश्र होता मेरा!

क्या सामना भी कर सकती हूँ इस सवाल का?

पिताजी कुछ नहीं कर पाये। अजय कुछ नहीं कर पाया। मैं खुद कुछ नहीं कर पायी। बस इतना कि किसी तरह बचा लिया खुद को आत्मघात से या सर्वस्व आत्महानि से? ज़िन्दगी में रह ही क्या गया था मेरे लिए ?

मेरे होते ही अजय के जाने के आर्डर आ गये थे। मैं अपने मन की हलचल भीतर ही धरे अमेरीका लौट आयी थी।

वक़्त स्मृतियों पर परदा तो डाल देता है पर उस मोटे परदे में भी छेद करके लेना कोई मुश्किल नहीं होता। ख़ास तौर से चोट की सलाखें अगर तपती रहें तो । परदे को झुलसने में देर नहीं लगती।

कानपुर से एक बार निकली तो लौटने की बात तो छोड़ो उसका कोई ज़िक्र ही नहीं होता था। पर अजीब बात यह है कि उल्टे अमरीका में वीर जी अकसर कानपुर की बात छेड़ देते। वे जब भी भारत आते तो कानपुर ही उनका गढ़ रहता।

मुझे भी अकसर ध्यान आ जाता कि अजय को जाना था वहाँ। अब तक वह पहुँच ही गया होगा। कौन से स्कूल में बेटे को भेजा होगा। क्या उसी कान्वेंट में जहाँ खुद पढ़ा था? जब वह वहाँ होगा तो क्या मैं उसके पास जा सकूँगी? वहां अंकल का तो बिजनेस है सो वे तो वहाँ से हटने नहीं वाले। हो सकता है उनके बच्चे इधर-उधर हो गये हों। पता नहीं कहाँ सेटल हुए होंगे। उनके

छोटे भाई भी तो थे। सौतली माँ जिन्दा होंगी।

क्या प्रतिक्रिया होगी अजय की अंकल से मिलकर? क्या अंकल उसे पहचान सकेंगे? तब तो बहुत छोटे थे हम दोनों!

क्या अंकल मुझी को पहचान सकेंगे? कहाँ 15 बरस और कहाँ 40 बरस? कितना कुछ बदल जाता है ज़िन्दगी में? 25 साल में कहाँ से कहाँ पहुँच जाता है इन्सान!

पर मुझे क्या । अपनी ज़िन्दगी से वे निपटें। अगर अजय को कभी मिल गये तो?

क्या अजय मेलजोल रखेगा उनसे?

शायद नहीं।

आज अंकल मेरे सामने आ जायें तो क्या करुँगी। मेरे भीतर वितृष्णा का उबाल सा उठा थूकूँगी-थूकूँगी। थूकती जाऊँगी। फिर अगर कोई तलवार हाथ में आ जाये तो सीधे उसके सीने में भोंक दूँगी। हाँ हक़ नहीं उसे जीने का जिसने मेरा पूरा का पूरा जीवन तूफ़ानी समुन्दर सा अशान्त कर दिया है। मेरा ही क्यों, मेरे परिवार, मेरे माँ—पिता, मेरे भाई, मेरे पति? किसने नहीं सहा मेरे लिए?

यह घबराहट सी कैसी मच गयी है भीतर? अब तो अंकल कुछ नहीं बिगाड़ सकते किसी का?

तेईस

सपना था—मैं घर लौटती हूँ और मेरी दोनों बहनें वहाँ मौजूद है। मेरा इन्तज़ार कर रही हैं। हमें कहीं जाना है साथ।

किसी शादी पर? नहीं किसी की मौत हुई है। शायद किसी दूर के रिश्तेदार की।

बात साथ जाने की है। पर मैं अभी-अभी लौटी हूँ इसलिए तैयार होने में देर लगेगी। वे इन्तज़ार करती हैं। फिर नीचे चली जाती हैं। बस का इन्तज़ार कर रही हैं। मैं खिड़की से झाँकती हूँ कि कहीं चली तो नहीं गयीं। बड़ी दीदी दिखाई देती हैं। मैं आवाज देती हूँ— मेरा इन्तज़ार करना। मैं भी आ रही हूँ। मुझे हड़बड़ाहट सी है। अनी शायद घर में है...मैं उसे बतलाना चाहती हूँ कि मुझे जाना है। मैं खिड़की से दुबारा नीचे देखती हूँ...दिखाई नहीं देती कोई। क्या बस आयी थी और दीदियाँ, सब चले गये? लेकिन मुझे छोड़कर?? मैं हैरान परेशान अनी को खोजने लगती हूँ...नींद खुल जाती है।... मैं बदहवास अभी भी किसी अपने को खोज रही हूँ...अजय कहाँ है?

दीदी ही थीं शायद मेरी माँ। मुझे अकसर दीदियों के ही सपने आते। यूँ आने को पहले भी आये होंगे पर तब इस तरह इन पर कभी ध्यान नहीं दिया था, न ही इस तरह सोचा था। सपने यूँ भी याद कहाँ रहते हैं। पर उधर जब भी सपने में आँख खोलती मैं कोशिश करती कि सपना याद रहे। सपनों के जरियों से जैसे खुद को जान रही थी। अपने भीतर की ज़रूरतों को। वे सब बातें जिन्हें भुलाये बैठी थी जो मेरे अन्तर्जगत को बनाये थीं पर जिस बुनावट से मैं खुद अनजान थी।

बेचारी दीदियाँ की ज़िन्दगी भी तो माँ जैसी ही है। उनकी दशा पर तरस आता। उनको दिखाऊँगी यहाँ औरतें कैसे रहती हैं। कितनी आराम की ज़िन्दगी है उनकी। कितनी सुखभरा है उनका जीवन।

फिर पता नहीं अपने से ग्लानि भी होती रही। मैं क्यों इतनी सेटीमेंटल हो जाती हूँ। तभी सब मेरा फायदा उठाते हैं—तभी अंकल? मेरे भीतर फिर से कँपकँपी सी हुई। नहीं इस बारे में कभी नहीं सोचूँगी। सोचती हूँ तो सारी पुरुष जाति ही गन्दी लगने लगती है। पर ऐसा तो नहीं। अनी तो अंकल जैसा नहीं। अजय भी अंकल जैसा कभी नहीं हो सकता।

कभी नहीं जाना कि जब माँ चौदह-पन्द्रह साल की थी तो कैसा था उनका जीवन? क्या...? पर माँ की तो पन्द्रह बसर में शादी ही हो गयी थी। हमारे घरों में शायद यह भी एक तरीका था समस्या से निपटने का।

मुझे फ़िक्र बहुत लगा रहता कि माँ को कहीं कुछ हो न जाये। जैसे अचानक पिताजी चल बसे वैसे ही कहीं माँ न कुछ...और मै आगे सोच न पाती। भीतर ख़ौफ़ और दर्द को तीखा झकोर उठता और मैं दिल पर हाथ रखकर खामोश हो जाती।

माँ का सोच-सोच कर मेरे मन में बुरे-बुरे ख़्याल अकसर आते। मिलने का भी सोचती। फिर लगता वहाँ जाकर होगा भी क्या? दो हफ़्ते में माँ के लिए भला क्या कर लूँगी। उन्होंने तो वहीं रहना है। मैं कर भी क्या सकती हूँ?

बरसों बाद अपने परिवार से फिर से नाता जोड़ना चाहती थी। नाता जो कभी रहा नहीं। था तो सिर्फ़ अजय से। माँ, पिता...सबके प्रति शिकायतें ही शिकायतें। मन से खिन्न और कटी रही। अब लगता है कि लाख कोशिश करूँ, जुड़ नहीं सकती। सब बहुत अलग है मुझसे। सबकी सोच, सबका भावात्मक जगत...सबके अन्दर की ज़रूरतें ही बहुत अलग हो गयी है। मुझसे। अगर वे मुझसे कुछ उम्मीद रखते हैं तो मैं पूरा नहीं कर पाती होऊँगी, मैं जो कुछ चाहती रही हूँ वे मुझे दे नहीं पा रहे।

चौबीस

शायद इसीलिए मैंने खुद से कहा था—शुक्र है मेरी ज़िन्दगी उनके जैसी नहीं थी। आरती हो या माँ या दीदियाँ। मैं अपने लिए एक बेहतर दुनिया रच पायी थी। कमियाँ इस दुनिया में भी बहुत थीं पर जिस सोच के ढर्रे से मेरा निकलना ज़रूरी था वह शायद वहाँ मुझे मुहय्या न हो पाती।

अनी भी एक तरह से जोरदार आसरा बनकर आया है मेरी लड़ाई में। मेरा आसरा। मेरा साथी। मेरा सबसे बड़ा हथियार। उसी ने तहस-नहस किया है उन सारे जालों को, उस सारे झंखाड़ को जो मेरे भीतर को दबोचे बैठा था।

शायद यह इसलिए हो सका कि मैं इस माहौल में घुलमिल गयी, यहाँ की पढ़ाई की। यहाँ की नयी सोचवाली महिलाओं को सुना, पढ़ा, उनके कहे को गुना और उससे खुद को समझने की कोशिश की, खुद को परिभाषित किया।

पर कितने साल लग गये इस प्रक्रिया से गुजरने में। इस बदलाव को भीतर अंगीकार करने में, महसूस करने में। इसे स्वीकारने में। अब किसी से भी खुल कर कह सकती हूँ कि क्या कुछ हुआ मेरे साथ। अब शर्म नहीं रही । पर अब कुछ कहने को रहा भी नहीं। दर्द तो कहा जाता भी नहीं। सिर्फ़ बात कही जा सकती है।

लेकिन कहने की वह ज़रूरत जो मुक्त कर देती है, अब मुझमें नहीं। शायद मुक्त मैं हो चुकी हूँ। मैंने बाँटा भी है उन सबके साथ। वे जो खुद ऐसे हादसों के बीच से गुजरी हैं और जिन्होंने मुझे सिखलाया है कि यह शर्म का मुद्दा नहीं। किसी और का अनाचार तुम्हारी शर्म क्यों हो। और सचमुच अगर अपने व्यवहार में भी कोई कमी रह गयी हो तो वह तुम्हारी ग़लती नहीं। इच्छा औरत का भी उतना ही सहज अधिकार है, वृत्ति है, जितना पुरुष का। मेरी कितनी ही सहेलियों ने बताया है बड़ी उम्र के पुरुषों द्वारा अपने इस्तेमाल किये जाने का। मैंने भी बाँटी है अपनी तकलीफ़। बस अब और बाँटने की ज़रूरत नहीं। बस उन तक ज़रूर पहुँचाना चाहती हूँ जो जाने कब मेरे जैसे अतीत से घिरेंगी और

पता नहीं कब तक उसकी काली छायाओं से घिरी रहेंगी! क्या मैं किसी तरह उनको समझा सकती हूँ कि उनका कोई दोष नहीं। कि अगर वे ज़बान खोलेंगी और अपनी कहानी सुना देंगी तो तभी उनको भी मुक्ति मिलेगी। कि कहानी सुनाने में उनको डरना नहीं होगा। छिपाना नहीं होगा चुपचाप, हँसना नहीं होगा।

मैंने जब अनी से कहा था तो उसने अपने कन्धे से लगाकर मेरी तकलीफ़ों को महसूसने की कोशिश की थी। बस यही कहा—"मुझे मालूम है कितनी तकलीफ़ पायी होगी तुमने!"

और मेरे मुँह से निकला था—'पर दर्द जाता नहीं अनी। काश! ऐसा न होता मेरे साथ। पीड़ा की खरोंच तो वैसी ही हरी बनी रहती है।'

—'काश कि मैं कालेज के दिनों ही जान पाता कि तुम इस भयंकर प्रताड़ना से गुजर रही हो।" तब मैं मुस्कुराने से रुक नहीं पायी थी—"जैसे मैं तब कोई और थी, तुम भी कुछ और होते! शायद तब तुम मुझसे शादी करने में ही झिझक जाते।"

—'अगर तुम्हें जानने के बाद पता लगता तो कोई फ़र्क़ नहीं पड़ने वाला था। यूँ ही कोई कहता कि इससे इसलिए शादी कर लो...तो सोचना पड़ता...तुम ...तुम मेरे लिए रितु हो...अपने में सम्पूर्ण। फूल के भीतर कोई कीड़ा घुस जाये तो भी फूल तो फूल ही रहता है ना, न तो उसकी खुशबू में फ़र्क़ पड़ता है न रंग में...।"

—"लेकिन कीड़ा आखिरकार फूल को खा ही डालता है...साबुत कहाँ रहने देता है।"

—"अगर फूल अपनी ऊर्जा से उसे निकाल बाहर कर दे तो कीड़ा कुछ नहीं कर सकता...।"

—"सचमुच कुछ नहीं कर सकता।" कुछ सोचते हुए मैंने अपने आप से कहा था।

—"देखो फूल की मिठास कीड़ों को आकर्षित तो करेगी ही...यह प्रकृति का नियम है...इस लिए यह तनाव हमेशा चलता रहेगा...जरूरी है कि कीड़े को कीड़ा समझा जाये फूल को फूल ...फूल हमेशा फूल ही रहेगा।"

—"पर लोग ऐसा नहीं सोचते अनी...।"

—"कौन से लोग?"

—"लोग...सब लोग ...पूरे हिन्दुस्तान के लोग..."

अनी खामोश रहा था कुछ पल। फिर मज़ाक सा करता हुआ बोला—"शायद...शायद...तुम ठीक कहती हो। मैं भी उतना समझदार कहा हूँ औरतों

की सेक्युऐलिटी को लेकर बहुत कम जानकारी है। सिर्फ़ शक, मुगालते और ग़लतफहमियाँ हैं। मैं भी क्या...ख़ाक समझता हूँ! पर इतना तो कोई भी समझ सकता है कि एक किशोरी अगर मर्द की वहशत का शिकार होती है तो दोष लड़की का नहीं होता। अगर किसी तरह उसकी मदद की जा सके, उसे सम्हाला जा सके, तो वही सही हो सकता है। पता नहीं लोगों के पास एक ही घिसापिटा मानदंड क्यों होता है...इस सीता को तो रावण ने छू दिया है...अब मेरे साथ कैसे रह सकती है। पर भारत में लोग बदल रहे हैं रितु।''

''मैं शर्त लगाती हूँ तुम वहाँ रहते तो यही कहते! तुम सोचते हो अजय बदला है, या मेरे जीजाजी...सबकी ऐक्सपैक्टेशन्स अब भी वही हैं''

''ऐसी बात नहीं है रितु बदलाव वहाँ आ रहा है पर बहुत धीरे-धीरे।''

''आ ज़रूर रहा है पर बहुत विरला ही होगा जो भ्रष्ट हुई औरत के साथ संसर्ग रखना चाहे।''

''तुम इसके लिए भ्रष्ट शब्द को इस्तेमाल क्यों कर रही हो? क्या तुम मानती हो कि बलात्कार औरत को भ्रष्ट कर देता है।''

''मैं उसी शब्दावली का इस्तेमाल कर रही हूँ जो मेरे समाज ने मुझे पकड़ायी थीं और जिसका इस्तेमाल अब भी वहाँ होता है। बस कुछेक औरतें ही हैं जो शोर करती रहती हैं पर उनकी सुनते कितने हैं?''

''पर सोचो। कम से कम वहाँ औरतों को शोर करने की हिम्मत तो हुई है। कुछेक साल पहले सोच सकती थी कि यह मुमकिन था?''

''पर अनी ये औरतें अमरीका आकर ज़्यादा सुनी जाती हैं, पता नहीं वहाँ कितने शागिर्द है उनके।''

''खैर कुछ तो है ही। पर यह भी सच है कि अभी यह आन्दोलन बड़े छोटे स्तर पर है। यहाँ भी तो सारी औरतें कहाँ हैं आन्दोलन में? बहुत सी औरतें इन्हीं नारीवादियों को बुरा-भला कहती हैं कि औरतें को इन्होंने न घर का रखा न बाहर का। दोनों जगह अब आदमी उनका फायदा उठाते है। बाहर का देखो और घर का भी। किसी लड़की का बलात्कार होता है तो यही औरतें कह डालती है कि इतनी रात वह गयी ही क्यों उसके साथ, या ऐसे भड़कीले कपड़े क्योंकर पहनती हैं कि पुरुष का मन बेइमान हो। अब उसका क्या कहोगी?''

''खैर आज़ादी की कीमत तो चुकानी ही पड़ती है। जब तक पुरुष घर का होना नहीं सीखता औरत को दोनों मोर्चे सँभालने होंगे। पर हमेशा यह हालत नहीं रहेंगी।''

पर इसी प्रक्रिया ने मुझे उस सब से भी कितना दूर ला फेंका है जिसे अपना

कह कर मुझे पूरा जीवन जीना होता। जीना होता अगर मैं उसी जमीन पर टिकी रहती जिस ने मुझे गढ़ा था। कितना अजीब लगता है यह सोचना कि जो जमीन तुम्हें उपजाये वही तुम्हें रास न आये और कहीं और जा कर तुम पनपो, फलो, फूलो।

क्या बात जमीन की ही है? या उस सारी उगावट की जो उस जमीन से पैदा हुई, जो माहौल बनाती है, जो अपने सन्दर्भ से तुम्हें देखती है।

यहाँ के माहौल ने मुझे भी तो कितने अलग ढंग से औरतों को देखना सिखाया। है। सचमुच जो भी लड़की खुली तबीयत की हो उसे समाज बुरा कहता है, स्लट कहता है, बेशर्म, कहता है, वेश्या का तमगा पहनाता है। पर अगर पुरुषों की दी हुई इन उपाधियों को कोई महत्व न दो तो औरत की शख़्सियत कितनी बदल जाती है? जो कुछ मेरे साथ हुआ उसे मैं ही छुपाती फिरी, पिताजी–माँ ने भी उसमें मेरा ही अवमूल्यन होता देखा। इस घटना ने उनकी नज़रों में मुझे नीचे गिरा दिया कि उनके लिए मैं एक खोटे सिक्के की तरह हो गयी कि किसी तरह इसे चला दिया जाये। चाहे कोई भिखारी, चोर, उचक्का, कोई भी शादी करने को तैयार हो, वे मुझसे छुटकारा पाना चाहते थे। तब उनको समाज का मुकाबला करने की ज़रूरत न पड़ती। पर अब जिस तरह से शरम ने उनको ग्रस लिया कि उनको अपने आप में भी दोष दिखने लगा। इतनी महत्ता होती है गोश्त के एक टुकड़े की। छू जायेगा तो अपवित्र हो जायेगी लड़की। नहीं छुएगा तो बड़ी ऊँची चीज़ बन जायेगी। पर ऊँची भी कहाँ बनी रहती है। तब सब कहेंगे— कुछ खराबी होगी तभी कोई दिलचस्पी नहीं लेता। शायद ठंडी मछली हो! ओह कहीं से छुटकारा नहीं।

पर जिस आज़ादी की बात यहाँ की महिला विचारक करती हैं उसका सुख भी मैं यहीं ले सकती हूँ। क्या मैं वापस भारत में जाकर अभी भी किसी से कह सकती हूँ कि मेरा बलात्कार हुआ था। या तो लोग सोचेंगे पागल हो गयी है या कहेंगे अब तो सेटल हो गयी है अब क्यों अपनी इज़्ज़त बिगाड़ती है। क्या अनी के परिवार में ही किसी को यह बता सकती हूँ? वही अनी से कहेंगे कि निकाल इसे घर से। ऐसी अपवित्र, छिछोरी औरत...? मुँह पर चाहे कोई न भी कहे। मन से तो गिरूँगी ही। अपनी इज्जत मिट्टी में मिलाने वाली ही बात है!

पर आज जब औरतें सामने आती हैं कटघरों में खड़ी होकर सच्ची कथा सुनाती हैं तो मेरा भी मन होता है कि आप बीती सुनाऊँ कि हमारे यहाँ भी ऐसा होता है कि भारत में सब दूध के धुले नहीं बसते। वहाँ भी हर घर में ऐसी कहानियाँ आये रोज हर घर में घटती हैं। पर फिर रुक जाती हूँ!

क्यों रुक जाती हूँ। यही समझ नहीं आता। लगता है जैसे मेरी जुबान छिन गयी हो! लगता है अपने पैर पर कुल्हाड़ा मारूँगी, बस और कुछ नहीं।

पर अनी तो कहता है कि फूल फूल ही रहता है। फूल का कुछ नहीं बिगड़ता अगर कीड़ा घुस जाये तो।

और कीड़े का दंश...? वह कैसे मिटेगा? मेरी स्मृतियों को छीलता हुआ...मेरे मर्म को चीरता हुआ...मेरे सारे वजूद को विषाक्त करता...फूल कैसे मुक्त होता है उस जहर से...? उसकी नरम-नरम पंखुड़ियों को जब छेद देता है कीड़ा तो कैसे भरते हैं वह छेद? कैसे होता है त्राण उस फूल का? क्या छेद भरते हैं कभी...बड़ा होता जाता है छेद...खूब बड़ा कि कभी भर ही न पाये...ऐसा भी होता है कि पूरी हस्ती ही बस वह छेद बन जाये...पंखुरी दिखे ही नहीं...।

ओह! क्या हो जाता है मुझे...छेद अब बन गये हैं मेरे दिमाग़ में...मेरे एक-एक अंग में...सालते रहते हैं, रिसते रहते हैं।

अनी...क्या भर पाओगे इन छेदों को...ऐसा तो नहीं कि तुम खुद ही हो जाओ इन के आर पार...देख ही न पाओ इन छेदों को...?

कह दिया था मैंने अनी से...जवाब मिला था—एक पंखुरी में छेद हो भी गया तो क्या...फूल तो फिर भी फूल रहेगा...।

अनी तुम्हारा यह अटल विश्वास...फूल तो फूल ही रहेगा...क्या मुझे जिला लेगा...मेरे अन्तस के छेदों को भर देगा?

पर क्या होगा उस जहर का? कीड़े में रेंगता जहर...?

यहाँ भी...बात तो अनी ठीक ही कहता है...फूल तो जहरीला नहीं होता चाहे कीड़ा कितना ही उसके विनाश की कोशिशें करता रहे।

ठीक ही तो कह रहे हो तुम। फूल कहाँ जहरीला होता है...कितने ही साँप सरसरा कर निकल जायें फूलों के बीच से...फूल का कुछ बिगड़ता नहीं...वह तो ज्यों का त्यों खिला ही रहेगा...तुम सही कहते हो अनी...तुम्हारा कहना सही ही हो! वह चन्दन वाली बात सच ही जो कही है न हमारे कवियों ने चंदन विष व्यापे नहीं, लपटे रहत भुजंग। कितने भी साँप लिपट जायें, चंदन कभी जहरीला होता है क्या?

मुझे बचा लो अनी...मुझे बचा लोगे...?

पच्चीस

अनी मुझे सहलाता हुआ कहता है—''क्या तुमको कभी पछतावा होता है कि यहाँ तुम क्यों आयीं या कि...सच कहूँ रितु तुम्हारे लिए यहाँ बहुत सही था। मैं तो हैरान हो जाता हूँ सोचकर कि तुम कितना ऊँचा चढ़ गयी हो। वाईस प्रेसिडेंट। अमेरिकन एक्सप्रैस!''

''इतनी बड़ी तो कोई बात नहीं। बहुत से होते हैं वाइस प्रेसीडेंट।''

''कुछ भी हो। यह कोई छोटी उपलब्धि तो नहीं। याद है तुमको दिल्ली का वह कालेज...नज़रें झुकाये झुकाये चला करती थीं। अब तो सूट बूट पहनकर ऐसे सीना तान के चलती हो मानों कोई सेना की जनरल हो...''

मैं खिलखिला देती हूँ।

पर सच कह रहे हो अनी। जहाँ मैं हूँ वहाँ से ख़ुद को देख कर बार-बार हैरान होती हूँ। मैं कभी यह हो सकती थी जो हूँ? सोचती हूँ आज की रितु और उस रितु में कितना ज़मीन-आसमान का अन्तर आ गया है। जिस तरह से मेरी सोच बदली है, नज़रिया बदला है, कभी कल्पना नहीं कर सकती थी कि उस बेवकूफ़, जर्जर आत्मविश्वासवाली, निखद रितु के भीतर से यह वाली रितु भी निकल सकती थी? क्या यह तुम्हारा असर था, इस माहौल का? या उम्र का? पर अगर भारत में बड़ी होती तो क्या ऐसी ही होती? देखा जाये तो कुमकुम, सारिका...मेरी सारी सहेलियाँ कभी समझ पायेंगी कि मैं बाहर से ही नहीं भीतर से भी इतना बदल गयी हूँ! यूँ तो पता नहीं कभी उनसे मिल पाऊँगी या नहीं। उनसे सम्बन्ध रखा ही नहीं। न चिट्ठी-पत्री, न मिलना-जुलना। वे तो मेरा चेहरा भी भूल गयी होंगी! मैं क्या पहचान पाऊँगी उन्हें। मोटी-मुटल्ली मातायें बन गयी होंगी! कुमकुम से तो पहली बार मिली थी। उसने तो बाद में भी एक दो बार सन्देश भिजवाया था मिलने का। शायद अमरीका आना चाहती थी। पर मेरे प.स फुरसत कहाँ थी मिलने की। यूँ भी मेरा जीवन इतना भरा

पूरा हो गया है कि मुझे अपनी सहेलियों की कभी याद आती ही नहीं। न ही उनसे मिलने का मन होता है। उनकी और मेरी दुनिया इतनी फ़र्क़ है कि उनमें कुछ कॉमन तो रहा नहीं। फिर मिलने में समय नष्ट करने का फायदा ही क्या। मुझे तो उनसे कुछ नहीं कहना है। उनको कुछ कहना हो तो मुझे सुनने में दिलचस्पी नहीं। वही घरेलू पचड़े।

सच अनी कितना मुक्त महसूस करती हूँ उस सारे हादसे से जिसने पूरे युवा जीवन को छा लिया था। घिनौनी काली छायाओं से घेर लिया था। वहाँ पर रहते हुए तो कभी लगा ही नहीं था कि मुक्त हो पाऊँगी। जहाँ भी जाती वे साये मेरा पीछा करते ही रहते। यहाँ तक कि हर आदमी में कहीं न कहीं वही जन्तु छिपा दिखलायी देता जिसे अंकल में देखा था। लगता ही नहीं था कि किसी पुरुष से सहज रिश्ता हो सकेगा मेरा। तुम से भी तो डर लगता था। तुम अगर दोस्त सा न हो जाते तो यहाँ आने की भी हिम्मत कैसे कर पाती। पर यहाँ आने की भी अपनी ही तरह की एक जबरदस्त ज़रूरत महसूस की थी मैंने। जैसे यहाँ आकर ही सब कुछ सही हो जायेगा। भीतर का सारा शोर शान्त हो जायेगा। सुकून से जिऊँगी। मेरी ज़िन्दगी को सही दिशा मिलेगी, उसका सही क्रम शुरू होगा। यह भी सोचती थी कि अगर तुम में भी कोई जंतु हुआ तो एक मुक्त जमीन पर उससे जूझने का भी ज़्यादा साहस जुटा पाऊँगी।

''रितु तुमको मुझे पर भी संदेह था कि जानवर है मेरे भीतर?''

''जाना तो नहीं था न तुमको तब। हर पुरुष के लिए मन में ख़ौफ तो था ही। फिर तुमने बुलाने में एक अरसा भी लगा दिया तो जैसे मुझे सोचने का वक़्त भी मिल गया था। वक़्त मिल गया हिम्मत तैयार करने का, प्रारब्ध से लड़ने का। सचमुच लगता था वहाँ से निकल आऊँगी। एक नयी ज़िन्दगी खोज पाऊँगी। कोई टीका—टिप्पणी करने वाला नहीं होगा। किसी का डर नहीं ,किसी की परवाह नही! बस अपने-आप से ज़िन्दगी को गढ़ो, जियो! कितनी नियामत लगता है और यह सोच पाना भी अकसर मुश्किल हो जाता है कि जिस जमीन पर जन्मी थी उसी पर जी पाना कितना दूभर होता! क्या वह जीना होता या कि बस नाम भर का होना! एक निभाना। कड़वा घूँट करके किसी तरह वक़्त गुजार लेना! किसी दूसरे के किये का बोझ ढोते-ढोते चूर हो जाना दुखती रग को सहला कर या पिरा कर चलते जाना।

अनी सचमुच बहुत खुशकिस्मत हूँ, बहुत खुशकिस्मत। पता नहीं कैसे मिल गयी ऐसी किस्मत? वर्ना मैं लेकर तो आयी नहीं थी! आयी होती तो ऐसे बदनसीब

दिन क्यों निकलते? सबकी झिड़कें, हेठी। सबसे निकम्मी।

ठीक कह रहे हो। दीदी की अगर डाक्टर से शादी हो गयी तो क्या। वहीं बैठी है छोटे से शहर में घर के धन्धे करती। क्या कर सकती है मेरा मुकाबला। कमा सकती है मेरे जितना? वे दोनों मियाँ-बीवी मिल कर भी उतना न कमा सकें जो मैं अकेली कमा लेती हूँ।''

''हाँ पर रितु यहाँ कमाई तो ज़्यादा होती ही है। दम्भ की बात नहीं।''

''नहीं यह मेरा दम्भ नहीं। आत्मविश्वास बोल रहा है। कभी सोचती थी कि इतना ऊपर उठ सकूँगी मैं। आसमान की इतनी ऊँचाई को छू सकूँगी।''

और मैं बैठी नहीं रह सकी थी। अनी मुझे देखता रहा। मैं सारे घर में घूमने लगी। जैसे दीदियों से कह रही होऊँ...

देखा है घर मेरा। एक से एक कीमती चीजें—सोफा, मेज, कुर्सियाँ, गहने, कपड़े! क्या नहीं है मेरे पास। जो भी मन होता है ले लेती हूँ। कभी न पैसे की कमी महसूस हुई, न किसी चीज़ की। है कोई सारे परिवार में जिसका इतना खुला हाथ हो! मैं तो अपनी मर्जी से वह सभी कुछ ले सकती हूँ जो लेना चाहती हूँ। सबको दिया ही है और कब से देती आ रही हूँ। जब-जब गयी ढेर सारा सामान लेकर गयी सबके लिए। देखा जाये तो हर तरह से बेहतरी ही हुई है मेरी। सचमुच खुशकिस्मत हूँ। फिर अचानक कुछ याद आ गया। अनी को बताने लगी—

''बहुत छोटी थी तो एक ज्योतिषी ने मेरा हाथ देखकर कहा था—'बिटिया तू तो बड़ी किस्मतवाली है। विदेश जायेगी।' तब मुझे भरोसा नहीं हुआ था कि किस्मतवाली हो सकती हूँ। पर तब से मैं अपनी उस रेखा को देखती रहती जिसे ज्योतिषी ने 'फारन लाइन' कहा था। अब देखती हूँ तो लगता है वह लाइन खूब गहरी हो गयी है सो ज्योतिषी की बात सच ही होगी। पर अब कभी हाथ दिखाने का मौका नहीं आता। हाँ एक बार एक स्वामी जी मिले थे तो मैंने उनसे यही सवाल पूछा था—'कि जितना खुश मैं अब हूँ क्या सारी उम्र वैसी खुश रहूँगी।' तो मेरे इस सवाल से स्वामी जी भी चौंके थे—'सब तो यहाँ अपनी ज़िन्दगी में किसी न किसी कमी की शिकायत करते हैं। और उसे भरने के लिए कुछ न कुछ माँगने ही मेरे पास आते हैं। एक आप ही हैं जो ऐसी बात कह रही हैं। अगर आप सच में खुशी की इन्तहा पाये हैं तो लगता नहीं कि रेखायें बिगड़ रही हैं। ऐसा ही रहेगा।' यूँ मुझे किन्हीं स्वामियों वगैरह में विश्वास नहीं है न ही मन्दिर गुरुद्वारे में। अजय के कहने से चली गयी थी यूँ ही। उस बात का

कोई महत्व नहीं मेरे लिए। स्वामी को कुछ न कुछ कहना ही होता है जो सच्चा झूठ सभी कुछ होता है जैसे ज़िन्दगी से सचझूठ हर वक़्त घटता रहता है। बड़ी बात यह है कि आप किस नज़रिये से देखते हैं। लोटा आधा खाली है या आधा भरा है। बस सारी बात का मूल वही है। नज़रिया। अनी मुझे तुमने, तुम्हारे इस समाज ने बहुत आशावादी बनाया है। वर्ना आशा की किरनें क्या पता कभी फूटती ही न। लेकिन यह भी मानती हूँ कि अपनी किस्मत तो अपने हाथ से बनायी है मैनें। मैं हिम्मत करके यहाँ न आती तो क्या कुछ होता मेरा?''

''रितु मैं तो हमेशा डरता ही रहता था कि कहीं तुम यहाँ आने का इरादा छोड़ा न दो मैं तुमको पढ़ाने की, अच्छी नौकरी पाने की योजनाएँ बनाता रहता था। फिर लगता कि कहीं तुम्हारे पिता ने तुमको सचमुच कहीं और ब्याह दिया तो क्या करुँगा मैं।''

''वह तो खैर मैं कभी न होने देती। जानते हो ज्योतिष से बात करते हुए मुझे बहुत तसल्ली हुई थी कि सचमुच मैं अपनी ज़िन्दगी ऐसी ही चाहती हूँ। आखिर क्या नहीं हैं मेरे पास? जिस बैक की वाईस प्रेसिडेंट बनी हूँ वहाँ कितनी तो इज़्ज़त है मेरा पूरा स्टाफ़ है। नीचे काम करने वाले इतने मातहत होंगे यह मैं कभी सोच भी नहीं सकती थी। हुक्म करती हूँ और हो जाते हैं काम! हाँ यहाँ भारत वाला हिसाब नहीं है कि दूसरों को नौकर की तरह मान बर्ताव करो। मैं भी सबसे इज़्ज़त से बोलती हूँ पर वह तो सब मैंनेजमैंट टेकनीक है। असल बात यह है कि रौब है मेरा, इज़्ज़त है मेरी। नाम है मेरा। अपने शहर के मेयर की पार्टियों में बुलावा आता है मुझे, अपने डिस्ट्रिक्ट का। काँग्रेसमैन जानता है मुझे और सारे शहर के समाज के एलीट मुझे पहचानते हैं, मान देते हैं। अगर कभी वहाँ भारत में होती तो ऐसा हो पाता? जो भी पति होता बस घर बिठा कर खाना बनवाता और अगर खाना न भी बनवाता तो चाहता कि साड़ी बदल कर बस उसकी शामों में हिस्सा लेने को तैयार रहूँ। आखिर दीदियों की ज़िन्दगी में इससे ज़्यादा कुछ है? तो मेरी ही कहाँ फ़र्क़ होती? यहाँ तक कि दीदियों की ज़िन्दगी में इससे ज़्यादा कुछ है? तो मेरी ही कहाँ फ़र्क़ होती? यहाँ तक कि दीदी के पति डाक्टरी का काम चाहे करते हैं पर दीदी तो बाल-बच्चे देखती है। कोई बड़ी बात तो उनकी ज़िन्दगी में दिखी नहीं मुझे। वही दो चार मध्यवर्गीय परिवारों की दोस्ती। मेरी जैसी शान कहाँ? मेरे सामने तो उसका घर कितना साधारण लगता है! उसका पति भी मीडियाकर। सब उसी कुएँ में धँसे हुए हैं। कूपमंडूक सी ज़िन्दगी। आई समटाइम्स हेट दैट लाईफ, दोज पीपल! सचमुच

एकदम घटिया किस्म की ज़िन्दगी! न उनकी सेहत ठीक रहती है, न ऐसी सुविधायें। सचमुच नरक में जी रहे है वे लोग!''

अनी ने ही तब पूछ लिया था—''अच्छा रितु यह बताओ तुझे सब कुछ मिला है। बहुत ख़ुश है तू। पर क्या कुछ ऐसा भी है जिसकी कमी महसूस करती हो''?

''नहीं कोई कमी महसूस नहीं करती। शायद मैं घर के लोगों को याद करती रहती हूँ। हिन्दुस्तान मिस करती हूँ। अजय को मिस करती हूँ।'' पर नहीं यह सब कुछ रोज़ का सच नहीं मेरे लिए। बस कभी कभार ही आ जाते हैं ऐसे क्षण!

पर एक बात अचानक कचोट गयी थी मुझे और मैं कह बैठी थी—''जानते हो जब मरूँगी न तो मेरा माथा अभिमान से तना हुआ होगा। बहुत सुख, बहुत तसल्ली से मरूँगी...मैंने सब कुछ पा लिया है...कोई पश्चाताप नहीं...कोई अफसोस नहीं...पर हाँ...सब...बस एक अधूरी ख्वाहिश रह गयी है मेरी ज़िन्दगी में...काश! कि पिताजी जिन्दा होते और मैं उनको दिखा पाती कि मैं कहाँ पहुँची हूँ...।''

और अचानक खामोश हो गयी थी मैं।

यह सच था मैं पिताजी की वैसी बेटी कभी नहीं बन सकी थी जिस पर वे फ़ख्र करते। जिसे अपने दोस्तों-रिश्तेदारों के आगे करके कहते-देखा कितनी लायक है। काश में अव्वल आती ऐसे ही तो कहते थे अजय के बारे मे। मेरे लिए कहा जाता—इसे तो अक्कल ही नहीं। न पढ़ती लिखती है न ही दिमाग़ है इसका। पता नहीं क्या करेगी ज़िन्दगी में।

फिर बहुत दिनों तक वही होता रहा जो पिताजी की नज़रों में ग़लत था—अंकल वाला हादसा, अनी से शादी का इन्तज़ार, सेक्रेटरी की नौकरी...मेरे हा काम में उनको शार्मिन्दगी ही हासिल हुई। पर मेरी यह दुनिया पिताजी ने तो कभी देखी ही नहीं।

लेकिन क्या मेरा यहाँ आना भी उनके लिए किसी जख्म को ढाँपने जैसा ही था। नज़र से दूर तो रितु की सारी परेशान कर देने वाली बातें भी दूर। उसके न होने से पिता की शर्मिन्दगी के अहसास भी दूर...।

तो...तो क्या मैं किसी झूठ में, किसी छलावे में जी रही हूँ? मेरी सारी ज़िन्दगी खुद को समझाने का बहाना भर है?

एक पूरा इनसान होने के बजाय मैं हो गयी हूँ काम करने वाली एक मशीन। जो बिना सोचे चलती रहती है। कभी रुक कर सोचने बैठ जाये तो बस सारे

नुक्स नज़र आने लगते हैं। डर के मारे कभी रुकती ही नहीं।

ओहदा मिलता है तो उसकी शर्तें भी होती है—सुबह सात से शाम के सात तक या उसके बाद भी कभी-कभी दस-ग्यारह बजे तक सिर्फ़ बैंक...सिर्फ़ आँकड़े, लाभ-हानि, बाज़ार के उतार-चढ़ाव, हिस्सेदारों के सवाल-जवाब। बड़े-बड़े खर्रे तैयार करते हुए मुझे किसी और बात का होश नहीं रहता। यहाँ तक कि सन्तान पैदा करने की भी फुरसत नहीं मिली। पहले पढ़ाई...पढ़ाई,...पढ़ाई...फिर नौकरी...नौकरी... नौकरी...?

नौकरी पर भी हर तरह के तरक्की के लालच...यह करो तो यह होगा...यह करो तो ये सालों जिस्म के हादसों से जूझती रही...एक तरह से नौकरी और पढ़ाई बचाये रहे मुझे...मेरी लड़ाई में।

मददगार बने रहे...फिर भी तैयार नहीं थी बहुत कुछ के लिए...मैं गर्भनिरोधक दवाएँ खाती रही और अपने फ़ैसले मुल्तवी करती रही। एक दिन बैक में ही काले गुब्बारों के साथ जब मेरा चालीसवाँ जन्मदिन मनाया जा रहा था...अचानक महसूस हुआ अब तो बहुत देर हो गयी। अनी ने तो फैसला मुझ पर ही छोड़ा हुआ था...बस बहुत रोयी थी मैं उस दिन...बहुत रोना आता ही रहा...कारण भी बहुत साफ़ नहीं था। मेरा जन्मदिन जैसे मेरे जीवन का सबसे उदास दिन...मन में थी एक गहरी हताशा...कि खुद को इतना बनाया...इतना भगाया...आखिर में क्या लेके मरूँगी मैं...क्या पिताजी मेरे इस हाल से ख़ुश होते...यह जो कुछ देर पहले मेरे बैंक के ऊँचे ओहदे का अभिमान कर मैं उनको अपना उन्नत मस्तक दिखने वाली थी, क्या सचमुच खुश होते पिताजी? पर उनको तो ख़ुश होना चाहिए था—अब मैं कोई सेक्रेटरी नहीं, खुद बॉस हूँ...कितने ही सेक्रेटरी मेरे नीचे हैं...पिताजी को गर्व न होता मुझ पर? इसीलिए तो अपनी सहज ज़िन्दगी की जरूरतों को भूल मैं अन्धाधुध गति से लगी रही अपना कैरियर बनाने में...एक ऊँचा ओहदा पाने में जो कि मेरी कैरियर को साबित करे...मेरे प्रतिभावान होने को, मेरे डड न होने की पैरवी करे। वैसे ही दोस्तों-रिश्तेदारों के कहकहों के बीच गर्वभरी आवाजें उठें...रितु को देखो न कितनी होशियार थी, किसी को पता ही नहीं था, अब अमेरिकन एक्सप्रेस में वाइस प्रेसिडेंट बन गयी है...बहुत धाक है उसकी...घर में सबसे होशियार निकली...

पर यह सब कहने वाले पिताजी अब नहीं हैं...माँ भी नहीं। क्या दीदी ऐसा कहती होंगी?

क्या दीदी को पता भी है कि वह इतना ऊँचे पहुँच गयी है...

मुझे हमेशा अपने आगे यह साबित करने की मजबूरी क्यों बनी रहती है कि मैं खोटा सिक्का नहीं।

मैं वैसा ही चाँदी का सिक्का हूँ...खरा, सबूता। जैसे अजय या कोई और...

पर फिर ख़ुद ही को डर लगने लगता है...क्या अपनी सजाई को मद्देनजर रख मैं खुद अपने पर फ़ख़्र महसूस कर सकती हूँ। सिवाय इसके कि जिसने मुझे स्वीकार किया उसके प्रति शुक्रगुजार रहूँ या जिसने दुत्कारा उसके प्रति आक्रोश और पश्चाताप से घिरी।

सच तो यह है कि मैं अपने आप को ही नहीं स्वीकार सकी। जीवन जीती रही। सब कुछ निभाया। पर क्या अपने आप से ही खुद की असलियत छुपाती नहीं रही। इस देश के नारी विर्मश की दुहाइयाँ भी देती रही।

पर वे सच में मेरी निजी भावनायें तो नहीं। खुद से निबटने के तरीके ही तो हैं जो किसी पल रास आ जाते हैं पर हमेशा के लिए नहीं।

अभी भी अपना सामना करने से डरती हूँ ना! तभी नाते तोड़कर नये जीवन की शुरुआत की बात सोची। पर क्या टूटते हैं नाते? अजय कभी मेरे भीतर से तिरोहित हो पायेगा...या पिताजी ही? सभी तो मेरे साथ जीते हैं, जियेंगे। चाहे मद्धम हो जायें वक़्त के साथ ये जुड़ाव...पर कभी टूटेंगे क्या?

सोचती थी सारे नाते तोड़ दिये हैं। पर तोड़ने की ये सारी बातें झूठी हैं। भीतर कहीं जुड़े रहना चुनाव नहीं होता, मजबूरी है। मजबूरियों से कभी निज़ात पाता है कोई? मैं कभी नाते तोड़ नहीं पायी। यहाँ कितना भी रम जाऊँ, मेरा मन वहीं तो रमा रहता है—कभी पिताजी, कभी माँ, कभी अजय, कभी दीदी बनकर मुझे उलझाये रहता है उसी दुनिया में जिसे छोड़ने का, जिससे तोड़ने का दावा बार-बार करती रही हूँ।

एक-एक करके सब अलग कर दो तो और फिर भीतर झाँको तो दिखे कि कुएँ में बहुत नीचे अभी भी जल है, पूरा सूखा नहीं है। धरती की बहुत निचली तहों में नदियाँ अभी भी बह रही हैं।

इतना कुछ अपने बारे में जान लेने के बावजूद यह नहीं जान पायी थी। तो मेरा संघर्ष, मेरी यात्रा अभी जारी है...क्यों मेरे साथ ही वह सब होना था...क्यों मेरे जीवन में ही ज़ंग लगना था...इसका जवाब क्या मुझे कभी मिलेगा...दे सकता है कोई जवाब? मैं अपने लिए ही एक झूठ हो गयी हूँ। क्या मेरा सच...? क्या अपने आप को जिलाने के लिए जितने भी सच मैं गढ़ लूँ...क्या सच में वह सच को जीना होगा.. शायद मैं यह कभी नहीं जान पाऊँगी।

और अचानक लगने लगता है कि कितनी खोखली सोच है मेरी। क्या

सचमुच ख़ुश हूँ?

आजतक भूल पायी हूँ वह पीड़ा! बरसों बाद भी खरोंचें बनी हैं। ज़रा सा भी छिल जायें तो घाव फिर से हरे हो जायेंगे।

क्या वह सब खो देना जो मेरा अपना था, मेरे आसपास था। वह सब खो कर मैं खुद बची हूँ?

यह तो कोई और रितु है। जिसे मैंने खुद गढ़ा है। वह रितु जो अतीत को झटककर हवा में कहीं झूल रही है। जमीन कहाँ है। उसके नीचे? जमीन तो तभी खो गयी थी माँ का , पिता का, अजय का साया उस पर से देखते देखते उठ गया था। उनके जिन्दा होते हुए भी। बाकी जो कुछ भी जिया। वह बस एक झुठलावा था। जीने की एक भद्दी कोशिश। अनी भी उस कोशिश में एक साथी बना। पढ़ना-लिखना , नौकरी, वाइस प्रेसिडेंट बनना बैंक का...यह सब खुद को बनाये रखने के, जिन्दा रखने के बहाने थे, तरीके थे। खुद को इन्हीं बहानों से खुश भी रखा। पर क्या सचमुच उससे आत्मा कभी तृप्त हुई, कभी पा सकी सुख। वह दंश हमेशा चुभता नहीं रहा। हमेशा मेरे भीतर साँप की तरह फन उठाये दहशत नहीं पैदा करता रहा। किसी गन्दे, कभी न भरनेवाला नासूर की तरह उसे सालता नहीं रहा? बूँद बूँद रिसता ही रहा। भीतर ही भीतर। कभी उसके प्रति आँख खुली तो ज़्यादातर आँख मूँदे ही रही। उसे देखना ही तो असह्य था। कैसे खुली रखती अपनी आँखें? जैसे सारी ज़िन्दगी आँखें मूँदे ही गुजार दी।

दोष देती रही उन अपनों को। तोड़ती रही नाता उन अपनों से। वे भी तो अपने समाज संस्कार के मारे थे। उनको कोस कर कुछ होगा? कितने जोर से, कितनी भारी भरकम आवाज़ में कहती रही—तोड़ दिया मैंने नाता। क्या सचमुच दम था उस अहसास में। क्या वह भी खुद से बोला गया एक झूठ नहीं था।

कब तोड़ पायी कुछ भी।

सचमुच कितना कष्ट है कि पिताजी को कभी सुखी नहीं कर पायी। उनकी अपेक्षाओं से हमेशा उल्टा ही तो किया। क्या उसमें कुछ सुख मिला मुझे?

जो कुछ वे हैं उनके समाज ने उनको बनाया है। मेरी बात वे मानते भी थे तो शायद वही उनका निज था। इन्कार उनका समाज, उनके डर करवाते थे उनसे। पर कुछ...

मेरे हादसे में क्या कर सकते थे पिताजी?

अंकल से तो उन्होंने तोड़ दिया। इसके इलावा कुछ कर सकते थे?

पता नहीं क्या कुछ भोगा होगा उन्होंने। उनकी पीड़ा को कोई तूल न दे पाने में भी तो मेरा अपना छोटापन है। मेरा दम्भ है। पश्चिम की सभ्यता-संस्कृति

ने जिस तरह मेरी सोच को बदला है, जिस तरह मुझे ख़ुद को स्वीकारना सिखाया, उससे मैं उन सब को अवहेलना की नज़र से देखने लगी हूँ—वे सब जो मेरे अपने थे। जिनके बीच लड़ी-खेली, चोट खायी, प्यार लिया-दिया। मेरे भीतर की दुनिया क्या कभी खाली होगी? अन्तस की दीवारों पर वे निशान तो बने ही हैं? कभी टूट सकते हैं या नाते? क्या तोड़ने से टूटते हैं रिश्ते!

अजय, सच है कि तुम्हारे मेरे बीच एक समन्दर जैसी दूरी पैदा हो गयी थी। तब तो मेरी जबान पर आत्मग्लानि और आत्मग्रहण के ताले लगे हुए थे। तुम मुझसे नफरत करने लगो, यह कैसे बर्दाश्त कर सकती थी। महसूस तो यही करती थी न कि जैसे मैं ख़ुद अपने से घृणा करने लगी हूँ, तुम तो इतने अनुशासन और नैतिकता के पक्के हो, भला कैसे सह सकोगे मेरा व्यवहार! मेरी नियति! मेरा इस कदर गिर जाना! एक बार तुम्हारी आँखों में गिर जाती तो फिर जीना मुहाल था मेरे लिए!

और नाता तोड़ती हूँ तो उन विश्वासों से, उन ऊलजुलूल मान्यताओं से जो आज भी औरत को उसी तरह विषाक्त, परिहार्य देखती हैं जैसे मुझे देखा गया था। तोड़ती हूँ नाता उन सड़े गले रीति-रिवाजों से जो आज भी दमन करते हैं औरत का। जो एक छोटी सी चूक होने पर लड़की को उम्र भर सजा देते रहते हैं। जो एक बार रास्ता भूल जाने पर कभी माफ़ नहीं करते और आगे के सारे रास्ते बन्द कर डालते हैं।

जो आज़ादी की कामना करनेवाली औरत को फिर उन्हीं चंगुल में फँसा देते है क्योंकि ख़ुद को बदल पाना हर इन्सान के लिए बहुत मुश्किल है और बँधी-बँधी लकीर पर चलना चाहे आसान न हो पर ख़तरे से बाहर रखता है।

और नाता तोड़ती हूँ उस चुप्पी से जो औरत को अपने पर होने वाले अनाचार को जबान नहीं देने देती।

छबीस

मेरे पीछे नदी बह रही थी।

इस नदी से मेरी बचपन से जान-पहचान थी।

दरअसल इस नदी से मेरे परिवार का बहुत पुराना रिश्ता था।

नदी शहर के कई हिस्सों से गुज़रती थी। मेरे स्कूल के पास--जहाँ से मैं मैदान में खेलते हुए उसे दूर से देख सकती थी। शहर की घनी आबादी वाले हिस्से में—जहाँ से वह दिखती नहीं थी पर एक ओर से उसे घेरे थी। मरघट के पास से—जहाँ मेरी माँ और पिता दोनों को दाहक्रिया हुई थी। आज भी मैं उसी मरघट पर खड़ी थी।

यूँ नदी की गति कभी मेरी समझ में नहीं आयी थी। एक ही नदी इतनी जगह कैसे हो सकती थी? पर बड़े होने पर उसका एक जवाब अपने आप मैंने खोज लिया था—जब मज़बूत चट्टानों या जमीन के टुकड़ों को नदी चकनाचूर कर के आगे नहीं बढ़ पाती तो अपना रास्ता बदल लेती है। यह बदलना समझौता होता है, या हार की स्वीकृति या दिमाग़ की तेज़ी, कामनसेंस या इंटैलिजेंस? अभी इसका जवाब ढूँढ़ नहीं पायी। हो सकता है यह सभी कुछ हो! या कुछ भी नहीं। प्रकृति का बस एक खेल, एक नियम।

नदी मेरे पीछे बह रही थी और चिता आगे जल रही थी।

माँ और पिता दोनों के दाह कर्म में मैं शामिल नहीं हो सकी थी।

क्यों नहीं हो सकी थी—इसका जवाब पता नहीं कब ख़ुद को दे सकूँगी। हो सकता है कि जवाब कभी मिले ही न। या यह भी तो है न कि कुछ बातें ऐसी हैं जो हो जाती हैं। हम दुविधा में पड़े रहते हैं। फिर कोई और फैसला कर देता है। हम सोचते हैं कि हमारा भी यही फैसला होगा। होगा यानि कि

अपने आप से बहस करने की ताब ही नहीं होती और सोच लेते हैं कि अगर ताब बची होती तो यही फैसला होता हमारा। बाद में चाहे होगा कि अलग-अलग अर्थवत्ता निकालते रहें। पर वक़्त किसी के फैसलों से उलझने के लिए रुकता नहीं। हम भी आगे देखने लगते हैं। वक़्त के साथ साथ चलना शुरू कर देते हैं। जहाँ जहाँ ले जाये, जो जो कुछ दिखाये! चाहें भी तो उसका साथ छोड़ नहीं पाते। उसके निर्देशों से बचे नहीं रह पाते।

इस बार भी अजय के दाह-संस्कार में शामिल होने नहीं आयी थी। बहुत साल से देखा नहीं था इसलिए मिलने चली आयी थी। साल की भी कोई परिभाषा नहीं मेरे पास। कभी कुछ महीने ही गुज़रते हैं और लगता है कि सालों गुजर गये। कभी सालों गुजर जाते हैं और लगता है कि कल ही की तो बात थी।

अजय के साथ भी कुछ ऐसा ही रिश्ता था। पल भी साल लगने लग जाते थे। वह भी शिकायत करता रहता और मुझे भी लगता रहता कि मैं क्या कर रही हूँ। जो अपना है, जो प्रिय है, उसी को परेशान करना, सताना, मन में साँप पाल लेना। भला क्यों!

मेरा इतनी दूर चले आना उसके लिए एक स्थायी गिले का कारण बना हुआ था।

पर उसने कभी ध्यान दिया मेरी इस ज़रूरत को कि बाहर आ जाना ही मेरे बचाव के लिए कितना ज़रूरी था?

मैं यह बात उसे ठीक से समझा ही नहीं पायी। यूँ तो बहुत कुछ कहा था। बहुत कुछ समझा भी उसने। फिर भी हमेशा ऐसा क्यों लगता कि पूरी बात कह नहीं पायी। जैसे अभी भी कुछ रह गया है कहने को! इस बार सोचा था कि रहा सहा कह दूँगी। अगर वह मुझे खुद पर बहुत विश्वास आ चुका है कि मेरी बात वह समझेगा। सच तो यह है कि अब मुझे बात समझानी आ गयी है। पहले यही समझ नहीं आता था कि कैसे कहूँ। जबान पर लफ़्ज़ ही नहीं उतरते थे। सबसे, यहाँ तक कि ख़ुद से दूर दूर भागती थी। अब ख़ुद का सामना करना सीख गयी हूँ तो सारे जहान का सामना कर सकती हूँ।

और मेरा सारा जहान तो अजय ही था।

वह मुझे मिलने हवाई अड्डे पर पहुँचा होता। पर इस बीच बस यह हादसा हो गया...और उसे मिलने मुझे आना पड़ा। इस श्मशान भूमि पर। श्मशान में घर की औरतें नहीं जातीं। पर मुझे किसी ने रोका नहीं। अजय के बेटे रजत के हाथों को थामे जब हम सुरेश भइया की गाड़ी की ओर बढ़े और मैं भी उसके साथ ही पिछली सीट पर बैठ गयी तो भईया कुछ बोले नहीं। मेरा गम्भीर और

दृढ़ रुख देख कुछ कहना उनको सही लगा नहीं होगा। मेरा व्यवहार दूसरी महिलाओं जैसा तो था भी नहीं। चुप, सँभली सी थी मैं। रोना-धोना या बेहाल होना—ऐसी कोई आशंका नहीं रही होगी मेरे बारे में। बाहर रहकर मैं कुछ और हो गयी थी। औरत होते हुए भी आम घरेलू औरतों जैसी नहीं थी। कम से कम भइया को ऐसा ही दिखा होगा। तभी मुझे रोका नहीं। भीतर से मैं मज़बूत थी। मुझे आख़िरी दम तक अजय के अवशेषों के साथ ही रहना था। साथ न जाती तो बहुत लाचार, बेसब्र और बेचैन महसूस करती! बेचैनी तो साथ जाने में भी थी पर उस गहरी पीड़ा के क्षणों में भी किसी काम में रमते जाने का दिलासा सा था। जैसे कि यही सब करके कोई मौत को रोक सकता हो। वैसा होगा नहीं यह मालूम रहने पर भी शायद यही एक विकल्प रह जाता है मौत से निबाहने का। कुछ भागदौड़ जैसी चीज़ बस होती ही रहे!

अजय अब हमारे परिवार की एकमात्र चिंगारी थी। वह भी बुझ गयी।

चिता की लपटों को घूरते हुए महसूस हुआ—सब राख हो जाता है। सब राख हो जाने के लिए ही होता है। फिर भी इतना साजोसामान...इतनी तैयारियाँ...जुड़ने-टूटने के इतने चोंचले...कितना बेमतलब है वह सब! महाभारत के शान्तिपर्व में यमराज के सवाल का जवाब युधिष्ठिर ने सही दिया था कि सब से बड़े अचरज की बात संसार में यही है कि आदमी रोज आदमी की मौत देखता है, फिर भी इस तरह जीता जाता है जैसे कभी मरना न हो! भीतर की यह उलझनें, तनाव, शिकायतें, वर्ना क्योंकर हों!

पर अजय तो मरा नहीं शहीद हुआ है। चाहे किसी बड़े युद्ध में न सही। सीमा के एक हमले में जंग की जमीन पर घायल हुआ है। अस्पताल तक तो पहुँचा ही दिया गया था। पर डॉक्टर बचा नहीं पाये। घाव बहुत गहरे थे।

आज तोपों की सलामी के साथ चिता में आग लगायी गयी है।

क्या यह मरना मरना नहीं! बस शहीद होना है। क्या शहादत से परिवारवालों की पीड़ा बदल जाती है? कुछ और हो जाती है?

मेरे लिए तो ऐसा कुछ नहीं हुआ। अजय का जाना जाना ही है। पूरी तरह जाना। हमेशा के लिए तिरोहित! हाँ गर्व से मेरी छाती भी पल भर को फूली थी कि देश की कर्मभूमि में मारा गया है। कितना जन समुदाय जमा हुआ है उसे विदा देने। ऊँचे पदों पर अवस्थित वर्दीधारी सरकारी अफसर, सिविलियन अफसर, कर्नल-जनरल सब मौजूद थे। पर क्या उससे मेरी पीड़ा पर मरहम लगा है? आँखें और भी भर आती हैं। जीते हुए यह सब भोगता तो कितना सुख मिलता!

कितनी बेमतलब है लड़ाइयाँ मेरे लिए। यह यह कहना कि इतिहास की किसी काल्पनिक सच्चाई को बचाने के लिए जान दे दी। क्या धर्म ने ही इस कदर नफ़रत की दीवारें चुन कर बाँटा हुआ है हमें। रावलपिंडी में तो पैदा हुए थे हम दोनों! अब वहीं रहनेवालों के ख़िलाफ़ लड़कर फ़ख्र हासिल किया जा रहा है! वही जो कभी परिवार के दोस्त थे अब दुश्मन बन गये हैं। राष्ट्र और धर्म क्या लोगों के बीच दुश्मनी पैदा करने के लिए ही होते हैं? या यह कि धर्म के लेबल पर राष्ट्र का लेबल चिपका दिया जाता है तो अलगाव का, दूसरा होने का अहसास कई गुना बढ़ जाता है। साम्प्रदायिकता का इतना ज़ोर उस ज़मीन पर जहाँ रहते हुए मुझमें चेतना भी नहीं थी कि हिन्दू हूँ मैं। धर्म ने कभी मेरे जीवन में कोई जगह बनायी ही नहीं। धर्म इन्सान को इन्सान से अलग करता है। अफ़ीम की गोली है जो इन्सान की चेतना को सुला देता है, उसकी सोच को एकतरफ़ा बना देता है। धर्म से कुछ लेना देना नहीं मुझे। यही जाना था बड़े होकर। फिर पिताजी ने भी कोई धर्म हमें नहीं दिया। न माँ ने। धर्म की कोई बात उठती ही नहीं घर में। नियम ज़रूर थे कि सुबह जल्दी उठो, खाने से पहले हमेशा हाथ धोओ, सुबह का नाश्ता नहाने से पहले नहीं मिलता था। सच बोलना, चोरी न करना, ऐसी बातें भी सिखलायी जाती थीं। इसी तरह त्योहार मनाये जाते थे पर उसमें होने वाले अनुष्ठानों को हमने धर्म से तो नहीं जोड़ा। बस इतना ही मतलब था कि ऐसा किया जाता है। यह नहीं कि हिन्दू धर्म में ऐसा किया जाता है। बस ऐसी समझ कि ईद में ऐसा किया जाता है, क्रिसमस पर ऐसा किया जाता है और दशहरे–दीवाली पर ऐसा।

लेकिन बदकिस्मती से अजय तो गुमराह हुआ था। कभी नहीं भूल सकती कि कैसे पिताजी ने पीटा था उसे ठुड्डे मार मार के। पर फिर भी भीतर कहीं उसके दोस्तों का असर गहरा होगा ही जो राजसेवा का ऐसा भार उसने खुद पर ले लिया। देश और राज को अलग करके देख पाना भी तो सबके लिए मुमकिन नहीं। अपने देश के लोगों के लिए कुछ करना एक बात है और सरकार की बनायी लकीर पर चलना दूसरी। पर ज़्यादातर लोग दोनों बातों को एक साथ ही मिला देते हैं। क्या अजय इसका फ़र्क़ कर पाता होगा?

पर शायद इन बातों की ओर मुझे ध्यान नहीं देना चाहिए। सिर्फ़ दुविधा पैदा करती है। कोई तसल्ली नहीं देतीं। कहते हैं जब भाइयों में वैर पड़ता है तो वे दुश्मन

से भी बुरे दुश्मन बन जाते हैं। यही हाल है हिन्दुस्तान-पाकिस्तान का। यही हाल है हिन्दू-मुसलमानों का। जितने करीब, उतने ही दूर! पर अमरीका में बैठे झगड़ने के लिए कोई सीमायें नहीं है तो दोस्ती का हाथ बढ़ाना आसान होता है। भाईचारा नौस्टेल्जिया में घुलमिल कर सद्भाव बन जाता है पर हमेशा ऐसा यहाँ भी नहीं होता। दुश्मनी का थैला हम अपनी-अपनी जमीन से जो ढो कर चलते हैं। फिर कई बार वह और भी बोझेदार हो उठता है। अमरीका में भी तो हिन्दूपन या पाकपन मचानेवाले कम नहीं। पर फिर भी उनकी तादाद इतनी कम है कि उनसे आँख बचाकर चला जा सकता है। ख़ास तौर से अगर वे रोज के दोस्तों में शामिल न हों तो! यह भी मुमकिन है कि यहाँ की मुख्यधारा में मिल कर उन सब से किनारे हो आदमी चलता रहे! कम से कम मेरा तो वास्ता ऐसे लोगों से नहीं है। पर मुझे उसकी ज़्यादा परवाह नहीं रहती। हाँ मैने अजय के हिन्दू रुख़ के बारे में एक तरह से शर्म ही महसूस की थी। वक़्त के साथ हम सब की ज़िन्दगी ने अलग-अलग दिशाएँ अपना ली हैं। भारत में रहती होती तो शायद...पर जब थी तब भी कहाँ कुछ कर सकी। मेरी सुनता भी कौन था।

मैं आँसुओं को आँखों में ही सम्हाले आग की लपटों का अपलक घूरे जा रही थी। लपटें जैसे मेरी आँखों में ही सुलग रही थीं। अजय...यह अजय का जिस्म था जो उन लपटों के बीचों बीच पड़ा था—निष्क्रिय, निष्प्राण। उसे भागकर उन लपटों से त्राण नहीं पाना है...वही त्राण हैं उसका। राख बनाकर त्राण देंगी वे उसे। एक बार दीवाली पर पटाखे चलाते हुए हाथ जल गया था उसका तो कितना चीखा था। अब चुपचाप पड़ा था, निर्विरोध। कितना मुश्किल है खुद को समझा पाना कि यह शरीर नहीं...माटी है।

मेरी आँखों के आगे जीवन्त आकृतियाँ नाचने लगीं। जैसे वे लपटें नहीं, अजय के ही कितने रूप थे जो आँखों के आगे भभक कर तिरोहित होते जाते—बचपनवाला अजय, किशोर अजय, युवक अजय और फिर कुछ साल पहले वाला अजय! उसका आत्मविश्वास भरा स्वस्थ चेहरा, सधे कदमों की फुर्तीली चाल या कभी फिल्मी एक्टर की तरह मस्त झूमते हुए चलना।

उसका गाड़ी के स्टियरिंग पर हाथ रखे हुए बात करते जाना, या स्कूटर को किक मारना, आराम कुर्सी पर फैल कर बैठना, चेहरे को तिरछा कर एक आँख मीच कर मुस्कराना।

उसका बात करने का अन्दाज़, हो-हो कर गप्पें सुनाना, बेफ़िक्र हँसी।

कभी ख़यालों में डूबा चेहरा, तनाव भरा चेहरा।

अजय सरकारी वर्दी में, अजय कुरते-पाजामे में। अजय बोटाई लगाये डिनर जेकेट में।

लान में बैठा अजय, बैठक में दीवान पर अधलेटा अजय, धूप में चारपायी पर अलसाता अजय। ओह कितने-कितने तो रूप थे उसके। सिनेमा की रील की तरह चलते जाते—घंटों चलने वाली फिल्म!

बच्चों से खेलता अजय, गुस्से में उन्हें डाँटता अजय, शिकायत करता अजय, मजाक करता अजय। जब तीसरी जमात में था तो मैं छेड़ा करती थी—''आया बड़ा देवानन्द समझता है खुद को।''

वह माथे की लट से खेलता हुआ त्यौरियाँ चढ़ाकर कहता—''क्यों हूँ नहीं? दीदी तो कहती हैं देवानन्द से ज़्यादा हैंडसम हूँ।''

''मुँह देखा है शीशे में। देवानन्द के पैर की जूती भी नहीं तू।'' मैं चिढ़ाना छोड़ती नहीं।

''ऐसे बोलेगी तो फिर कुट्टी!''

मैं घबरा जाती—''अच्छा-अच्छा! कुट्टी मत करना। नहीं बोलूँगी।''

अपने-आप मैं जब-तब कुट्टी कर देती थी। वह मानता और मैं नखरे मारती रहती। पर ज्यों ही वह कुट्टी करने की बात करता कि मुझे कुछ होने लगता जैसे कि उससे बात किये बिना एक पल भी जीना मुश्किल हो! मैं हर तरह से कोशिश करती कि कुट्टी वाली हालत न ही आये!

सच बताऊँ तो मुझे देवानन्द ख़ास खुबसूरत लगता भी नहीं था। अजय को एक बार कहा भी था मैंने—''सच बताऊँ तो देवानन्द से ज़्यादा हैंडसम है तू!''

पर उसने विश्वास नहीं किया था मेरा।

''जा जा! मुझे बनाने की कोशिश मत कर!''

''तुझमें विश्वास ही नहीं तो क्या किया जाये!''

''सारी दुनिया में एक मैं ही बेवकूफ दिखता हूँ तुझे!''

''तू ठीक है। मुझी को क्या ज़रूरत पड़ी है कुछ कहने की!''

फिर वह जैसे विश्वास करना चाहता—''तू सचमुच ऐसा सोचती है।''

और मैं उसे ऐसे देखती जैसे उसे बना ही रही होऊँ!

एक दिन दीदी ने मेरे पाठ याद न करने पर मुझे खूब डाँट कर कहा—''कभी नहीं पढ़ाऊँगी। एकदम डफर है तू।''

पता नहीं क्यों मेरा तो रोना निकल गया। बस रोती जाऊँ। रुकता ही नहीं था रोना। फिर अचानक अजय कमरे में आकर बोला—''मुट्ठी खोल। देख क्या है तेरे लिए।''

और उसने मेरे झोली में ढेर सारी जोजप्स और संतरे की फाड़ी वाली

गोलियाँ डाल दी। मेरा तो मूड ही बदल गया था। एक बेपरवाही सी महसूस हुई थी। कोई कुछ भी कहे अजय तो मुझी को प्यार करता है।

आन, दुलारी, महल, ऐसी कितनी ही फिल्में साथ-साथ देखी थीं हमने। खूब डायलाग मारते। रेडियो सिलोन से गाने सुन बोल रट लेते। फिर एक दूसरे से होड़ करते कि किसको ठीक से सारे बोल आते हैं। कभी मज़े लेते हुए विज्ञापन गीत गाने लगते। बिनाका गीतमाला हमारी बहुत मनपसन्द थी। हफ़्ते भर अगली गीतमाला का इन्तज़ार करते रहते। तुक्के लगाते रहते कि कौन सा गाना टॉप पर आयेगा।

अचानक लगा जैसे अजय मेरे साथ चल रहा है। हम दोनों कहीं से खेलखाल कर घर लौट रहे हैं...बहुत आराम से अरसा पहले...सात-आठ बरस के होंगे...अजय ने मेरी चोटी खींची और कहा—

''मोटो...चल जल्दी से। वर्ना मार पिटेगी दोनों को।''

''तू ही देर कराता है...मैं तो कब से कह रही थी चलने को।''

''ठीक है। चल अब।''

मुझको मालूम था कि डाँट तो मुझी को पड़ेगी। माँ कह देगी—''लड़के चाहे कितनी देर बाहर रहें। लड़कियाँ ऐसे नहीं करतीं।''

मेरी दोनों बड़ी बहनें ऐसा नहीं करती थीं। पर मुझको वही करना था जो अजय करता। दोनों जुड़वाँ जो थे। एक दूसरे से अलग करना ही नामुमकिन था। यूँ भी मुझे लगा करता था कि मुझे कोई प्यार नहीं करता था घर में। मैं जैसे फालतू में ही आ गयी थी अजय से जुड़ी जुड़ी। कोई भी चाहता नहीं था मेरा होना। माँ के बजाय बड़ी दीदी का ही जिम्मा रहा होगा मुझे सँभालना का। बड़ी दीदी छोटी छीदी पर मेरे काम डाल देतीं। सुबह स्कूल जाने के वक़्त वही मुझे उठातीं, तैयार करातीं और नाश्ता वगैरह देतीं। जबकि माँ का वक़्त रसोई में गुजरता और साथ साथ अजय को तैयार करने में। दीदी को तो स्कूल जाने की जल्दी रहती सो जब तब मुझे डाँट भी पड़ जाती।...जल्दी कर। हमेशा मेरी देरी करवाती हैं। उठने में ही घंटा-घंटा लगा देती है। कल अगर सात बजे नहीं उठी तो पानी का घड़ा उड़ेल दूँगी। रोती रहना फिर —ऐसी बातें रोज सुबह सुनने को मिलती हैं। मैं भी कुछ ढीठ रही हूँगी। दीदी जगाती और दुबारा सो जाती। दीदी अपना कुछ कर के दुबारा मेरी ओर आती और सोयी होती तो बरस पड़तीं—'अभी तक उठी नहीं। स्कूल नहीं जाना क्या तुझे।' बिस्तर से खड़ा करतीं। मैं उई-उई चिल्लाती हुई बड़बड़ाती

—'तेरे बहाने नहीं सुनूँगी। उठ, नहीं तो पड़ेगा थप्पड़।'

यूँ मैं अकसर ग्न को दादी को वचन देकर सोती थी कि सुबह उनके एक बार जगाने से उठ जाऊँगी पर पता नहीं क्यों रोज सुबह मेरी नीयत बदली हुई होती थी और बिस्तर से निकलने का मन ही न होता। सुबह की नींद इतनी सुखकर होती कि उसके लिए स्कूल—विस्कूल सब कुछ त्यागने को तैयार रहती।

दीदी भी जल्दी में ऐसे सँवारती मेरे बाल कि मेरी चीखें निकलने लगतीं— बाल क्यों खींचती हो दीदी ? दर्द नहीं करो प्लीज!

और दीदी चिल्लातीं —खुद बनानी सीख ना चोटी। बड़ी होती जा रही है और चोटी तक बनानी नहीं आती। एक तो देर से उठती है दूसरे यह शिकायत कि बाल दुखाती हूँ। मुझे भी तो कालेज जाना है।

पता नहीं अजय कैसे दीदी के एक बार उठाने पर ही उठ खड़ा हो जाता । सारा दिन उसके अच्छे लड़के होने की तारीफ़ होती रहती। पता नहीं अच्छे व्यवहार की वजह से या लड़का होने की वजह से अजय सबकी आँख का तारा था।

अजय शैतान तो कम नहीं था। गर्मी की तपती दुपहरी में भी घर के बाहर ही घूमता रहता था। माँ पिताजी के दोपहर का खाना खाकर वापिस दफ्तर जाने के बाद अपने कमरे में ख़स की सोंधी खुशबू भरी पंखे की हवा में सो जातीं थी। दीदियाँ कुछ सिलाई-कढ़ायी का काम करती। पर मैं अजय के पीछे-पीछे बाहर आ जाती। हर दोपहर को घर के बाहर एक आईसक्रीम वाला आम के पेड़ की छाया के नीचे डेरा लगा डालता था। पूरी दोपहर वहीं रहता फिर शाम को बाजार की ओर चला जाता। मैं और अजय वहीं उसके इर्द-गिर्द बैठे कभी ताश खेलते तो कभी दो-दो पैसे की कुल्फी खरीदकर खाते। अकसर आसपास के घरों के बच्चे भी हमारे खेल में शामिल हो जाते। एक तरह से हमारी कड़ी दोपहर में बाहर खेलने वाले—बिगड़ैल बच्चों की एक टोली ही बन गयी थी। हर दोपहर जब सबके घरवाले विश्राम कर रहे होते तो हम किसी न किसी ख़ुराफ़ात के सिलसिले में घुस रहे होते। एक बार मुझे याद है हम कम्पनी बाग गये थे। वहाँ गर्मी से बचने को पहरेदार भी अन्दर सो रहा होगा। हम ने खूब सारी कच्ची अँबियाँ तोड़ी। फिर उतने से तसल्ली नहीं हुई तो कुछ कच्चे आड़ू तोड़े। दोपहर अभी भी बहुत बाकी थी। एक ने सुझाया कि चटनी बनायी जाये। अब बढ़िया चटनी बनाने के लिए तो बहुत कुछ और चाहिए था। सामने मेंहदी के झाड़ लगे थे। हमने खुब सारी पत्तियाँ तोड़ डाली। क्यारियों में ककड़ियाँ उगी हुई थीं, दो ककड़ियाँ तोड़ लीं। सवाल उठा कि चटनी बनायी कहाँ जाये। तो बात हमारे

यहाँ जाने की ही पक्की हुई। ख़ास बात थी कि बिना किसी खटके के यह काम करना था ताकि कोई जाग कर हमारी योजना में विघ्न न डाले। हमारे यहाँ दो रसोईघर होते थे। एक घर का हिस्सा था दूसरा बाहर आँगन के एक कोने में । गर्मियों में खाना बाहर वाली रसोई में पकता था। आँगन कमरों से दूर था इसलिए वहाँ चटनी बनाना मुमकिन था। किस्मत से वहाँ एक हमामदस्ता भी पड़ा था पीतल का। हमने उसमें गर्म मसाले पिसते देखे थे। बस सब कुछ उसमें डाला और साथ में बोतल से ढेर सारा गरम मसाला भी उलट दिया। लगे पीतल के डंडे से कूटने। पता नहीं क्या घोचपोच, लेसली, कसैली सी चीज तैयार हुई। सबसे पहले बड़ी दीदी बाहर आयी। पूछा क्या हो रहा है तो हम ने बड़े उत्साह से बताया कि शाम के खाने के साथ हम ने चटनी तैयारी की है। चटनी की शक्ल देखते ही बोली—"ख़बरदार जो इसे मुँह से लगाया तो!" और उसी वक़्त सारी चटनी फिंकवा दी। मैं तो बहुत निराश हुई थी। पर अगले दिन सोचा कि अलग तरह की चटनी बनायेंगे। दीदी ने कहाँ था कि मेंहदी के पत्ते भी कोई खाने की चीज़ है। ज़हर है ज़हर। तो सोचा कोई और पत्ते डालेंगे। हममें से किसी को नहीं पता था कि पुदीने के पत्तों से घरवाले चटनी बनाते है। पर यह योजना आगे चली नहीं।

फिर पता नहीं किसने सुझाया और हम लोग वहाँ जाने लगे जहाँ शहर भर का कूड़ा फेंका जाता था। वहाँ जहाँ-जहाँ आम की गुठलियाँ फेंकी होंगी, ऐसी कई जगह नन्हे-नन्हे आम के पौधे निकल आये थे। एक बच्चे ने उस पौधे को उखाड़ा। पौधे की जड़ जिस गुठली से निकल रही थी, उसे छप्पर के पानी से धो के जमीन पर घिसा और जहाँ घिसा था वहाँ हल्का सा छेद हो आया था। उस छेद से उसने उसे पीपनी की तरह बजाया। यह हम सबके लिए बड़ी अचरज की बात थी। अगले दिन हम सबने कितने ही पौधे उखाड़ कर पिपनीयाँ बना डालीं और पूरी दोपहर उन्हें बजाते रहे। आज उस बात को सोचती हूँ तो हैरान होती हूँ कि क्या हमें गन्दगी का अहसास नहीं था तब कि कूड़े फेकने वाले गड्ढे हमारे लिए इतने आकर्षक खेल के मैदान बन गये थे। यूँ अजय और मुझे भी हिचक सी तो हुई थी पर वे नन्हे-नन्हे आते पौधे बहुत आकर्षक और दोषरहित से दीखे थे और उन पीपनियों के स्वर का जादू! इस सारे खेल में तो एक नये आविष्कार जैसा उछाल था। रोकते कैसे खुद को!

क्या अमरीका में बैठे हुए कभी कल्पना भी कर सकती हूँ कि बच्चे कूड़े के ढूहों को अपना खेल बनायेंगे! हाँ यह ज़रूर है कि शहरों में मैंने कूड़े के

टोकरी से काम की चीजें निकालते हुए, या बेचने के लिए खाली सोडे या बियर की बोतलें निकालते देखा है पर वह तो ज़रूरतमन्दी की बात है। पर हमारे लिए तो यह विशुद्ध खेल था। एक तरह की आज़ादी थी उस खेल में। पर कितने-कितने ख़तरे भी तो हो सकते थे। घरवालों को अन्दाज़ा नहीं था कि हम बच्चों की टोली वहाँ जाती थी। शायद यह उम्र ऐसी थी न एकदम बच्चे थे, न किशोर! सात-आठ-नौ साल वाली बीच की उम्र। जब लगता है कि बड़े हो गये हैं। अपने आप जा सकते है। रास्ते भी याद रहते हैं। पर कहाँ जाना चाहिए, कहाँ नहीं, यह पता नहीं रहता।

यूँ पता नहीं यह कभी पता लगता भी है कि नहीं।

एक पूरी उम्र जीने के बाद भी!

आग की लपटों से उभरकर सारे आसमान पर छाये जा रहा था अजय।

कहा करता था—"तू बहुत कम वक़्त लेकर आती है। जी नहीं भरता। कुछ ज़्यादा समय के लिए आया कर।"

"तो फिर जी भर जायेगा? तब तो अच्छा न होगा। तुम मेरी कद्र ही न करोगे, मिलने के लिए तरददुद ही न करोगे।"

"जाने दे। उल्टा-सीधा बहुत बोलती है तू।"

"आकर टिक गयी न तो तुम्हीं पर सारा जिम्मा पड़ जायेगा। उकता जाओगे। बहन बोझ लगने लगेगी। यह तो अच्छा न होगा!"

"यह कैसी बात कह दी तूने। अमरीका में यही सब सिखाया जाता है क्या...तू और बोझ! भला तुझे..."

मैं बात को ज़्यादा गम्भीर होने से बचाने के लिए कह देती—"अच्छा बाबा ग़लती हो गयी। तुमको मालूम हैं मैंने यूँ ही कह दिया..."

कितने ही सवाल भरे बैठे थे भीतर...क्यों हुआ यह। अभी...अचानक क्यों होना था? मेरा इन्तज़ार किया होता। मैं आ तो रही थी। फोन पर कहा था कि तुझे मिलने बम्बई आ जाऊँगा। एयरपोर्ट पर मिलूँगा।

कितने अरसे बाद तो फोन पर बात हुई थी उससे। शायद जाना था उसने। तभी बात कर ली। क्या कुछ उठा होगा उसके अन्दर। कितने तूफ़ान! कितनी बेचैनी! कितनी-कितनी तकलीफ़ें, उलझनें! उहापोह! शरीर त्यागने से पहले के वे आकुल, बेबस, दमतोड़ क्षण! कौन जाने! क्या कुछ सहा उसने! सब बातें कही

नहीं जातीं। पर बहुत बार ऐसा होता है कि नश्वरता दिमाग़ पर हावी हो जाती है तो इन्सान सब कुछ जल्दी-जल्दी कर डालना चाहता है—अपनों से बातचीत, कुछ छूटे हुए काम, अधूरी आकांक्षाओं को पूरा करने की ओर कदम, या फिर दूर बैठी बहन से फोन पर बात! इस बार लगा था जैसे अचानक ही उसे मुझ पर बहुत प्यार उमड़ आया था वर्ना शादी के बाद से सब अपने-अपने में लीन हो जाते हैं। जिन दूर-दराज़ की छोटी-मोटी जगहों पर उसका तबादला होता वहाँ से अमरीका का फोन जुड़ना ही मुहाल था सो वह कई बार कोशिश करके छोड़ ही देता था। मेरे पास भी उसके बार-बार बदलने वाले नम्बर नहीं होते थे। मेरी व्यस्त ज़िन्दगी में मुझे ही कहाँ फुरसत रही कि बैठ फोन मिलाती रहूँ। अपने आप तक का तो होश नहीं रहता। जो छूट जाता है वह छूटता ही जाता है।

बात हो या न, पर मन अनायास ही मानने लगा है कि मेरी पीड़ा तुम भी उसी गहराई से महसूस करते थे। जैसे मेरे पास कहने को शब्द न होते थे, तुम्हारे पास भी शब्दों की संपदा नहीं थी। पर पैदाइश से जो अटूट रिश्ता हमारे बीच बना रहा था, उसे तुमने अन्त तक निभाया!

भला तुमसे कब कैसे कोई शिकायत करूँ। शिकायत तो अपने आप से करनी होगी। शिकायत तो अपने आप से करनी होगी जो तुम पर भी भरोसा न रख पायी, तुम्हारे चेहरे के भाव को समझ नहीं पायी। तुमको पूरी तरह जान नहीं पायी।

तुम्हारे साथ मेरा यह रिश्ता आज अपनी पूर्णता पर पहुँच रहा है अजय। और तुम इस दुनिया में नहीं हो!

अजय की चिता की भभकें मेरे रिश्ते को कैसे जला पायेंगी? जब तक हूँ, भीतर ही जलती रहेगी ये आग। सुलगते रहेंगे रिश्तों के जख़्म। सिर्फ़ झटकने से कुछ झटका नहीं जाता, काटने से कटता नहीं रिश्ता। रिश्तों का स्रोत तो उस स्पन्दन में है, उस रक्तस्राव में जो दिखता नहीं, बस महसूसता है...।

मैं दोष भी नहीं दे सकती किसी को। अब कोई बचा ही नहीं। न माँ, न पिताजी, न अजय। बस दुहाई देती हूँ उस पीड़ा की जिसकी खरोचों के निशान ताउम्र मिटते नहीं!

और भी कितना कुछ कहना था उसे मुझसे—और कितना कुछ कहना था मुझे उससे। कितने साल तो गुजर गये थे इस बीच। कहता था इस बार दफ्तर

से पूरे हफ्ते की छुट्टी ले लेगा फिर साथ चलेंगे नाथद्वार, सोमनाथ, द्वारका। सोचती थी उसे अमरीका एक बार ज़रूर बुलाऊँगी। वह आने से कतराता ही रहता था। शायद मैंने ही कभी जोर देकर नहीं बुलाया होगा। यह भी यहीं अमरीका में आकर सीखा है मैंने कि किसी को भी बार-बार जोर देकर कहना ठीक नहीं। अगर मर्ज़ी हो तो आदमी कुछ करे वर्ना दूसरे के कहने पर करने में सुख नहीं। हो सकता है भाई होने के नाते भी कुछ हिचकता भी रहा होगा। मैं भी करूँ तो क्या? कितनी बार तो कहा था। न माने तो कोई करे क्या?

अजय हैरान होते तुम कि यह नालायक सी लड़की इतनी रौबदार अफसर बन गयी है!

यूँ वह भी कह तो देता था कि हाँ-हाँ एक बार अमरीका तो आना ही है तेरे पास! पर बात आयी-गयी हो जाती। वह टाल जाता और मैं भी कोई उद्यम न करती। पर वह टालता क्यों रहता है...क्या इसलिए कि मुझे कष्ट न उठाना पड़े या कि... अब जैसे सारे सवालों के जवाब उन लपटों से ही पाने हों, या सारे सवालों को एकमात्र जवाब ही लपटों के पास ही या वही उस स्थिति के लिए उत्तरदायी हों!

"कपाल तो फूट गया। चलो अब घर चलें।"

सुना सुरेश भाई कह रहे थे।

मेरे भीतर जैसे कुछ काँप सा गया। कपाल...शीर्ष...मानव शरीर का श्रेष्ठतम...। वह फूटेगा तो आत्मा मुक्त हो कर शरीर से बाहर हो जायेगी...कपाल के रास्ते। उर्ध्वमुखी, उर्ध्वगति! जो श्रेष्ठ है वह कहीं ऊपर है...हम सब से बहुत ऊपर उड़ लें, चाँद को छू लें या मंगल के चक्कर लगा लें...फिर भी नहीं पता कि ऊपर कौन सी जगह है जहाँ सदियों से अनगिनत इन्सान जा रहे हैं और पता नहीं इतनी संख्या में गायब। आज तक पता नहीं कौन कहाँ गया! क्या हम अमरीका वालों के जाने की जगह कोई और होगी? भारत वालों की कोई और? या एक ही जगह जाते हैं सब?

मैंने आग की ओर एक नज़र फेंक कर आकाश की ओर देखा। सूरज डूबनेवाला था। आसपास खूब लाल था जैसे कोई चिता वहाँ भी जल रही हो।

बाहर आकर गाड़ी में बैठी और ड्राइवर सबको लेकर अजय के घर चला। भाभी और उनका मायका परिवार वहीं थे। बेटा हमारे साथ आया था दाह क्रिया में अपना पूरा हिस्सा बँटाया था। अब थका-उदास मेरे साथ ही बैठा था।

गाड़ी गेट के बाहर रुकी तो सब लोग अन्दर की ओर चले। अजय का घर था और अजय वहाँ नहीं था। वर्ना वह हमारे सत्कार को भागा-भागा फिरता।

जब कभी भी उसके घर आयी—कैसी भाग दौड़ में लग जाता था। मुझे खाने का शौक नहीं था। उल्टे खाने की सारी प्रक्रिया और सारी तामझाम मेरे लिए मुसीबत हो जाती। पर अजय की उपस्थिति में उससे निकलना बड़ा मुश्किल हो जाता। उसके खिलाने का उत्साह तो बेइन्तहा था। उसका स्नेह जैसे उसकी ख़ातिरदारी में ही उलीचता-उछलता था। इसीसे मैं उसके उत्साह भरे विवरणों को चुपचाप सुनती रहती—"रितु आज तुझे क्लब में चिकन टिक्के और तन्दूरी मछली खिलानी है। कल लंच होगा डोसों का। चाय के साथ होगी चाट। शाम को चौक में पनीर के पराठे। उसके साथ और क्या खाना है? कोरमा और सागपनीर चलेगा?" अजय अपनी पसन्द की हर चीज़ मुझे झटपट खिला देना चाहता कि कहीं मुझे बिनखाये न लौट जाना पड़े। मैं विरोधकर डालती—"अभी तो मैं कुछ दिन हूँ। एक ही दिन में सब पेट में बाँध लेना है क्या? जाने दे, मैं रोज एक-एक कर के खाऊँगी। मुझसे एक साथ ज़्यादा खाया भी तो नहीं जाता।"

फिर भाभी जोड़ देती—"मेरे हाथ का खाना भी तो खाना है। मूली के पराठे एक सुबह। दूसरी सुबह आलू के पराठे। फिर एक दिन पूरी आलू। फिर लुच्ची-हलवा, चने भटूरे, भेलपूरी और एक दिन बकरे का स्टयू।" भाभी लम्बी सी लिस्ट गिना देती।

अजय कहता—"वह तो होगा ही। वह आरती का जिम्मा है। पर रितु को बाहर क्या-क्या खाना है—सब वही मेरा जिम्मा है।" पर वह भाभी से कह कर भी कभी रोगनजोश तो कभी शामी कबाब बनवाता। उसके बाद कुल्फ़ी, गुलाबजामुन, सोहन हलवा। मैं खाने से इन्कार कर देती तो कहता तुझे अपने वज़न की ज़्यादा ही फ़िक्र रहती है। डायटिंग, डायटिंग। तुम अमरीकियों का यही मसला है।

शिकायत करती तो कहता—"तू आती ही इतना कम है कि सारी कसर इन्हीं दो-चार दिनों में ही तो पूरी करनी होती है!"

कभी तो मुझे खीज भी आ जाती कि यहाँ सब खाने पे इतना ज़ोर क्यों देते है।

अब न अजय था न भाभी ही उठ कर भाग-दौड़ करने लायक थी। बेहाल थी बेचारी। सारी रात जागी रोती रही। अजय की बातें याद करती जाती, कभी अपनी किसी बात पर पछताती, कभी दूसरों को दोष देती और फिर बुक्का मार कर रो पड़ती। फिर भी रितु का ध्यान था उसे रितु को ठीक-ठाक बिस्तर मिलना चाहिए। साफ़-सुथरा। चाय-पानी सभी कुछ। बेचारी बाहर से आयी है। अमरीका से। उसे तो आरामपसन्द माहौल की आदत है। भाई के घर सुख मिलना चाहिए।

भाई नहीं है तो भी। कभी अपनी माँ का जिम्मा लगाती, कभी अजय के किसी दोस्त का। इस बीच रक्तचाप इतना बढ़ गया था कि डाक्टर बुलाना पड़ा।

सुबह का नाश्ता! कोई पड़ोस वाले बनाकर दे गये थे। दोपहर का खाना भी। मन किसका था खाने का!

कैसा अजीब वक़्त था! अजय की अभी-अभी चिता जला कर आये थे। जो अभी भी वहाँ नदी के तट पर जल रही थी। और उसी घर के अन्दर जा रहे थे। भाई का घर—जहाँ भाई अब कभी नहीं होगा! लॉन सूना पड़ा था। वर्ना शाम की इस घड़ी सब कुर्सियाँ बाहर बिछ जातीं। ड्रिंक्स और तली हुई मछली, टिक्कों के साथ घास महक रही होती और अजय दोस्तों के साथ बैठा क़हक़हे लगा रहा होता।

लगा कि उस घर में नहीं जा पाऊँगी । यूँ वहाँ बहुत से दोस्त-रिश्तेदार थे। पर मेरा तो अजय ही था। मुझे लगा मैं वहाँ साँस नहीं ले पाऊँगी। कुछ हो जायेगा मुझे।

जिस बैठक में सोफे पर वह बैठता था, अब सोफे हटाकर नीचे दरी बिछा दी गयी थी! कुछ घंटे पहले उसी ज़मीन पर घावों से छलनी अजय का निर्जीव शरीर रखा गया था। वहीं उसे नहला-धुला कर नयी वर्दी पहनायी गयी थी। माथे पर तिलक लगाया गया था, गले में हार पहनाये गये थे। इतना सब ताज़ा-ताज़ा हो हुआ था। उस कमरे से कैसे गुजरूँगी। जानती हूँ बाकी सब भी गुजरेंगे। भाभी भी वहीं है। पर अभी भीतर हिम्मत नहीं जुटा पा रही थी। लगता था जैसे शान्त सँभली सी रही थी। अब सँभलना मुश्किल होगा। भाभी को बस इतनी तसल्ली थी कि कम से कम पति का शरीर तो लौटा-अन्तिम दर्शन तो हुए। शहीद की पत्नी इस तरह भी तो खुद को समझाती है।

किसी तरह आवेग पीकर सुरेश भइया से कहा—"मैं थोड़ी देर बाहर ही पैदल चल रही हूँ। तुम लोग जाओ।"

किसी का कुछ भी कहने-सुनने का मूड नहीं था। सब अपने-अपने में ही उदास-खोये से, दुख के साथ समझौते करते। भइया ने सिर्फ़ इतना कहा—"ज़्यादा देर नहीं लगाना। हाथ-मुँह धोकर कुछ चाय वगैरह..."

"हाँ-हाँ देर नहीं लगाऊँगी।"

मैंने कहाँ और चल दी पास ही के नदी किनारे के घने जंगली हिस्से की ओर।

सूरज आसपास से जा चुका था। सिर्फ़ उसके रंगों का बिखराव उसके होने का परिचय दे रहा था। लाल, गुलाबी और नारंगी रेखाये जहाँ-तहाँ खिंची पड़ी थी।

पेड़ों के एक झुंड के पास मैं पहुँची ही थी कि कोई बहुत ख़ास बात हो... कोई मेला या कोई उत्सव हो जिसमें सब इकट्ठी हुई हो और सब कुछ आज की शाम ही मनाना हो। लगा जैसे कि मैंने चिड़ियों का ऐसा शोर पहले कभी नहीं सुना था। हैरान ही होती रही कि इतनी जोर से उत्साव मचा सकती है चिड़ियाँ! उन पेड़ों पर सिर्फ़ एक ही तरह की चिड़ियाँ नहीं बल्कि कई तरह की चिड़ियाँ थी। कई तरह की आवाजें घुलमिल गयी थीं।

एक अजीब सा अहसास हुआ था तब मुझको! जैसे ये चिड़ियाँ मुझे मौत के हादसे से उबार रही हों...सच तो यह है...यह ज़िन्दगी...यह शोर...ये उत्पात ...ये छोटी–छोटी उड़ानें...यह पंखों की उठान और फिर उन्हें समेट कर दुबकना घोंसलों में...जो तुम्हारे लिए इस समय सच दीख रहा है, वह असत्य है...हाँ मौत असत्य है...जीवन का अन्तिम सत्य मौत नहीं, जीवन ही है। जो जीवन है वही जीवन है...उसी को जीना होता है...मौत का सम जीवन के ही संगीत को गतिमान करता है, आगे बढ़ाता रहता है। और तेज़ कर देता है उसे! तभी तो जीवन को परे धकेल फिर उसी की गोद में लौट-लौट आती है वह। उसी का आलिंगन, उसी का आश्वासन। मैं वहीं उस पेड़ों के झुंड के पास खड़ी हो गयी। जैसे रात भर यही सुनती रहूँगी...जैसे कि सिर्फ़ यही कलरव था जो जीवन की याद दिलाता रहेगा...वर्ना कौन जाने कब क्या हावी हो जाये...वही मौत का अहसास, उदासी।

ज्यों-ज्यों चिड़ियाँ अपना नीड़ खोजती जा रही थीं, त्यों-त्यों उनके स्थिर हो जाने से शोर कम भी होने लगा था। ख़्याल आया कि अँधेरा होते तक तो यह कलरव बन्द ही हो जायेगा। शायद ज़्यादा देर नहीं रूकना चाहिए। मैंने घोंसलों में सिमटती चिड़ियों पर निगाह डाली और वहाँ से मुड़ गयी।

किसी ने ठीक ही कहा है...एक ही उम्र मिलती है, जीने के लिए और जीने के प्रयोग के लिए। अगर किसी ग़लत रास्ते चल भी दिये तो जब तक पता चलेगा कि ग़लत है तब तक बहुत देर हो चुकी होती है। फिर कौन जाने, कौन से रास्ते पर ख़तरे हैं या कौन सा एकदम ख़तरे से खाली है। जाकर ही तो पता लगता है न। वर्ना जितने मुँह उतनी बातें। जिसे कोई सही बताता है, उसे दूसरा कोई ग़लत। खुद ही जाकर देखना होता है। सच्चाई तभी पता लगती है। इसलिए खुद चल कर जाना ज़रूरी ही है।

नदी को देखो न। हर जगह खुद ही चल कर तो जाती है। अपनी आँखों देखती चलती है सच्चाई। कितने कितने शहरों की, लोगों की, मैदानों की। अपनी कलकल छलछल में शायद कुछ कहती सुनाती भी जाती है। कोई समझता होगा कुछ?

अजय की चिता की आग नहीं तो शायद नदी ही जवाब दे सकेगी। अजय

ने फोन पर यह भी तो कहा था कि सूर्यास्त के समय नदी पर बोटिंग के लिए चलेंगे।...तुझे बहुत मज़ा आयेगा। नदी को क्या मालूम कि अजय ने ऐसा कहा था उसके बारे में।

नदी का बहाव मन्थर सा था। वह मेरे मन की हालत से अलिप्त, अपने में मस्त, बह रही थी। डूबते सूरज की मद्धम रौशनी, किनारे के पेड़ों के सिमटे से साये...सबसे बेख़बर...फिर भी उनके होने से परिचित। उस धारा में परिचय का स्वीकार ज़रूर था पर एक लापरवाही भी। जैसे कि तुम हो तो हो...क्या बड़ी बात है...पर छोटी भी नहीं...सभी हैं! यही तथ्य है।

मुझे लगा मैंने भी नदी की तरह सब कुछ समझ लिया है। तत्व और तथ्य को जान लिया है। मैंने खुद से कहा—''सब रिश्ते अन्ततः टूटने ही होते हैं। फिर उनको जोड़ने और टूटने की पीड़ा से गुज़रना क्योंकर ज़रूरी होता है? नहीं गुज़रना इस दौर से बार-बार।''

मेरी आँखों के आगे एक बहुत महीन धागों का बुना जाल सा बिछ गया...एक एक करके कितने ही चेहरे उस जाल में उलझते-सुलझते जाते। गुस्से से लाल माँ की सूरत, घृणा से सिकुड़ता पिताजी का तेवर! दीदी की भर्त्सना। अजय की सहानुभूति, जिज्ञासु पर खामोश चेहरा। क्या मैं कभी किसी को माफ़ नहीं कर सकी!

और एकबारगी ही मैंने अपने-आप से कहा—''अब मैंने यह नाता तोड़ा।''

दरअसल यह बात मैं अपने-आप से पहली बार नहीं कह रही थी। बहुत बार कह चुकी थी और बहुत पहले से कह रही थी। इसलिए मैंने अपना शहर छोड़ा...मुल्क छोड़ा...पर फिर भी...क्या तोड़ पायी?

पर इस बार मैं सचमुच तोड़ रही हूँ...सचमुच। चली जाऊँगी। फिर कभी नहीं लौटूँगी। न किसी को याद करूँगी। पूरी तरह से उलझ जाने दूँगी खुद को...कामों की दुनिया में...आकांक्षा और उपलब्धियों की दुनिया में...! याद करने को अब बचा भी क्या था! अजय कभी न लौटकर आनेवाले सूरज सा तिरोहित हो चुका था। धारा के बीच पड़े पत्थरों पर सर टकराती नदी का जल भी जैसे टूट टूट कर बिखर रहा था। लेकिन टूटती धाराएँ रुकती नहीं, गतिशील थीं।

मैं खुद भी तो नदी हूँ। गतिमान। बस अपनी गति पर ही केन्द्रित। जो इस गति का हिस्सा नहीं बन पाता, पीछे छूट जाता है। नदी जो बड़ी बड़ी चट्टानों को तोड़ नहीं पायी तो रास्ता बदल लिया? क्या वही सही नहीं था। उन सबसे तोड़ लिया जो साथ नहीं हो सके, रास नहीं आ सके और बहती रही, अपना

रास्ता खुद बनाती रही! अभी भी नये रास्ते खोजने हैं मुझे। जो आशीर्वाद साथ हैं वे हवा के झोंके बन मुझे सहारा देते रहेंगे, मेरी गति में वृद्धि करते रहेंगे, कभी फूलों की तरह मेरा शृंगार बन जायेंगे, कभी दिये बन मेरे अन्तर्जगत को रौशन करते रहेंगे। जो रोड़े-पत्थर रास्ता अटकायेंगे, उन्हें पार कर जाऊँगी। गति थमेगी नहीं।

□□□